Stupide KARMA

Image de couverture : Shutterstock
© majivecka / ina9 / Rvector / Kolerova / Andre Ryoji Suguimoto / VectorShow

Collection créée par Hugues de Saint-Vincent et dirigée par Arthur de Saint-Vincent.
Ouvrage dirigé par Karen Maury
© 2024, New Romance, Département de Hugo Publishing
34-36, rue La Pérouse
75116 Paris
www.hugopublishing.fr

ISBN : 9782755672282
Dépôt légal : mai 2024
Imprimé en France par Normandie Roto Impression s.a.s. (2400878)

NEW ROMANCE®

Stupide KARMA

TESSA WOLF

Hugo Roman

Prologue
PRÉLIMINAIRES

Les mains moites et le cœur battant, Prudence se tient devant la majestueuse porte de la suite présidentielle. Même si ce n'est pas son premier jour dans ce luxueux palace new-yorkais, elle ressent toujours ce frisson d'excitation mêlé à une pointe d'appréhension lorsqu'elle arrive à cet étage. Accoutrée de son tablier et de ses gants en caoutchouc, elle s'arme de volonté et d'un sourire factice, puis frappe à la porte. Elle sait pertinemment qu'au moment où elle franchira le seuil de cette chambre derrière son chariot de nettoyage, elle se remémorera ce souvenir qui hante ses pensées.

Sa première fois. Sa première histoire. Sa première peine de cœur.

Elle était une simple fille de bonne, et lui le prince héritier de son royaume.

C'était déjà mal parti, n'est-ce pas ?

Il portait un costume impeccable, et elle avait une tache de ketchup sur son uniforme de lycéenne… Et pourtant, c'est lui qui lui avait donné son tout premier baiser. Un geste inattendu qui avait illuminé une journée ordinaire. Un fragment de tendresse dans un monde de froideur.

Chaque matin, elle se demande si le passé va se mêler au présent et si elle le trouvera là, bardé de son sourire insolent, derrière les portes de cette chambre…

Quoiqu'il en soit, il est certain que si Prudence venait un jour à le recroiser, elle n'aurait que ces mots à lui dire : « Brûle en enfer, Devin Ryan. »

Mon éditrice soupire encore une fois devant ma pathétique ébauche de prologue. Ridicule.

– Pénélope, Pénélope, Pénélope… est-ce que c'est réellement le début d'une histoire d'amour digne de Shakespeare ou Jane Austen ?

Ses yeux de vipère me scrutent à travers d'épaisses lunettes dorées. Mal à l'aise, je me dandine sur ma chaise.

Bien sûr que ce premier jet est à mettre à la poubelle, je le sais bien. N'empêche que, même si j'avais le talent des grands noms de la littérature, un autre problème persiste : l'amour n'a jamais été mon fort et ça, Helena doit commencer à le comprendre.

– Il serait peut-être bien de revoir tes attentes, suggéré-je tout bas, découragée.

L'éditrice du magazine people *The Manhattan Scoop* secoue la tête, visiblement dépitée. Ce n'est pas demain que je vais garnir leur nouveau label : *Heartbeat Romance.*

Repliée sur moi-même, j'entremêle mes doigts. J'ai beau tenter de garder la tête haute, je ne peux pas me permettre de perdre ma mission pour le journal. Ce n'est peut-être que deux cents dollars de royalties, mais quand, à côté, on a que le salaire d'une femme de ménage pour boucler le mois et payer les factures, ça fait la différence !

Helena jette mon brouillon sur le côté de son bureau, puis croise les bras devant elle.

– Les coulisses de la vie de femme de chambre ne vont qu'un temps, reprend-elle.

C'est bien dommage, parce que pour ça, au moins, je suis douée !

Certes, à vingt-huit ans, je suis complètement fauchée et mon parcours professionnel laisse à désirer, mais j'ai réussi à devenir la *Gossip Girl* de la ville ! Il y a encore quelques mois, mes chroniques étaient le succès du journal. Les gens sont avides de savoir ce qui se trame dans les coulisses d'un palace luxueux comme le *Ryan & Resorts,* renommé *l'Hôtel Rose* dans mes petites tribulations hebdomadaires.

En tant que femme de chambre, je suis aux premières loges pour trouver les secrets des personnalités les plus riches du pays. À moi toutes les anecdotes, plus croustillantes les unes que les autres, sur les stars de cinéma, les milliardaires et les politiciens en quête d'une escapade secrète… Des objets fétichistes aux animaux exotiques retrouvés au petit matin, j'ai toujours une bonne histoire à révéler !

– Sans vouloir te vexer, Helena, je pense qu'avec cet essai, tu seras d'accord avec moi pour dire que ma chronique a encore de beaux jours devant elle et que l'idée de me recycler en romancière à l'eau de rose ne mérite pas d'être…

– Il est temps de changer de directions ! me coupe-t-elle immédiatement.

Théâtralement, elle pousse mon papier vers la poubelle, sans y jeter un dernier regard.

– Tes tribulations étaient géniales, mais nos lecteurs sont blasés. Rien ne les étonne de nos jours ! La romance, c'est beaucoup plus vendeur ! Je veux des intrigues, des secrets et des quiproquos.

Je détourne les yeux et esquisse un sourire forcé. Comment écrire sur ce qu'on ne connaît pas ? La seule véritable histoire d'amour qui me vient en tête est la mienne, celle que j'ai vécu à l'adolescence et qui implique un homme encore plus inaccessible qu'une boîte de lessive en haut d'une gondole dans un supermarché.

– Helena, ça ne va pas le faire, marmonnai-je. Pour parler d'amour, il faudrait que je connaisse mon sujet…

– Si tu n'as pas d'inspiration, joue un rôle, déguise-toi en héritière et trouve-toi un millionnaire.

– Oh oui, bien sûr ! Je vais simplement sortir et le dénicher au coin de la rue, ironisé-je.

Elle roule des yeux.

– Tu travailles dans un hôtel de luxe, ça ne devrait pas être un problème.

– Et il est prouvé que l'on peut séduire n'importe qui avec des talents de comédienne !

Elle me lance un regard dubitatif comme si elle réalise qu'effectivement, ce n'est pas à la portée de tout le monde, puis secoue la tête.

– Allez, au boulot, écris-moi ce chef-d'œuvre ! Je veux de la passion, des étincelles, du sexe torride et du glamour ! Je te fais confiance. Au vu du planning éditorial, je te laisse un an pour me pondre un best-seller.

Hein ?! Un an pour écrire mon histoire d'amour extraordinaire ?! Alors que j'ai déjà à mon actif une quantité non négligeable de déceptions amoureuses ?! Facile d'en dresser la liste : l'homme marié prétendument célibataire, le mégalomane, le toxico et dernièrement, l'artiste instable qui m'a piqué du fric. Tout ça sans mentionner…

Je soupire, accablée.

– Il y a quelque chose d'ironique dans le fait qu'une femme de ménage n'ait jamais réussi à mettre de l'ordre dans sa propre vie, marmonné-je, amère.

– C'est une excellente introduction ! s'enthousiasme alors Helena qui m'a visiblement entendue.

– Certainement pas ! affirmé-je vigoureusement.

Pour résumer la fin de cet entretien épique, je suis sortie du bureau, avenant en main complété de ma jolie signature. Maintenant, je dois relever ce défi fantasque sous peine de rompre notre contrat.

Chapitre 1
ARCHE DORÉE

Pénélope

Nombre de chapitres écrits : 0 – Inspiration proche du néant

Onze mois plus tard.

– Oh, mais tu rêves ! Je n'irai pas à ce rendez-vous arrangé ! juré-je, ulcérée.

June me toise avec lassitude par-dessus son large bureau en chêne massif. Alors que je me penche vers elle, j'avise à travers la baie vitrée la vue depuis le quinzième étage de cet immeuble en plein milieu de Time Square. Elle s'est offert ce cabinet après le procès qu'elle a gagné contre des familles entières expulsées par des promoteurs immobiliers ! Mieux vaut se rasseoir gentiment.

– C'est quoi le problème ? Moi, au moins, je te dégote quelqu'un de correct.

Voici ma meilleure amie dans toute sa splendeur ! Brillante avocate névrosée à tendance obsessionnelle, elle souffre de troubles affectifs, hérités de sa grand-mère selon elle, qui explique sûrement son intérêt un peu trop proactif pour ma vie amoureuse…

J'aurais dû la prendre comme héroïne de mon roman. Certes, elle est loin de tomber dans le romantisme, mais au moins, elle cumule les aventures avec ses clients fortunés très généreux et elle l'assume. Elle a des choses à raconter !

– Alors ? insiste-t-elle. Quel est le problème, cette fois ?

Elle retrousse les manchettes dorées de sa chemise en popeline, croise les bras, puis se laisse aller contre le dossier de son fauteuil en cuir. Secouant la tête, elle agite son carré long auburn, tandis que l'émeraude de ses iris inquisiteurs attend ma réponse. Par où commencer ? Le chanceux sélectionné sur l'application est un rentier de trente-cinq ans, beau comme Adonis. Rien que ça, c'est un problème ! Elle est intelligente, je ne devrais même pas le lui expliquer…

Je pointe du doigt l'écran de son smartphone.

– De un : je suis certaine que ce n'est pas lui sur sa photo de profil ! Et, de deux : c'est sûrement encore un pervers quand on considère que…

Mes yeux s'arrondissent subitement alors que je me penche sur le téléphone.

– June ! Pourquoi j'ai à peine quinze ans sur la mienne ?! Tu es complètement siphonnée ?!

– Ah bon, tu es sûre ? s'étonne-t-elle, en passant une de ses mèches derrière l'oreille. Attends, l'image est quand même passée malgré les règles de morales et de…

Je lui fais de gros yeux.

– Hum, c'est peut-être ta grosse poitrine qui a pesé dans la balance, assène-t-elle, avec une certaine nonchalance.

– Est-ce que ça change quelque chose à la problématique ?! Sérieusement, tu aurais pu choisir une photo plus récente !

– Je n'ai pas trouvé mieux. Au moins, si ça marche, tu seras sûre qu'il ne sort pas avec toi pour ton physique.

– Qu'insinues-tu par-là ?

Elle lève les yeux au ciel. Ses ongles manucurés d'un rouge sang tapotent d'impatience sur le bois de son bureau.

– Oh arrête, tu as aussi ton charme…

Selon le *June traducteur* cela veut dire qu'elle n'en pense pas un mot !

– Quelque part, une personne t'aime, j'en suis sûre, minaude-t-elle, avec son faux air apitoyé.

Formidable, j'avais justement besoin que l'on me rebooste l'ego.

– Bon, admettons… dis-je, sur la réserve.

Je baisse les yeux et lis tout haut le texte de présentation de mon profil :

« Salut toi, créature curieuse. Prépare-toi à un voyage sauvage en compagnie de la prêtresse de la décadence. La journée, je suis soubrette, prude et timide, et la nuit, une danseuse exotique qui chauffe la piste de danse. Swipe à droite et qui sait ce que l'avenir nous réserve ! »

J'en reste sans voix, alors que ma meilleure amie tend la main pour reprendre son smartphone.

– Il fallait un texte accrocheur ! se justifie-t-elle.

Dépitée, je me laisse tomber sur le siège devant son bureau.

– C'est sûr, c'est un dealer de coke.

Le téléphone s'échappe de mes doigts, récupéré prestement par sa propriétaire qui poursuit avec son accent d'aristo qui est apparu par mystère depuis qu'elle a été prise au barreau :

– Mais non, arrête de dramatiser ! Nous échangeons sur l'appli depuis plus de trois jours. C'est l'un de ceux qui ont l'air le plus équilibré.

– Il en a seulement l'air ! m'insurgé-je, abasourdie.

Je ne suis pas contre les rendez-vous arrangés, cependant, ceux de June sont quelque peu traumatisants. Entre son client fasciné par mes coudes et son banquier incestueux qui me parlait de sa mère…

– Pénélope, tu dois être plus ouverte ! À ce rythme, tu vas vraiment finir par écrire un torchon dont la seule inspiration sera le voyeur de l'immeuble en face de chez toi.

– Mais, je veux une vraie rencontre, pas un psychopathe.

– Eh bien, tu auras de quoi analyser son cas au moins. Dis-toi que c'est une chance de rentabiliser tes cinq ans d'études.

– Quelles études ?

– N'as-tu pas obtenu un diplôme de psychologue ?

– Non, j'ai loupé mon examen. Tu le sais très bien.

– Franchement, il n'y a que toi qui croyais réussir dans cette voie.

Merci bien ! June peut être sans pitié parfois. Elle sait mieux que quiconque que ce n'était pas la joie à cette époque. Les années postbac ont été catastrophiques… Ma mère me faisait vivre un enfer, alors j'avais décidé de cohabiter avec Marta, une vieille call-girl du bar *Horizontal Tango*.

June semble retenir sa respiration, les pupilles figées, les yeux grands ouverts et les sourcils très hauts. Suspicieuse, je prends le temps de l'observer.

– Avoue ! m'écrié-je, la pointant du doigt. Je suis certaine que tu as mis que j'avais un diplôme dans la description.

– Rho, qu'est-ce que ça change ? Des études, un cabinet à Londres, toutes ces choses sont là pour te faciliter la tâche.

Oh mon Dieu !

– Je n'ai rien de tout ça ! Il va me prendre pour une fabulatrice ! Très sain comme début de relation…

– Qui dit la vérité de nos jours ?

Elle est malade. Nous avons beau être meilleures amies, nous n'avons absolument rien en commun. Enfin, mis à part ce grain de folie qui nous caractérise toutes les deux et le fait que nous avons été dans la même classe jusqu'en terminale.

– Es-tu en position de chipoter ? lance-t-elle, ses mots claquant comme des fouets. Tu n'as même pas écrit une ligne de ton stupide roman ! Tu m'as bien dit que tu devais absolument trouver ton grand amour, non ? Eh bien voilà, je te donne un coup de pouce !

Sa nouvelle détermination à me caser me surprend, mais je ne peux m'empêcher de fondre devant le pli d'inquiétude qui déforme soudain son front.

– Oh June, c'est tellement adorable de te soucier de moi, dis-je, les pupilles en cœur.

– Tu penses que je suis une amie dévouée ?

Est-ce un sourire crispé que je perçois au coin de ses lèvres ? Cette légère grimace trahit certainement ses propres interrogations.

– Oui, la rassuré-je. J'ai beaucoup de chance.

Elle me dévisage, sidérée.

– Pénélope ! s'exclame-t-elle, me faisant sursauter. Tu m'appelles tous les jours pour me raconter ta vie ! Ça fait plus d'un an que tu me bassines les oreilles avec la paye que t'a promis le journal, avec la rencontre censée te fournir l'inspiration qui te manque, et pourtant tu te tapes que des tocards ! Tu crois que tu vas l'écrire comment ton best-seller ?!

Son expression déformée par la frustration me fait presque peur. Mes yeux s'écarquillent quand ses ongles griffent fébrilement les accoudoirs, produisant un bruit désagréable. Je me repositionne sur le fauteuil.

– Pas faux, formulé-je prudemment.

– Pour une fois dans ta vie, concentre-toi.

– Oui, cheffe !

June soupire, laissant échapper une pointe d'exaspération.

– De toute manière, tu n'as pas le choix, le rendez-vous est pris pour ce soir. Et puis, tu m'en dois une. Souviens-toi d'Harry.

Depuis que je lui ai piqué son petit ami en primaire, j'ai l'impression que j'ai une dette de sang envers elle. Je n'ai pas couché avec lui ! Il a juste effleuré ma... Bon, je ne suis pas obligée de tout raconter, si ? Je secoue la tête pour chasser ce souvenir un peu obscène et surtout parce que j'ai l'intime certitude que Dieu m'a punie toute ma vie à cause de ça.

– C'est vrai, tu as raison ! lancé-je, pleine de détermination.

June m'observe de son œil de pigeon inquisiteur. J'ai l'intuition que si j'ose encore la contredire, je déclencherai l'éruption de son humeur volcanique. Dans un élan de vivacité, je relance la conversation pour faire définitivement redescendre la pression :

– Et donc, je m'habille comment ?

Je crois qu'elle se détend.

– Une robe chic, s'il te plaît. Fais un effort !

Ma seule robe « chic » est celle de mon bal de promo. Elle est certes fuchsia, mais le décolleté vaut le détour. Je me demande si je rentre toujours dedans...

– Le lieu de rendez-vous ne devrait pas te dépayser, c'est au bar du *Ryan & Resorts*, précise-t-elle.

Évidemment... Comme ça, quand le portier me reconnaîtra et me demandera où j'ai caché mon tablier, la supercherie sera immédiatement dévoilée !

– Mon lieu de travail, June, vraiment ? Tu te dis que c'est une bonne idée ?

Sans compter que ma mère va me pendre ! Malgré mes huit ans de service, je n'ai jamais mis les pieds dans le bar de l'hôtel, car elle me l'a formellement interdit. « Ne me fous pas la honte », ce sont ses mots.

– Au moins, ça ne devrait pas être trop difficile à trouver, rétorque distraitement ma meilleure amie, déjà absorbée par son MacBook.

– Quelle heure ? demandé-je, désabusée.

Mais elle ne m'écoute déjà plus. Je la vois taper sur son clavier, son regard parcourant les lignes d'un document. Elle est probablement sur le dossier de ce fameux tueur en série qu'elle tente de faire sortir de prison. Et, elle va y arriver ! Aucun doute possible. Néanmoins, pour toutes les New-Yorkaises, je me dois de mentionner que Gilbert, le serial killer en question, est fasciné par le cannibalisme. Il a décrit très précisément à June sa manière de cuisiner et de déguster les jeunes femmes qui rentrent seules le soir. Ils ont écrit conjointement son autobiographie. D'ici quelques mois, je ne sors pas sans mon taser !

– Quelle heure ? insisté-je d'une voix plus forte.

– 21 heures. Mais tu es encore là ?!

À quel moment m'a-t-elle vu quitter son bureau ? Elle n'est pas nette. Je hausse les épaules avec évidence.

– Bah. Bien sûr.

Son index tapotant sa joue, elle réfléchit tout haut :

– Ah, c'est donc ça qui me dérange…

– June !

Mon amie me dévisage plusieurs secondes, puis me réprimande sévèrement :

– Il est bientôt 20 heures ! Ne serais-tu pas en retard à ton rendez-vous ?! Franchement, et tu te poses encore des questions sur ton célibat ?

Chapitre 2
PETIT PONT

Pénélope

On le sait toutes, la confiance en soi joue à 90 % dans la séduction !

Voilà pourquoi, tête haute, démarche chaloupée, je foule de mes talons aiguilles le hall de ce palace cinq étoiles. Derrière deux grandes portes vitrées, je découvre enfin, après plus de vingt ans à errer dans ces couloirs, le bar haut de gamme du *Ryan & Resorts* et sa décoration chic d'inspiration française. Alors que, manteau au poignet et mon sac bourse à grelots et sequins à la main, je foule le marbre noir dans ma robe sirène satinée mi-longue aux épaules dénudées, il n'y a plus aucun doute, je suis le clou du spectacle. Zéro complexe ! Je m'installe confortablement dans un fauteuil en velours rubis devant le comptoir géant en acajou.

J'ai l'impression d'être une *James Bond Girl* !

Satisfaite, je souris et regarde au-delà des hautes fenêtres qui donnent sur une des rues les plus animées de New York. C'est étrange, l'impression de calme et de sécurité qu'on ressent alors que la vie grouille dehors.

Les minutes défilent. Je me commande un cocktail et commence à le siroter en détaillant les lourds lustres en cristaux qui planent au-dessus du salon. Leur éclairage tamisé crée une ambiance intime et chaleureuse, alors que de magnifiques orchidées embaument la pièce.

Mon verre se vide étrangement vite, mais ce cocktail a le pouvoir de me donner du courage en attendant mon rendez-vous, donc je n'hésite pas à faire signe au barman pour en demander un autre.

Finalement, après une demi-heure à poireauter, j'en suis à mon troisième breuvage et j'ai tapé la causette avec mes voisins. Inutile de préciser que le gars de l'application m'a posé un lapin. Enfin, je n'ai pas réellement perdu ma soirée : je suis passablement pétée et j'ai à présent beaucoup de copains.

– Il ne sait pas ce qu'il perd ce sale type ! maugréé-je dans ma barbe.

– C'est bien vrai, vous savez parfaitement mettre vos atouts en valeur, rigole la petite vieille richissime qui picole seule, à côté de moi.

Une vraie pote de débauche, mamie Ginette ! Coude sur le dossier du fauteuil, je continue de lui conter mes malheurs :

– Vous vous rendez compte, Ginette, le dernier en date, il me faisait une cour de malade, tout ça pour vivre à mes crochets pendant six mois, me dire qu'il m'aime, mais coucher avec une autre à la première occasion venue. Pour couronner le tout, il me fait croire que c'est ma faute. C'est ça, un pervers narcissique.

– J'en connais plein de pervers narcissiques, m'informe-t-elle.

– J'en suis sûre, Ginette, dis-je, compatissante. J'en suis sûre. Ce sont tous des petits bâta…

– Madame ! m'interrompt le serveur qui se positionne devant moi derrière le comptoir. Pouvez-vous parler moins fort ?

Avec ses cheveux noirs gominés bien ordonnés, sa peau lisse sans imperfection et ses traits impassibles dénués d'expression, on pourrait le confondre avec l'humanoïde dans *Passengers*. En outre, quel être humain serait capable de serrer son nœud papillon au point de comprimer son larynx ?

– Respirez, Charles. C'est très sérieux ce que je m'apprête à dire.

Je reviens à Ginette.

– Vous savez ce que je me suis toujours dit ? Je ne laisserai plus jamais personne m'humilier. Plus jamais. Que ce soient un proche, un patron et encore moins un mec. Hors de question que je me laisse faire ! Vous voyez ma voisine qui me pourrit la vie ? Eh bien, j'ai intercepté les courriers de son opérateur téléphonique et j'en ai extrait son numéro de portable que j'ai filé aux dealers du coin. Elle reçoit des offres de beuh chaque jour. Bientôt, je vais la dénoncer aux flics pour trafic de stupéfiants.

– Madame ?! insiste le serveur que j'ignore.

– Ce que je veux dire, c'est que la Pénélope Carouze d'aujourd'hui est le fruit de mes réflexions et de mes décisions d'hier. Ce que je suis aujourd'hui, appuyé-je, c'est une putain de célibataire !

Quelle idée brillante ! Je n'écrirai jamais cette foutue romance. Soyons clairs, j'ai zéro chance de tomber sur un mec bien et je préfère être seule à tenir le bar plutôt que de sortir de nouveau avec un enfoiré !

– S'il vous plaît, madame, réitère Charles, en haussant les deux sourcils simultanément.

– Vous êtes nouveau, ici ? demandé-je, curieuse, en observant son uniforme impeccable.

Je note une légère crispation au coin de ses lèvres en réponse.

– Ça se voit, dis-je en rigolant.

Je me hisse au-dessus du comptoir pour tapoter son avant-bras, produisant chez lui un léger sursaut, et très sérieusement, je lui suggère :

– Arrêtons avec les « madame », Charles. On se connaît maintenant. Et puis, sers-moi un autre cocktail, s'il te plaît.

Je crois l'entendre murmurer : « Je ne m'appelle pas Charles », alors que je suis persuadée qu'il se nomme ainsi.

Il poursuit :

– Je ne peux plus vous resservir de boissons alcoolisées.

– Pourquoi ça ?

– La direction de l'hôtel m'interdit de servir les clients en état d'ébriété. Vous êtes ivre.

Quelle perspicacité ! Pense-t-il que je ne m'en suis pas rendu compte ? Je me marre tout en me demandant pourquoi je n'ai pas bravé l'interdit pour venir dans ce bar plus tôt, car je passe vraiment un excellent moment.

– Vous devez payer vos consommations, me rappelle-t-il en déposant la note sur le comptoir.

Je louche sur le bout de papier. Mes pupilles prennent quelques secondes à faire le focus du montant total.

– Cent trente-cinq dollars ?! Je ne me souviens pas d'avoir commandé une tournée générale !

Quoiqu'un peu éméchée…

– C'est le prix pour vos trois cocktails, madame.

– Vous plaisantez ?! La papaye vient ici en jet privé ou quoi ?!

Le type m'observe d'un œil morne, ne se laissant aucunement démonter.

– Écoute, Charles, mon rencart ne devrait plus tarder à arriver.

– Il a fait demi-tour… marmonne le serveur.

C'est possible, ça ? Je glousse face à cette éventualité.

– Et comment tu peux le savoir ?

Il désigne deux silhouettes un peu plus loin. Ah, c'est marrant, elles fusionnent pour n'en faire qu'une.

– Ce n'est pas lui, là, qui remet son manteau ?

Ça, ça me fait moins rigoler. Je me redresse sur mon siège et avise le type à l'entrée. Je vois flou, mais reconnais légèrement les boucles blondes d'ange que June m'a montrées en photo. Costume bien taillé. Il a l'air arrogant et pété de thunes. Tout à fait mon genre. Totalement hors de ma portée. C'est bien lui, le fameux « Jock, 33 ans » !

Enfin, je déchante quand j'avise sa grimace de dégoût alors qu'il me jette à peine un regard.

– Hmm, feinté-je. Non, ce n'est pas lui. Le mien a probablement dû être empêché par un grave accident.

J'offre un grand sourire au serveur que celui-ci n'a pas l'air d'apprécier, tout en suivant du regard le malotru qui ose m'humilier ainsi en public. Il va m'entendre. Je me lève et sur le départ, je siffle le reste de mon verre. Oh là là, ça tourne là-haut. Pas de panique, je tiens très bien l'alcool.

– Madame, s'empresse de m'arrêter Charles. Vous nous devez toujours cent trente-cinq dollars.

J'ai failli recracher le liquide par le nez. J'avais complètement oublié ! Misère…

– Par carte ou en liquide ? propose-t-il.

– Par carte, Charlatan !

Réfléchis, Pénélope, tu ne peux décemment pas payer cent trente-cinq dollars !

De toute façon, ma carte bancaire ne passera pas. *No stress,* j'ai toujours un plan de secours et des idées absolument lumineuses… Surtout après trois verres !

Alors que le serveur part derrière le bar pour récupérer la machine, je m'exclame d'une voix embourgeoisée qui m'est absolument étrangère :

– Je m'en vais me vider la vessie et je reviens. Pendant ce temps, je vous prierai de rectifier votre total. Vous avez dû mal lire les tarifs.

J'attrape mon sac, puis avise avec dépit mon manteau. Je grimace d'agacement. Je vais devoir lui dire au revoir, car si je le prends avec moi, cela paraîtra trop suspect.

June ! Tu vas me le payer.

Je dis bye-bye à Ginette et me dirige vers l'endroit indiqué par des néons. Le pub est immense, alors c'est avec aisance et souplesse que je bifurque discrètement vers la sortie, puis trottine dans le hall pour rattraper l'autre abruti. J'ai deux mots à lui dire !

Une fois à l'extérieur, un vent glacial s'immisce entre mes jambes.

– Bordel, je me caille les miches !

Toute cette mise en scène n'a pas été vaine, puisque tel le Graal, le type attend sa voiture en bas des escaliers. Je l'interpelle sans attendre :

– Oh ! C'est vous mon lapin ?!

Il ne se retourne pas, le bougre. De taille moyenne, tiré à quatre épingles et chaussures lustrées, ça aurait pu être un parfait gentleman. Je dévale les marches comme je peux dans cette foutue, et très inconfortable, robe de bal à la con.

– Vous faites semblant de ne pas m'entendre ?!

Lorsque « Jock, 33 ans » se retourne, je manque de m'étaler sur le bitume, mais récupère mon équilibre *in extremis*. Le lampadaire le plus proche dévoile ses traits impeccables, soulignés d'une mâchoire décidée et des yeux perçants. La petite moustache Chaplin me déroute, mais un coup de rasoir suffira à régler ça.

– Dites donc, vous êtes moins grand qu'il n'y semblait sur votre photo de profil, observé-je.

J'émets un rire forcé… J'en tiens une, putain !

Mutique, il plisse les yeux, peu coopératif à échanger avec moi. Eh ! Je n'apprécie pas du tout sa façon de me regarder. N'avons-nous plus le droit de blaguer ?

– Je n'ai pas le temps, m'envoie-t-il en grimaçant, hautain.

OK, *red flag !*

– Vous n'avez pas le temps ? Je me suis maquillée et coiffée un vendredi soir. J'ai mis du vernis sur mes ongles de pieds en plein mois de février. D'accord, pour la robe, on a vu mieux, mais merde, on échange depuis trois jours et vous êtes incapable de fournir un effort de deux minutes pour venir me saluer ? Même pour me dire que je ne suis pas à votre goût ?!

June, je le fais pour toi. Pour nos vingt-six ans d'amitié. Et, parce que je déteste ce genre d'individu imbu de sa personne.

Il balaie ma silhouette d'un œil froid et chirurgical.

– En effet, vous n'êtes pas à mon goût.

Quelle franchise débordante de tact ! Qu'à cela ne tienne, à la guerre comme à la guerre. Merde ! J'ai du potentiel !

– J'ai du potentiel !

Bon, ça, je n'étais pas obligée de le répéter à voix haute… Ma mère m'a toujours dit : « Quand tu montes sur tes grands chevaux, finis toujours par quelque chose d'intelligent. »

Allez, Pénélope ! On y croit !

– Vous devez vous sentir sacrément triste pour être aussi superficiel. Je vous ai fait don de mon temps. Vous croyez qu'il n'est pas aussi précieux que le vôtre, mon temps ?! Une minute de perdue est une putain de minute de perdue ! Quel gâchis !

– Cet établissement a baissé en gamme, soupire-t-il en levant les yeux sur la façade de l'hôtel. Il n'y a rien de personnel, nous ne chassons juste pas dans la même cour.

Il me fait signe de reculer, puis se penche pour ouvrir la portière de sa voiture de luxe. Je crois que malgré tous les salauds, les bipolaires, les paumés et autres débauchés qui ont jalonné ma vie amoureuse, je n'ai jamais rencontré un homme aussi exécrable. Et il n'y a même pas une heure, j'ai juré à Ginette sur l'honneur de ne plus me laisser faire par ce genre d'odieux personnages ! Cet homme doit apprendre à traiter les gens avec plus de respect.

Sans tergiverser davantage, j'agite l'anse de mon sac à main qui fait un grand cercle en l'air pour finir sa course sur le capot de sa voiture. Tous les grelots de la fermeture font un bruit terrible sur la carrosserie, et comme il fallait s'y attendre, laissent derrière eux une marque significative sur la tôle.

Je relève haut le menton, prends mon air le plus innocent et me recule sagement.

– Oh, mille excuses, est-ce que ça vous paraît plus personnel maintenant ?

Il lève un sourcil, me dévisage deux misérables secondes, puis envoie entre ses dents serrées :

– Vous n'avez aucune idée de qui je suis.

– Eh bien si, « Jock, 33 ans ». Vous avez d'autres questions ?!

Il fronce les sourcils comme s'il était sur le point de m'étrangler.

– Vous allez me le payer.

Là j'avoue, je fais un pas de plus en arrière. J'espérais le voir choqué, je ne m'attendais pas à ce qu'il réagisse avec autant d'agressivité. Quel est le problème ? Il n'est pas manchot, il peut donc bien passer un coup de *polish* sur sa bagnole !

– Madame ! hurle alors Charles depuis le haut des marches. Revenez ici !

Je sursaute avant de faire volte-face. Merde, il tombe très mal, celui-là.

Est-ce qu'on peut se faire arrêter pour agression de voiture et vol de cocktail en une seule soirée ?

Pour gagner du temps, je lève mon index dans la direction du barman qui dévale les escaliers jusqu'à nous.

– Tu es cinglé, Charles ! lui crié-je sur le même ton. Quel gentleman harcèlerait une pauvre femme qui vient de se faire plaquer par son mec pour payer cent pauvres millilitres de cocktail alors que l'on n'est pas sûr qu'ils y mettent de vrais fruits ! Hein ? Tiens, d'ailleurs, j'aurais deux mots à dire au fils de Satan à qui appartient ce bordel !

– C'est mon établissement, nous interpelle une voix masculine et autoritaire.

Nous relevons tous la tête en direction d'un couple qui remonte les marches de l'hôtel. Ils sont en tenue de soirée, comme s'ils revenaient d'un gala de charité ou du *Metropolitan Opera.* L'homme jette un bref regard sur Jock avant de se concentrer sur moi.

Je reste pétrifiée.

Si sa voix calme, basse et profonde m'a troublée, son visage familier me chamboule complètement alors que trop de souvenirs jonglent dans ma tête et rebondissent dans mon esprit sous les effets de l'alcool.

J'en ai des haut-le-coeurs. C'est les nerfs. Je presse ma paume moite contre ma bouche pour contenir la nausée qui monte.

– Y a-t-il un problème ? intervient de nouveau ce fantôme, revenu tout droit du passé.

Avec prestance, il descend les marches pour s'arrêter devant notre petit attroupement.

– Monsieur Ryan, bonsoir, poursuit Charles déconfit. Je suis désolé pour ce qui se passe. Je vais tout arranger…

– Tout arranger ? s'indigne Jock. Monsieur Ryan, cette cliente a littéralement détruit ma voiture. Elle est intenable et…

Jock interrompt sa diatribe quand il voit que je cherche à m'éloigner. Croyant sûrement que je veux fuir, ce crétin m'attrape et me retient par le poignet. J'essaie de me dégager, mais la pression de son emprise se fait plus forte, m'obligeant à faire face.

Mon dos se redresse, et je croise de nouveau ce regard d'un bleu redoutable, froid comme de la glace… Je bats légèrement des cils, cherchant à maintenir le contrôle de mes émotions. Impossible.

Non, ce n'est pas *le* Devin Ryan. Celui que je connais avait des lunettes. Il était grand, certes, mais il a disparu de la circulation depuis onze ans. Non, ce n'est pas *le* Devin Ryan qui m'a embrassée dans une chambre d'hôtel quand j'avais quinze ans. Avec lequel j'ai vécu ma première fois, trois ans de relation et qui s'est barré sans prévenir. Non, je ne viens pas de retrouver mon ex, ce salopard de service alors que je suis engoncée dans une robe fuchsia trop petite pour moi, complètement saoule et qu'un serveur va probablement me faire emmener par les flics ! Quelle déchéance…

– Madame ! réitère Charles.

– Je m'en occupe, Samuel, dit calmement le propriétaire des lieux à l'intention du barman.

Charles hoche lentement la tête avant de remonter docilement les marches et de disparaître dans l'immeuble.

Un silence tombe dans la rue, me faisant frissonner de la tête aux pieds.

– Il s'appelle Charles, dis-je tout bas.

Pourquoi je raconte ça, moi ? Et pourquoi Jock ressert sa prise sur mon poignet ? Je ne vais pas m'envoler !

Devin m'observe plus durement à présent. Je déglutis. Sous son examen, je perds les dernières fractions d'assurance qui subsistaient en moi. Je reconnais le Devin Ryan de mon adolescence. Ses cheveux ébène toujours en rébellion tombent aujourd'hui un peu plus en désordre au-dessus de ses sourcils bien dessinés. L'intensité arrogante dans son regard qui me subjuguait autrefois, me fait pâlir désormais. Ses traits ont mûri et gagné en assurance, comme si c'était nécessaire… Évidemment, avec son 1 m 90, Devin surplombe le commun des mortels qui arpente ce trottoir, mais sa prestance est indéniablement la raison pour laquelle les passants s'écartent instinctivement. Devin a cette capacité naturelle d'impressionner.

Et moi, je me demande pourquoi je n'ai pas pris la peine d'attacher ma longue tignasse pour paraitre un peu plus distinguée. Et pourquoi je n'ai pas raccourci mes faux-ongles ? Une crispation parcourt ma mâchoire à cette pensée aussi futile qu'inutile, mais qui alimente ma frustration. Que fait-il ici ? Pourquoi faut-il qu'il apparaisse maintenant ? Toute l'euphorie de la soirée m'a quittée, il ne me reste plus que ma nausée et des souvenirs bien trop douloureux.

– Vous êtes témoins, reprend Jock. Cette femme a endommagé ma voiture.

Il désigne du doigt la trace sur son capot et quelques éclats de peinture rouge restés sur les breloques de mon sac. Les iris de Devin suivent mécaniquement le chemin indiqué.

– C'est parce qu'il m'a posé un lapin, murmuré-je pour ma défense.

Je mords l'intérieur de mes joues pour définitivement me faire taire.

Devin me sonde quelques secondes, sa mâchoire virile se contracte. M'a-t-il reconnu ? Tout semble à croire que non. Je n'ai pas tant changé car si nous n'avions pas ce lourd passif, il est certain que je succomberai encore à l'attrait qu'il suscite, à ses traits ciselé et la façon dont son costume met en valeur sa carrure. Un frisson de honte me parcourt alors qu'il me surprend à le détailler.

Est-il possible de faire des retrouvailles plus humiliantes ?

– Natacha, entre, il fait froid, suggère-t-il doucement à la femme qui, se tenant toujours au milieu des escaliers, acquiesce avec grâce.

Cette fille ressemble à une poupée avec son visage rond encadré de ses cheveux bruns. Le regard attentif qu'elle pose sur Devin dégage confiance en elle et mystère. Elle lui sourit avec discrétion, puis ramène sa longue écharpe en cachemire sur son épaule, et je ne peux la quitter des yeux alors qu'elle remonte le perron d'une démarche féminine et captivante, laissant derrière elle un léger parfum de magnolia. Comment ignorer qu'ils vont ensemble à merveille ? Leur classe et leur attitude semblent fusionner parfaitement…

– À nous, m'intimide le malappris, l'expression altière. Je vais appeler immédiatement la police, et Monsieur Ryan, ici présent, pourra contribuer à ma plainte pour…

Alors que je m'imaginais déjà être escortée devant mon lieu de travail, les menottes au poignet, le ton tranchant de Devin nous prend tous de court :

– Vous vous méprenez. Je n'ai rien vu. Je viens d'arriver.

Un ange passe.

Nos regards se croisent de nouveau, juste un instant, avant que ses yeux ne descendent sur mon poignet. Je note l'éclair de mépris qui traverse ses iris lorsqu'il reporte son attention sur M. Rabat-joie.

– Excusez-moi ?! s'exclame Jock. Vous n'avez pu manquer la scène ! Vous étiez aux premières loges. Regardez ! Elle a bousillé ma Cadillac ! Il y en a au moins pour cinq mille dollars de réparation !

Cinq mille dollars ?! Je crois que je réalise seulement maintenant l'ampleur de mon geste. Je ne risque pas seulement une nuit au commissariat, je vais devoir prendre un troisième boulot !

– Je n'ai pas autant d'argents sur moi…

– Ça n'étonne personne ! rétorque le malotru.

Je secoue la tête, tente de reprendre mes esprits. Cette soirée est définitivement la plus chère de ma vie. Comment est-ce que j'en suis arrivée là ? J'essaie de nouveau de reculer, mais Jock ne me lâche pas, ce qui n'empêche pas mon talon de glisser sur le bitume légèrement humide. Je me rattrape à la voiture sous le regard sévère du propriétaire. Quant à Devin, il laisse passer un rictus peu amical.

– Je vois, tranche-t-il en avisant la scène.

Les mots qui s'échappent de sa bouche sont d'une froideur glaçante. Ils font remonter d'inconfortables frissons le long de ma colonne vertébrale. Ceux-ci s'intensifient lorsqu'il dénoue légèrement le nœud de sa cravate et poursuit en m'ignorant :

– Il est tard. Votre véhicule gêne le stationnement devant mon établissement. Dois-je contacter une dépanneuse ?

Jock tousse brusquement, les yeux arrondis.

– Vous refusez de témoigner ?! s'insurge le propriétaire de la Cadillac. Sachez que mon père connaît personnellement le vôtre.

– Moi aussi je connais son père, raillé-je, en roulant des yeux.

L'homme ne cède pas, déterminé à me faire passer un mauvais quart d'heure.

– Un coup de fil et j'aurai les enregistrements des caméras de surveillance de cet établissement pour prouver mes dires et poursuivre cette furie en justice !

Oups, il a le bras long. Si sa famille est aussi proche du patriarche du clan Ryan, ce type n'est définitivement pas n'importe qui.

Alors que M. Rabat-joie agite mon bras pour me désigner, Devin lui envoie un regard assassin. Dois-je me cantonner au rôle de marionnette ? Je dois réagir.

– Mais, lâchez-moi à la fin ! m'écrié-je.

Pendant que Devin écarte le pan gauche de son manteau et fouille sa poche de pantalon de smoking pour en sortir son porte-cartes, je récupère mon poignet de force. Il en tend alors une à Jock d'un air las.

– Lorsque vous aurez vos preuves, appelez directement mon avocat. Maintenant, libérez la place devant mon hôtel, je n'ai pas de temps à perdre et mes employés non plus.

Il désigne les deux portiers qui sont probablement aussi gelés que moi dans leur uniforme et qui observent la scène à distance. L'un d'eux fait patienter une voiture grise depuis quelques minutes déjà et pousse un soupir de soulagement quand Devin lui adresse un signe de tête rassurant.

Néanmoins, Jock, rouge comme une tulipe, ne perd pas ses moyens. Il éructe, ses lèvres tremblantes agitant sa petite moustache :

– Jamais, on ne m'avait traité de la sorte ! Votre avocat aura de mes nouvelles, croyez-moi.

Sans se laisser perturber le moins du monde, Devin range son portefeuille, puis passe la main dans ses cheveux, les dépeignant définitivement. Cela accentue le regard menaçant qu'il pose sur Jock lorsqu'il lui fait signe de monter dans sa Cadillac. L'odieux personnage se révolte dans sa barbe, mais me contourne sans oublier de m'adresser un doigt d'honneur au passage.

Charmant !

Alors que la voiture quitte enfin la chaussée, je me retrouve seule devant l'homme qui m'a sortie de ce guêpier… Et grâce à qui je m'en sors, pour l'instant, sans payer un dollar.

Est-ce que je dois lui faire un chèque pour les cocktails ? J'en ai la tête qui tourne et malgré ce froid, mes paumes restent moites. Je ne vais pas mentir et dire que je n'ai pas pensé une seule fois à nos retrouvailles. Je me suis vu des milliers de fois régler nos comptes avec véhémence lors d'une rencontre hasardeuse en pleine rue, dans un parking ou encore en boîte de nuit. Absolument pas dans ces circonstances où je ne suis pas en mesure de réclamer quoi que ce soit !

Quand ses yeux se posent sur moi, je fais un pas en arrière. Ce frémissement sur sa joue, je ne l'ai pas imaginé, c'est celui qu'il manifeste involontairement lorsqu'il est agacé.

Je me redresse et bredouille finalement :

– Merci.

Il acquiesce, puis sans un mot, commence à remonter les marches.

– Attends ! le rappelé-je.

Devin s'immobilise, rigide.

– Tu sais qui je suis, non ?

Il se retourne lentement, puis d'un regard impénétrable, m'analyse une longue minute. Sa bouche se tord avant d'envoyer durement :

– Je t'ai reconnue.

Ma poitrine produit un looping. Ça fait mal.

– Je vais te rembourser, lui assuré-je, ne sachant pas quoi dire d'autre pour briser la glace.

– Ce n'est pas la peine.

Pourquoi sa voix est-elle encore plus glaciale, à présent ? Je lui accorde que ce n'est pas l'idéal pour des retrouvailles, mais ai-je mérité sa totale indifférence ? Il m'a quittée précipitamment. Je n'ai même jamais su pourquoi. Et, maintenant qu'il est là, devant moi, tel un mirage, n'est-ce pas le moment d'en apprendre plus sur les circonstances qui l'ont forcé à fuir ?

– À tout hasard, as-tu le temps pour boire un verre ? demandé-je, timidement.

Il est définitivement intimidant. *Comme autrefois.* Lui faire cette requête me demande un courage considérable. Courage qu'il balaie d'une simple phrase :

– Tu devrais rentrer chez toi.

Ma gorge s'assèche brusquement. Je dois papillonner des cils pour reprendre contenance. Comment calmer les battements précipités qui m'empêchent de respirer normalement ? Devin Ryan appartient à cette catégorie de personnes qui détiennent le pouvoir de t'humilier d'un seul regard, d'un seul mot. Il a sûrement constaté que je suis restée ronde, impulsive et inconsidérée, mais je reste une humaine avec des sentiments. Et je hais sa façon de me traiter. De me faire sentir comme un être inférieur.

Je me souviens de l'époque où il m'ignorait littéralement. Avant… Nous n'avons jamais fait partie du même monde, seulement, il y a eu ce moment où tout a basculé. Cet instant où il m'a regardée sous un autre jour. Cet instant où il m'a embrassée avec passion. J'ai cru en une belle histoire. Oui, j'y ai vraiment cru. Après tout, j'étais une futile fille de bonne, des millions de dollars nous séparaient : n'était-ce pas le conte de princesse dont chacune rêve à quinze ans ?

Je n'ai plus envie de boire. Plus envie de m'amuser. Il a tout gâché. Je le toise et avec un calme amer, je rétorque :

– Je rentre chez moi si je le veux. Et tu sais quoi ? Malgré les apparences, j'ai une vie parfaite, bien remplie et de l'ambition. Connard !

Je pivote et marche sur le trottoir pour m'éloigner, sans un regard en arrière. Gelée, je croise les bras sous ma poitrine. Il m'a clairement démoli le moral. C'est décidé, je vais m'arrêter à tous les bars du quartier dans l'espoir de viser le coma éthylique du siècle.

Brûle en Enfer, Devin Ryan.

Chapitre 3
PAPILLON

Pénélope
Chapitres écrits : 0 – Occupée à se bourrer la gueule…

Rho, je vais vomir !

Je m'appuie sur un coude et merci, je suis dans mon lit et en vie ! Oh, ma tête… J'ai pris une sacrée murge, hier soir. Je me mets à rire toute seule. C'était énorme ! Enfin, le peu que je m'en souvienne…

Je me redresse et tente d'avoir une trajectoire droite pour aller de mon lit à la cuisine et me faire un café bien chaud. Puis quelques minutes plus tard, appuyée contre le plan de ma kitchenette, touillant mon remède miracle anti-gueule de bois, je jette un bref coup d'œil sur ce qui m'entoure.

Sacrebleu ! Mon studio est dans un état pitoyable.

Des vêtements traînent sur le plan de travail de la cuisine, le cendrier déborde et les paquets de chips, piqués à l'hôtel, sont toujours sur la table basse : normal.

Les coupons de factures impayées, complétés mais jamais envoyés, sont cachés par une pile de magazines volés à mon dentiste : normal.

La culotte sale traîne toujours devant la porte de la salle de bains depuis deux jours : normal.

Mais le verre propre suspect retourné sur levier : carrément anormal !

Qu'est-ce qu'il fait là, celui-là ? Je ne lave jamais la vaisselle les jours de semaine. C'est une question de principe.

Ma tête tourne toujours… Que c'est compliqué de vouloir se souvenir de la veille ! En toute sincérité, je suis dans mon appart et en vie. On peut dire que l'on s'en fout de ce qui a bien pu se passer hier soir. Non ? Ouais, on s'en fout. Voilà, ça demeurera dans les méandres de l'oubli.

J'avale mon café d'une traite, puis retourne vers mon lit, ma robe fuchsia toujours sur le dos. Je la dégrafe et libère mon corps de son emprise avant de la jeter par terre.

Une douche ! Il me faut une douche ! Néanmoins, avant que j'aie le temps de retirer ma vieille gaine ventre plat, mon portable braille et détruit mes derniers neurones.

Super, c'est ma mère… Je décroche, mais à contrecœur.

– Pénélope ! Tu sais quelle heure il est ?

– 10 heures ! dis-je, tout heureuse d'avoir, pour une fois dans ma vie, trouvé une réponse à une question posée par ma mère. Si besoin, n'hésite pas. Allez, salut !

Je raccroche et poursuis mon pèlerinage vers la salle de bains à travers les immondices.

Le téléphone sonne encore. Fais chier ! Si ça continue, je ne vais jamais rafraîchir frisette !

C'est encore ma mère. Je décroche et lui crie :

– 10 heures une ! Tu vas m'appeler toutes les cinq minutes ?

– Tu te fous de ma gueule ?!

Rooh, mais cette maudite porte de salle de bains, pourquoi elle est encore bloquée ? Je mets un peu plus de force, quelques à-coups. Qu'est-ce qui gêne, bon sang ?! Miaou !

C'était le siamois de la voisine qui s'enfuit, la queue en l'air. Qu'est-ce qu'il fout là ?

– Je vais te renier ! aboie ma mère, toujours à l'autre bout du fil.

Elle a l'air vraiment énervée.

– Souffle maman et raconte-moi ce qui te perturbe dans la vie. Je suis tout ouïe.

Est-ce que je me suis brossé les dents, cette nuit ?

– Ce qui… Ce qui… Tu étais censée travailler !

Je lève les yeux au plafond et réfléchis longuement.

– Hum, aucun souvenir.

– Aucun souvenir ?! hurle-t-elle de nouveau.

D'accord, elle est au bord du malaise, je dois calmer le jeu.

– Je plaisante, maman, je me prépare. Je faisais juste un brin de ménage.

– Arrête de me mentir !

Ma mère me connaît par cœur, il n'y a aucun doute là-dessus.

– J'ai le temps de prendre une douche ? m'enquiers-je en tendant le cou vers le miroir.

Oh, ma gueule ! C'est quoi cette crinière à la Selena Gomez dans *Come & Get it* ? Ouais, il paraît que je suis son sosie. C'est mon ex toxico qui me l'a dit. J'essaie d'aplatir tout ça, mais ma longue chevelure brune résiste à toute tentative de domptage. Et puis, c'est du rouge à lèvres qui a glissé sur ma joue ? Fichtre, je frotte, on dirait du sang.

– Bien sûr, et les chambres vont se faire toutes seules !

Je saigne quelque part ?! Je m'ausculte, mais rien. Étrange…

– Pourquoi est-ce que je dois encore m'occuper de toi ?

Ma mère a une fibre encore plus mélodramatique que moi, c'est dire ! Chacune de nos conversations se termine sur ses lamentations, et celle-ci ne fera visiblement pas exception.

J'essaie de retirer toute trace de maquillage avec un coton imbibé d'eau, dans le but de faire réapparaître mes taches de rousseur et restaurer l'apparence noisette de mes yeux, don du géniteur.

– Tu ne t'occupes pas de moi, maman, tu me surprotèges, il faut tout de même nuancer, non ? Personne ne fera les chambres à ma place, j'arrive !

Trop tard, je l'entends déjà marmonner sa litanie habituelle, revenir sur tous les obstacles qui ont jonché sa vie tumultueuse et se demander pourquoi elle en est arrivée là, avec sa fille sous le bras pour seule famille.

– Ton frère ne m'appelle même plus. As-tu oublié pourquoi je n'ai plus de ses nouvelles ?!

Selon elle, s'occuper de l'adolescente difficile que j'étais lui a coûté son lien avec son second enfant… Bla-bla-bla…

– Tu m'as raconté ton divorce avec papa des milliers de fois, soupiré-je.

Mon père est parti à l'aube de mes neuf ans pour reconstruire sa vie avec une autre femme. Il a choisi de garder mon frère sans même se préoccuper de la fille qu'il laissait derrière lui. Il avait les moyens d'engager un avocat de pointe, tandis que ma mère était une femme au foyer esseulée qui a dû trouver d'urgence un emploi pour ne pas nous laisser mourir de faim sur le bord de la route. Maman fut donc *obligée* de subvenir à mes besoins en se *tuant* à la tâche. Je n'invente rien.

Tout ceci est décrit en long et en large dans le très long monologue qui suit dans lequel ma mère m'explique son sentiment d'impuissance face à mes agissements immatures et l'immense déception que je lui cause depuis ma naissance. J'en ai pour toute sa pause à l'hôtel. Parfois, elle pleure, voire gémit pour me montrer sa souffrance. Je suis responsable de tout, même de ses kystes aux ovaires !

– Qu'est-ce que je suis supposée dire au grand patron, hein ?!

Je sors de la douche et m'enroule dans une serviette, fraîche et disposée. Oui, je m'étais mise en *mute*, évidemment.

– Maman, si Velman dit quelque cho…

– Pas lui, idiote ! Je parle du président-directeur général en visite à l'hôtel, évidemment aujourd'hui… Tu imagines qu'un Ryan vient à New York pour prendre le soleil ?! Tu veux te faire virer ?!

Ryan… pensé-je, dents serrées. Oh, merde !

– Il est à l'hôtel en ce moment même ?

– Oui, bien sûr. Il y séjourne.

Je crois que je fais une crise de panique. Le bar, la Cadillac, le prix des cocktails, son regard méprisant… Oh non, s'il te plaît, gueule de bois, reviens ! Je ne veux pas me souvenir de ça !

– Mais, qu'est-ce qu'il fout là-bas ? gémis-je.

– Du tricot, triple andouille !

Ma mère est décidément insensible à la détresse de sa fille.

– Maman ! S'il te plaît, fournis un effort. Est-ce qu'il y a aussi une fille avec lui ? 1 m 75, magnifique, tu ne peux pas la louper.

– Une fille ?! Je te parle du fils Ryan, le PDG du groupe qui se balade partout avec des Chinois ou des Japonais, qu'en sais-je de ce qu'il fait !

Avec des Chinois ? Elle était chinoise ?

Je n'ai pas le temps d'en dire plus que ma mère se remet à pleurnicher.

– Maman, tout va bien.

– Si seulement…

– Je me prépare et je te rappelle dès que j'arrive.

J'ai besoin de reconnecter mes neurones d'urgence. Face au miroir, mains sur lavabo, je crispe les paupières et essaie vainement de me souvenir de ce que j'ai foutu hier, après le speech devant l'hôtel.

Chargement… Aucune correspondance trouvée.

OK. Préparons-nous pour aller bosser, on réfléchira à tout ça en chemin. Mon petit cerveau n'est pas d'accord, parce que lorsque je commence à replier mon canapé-lit, il m'envoie un trouble souvenir dans lequel je susurrerais : « Oh Devin, Devin… Oh oui, Devin ! » Hum, non, ce n'est pas ça. Je prends deux petites secondes de réflexion supplémentaires : « Oh oui ! Plaque-moi plus fort contre le mur, Devin ! »

Merde, mais qu'est-ce qu'il s'est passé cette nuit ?

Je me laisse tomber sur le canapé et réalise doucement… Je suis fichue !

Chapitre 4 ÉPICURIEN

Pénélope

Je crois qu'il faut entrer dans le *Ryan & Resorts* pour comprendre ce que signifie le mot « luxe ». Personnellement, j'adore absolument tout dans cet établissement construit au XIXe où tout est démesuré, de la façade néogothique aux peintures du grand hall en passant par son mobilier hors norme tout droit venu d'Europe, sans oublier les moulures qui ornent le haut plafond.

Oui, tout est gigantesque… Parfait pour m'y introduire clandestinement et éviter ma sorcière de mère qui m'attend sûrement devant la porte de service, prête à me passer un savon ! Alors, vêtue d'un débardeur à fines bretelles sous une courte doudoune ouverte et d'un pantalon de sport, je tente une approche par la porte principale, ma tenue de travail sous le bras. Personne à droite, personne à gauche. Je retire mes baskets pour plus de discrétion. Gaston, le portier de jour, qui observe mon manège depuis quelques secondes, se met à rire :

– Qu'est-ce que tu fabriques, Péné ? Tu es encore en retard ?

– Tu ne m'as pas vue.

– T'inquiète, je te couvre !

Je lui retourne un clin d'œil amical, puis me faufile *incognito* et longe, tel un ninja, le mur à droite sous son rire grave. Venir ici me donne toujours le sentiment de retrouver ma famille. Mes collègues sont plus que des amis, ce sont des confidents et des alliés dans mes péripéties quotidiennes. Par exemple, Marco, le concierge, m'adresse toujours un sourire espiègle et me régale avec un répertoire sans fin d'anecdotes. Quant à Bernardo, le chef cuisinier, véritable patriarche bienveillant de notre petite communauté, il pense toujours à me filer un encas quand je passe par son atelier. Entre membres du personnel, nous échangeons des rires, des secrets et même parfois des rumeurs sur les stars et clients richissimes. C'est grâce à eux que j'alimente ma chronique depuis plus de deux ans, maintenant ! Chacun apporte sa contribution pour que cet endroit demeure un sanctuaire où l'on se sent bien. Pour moi, ce lieu représente bien plus qu'un espace luxueux, c'est ma maison. Mon inspiration.

En entrant dans cet hôtel chaque jour, je me sens comme si j'étais transportée dans un autre univers. Le hall est animé en permanence entre les discussions des hommes d'affaires et les nantis qui circulent avec derrière eux, une armée d'employés à leur service.

Poursuivant mon aventure, je contourne le salon où deux clients attendent sûrement leur taxi tout en lisant le journal.

– Penelope ! m'interpelle la voix nasillarde du maître d'hôtel alors que je passe sous son comptoir.

M. Campbell… Bon, lui, c'est un peu l'oncle vicieux de cette belle famille. Il me fait penser à un mélange entre un pingouin contrarié et un dictateur des pays de l'Est.

Son physique austère et impérieux se marie parfaitement avec son caractère acariâtre. Ses yeux marrons perçants scrutent chaque recoin du hall pour relever le moindre faux pas, surtout venant de moi. S'il est détesté par la majorité du personnel, il a su assurer ses arrières puisqu'il s'entend très bien avec le directeur, M. Velman, spécimen du même genre, tout aussi méprisé.

– Vous n'êtes pas encore habillée ! devine-t-il alors que je me retourne lentement vers lui.

– J'ai eu une panne de réveil.

Le maître d'hôtel reluque sans pudeur le faible aperçu que ma doudoune lui laisse de mon décolleté, puis m'informe qu'entre le propriétaire qui vient de débarquer et la préparation de la convention de ce week-end, il a d'autres choses à faire que de gérer mes déboires. Il me le fait savoir de cette manière :

– Je devrais vous mettre une fessée, Pénélope…

– C'est que les chambres ne vont pas se faire toute seules, contré-je avec mon plus beau sourire hypocrite.

Pervers !

– Êtes-vous libre, ce soir, après votre service ? embraye-t-il nonchalamment. J'aimerais qu'on prenne le temps de relire ensemble le règlement intérieur. Après tout, vous le savez bien, les règles sont les règles, et nous nous devons tous de les respecter.

Quel programme alléchant !

– Merci pour cette proposition très professionnelle, mais je ne travaille pas le soir.

– Voyez cela comme une bonne occasion de collaborer plus étroitement, ainsi votre carrière en serait grandement facilitée, croyez-moi. Disons, 20 heures ? Je prendrai la clé du bureau du directeur.

Je rabats les pans de ma doudoune et son attention se dirige, cette fois-ci, vers mon regard peu amical.

– Et si nous organisions plutôt une lecture collective ?

Loin d'être décontenancé, il m'adresse une petite moue moqueuse.

– Pénélope, personne n'en a besoin autant que vous.

– Non, imaginez ! m'emballé-je. On pourrait tous porter des toges, allumer des bougies et psalmodier chaque règle de ce fichu règlement pour bien nous en imprégner. Bien entendu, vous serez notre maître de cérémonie !

Il me considère, dérouté, mais je ne lui laisse pas le temps de me contredire.

– Quelle formidable idée, m'exclamé-je en applaudissant vigoureusement. Vous êtes tellement intelligent. J'ai hâte ! On va passer une soirée mémorable. Allez, comptez sur moi pour faire circuler l'info !

Le laissant perplexe, je m'échappe de ses griffes et file par la porte réservée au personnel. Je crois qu'il n'est pas près de me reparler du règlement intérieur…

Alors que je m'empresse de traverser le couloir pour rejoindre l'ascenseur de service, un raffut sans nom précède l'arrivée du grand patron. Il est inutile de le voir pour comprendre qui est la personne entourée par trois assistants, escortée par M. Velman lui-même et suivie d'un groupe de personnes asiatiques que ma mère m'a déjà mentionné…

Je m'arrête soudain, écarquille les yeux, puis ventile alors que le directeur se décale légèrement sur la droite. Oh, nom de Dieu ! Mes souvenirs alcoolisés n'avaient pas retranscrit fidèlement l'incroyable évolution physique que Devin Ryan a opérée en onze ans ! Je reconnais néanmoins ses cheveux en désordre et ses épaules larges, mais je fronce les sourcils… Tiens donc, ce sont ses pectoraux qu'on distingue à travers sa chemise ?

Pénélope, reprends-toi !

Je suis dans le couloir sans porte de sortie et il marche droit sur moi. Je me tire comment de ce pétrin ?!

Alors qu'il s'approche de moi d'un pas déterminé, je reste interdite devant son expression. J'avais détecté une lueur de lassitude dans son regard hier soir, mais aujourd'hui, son visage est verrouillé, je dirais même glacial. Il est tellement différent du garçon que j'ai connu, à peine reconnaissable. La chenille au physique sombre et ténébreux s'est transformée en un véritable papillon bardé d'orgueil. Le fils prodigue, intello de service, est devenu plus sombre et hautain que je n'aurais pu l'imaginer.

J'adore ! Non, je déteste.

Allez ! Sois forte. Mon corps se charge de toute la détermination d'une maman buffle, et je le regarde droit dans les yeux.

Ose. Me. Dire. Quelque. Chose.

Que pourrait-il me dire ? Qu'est-ce qu'il s'est passé hier soir ? C'est vrai qu'avant de le défier du regard, j'aurais peut-être mieux fait de travailler ma mémoire… Cerveau, que s'est-il passé ensuite dans ce bar ? Nous étions près de la 14ᵉ Rue, j'en suis sûre et je revois clairement cette table de billard. Oui, je me souviens du tapis vert. Enfin, j'avais la joue écrasée dessus…

Attendez ! Ne me dites pas qu'on a fait des choses, et que je ne m'en souviens plus ! C'est d'une tristesse !

Ou alors… Je l'ai peut-être *forcé* à faire des choses ?!

Il est vrai que j'ai deux cachets de la drogue du violeur dans mon sac, mais je ne m'en suis jamais servie ! C'est June qui me les a offerts pour mon vingt-neuvième anniversaire.

Bon, un truc s'est passé, mais je ne sais pas quoi !

Plus le temps de cogiter, Devin Ryan arrive à ma hauteur… et passe devant moi sans me jeter un seul regard.

Il laisse simplement derrière lui son parfum envoûtant et son charisme débordant qui me coupe le souffle.

Minute. Il m'a ignorée ou j'ai rêvé ?

Je chope le col d'un des gars à sa suite, ramène son visage près du mien et le questionne :

– Il m'a snobé. Vous êtes témoin ?

Ma pauvre victime manque de s'étouffer alors qu'il se recule brusquement et remet une distance plus saine entre nous.

– Euh, oui, fait l'homme, avec un accent mandarin très prononcé.

Enfoiré !

– Pardon, madame ?

– Rho, ce n'est pas à vous que je pense.

Je lâche le col du type, alors que la honte m'envahit peu à peu…

Quoi qu'on ait fait, Devin m'a suivie hier soir, donc c'est que je ne le laisse pas aussi indifférent, non ? Moi, couchée, sur le billard, c'est le signe d'un rapprochement significatif, non ? Des retrouvailles un peu animées…

Je grimace sous l'effet de ces sentiments désagréables qui m'envahissent. J'aimerais être une petite souris et me cacher dans un trou jusqu'à son départ !

Voilà, à peine deux minutes que Devin Ryan est de retour dans ma vie et il me met déjà plus bas que terre !

Chapitre 5
GAGNANT

Pénélope

Chapitres écrits : 0 – La vie ne me laisse aucun répit !

S'il y a bien une chose que j'apprécie dans cet hôtel, c'est qu'on peut s'y cacher n'importe où. Le bâtiment est si vaste que personne ne trouve jamais personne.

La direction a eu la bonne idée de remédier à ce problème en fournissant à tout le personnel un bipeur, mais comme j'ai « perdu » le mien déjà quatre fois, Campbell a abandonné l'idée pour moi. Je peux désormais faire des siestes en toute tranquillité, sans craindre d'être prise sur le fait.

Enfin, là, je sais que j'ai du retard dans mon travail, et que ma mère fera une syncope si elle doit faire ces fichues suites à ma place… Donc, non, ce n'est pas pour procrastiner que je me faufile dans la salle de repos. Je le jure ! Seulement, Marco, notre concierge, m'a prévenu que Campbell était parti à ma recherche, alors par pur instinct de survie, j'ai abandonné mon chariot dans le couloir du vingtième étage et je me suis empressée de chercher une planque.

– Coucou, Péné ! me lancent les serveuses qui profitent de leur pause avant le service du midi.

On dirait de vraies siamoises avec leurs tenues noir et blanc assorties. Elles jurent avec les murs bleu pastel et les plantes vertes disposées un peu partout, cadeaux du fleuriste d'à côté qui est tombé raide amoureux de Victoria, l'une des hôtesses de nuit.

– Faites comme si je n'étais pas là, chuchoté-je. Campbell est à mes trousses !

– Encore, soupire Georgia. Il te harcèle celui-là…

Elle s'apprête à ajouter quelque chose quand Brunelle claque des doigts pour attirer son attention. Elle lui montre son smartphone avant de préciser :

– Regarde : « À cinq ans, il s'exprimait déjà comme un adulte. » Je n'invente rien, c'est écrit là !

– De qui on parle, aujourd'hui ? demandé-je en posant mes fesses sur un coin du canapé gris souris près de l'entrée.

Ce petit groupe adore se renseigner sur les clients fortunés qui passent les portes de l'hôtel. Si Brunelle est simplement une parfaite commère, je crois que Rachel espère mettre le grappin sur l'un d'entre eux et vivre son rêve de Cendrillon. Quoiqu'il en soit, elles font une inépuisable source d'informations. C'est d'ailleurs majoritairement ici même que j'ai pu puiser mon inspiration pour mes chroniques délurées !

Néanmoins, cette fois, elles sont tellement absorbées par ce qu'elles lisent que Brunelle m'ignore superbement.

– « À dix ans, ce véritable érudit parlait six langues. À quinze, il intégrait la prestigieuse université de Columbia à New York. À sa majorité, il partit pour Yale, puis fit ses premiers pas en tant que conseiller pour l'empire familial. Il prit la place de son père à la présidence du groupe à seulement vingt-cinq ans. Cinq ans plus tard, il a inauguré sept autres hôtels à travers l'Amérique, et l'année dernière, il est devenu actionnaire principal en détenant la majorité des parts de la société. Aujourd'hui, son patrimoine s'élève à cinq milliards de dollars et Devin Ryan continue d'investir dans absolument tous les domaines. »

Alors que j'essayais de suivre ce palmarès qui ne peut correspondre qu'à celui d'un robot, je manque de m'étouffer à l'entente du nom maudit.

– Non, mais il me poursuit, ce vaurien ! maugréé-je.

Les filles se retournent sur moi, surprises, mais reprennent leur conversation comme si de rien n'était.

– C'est une chance qu'il vienne à New York en personne ! s'enthousiasme Brunelle.

De la chance, de la chance… ça dépend pour qui.

– Il n'a pas mis les pieds à l'hôtel depuis que la famille a déménagé, dit Fancy, la doyenne de l'équipe. Peu s'en souviennent en dehors des anciens. Enfin, toi aussi tu l'as vu, Pénélope, vu que tu étais toujours cachée dans les couloirs. Tu t'en souviens ? Il vivait au dernier étage avec ses parents.

– Oui, il s'est barré quand il a eu dix-neuf ans, précisé-je, avec une moue aigrie.

Immédiatement, je sais que j'ai attiré leur attention. Elles m'entourent et se penchent vers moi. Ça m'oppresse un peu. Je crois même voir Brunelle tendre son smartphone devant mon visage… Est-ce qu'elle compte m'enregistrer ?

– Comment était-il, enfant ? demande-t-elle avec une voix bien trop professionnelle.

Mes membres se tendent.

– Il était spécial, bégayé-je. Intelligent, parfois froid, mais…

Généreux ? Habile ? Incomparable ? Bien que je ressente toujours une part de haine envers lui pour m'avoir abandonnée, je ne peux ignorer que pendant les trois années passées ensemble, il a veillé à ce que je ne manque de rien, comblant même jusqu'à mes lacunes. Seulement, tout a été effacé lorsqu'il a disparu comme par enchantement.

Ai-je vraiment envie de leur révéler les plus belles facettes de sa personnalité alors qu'il me traite comme une étrangère aujourd'hui ? Certainement pas !

– ...ce que je peux dire, c'est qu'il n'était pas vraiment expressif, conclus-je.

– Il n'est pas très jovial, mais il a un regard... Waouh, un océan, s'extasie Brunelle.

– Un océan d'orgueil aussi, boudé-je, dans mon coin.

– D'après ce que l'on dit, complète-t-elle, il se marie aussi vite qu'il demande le divorce.

Ah bon ? Il est marié ? Enfin, divorcé ? Dans quelle catégorie mettre la dame qui était à son bras hier ? Pour éviter de me torturer toutes ces années, je me suis toujours refusée à le googler, mais voilà qu'il me nargue de conquêtes et de succès.

Je me lève, me hisse sur la pointe des pieds et, entre les têtes de mes collègues, juge les photos que Brunelle fait défiler sur son écran.

– Attendez, il y a un article dans un journal people, s'exclame-t-elle, tout excitée en changeant de page internet. On l'a vu aux bras de son ex-compagne, Natacha Galvani. C'est une styliste, non ? Ah, regardez, c'est écrit là « fille du grand créateur de mode italo-américain, Andréas Galvani ». Elle est canon !

– Waouh, la classe ! se pâment les filles, d'une seule voix.

Aïe ! Fichu cœur, laisse-moi en paix.

M. Campbell choisit ce moment pour frapper à la porte de la salle de pause, avant d'ouvrir et d'offrir son visage dans l'interstice. Brunelle réagit au quart de tour et me pousse vers la fenêtre, me permettant de me faufiler discrètement derrière le rideau.

– Avez-vous vu Pénélope ? sonne la voix du maître d'hôtel.

– Non, répondent mes collègues sans détour.

– Qu'il est pénible celui-là ! ajoute Brunelle, sans filtre.

J'entends un peu d'agitation, mais je comprends qu'il a quitté la pièce quand les filles reprennent leur discussion. Je n'ai même pas le temps de les remercier que Rachel demande :

– À votre avis, les conquêtes de notre cher patron cherchent la protection des bras de l'homme ou plutôt celle de son portefeuille ?

– Rassure-toi, chérie, se moque Brunelle, sa fortune n'est pas sa seule qualité !

Toute la bande s'esclaffe alors que je lève les yeux au ciel. Je devrais partir et les laisser finir cette conversation sans me torturer, mais… Une part de moi veut savoir. Alors, l'air de rien, j'ouvre la fenêtre et reste à portée de voix. Je récupère mon paquet de cigarettes écrabouillé au fond de mon tablier, puis allume la dernière clope toute tordue.

– En plus, même s'il finit par te jeter, il semblerait qu'il indemnise grassement ses ex-compagnes, soutient Brunelle en tapant dans le dos de Rachel. Tu auras gagné un sacré pactole !

« Ses ex-compagnes » ?! Parce qu'il en a eu plus d'une ?! Alors, moi, je galère à trouver un type décent qui simplement, ne piquera pas mon dernier billet de vingt dollars dans mon portefeuille en partant le matin, et lui, il se tape mannequin sur mannequin et leur passe à toutes la bague au doigt ? Depuis quand l'adolescent renfermé et asocial que j'ai connu s'est mis à se marier comme il fait des gaufres ?

– Enfin, tu n'en profiteras pas très longtemps, Rachel, ajoute Georgia. Regarde, c'est écrit qu'il en est à son cinquième divorce. Il les enchaîne vite !

Comme montée sur ressorts, je sursaute et en lâche ma clope qui disparaît sur le trottoir.

– Quoi ?! crié-je. Cinq divorces ?!

Absolument tous les visages se tournent dans ma direction. Mais qu'importe ! C'est la meilleure de l'année ! Non, du siècle ! Moi qui pensais avoir un karma boiteux…

– Mouah ! Ah ! Ah ! Ah !

Mes collègues me dévisagent toutes, choquées. OK, je n'aurais pas dû rire comme une tarée psychopathe…

– Pénélope ! hurle le maître d'hôtel qui jaillit sans prévenir et m'accuse de son index revanchard.

Oups ! On dirait que M. Pervers a retrouvé ma trace.

Chapitre 6
CAVALIER PENDU

Pénélope
Chapitres écrits : 5 – Enfin, j'ai le vent en poupe !

Cinq divorces !

Bon clairement, ce serait un euphémisme de dire que là, je tiens une intrigue intéressante. Raaah, est-ce que ça signifie que je vais faire de Devin Ryan le héros « romantique » de mon histoire ? Impossible ! Il ne jouera même pas un second rôle ! Peut-être un figurant. N'empêche, la nouvelle de ces échecs matrimoniaux a réussi à refaire ma fin de journée.

En rentrant chez moi, j'ai eu la banane jusqu'au coucher. J'ai même croisé ma voisine de palier qui a sursauté en me voyant et m'a demandé, main sur le cœur, si j'avais passé un casting pour le rôle du Joker. Je l'emmerde, cette vieille bique. Elle déteste me voir heureuse.

Pour la première fois, j'ai eu envie d'allumer ma tablette et de commencer à écrire, et ce n'est pas un, deux, trois ou autres, mais CINQ ! Cinq chapitres écrits, un pour chacun de ses échecs à l'autre salaud !

Mon euphorie ne s'est pas arrêtée là ! Ce matin, je n'ai jamais été aussi performante de toute ma vie au boulot. J'ai nettoyé trois chambres et les deux suites en une matinée. Record battu ! Comme d'habitude, pour ma pause de 10 heures, je suis assise sur l'une des toilettes de service du dernier étage, là où personne ne vient jamais. Après avoir pensé à désactiver le détecteur de fumée, je tire une bouffée sur une cigarette que j'ai taxée aux gars des cuisines.

– Cinq divorces ! répété-je à June pour la énième fois.

Je coince le téléphone dans mon cou pour récupérer le rouleau neuf de papier chiotte. Quoi ? Le paquet de douze coûte un bras de nos jours.

– Je crois que j'ai compris. Devin Ryan est donc revenu parmi les vivants.

Je sens une certaine amertume dans sa voix, mais je tente de l'ignorer.

– On ne va pas en faire toute une histoire, grommelé-je. Il est seulement ici pour sa petite inspection de grand chef. C'est d'un ringard ! Il n'a pas autre chose à faire, comme faire grimper Monique au rideau, par exemple ? Franchement ! Et puis, qui serait capable de remettre le couvert cinq fois de suite ? Il se cogne contre le verre tel un poisson rouge, ce n'est pas possible. Il est censé être intelligent ?! Je suis ca-té-go-ri-que, je pense que c'est parce qu'il rencontre des difficultés sexuelles que ses relations ne durent pas. Du genre Godzilla qui ne monte plus tout en haut du building, tu vois ?

– Hum, hum, je vois très bien où t'ont menée tes études de psycho.

Je ne relève pas le sarcasme. Avec June, je ferais cela toute la journée.

– Je pense qu'il devrait faire un tour à l'accueil. Les veilleurs de nuit se matent YouPorn sur les grands écrans du hall.

Se joindre à eux pour faire mousser son dard serait une option, au lieu de nous casser les miches. De toute façon, il aura beau faire le petit tour de son domaine, il ne saura pas 10 % de ce qu'il se passe dans son hôtel.

– Tu es odieuse, Péné. Tu aurais pourtant dû t'attendre à le revoir un jour ou l'autre.

– Je ne vois pas pourquoi ça me ferait quelque chose de le revoir. Après tout…

Le soupir exagéré de June me coupe dans mon élan.

– Tu me bassines avec lui et votre relation supposée depuis tes dix-huit ans ! envoie-t-elle, exaspérée.

– Ah, je t'ai autant parlé de lui ?

– Malheureusement. A-t-il eu un comportement particulier en te voyant ?

Sa question touche juste, pile-poil là où Devin a égratigné mon ego en me snobant pas une, mais deux fois en même pas vingt-quatre heures.

– Non, il n'a eu aucune réaction, dis-je d'une petite voix.

– Même pas un attouchement ?

Je ne peux rien affirmer tant que je ne suis pas sûre pour l'autre soir…

– Pourquoi tu me demandes ça ? m'agacé-je.

– C'est parce que je suis en manque. Mon dernier dossier pour harcèlement sexuel date d'un an. Comprends-moi un peu ! Es-tu une amie par intérim ?

La pauvre June est décidément beaucoup trop impliquée dans son travail. Ses clients ne savent pas à quel point ils ont de la chance de l'avoir.

– Oh, ne t'inquiète pas. Ça va revenir. C'est cyclique ce genre de choses.

– J'espère, soupire-t-elle. Tu sais que je suis à deux doigts du burn-out.

– Oui, je compatis.

Un blanc s'étire entre nous, alors que j'entends, à l'autre bout du fil, June pianoter sur son clavier d'ordinateur.

– N'empêche, reprends-je. Tu te rends compte que ça fait onze ans qu'on ne s'est pas revus ?

– Oui, je me souviens très bien du jour où tu as failli te couper les veines et des quatre mille quinze autres qui ont suivi.

Oh, elle compte aussi le temps passé à me morfondre ! On en fait plus des amis comme ça.

– Je ne comprends toujours pas, et il ne semble pas décidé à me donner une explication sur son départ, même maintenant qu'on respire le même air.

June s'esclaffe à l'autre bout du fil.

– Tu penses que c'est le seul mec qui disparaît du jour au lendemain ?

– Non, mais notre relation a duré trois ans.

Trois années gravées, inoubliables.

– C'est ce que tu t'imagines… Il y a *relation* et relation.

– Je ne vois pas la différence.

– Rho, tu n'y mets pas du tien ! Il y a la *relation* type « tirer son coup », et la relation « bague au doigt et présentation aux parents ». Il n'y avait rien de tout cela entre vous, n'est-ce pas ?

– Ses parents ne m'appréciaient pas vraiment, dis-je penaude.

– Tu m'en vois choquée !

Je ne suis pas certaine que le ton ironique convienne au contexte présent. Bref, passons.

– Ils me traitaient de « pouilleuse ». Mais bon, ce n'est pas le sujet.

D'accord, notre histoire n'était pas exactement du genre à figurer dans les rayons de romance conventionnelle. Pas de bague, pas de dîners avec les beaux-parents et nous vivions cachés, mais j'ai vécu des montagnes russes d'émotions. Quand je l'attendais dans une des chambres avec cette électricité d'impatience dans les veines, où chaque minute semblait être une éternité. La chaleur qui me montait au cœur lorsqu'il apparaissait. Les moments où je me perdais dans ses yeux et la réalité qui s'estompait autour de lui. Rien n'est comparable à ce qu'il m'a fait ressentir. Chaque instant était imprévisible. Tout ce qui comptait, c'était nous deux.

– Pénélope, tu dois grandir et arrêter de te croire dans un conte de fées. Tu n'as rien d'une Cendrillon. Une Javotte, à la limite, mais…

L'alarme de mon téléphone sonne la pause de midi.

– Bon, je dois te laisser June. Faut que je déjeune.

Je me redresse, écrase ma clope dans un coin du mur, l'essuie hâtivement avec un bout de ma manche, puis mon mégot rejoint les deux autres dans la cuvette. Je tire la chasse d'eau, bien évidemment. Je suis *éduquée*, tout de même.

– Tu passes au cabinet ? me questionne June.

– Non, le chef m'a préparé son sandwich signature.

– Tant mieux. Te faire une séance de psy par jour me suffit.

Elle est tellement drôle. Je l'adore.

– Bon, avant de raccrocher, j'ai encore besoin de le crier. Je te jure, ça me remonte tellement le moral.

Je redresse le menton, libère bien mes chakra, puis j'ouvre la porte à la volée. Pécu et smartphone en l'air, je chante comme si j'avais gagné la coupe du monde :

– Pas un, pas deux, mais cinq di-vor-ces !

Et là, comme s'il m'attendait depuis plusieurs minutes, je me retrouve nez à nez avec Devin Ryan, dans son costume de patron, appuyé contre les vasques, bras croisés.

Super, j'ai gagné ma journée.

Chapitre 7
AIGLE DÉPLOYÉ

Pénélope
15 ans

– J'entends ta mère. Je crois qu'elle te cherche, murmure Léo en plaçant son œil dans l'interstice de la porte de la chambre.

Effectivement, à mon tour, j'entends ses pas lourd résonner sur la moquette du couloir. Instinctivement, je me recule dans la chambre et tire Léo avec moi pour qu'il lâche la poignée.

Je ne veux pas rentrer à la maison ! C'est juste un appartement sordide où je fais des cauchemars. Je préfère dormir à l'hôtel, quitte à rester dans cette chambre dans le noir. J'ai regardé le registre, je sais qu'elle est vide cette nuit, et j'ai convaincu Léo de piquer une des cartes d'accès.

D'ailleurs, il me la tend alors qu'il consulte sa montre d'un air distrait.

– Désolée, Péné, on m'attend pour manger, me signale-t-il.

– Tu pourrais revenir après ? demandé-je, pleine d'espoir.

Ici, c'est toujours mieux qu'avec ma mère, mais je ne dis jamais non à une bonne compagnie. Léo est un de mes amis les plus proches, même si nos moments ensemble sont assez épars. Il faut dire qu'on se connaît depuis l'enfance et que notre complicité a commencé en faisant des courses de luges sur des cartons dans les escaliers de service.

– Je vais essayer. Papa va rentrer tôt, ce soir, dit-il avec sérieux.

Quand je le vois comme ça, aussi droit et strict, difficile de croire que je suis plus âgée d'un an. J'ai l'impression d'être restée, même adolescente, cette enfant rêveuse et insouciante, quand lui se concentre maintenant sur ses études et ses obligations.

À vrai dire, il ressemble de plus en plus à son frère, Devin, un intello à lunettes, constamment plongé dans ses devoirs. Je sais que Léo l'admire, mais moi, il me fait un peu peur avec son visage inexpressif. Devin me rend anxieuse, timide et maladroite. Je crois qu'il me déteste.

Léo, lui, est un rayon de soleil. Toujours gentil, serviable et à l'écoute. Il me suit dans mes péripéties, m'accompagne dans mes fous rires, et surtout, ne me juge jamais.

– Je vais essayer de revenir, promis, se reprend-il devant ma moue contrariée.

Il m'enlace rapidement et se tourne vers la porte, mais je le retiens par la manche.

– Attends ! Pense à prendre à manger.

Je n'ai rien avalé depuis midi. Je n'aime pas quémander, mais je ne cache rien à Léo, même si nous ne venons pas du même monde et que je vis certaines choses qui lui semblent complètement invraisemblables.

Il acquiesce, puis se faufile à l'extérieur.

Me voilà seule. Je vais pouvoir profiter de la douche aux jets massants et d'un matelas à mémoire de forme.

Maman a l'habitude de mes frasques, elle a cessé depuis longtemps d'ameuter la police quand je disparais. Elle ne veut pas faire de vagues dans le lieu où elle travaille. Je passerai un sale quart d'heure demain matin : elle me rappellera qu'elle risque son emploi, que son patron pourrait la virer pour une faute comme celle-là, etc. Je devrais m'en soucier, mais non, je veux juste une nuit calme, dans une chambre qui ne sent pas l'humidité et la fumée de cigarette des clients du bar d'en face.

Une heure plus tard, la nuit est complètement tombée sur New York. Le halo lumineux de la lune trace un sillon dans la chambre plongée dans l'obscurité. Assise sur le matelas, je somnole, le crâne contre la tête de lit, quand le bip de la carte d'accès résonne dans la pièce. Immédiatement sur mes gardes, je me redresse et pars me cacher dans le placard que j'arrive à fermer juste avant d'entendre des pas étouffés par la moquette et le claquement de la porte.

Ce n'est pas Léo ! Lui, il fait toujours beaucoup de bruit et il m'aurait déjà appelé par mon prénom pour me rassurer. Ce n'est pas ma mère non plus, elle a dû abandonner ses recherches depuis longtemps, et j'aurais déjà reconnu son parfum de patchouli… Est-ce le directeur de l'hôtel ?

J'attends, tremblante de peur. Si on me découvre, je suis morte !

Lorsque les deux battants du placard s'ouvrent devant moi, je reste paralysée. Lentement, je lève le regard, parcours un jean brut, puis une chemise en soie pour découvrir le visage froid et dur de Devin, le frère de Léo.

Je tressaille. La situation est bien pire que ce que j'avais imaginé ! S'il me balance à ses parents, je ne donne pas cher de la place de maman. Le directeur peut encore faire preuve de compassion pour elle, mais en ce qui concerne le couple Ryan, leur considération pour leurs employés est inférieure à celle qu'ils ont pour les rats d'égouts.

– Tu vas me balancer, c'est ça ? dis-je, d'une voix nerveuse.

– Non.

Comment ça « non » ? Devin me regarde de haut à travers ses fines lunettes. Quelques mèches noires tombent sur son front et font ressortir son regard bleu nuit qui me déstabilise. Il a peut-être seulement seize ans, mais il a déjà l'allure des gens qui dirigent.

– Tu n'as rien à craindre, tu peux sortir, ajoute-t-il finalement.

Mon cœur s'emballe, comme toujours quand nos regards se croisent. Dans ces moments-là, je ressens le besoin de me faire toute petite. Seulement, aujourd'hui, c'est la première fois que j'entends sa voix. Je la trouve belle, un peu rauque et éraillée, mais confiante.

Devin recule légèrement pour me laisser passer. Bien qu'intimidée, je sais que je ne peux plus rester confinée ici, alors je quitte le placard et me tiens droite devant lui. Il est bien plus grand que son frère !

– Tu as faim, je crois.

Je hoche le menton et je sens enfin une délicieuse odeur de cuisson alors qu'il me tend un sachet d'aluminium. Est-ce qu'il m'a vraiment apporté de la nourriture ?

Je saisis son offre sans attendre et m'empare du repas. Je rejoins la chambre et pose mon dîner sur le petit bureau que je tire devant le lit pour être pile face à la télévision, puis j'allume cette dernière avec la télécommande. Je m'assieds sur le matelas et observe le frère de Léo du coin de l'œil, écoutant d'une oreille distraite les informations. Il est toujours debout, n'amorce pas un mouvement. Je déplie donc l'emballage soigneusement et mon ventre grogne quand je reconnais à l'intérieur des morceaux de poire, des pommes de terre sautées et des tranches de poulet. N'ayant pas de couverts, j'attrape un morceau de patate encore chaud entre mes doigts et m'empresse de le faire parvenir entre mes lèvres. Devin doit me prendre pour un animal affamé !

Mon mouvement semble d'ailleurs le faire réagir, puisqu'il s'avance et s'installe sur le matelas. Il reste là, figé, assis juste à ma droite. J'ai du mal à respirer tout à coup.

Ne faut-il pas que j'engage la conversation ? Je suis douée pour meubler en règle générale, mais que pourrais-je dire à Devin Ryan ? Je ne connais pas ses domaines de prédilection. Juste que c'est un excellent élève, alors que je suis proche d'être une cancre à l'école. D'ailleurs, depuis quelque temps, je n'y vais même plus !

– Je pense que ma mère est partie depuis un moment, lâché-je finalement en saisissant une tranche de poulet. Demain, j'aurai droit à une bonne correction, mais je m'en fiche.

C'était peut-être idiot et imprudent de lui dire ça… Il reste mutique, accentuant mon malaise. Je crois qu'il m'observe, mais je n'ose pas regarder dans sa direction. J'ai presque du mal à manger tant l'atmosphère qui nous entoure est chargée en électricité. Et c'est ainsi qu'il m'observe attentivement manger morceau après morceau, jusqu'au dernier quartier de poire.

Après avoir roulé en boule les feuilles d'aluminium, je les dépose dans ma poche de blouson pour ne pas laisser de trace de mon passage, puis je joins mes mains sur mes cuisses, plus troublée que jamais.

– Merci, soufflé-je.

Pourquoi reste-t-il aussi longtemps sans rien dire ? Pourquoi j'ai l'impression qu'il ne me quitte pas des yeux ?

– Pourquoi est-ce que tu es venu ici ? entamé-je.

Au lieu de répondre, il se lève et tend une main vers moi, jusqu'à ce que ces doigts effleurent doucement une mèche de mes cheveux. Surprise par son geste, j'incline la tête pour qu'il arrête. Néanmoins, il ne s'arrête pas là. Non, il prend une grande inspiration pendant que je retiens mon souffle.

– Tu crois que je peux t'embrasser ? demande-t-il alors.

Cette fois, je lève la tête pour le regarder droit dans les yeux. J'en demeure stupéfaite. Devant son expression suppliante, c'est comme si une barrière, jusque-là infranchissable, s'écroulait. Soudain, il devient accessible, à ma portée, et c'est une sensation… inédite.

Je hoche le menton sans m'en rendre compte. Devin attend quelques secondes, semble me sonder, puis doucement il se penche vers moi jusqu'à ce que sa bouche rencontre la mienne.

Des picotements singuliers s'éveillent dans mon cou lorsque ses lèvres douces se mettent à bouger. J'ai l'impression que quelque chose m'aspire vers lui. Inexorablement. J'ai mal au cœur tant il bat fort. Je vais m'évanouir.

Sa langue glisse lentement entre mes dents et, choquée, je dois le repousser.

– Attends. C'est mon tout premier baiser, lui avoué-je, sans réfléchir.

Je frissonne de partout. J'ai l'impression que mon organe vital va exploser alors que j'essaie d'observer sa réaction.

– Je ne savais pas, murmure-t-il, d'une voix enrouée.

Son visage, lui, reste imperméable.

– Pourquoi tu fais ça ? demandé-je piteusement.

– Devrait-il y avoir une raison ?

Oui, il pourrait me dire que je lui plais et qu'il est secrètement amoureux de moi. Je ne vois pas d'autres arguments possibles.

Il a l'air si mystérieux alors que ses yeux ne me lâchent pas. Ce regard franc dans lequel je me perds et son silence me procurent des picotis dans les doigts. C'est le genre de garçon à s'intéresser plus aux études qu'aux filles, même les plus jolies, alors une fille comme moi…

– Tu as aimé m'embrasser ? s'enquiert-il.

Mon cœur manque un battement en entendant de l'espoir dans sa voix chaude. Qui est ce garçon devant moi ? Je me focalise sur sa respiration, sa présence dans cette chambre, alors que je souffle :

– Oui.

Il n'hésite pas davantage avant de poser de nouveau ses lèvres contre les miennes. Cette fois, il se tend contre moi et me maintient fermement par la nuque pour approfondir son baiser.

Une voix me supplie de résister. Parce que je ne le connais pas. Parce que ça va trop vite. Parce qu'il n'est pas amoureux de moi. Trop tard, je suis déjà envahie d'une flamme intense. Mes membres s'engourdissent. Je n'arrive pas à décrocher mes mains de ses épaules, à m'éloigner de lui. Je m'accroche encore lorsque le buste de Devin recule, si bien qu'il bascule complètement en arrière et je m'étale sur lui, bassin contre bassin, nos pieds à l'extérieur du lit, un de mes talons tapant dans la table.

J'éclate de rire et je sens qu'il sourit dans mon cou. C'est dommage, j'aurais voulu voir cette expression sur son visage à la lumière du jour. Ça aurait été la première fois.

– Je crois que je me suis laissée emporter, murmuré-je, soumise à mes battements déchaînés.

J'appuie mes coudes sur son torse pour me redresser et alors que je le crois sur le point de se relever à son tour, ses doigts entrent doucement dans mes cheveux pour me garder au-dessus de lui. Devin me tire alors vers lui et colle mon front contre le sien, sans me lâcher du regard. Les teintes émanant de l'écran de télévision illuminent subtilement son visage de différentes nuances de couleur. Mon pouls accélère sa course lorsque nos lèvres se rencontrent à nouveau en un mélange de douceur et de passion retenue. Je tremble de tout mon être, si bien que mon nez cogne contre ses lunettes et mes dents s'entrechoquent aux siennes parfois. Je m'excuse en riant. Je me sens gauche alors qu'il a l'air de gérer ses émotions. Son pouce trace de légers cercles sur ma nuque.

Qui aurait cru qu'il était si tendre ?

Nos bassins se quittent lorsqu'il me renverse sur le matelas. Je me retrouve coincée entre ses coudes, moi en travers du lit, lui allongé sur le ventre juste à mes côtés. Il réajuste la monture sur son nez, puis m'embrasse plus intensément encore. Son corps bouge légèrement contre ma hanche à chaque mesure de ses baisers. C'est enivrant. C'est comme se sentir exploser et chaque détonation est une révélation. Alors que mes mains touchent la soie de sa chemise et timidement tâtent son dos, je réalise. J'embrasse le grand frère de Léo, c'est vraiment en train d'arriver !

Lorsque bien plus tard, Devin met fin à notre baiser, je me mords la lèvre pour m'empêcher de le supplier de continuer. Essoufflée, je le fixe alors qu'il me dévisage, perdu dans ses pensées. Mes lèvres me font mal tant nous nous sommes embrassés longtemps. Est-ce que ça fait une heure ? Je ne sais pas, mais c'était si agréable. Magique. J'ai savouré chaque seconde et j'aurais voulu qu'il n'arrête jamais. J'aimerais le découvrir encore.

– Je dois y aller, souffle-t-il.

Je n'arrive pas à parler, sans doute parce que ma respiration est toujours aussi courte et laborieuse. Je cherche les mots qui l'inciteraient à rester, mais rien ne me vient.

Il se redresse, et je m'assieds, sans arriver à quitter des yeux sa silhouette immobile devant le lit. Alors que je m'attends à ce qu'il en dise davantage sur son geste et ses conséquences, il quitte la chambre sans un mot ni regard en arrière.

Chapitre 8
SINGE

Pénélope

Sourcils froncés, Devin Ryan me scrute de son regard ténébreux. Même s'il ne le montre pas ouvertement, il est en colère. Très en colère.

Ne pas flancher. Garder la tête haute.

– La prochaine fois, je te vire, assène-t-il sans autre forme de procès.

Devin décroise les bras, se redresse et prend la direction de la sortie.

Quoi ? C'est tout ?! Il ne peut pas partir comme ça. C'est trop vague ! J'ai besoin d'un cadre, moi.

– Virée pour quoi au juste ? m'enquiers-je.

Pour la cigarette ? Le rouleau de papier ? Le fait que je sois dans les toilettes depuis 10 heures ? Ou parce qu'il a entendu tout ce que j'ai raconté sur lui ? Il y a trop d'éléments compromettants.

Il se retourne lentement.

– Tu me poses réellement la question ?

– Eh bien, oui. J'aimerais qu'on éclaircisse ce point fondamental. Que je sache ce que je ne dois plus faire à l'avenir.

Il est pitoyable comme patron. Faut tout lui expliquer.

Silencieusement, il me détaille, et c'est à ce moment-là que la réalité tombe sur moi telle une chape de plomb me faisant perdre tout bagout. C'est vraiment Devin face à moi et la seule chose que je fais, c'est dire n'importe quoi.

Pourquoi il m'observe comme ça ? Les sourcils froncés, l'air sévère et inquiet.

– Mais qu'est-ce que tu fous ? lance-t-il. Tu travailles dans cet hôtel, vraiment ?

– Depuis quelque temps, oui.

– Huit ans, précise-t-il.

S'il sait, pourquoi il demande ?

– Oui, c'est à peu près ça.

– C'est exactement ça, appuie-t-il, sans tact.

Il paraît décontenancé. J'ai un peu honte. Il me donne l'impression que ma vie est restée au point mort après lui. Aurait-il tort de le supposer ?

C'est simultanément que nous enchaînons :

– Pourquoi es-tu restée ?

– Pourquoi…

…es-tu parti ?

J'avale difficilement ma salive alors qu'une ombre passe dans son regard.

– Oublie, tu veux ! Ta situation ne me concerne plus.

Devin se montre si implacable. Sa froideur me brise le cœur alors qu'il poursuit :

– Reprends ton service. C'est la dernière fois que je laisse passer ça. Je pense à l'odeur de cigarette, les pauses interminables et les discussions personnelles sur le lieu de travail. C'est assez précis pour toi ?

Alors qu'il entame un demi-tour, je refuse d'en rester là. Je ne veux pas être traitée comme une simple subordonnée, alors que nous avons vécu la plus belle de *mes* relations.

– Très bien. Si tu ne veux pas revenir sur ce que tu as fait il y a onze ans, tu pourrais au moins me dire ce qu'il s'est passé dans le bar de la 14e Rue ?

Lentement, il me fait face. Il incline légèrement la tête sur le côté et son expression se crispe.

– À quoi fais-tu référence ?

– J'étais peut-être saoule, mais j'ai des bribes qui me reviennent, et tu étais là. Tu sais : moi, joue contre le billard, et toi, penché derrière moi.

Il se met à rire.

– Sérieusement ?!

– Arrête de jouer les innocents ! Tu m'as suivie dans la rue, j'en suis certaine.

Soudain, comme une aide tombée du ciel, j'ai un flash. Oui, je me souviens d'un détail important : j'étais poitrine écrasée contre le billard et… j'avais les poignets liés dans le dos !

– Pour quelle raison m'as-tu ligoté les mains ? m'exclamé-je, scandalisée.

Atterré, il me dévisage.

– Qu'est-ce que tu m'as fait ? Est-ce que tu es devenu sadomasochiste ? C'est pour ça que j'avais mal partout quand je me suis réveillée le lendemain !

Je rétrécis les yeux et poursuis :

– Tu veux cacher ce pan-là à ta famille ?

Menaçant, le voilà qui avance dans ma direction. Je recule tout en levant l'index pour qu'il reste à sa place. Le gars fait bien trente centimètres de plus que moi, alors on va éviter de faire la maligne. Quand son corps dominant est trop proche, j'hyperventile. Je croise les bras pour conserver un minimum d'aplomb.

– Je veux comprendre, l'intimé-je, perturbée, sentant la porte des toilettes contre mes omoplates.

– Pénélope…

Un léger rictus s'étend sur ses lèvres. Il m'analyse intensément avec son regard métallique. Il expire lentement, mais affiche finalement un sourire glacé. Ce même sourire faux du Devin de mon adolescence.

J'y suis peut-être allée trop fort avec cette histoire de sadomasochisme. Je me mords l'intérieur de la joue pour contrôler mon instinct qui me hurle de battre en retraite. Devin doit s'en rendre compte, car il prend une profonde inspiration et son visage retrouve un semblant de neutralité.

Ce type a clairement deux personnalités !

– Il ne s'est rien passé, me certifie-t-il. Je t'ai raccompagnée chez toi, ça s'arrête là.

– Et entre-temps ?

– Je ne suis pas sûr que tu veuilles l'entendre.

– Je suis une grande fille maintenant.

Une ridule se creuse entre ses sourcils

– Une grande fille… répète-t-il, sceptique.

Je remue la tête de haut en bas, puis de droite à gauche, plus très sûre de moi.

– Ça ne peut pas être si terrible, fais-je d'une toute petite voix.

Il rit deux malheureuses secondes.

– Très bien. Puisque tu insistes. Tu étais tellement ivre que tu tenais à peine debout sur le trottoir. Alors, pour m'assurer que tu rentres en toute sécurité, je t'ai accompagnée, mais tu n'avais aucune intention de rentrer chez toi. Au bout du quatrième bar que tu as tenu à fréquenter, tu as provoqué une bagarre. Tu hurlais et cassais tout ce qui était à portée de main. Le propriétaire a appelé les forces de l'ordre. On t'a mis les menottes aux poignets et je suis finalement intervenu. Je t'ai ramenée chez toi saine et sauve.

Il y a tellement de sarcasmes dans chaque mot qu'il prononce, que ma fierté, déjà bien abîmée, m'oblige à répondre effrontément :

– Tu en as fait beaucoup pour quelqu'un dont la vie ne te concerne plus, dis-moi.

L'espace d'un instant, son regard s'obscurcit. Ma poitrine picote et mes membres s'engourdissent anormalement quand soudain, mon cerveau reçoit un nouveau souvenir éclair. Je ferme les paupières.

Pénélope, ne lâche pas la bride que te tend ta mémoire...

J'étais dans les bras de quelqu'un. Oui, dans ceux de Devin. Il marchait et j'avais le nez dans son cou. Je le respirais. J'étais *stone*, mais je me souviens d'avoir fixé l'ampoule du couloir de mon immeuble, coincée entre le mur et son corps ferme pendant qu'il cherchait les clés dans mon sac. Je sais qu'il a un corps sculptural, car je m'amusais à lui peloter les pectoraux. Puis, il a tenté d'empêcher mes mains de descendre plus bas. Je le suppliais, car je voulais flatter ses deux... Nom d'une paire de balloches ! Que c'est humiliant.

Une petite seconde... Il est monté chez moi ? Oh, le verre d'eau propre retourné sur l'évier, c'était lui ! Je me sens fière d'avoir résolu l'énigme du verre dans la cuisine. Une vraie Sherlock Holmes à mes heures perdues !

Bon, revenons à l'instant présent et à l'homme qui me considère comme si j'étais une pauvre fille.

– Il est certain que je ne devrais pas avoir à t'escorter, reprend-il, le ton acéré. Comme régler les notes des dommages que tu provoques. Mais ne vois pas là un acte de chevalerie. Je l'ai fait uniquement, car tu sortais de mon établissement en état d'ébriété et que tu restes encore mon employée. Jusqu'à nouvel ordre.

Il a insisté sur les derniers mots et je les ai parfaitement compris. Devin a toujours su faire preuve de force, bien plus que moi en réalité, lorsqu'il était question de défendre son point de vue. Aujourd'hui, il écrase sous son talon chacune de mes réparties sans me laisser une seule parade.

– Donc, j'ai fait des dégâts, constaté-je piteusement.

– C'est intéressant de considérer que, par moments, la réalité peut encore t'effleurer.

– Je vais te rembourser, enchainé-je aussitôt.

Il rit. Se moque-t-il de moi ? On dirait bien. Après tout, s'il a vu mon studio et ma fiche de paye, il sait bien que je n'ai pas les moyens de le faire. Je n'avais déjà pas assez pour payer un de ces stupides cocktails qu'il doit s'enfiler tous les jours pour l'apéritif ! Avec horreur, je réalise ce que ça signifie : Devin Ryan est venu chez moi. Petite culotte sale, vaisselle pas faite, frigo vide et j'en passe… Je me mets à paniquer, imaginant tous les détails embarrassants qu'il a pu observer.

Oh mon dieu, pire encore, j'ai des souvenirs de nous deux enfouis dans mes tiroirs : une casquette de baseball que j'ai bien trop portée, un bracelet qu'il m'avait donné et que j'ai cassé, et surtout un tas de petits papiers sur lesquels il notait le numéro de chambre et l'heure de nos rendez-vous ! Mais après tout, pourquoi fouillerait-il dans mes affaires ?! Il n'en a pas besoin, tout est déjà si compromettant !

Toujours avec un vague sourire, il poursuit tranquillement :

– L'argent est accessoire…

Tu m'étonnes ! Je suis mortifiée.

– … l'important est que tout soit clair, posé et définitif entre toi et moi.

Le coin de mes lèvres s'étire peu naturellement face à ce que ses mots me font ressentir. Je relève plus haut le regard et m'aperçois que nous sommes à quelques infimes centimètres l'un de l'autre.

– Je suis soulagée d'avoir dissipé ce malentendu, m'amusé-je, malgré moi.

Il expire par le nez, visiblement las de cette discussion. Néanmoins, je tente de garder la face et lui tends la main en guise de paix. Il l'observe quelques secondes avant que ses doigts s'enroulent autour des miens.

Sous la chaleur de sa paume, mon corps s'alanguit. Mon regard remonte et plonge dans le sien, couleur océan.

Mayday ! Mayday ! Est-ce une vague de souvenirs qui remonte ou est-ce que je repars en plein délire ?!

Je redescends sur Terre lorsque Devin retire brusquement sa main de la mienne et recule d'un pas, une expression étrange déformant ses traits durs. Même me toucher le dérange… Face à cette constatation, je baisse les yeux, me racle la gorge, mais m'oblige à garder un ton professionnel :

– Tout est éclairci de mon côté, Devin. Merci pour ton honnêteté.

– Tant mieux.

Il se redresse, puis quitte les toilettes sans un mot de plus, tel un monarque qui vient de sermonner un simple sujet.

Chapitre 9
CULTE

Pénélope
15 ans

– C'est faux, je n'ai jamais embrassé Devin ! assuré-je d'une voix tremblante.

Dès que je suis arrivée ce matin avec ma mère pour qu'elle prenne son service, Léo m'a immédiatement prise à partie comme s'il m'attendait depuis des lustres. Il m'a traînée jusqu'au recoin de l'escalier du personnel où nous avons l'habitude de nous cacher pour discuter, sauf que cette fois, il était très contrarié.

Ce n'est pas que je ne suis pas heureuse de le voir, mais ma mère s'est déjà chargée de me passer le savon du siècle pour « mon comportement de la nuit dernière », j'aimerais donc avoir quelques heures de répit.

– Arrête, Péné, pourquoi il me mentirait sur ça ?

C'est vrai ça, pourquoi Devin affirmerait avoir fait des choses peu catholiques avec la « pouilleuse », comme m'appellent ses parents ? J'ai beau sortir tous les arguments que mon cerveau peut inventer à une heure aussi matinale, je peine depuis quelques minutes à convaincre Léo.

– Enfin, Léo, tu sais que ton frère est tor…

La lueur de tristesse qui passe dans le regard de mon ami me déstabilise et m'incite immédiatement à me taire. Quoi que je pense de Devin, je sais que Léo l'aime inconditionnellement, et que c'est le premier à souffrir de la froideur presque indifférente de son frère.

J'imagine que tout ce qu'il veut, c'est simplement la vérité, simplement une raison de pouvoir croire ce que dit son aîné, mais que dire ? Ce qui s'est passé avec Devin hier soir m'a chamboulée et maintenant, j'ai juste la trouille d'être complètement ridicule, voire pire… rejetée. L'humiliation totale ! Parce que c'est irrémédiablement ce que Devin va faire. Il n'attend certainement qu'une chose : me tourner en dérision. Sinon, pourquoi aurait-il tout répété à son frère ?

– Ne parle pas avec elle, nous interrompt la voix de Devin, juste derrière moi. Je t'ai dit de ne plus lui adresser la parole.

Je me fige. C'est la première fois que j'entends ce timbre de voix, rauque et rugueuse. Hier soir, il chuchotait. Aujourd'hui, chaque syllabe paraît lui écorcher les cordes vocales et résonne dans l'espace confiné.

– Eh ! s'exclame Léo. Arrête avec ça ! Elle ne t'a pas embrassé, et même si tu n'étais pas un menteur, ça ne te donnerait aucun droit sur elle !

Je me retourne lentement pour faire face à Devin. Mon cœur bat à tout rompre dans ma poitrine. Qu'est-ce que je dis ? Qu'est-ce que je fais ? Est-ce que je continue à mentir ? Léo a raison, en quoi notre baiser donnerait à Devin le droit de choisir mes fréquentations ou d'interdire à son frère de m'approcher ? Cependant, mon attitude importe peu,

Devin ne me considère même pas, préférant fusiller des yeux son cadet.

– Notre mère t'attend devant l'hôtel pour aller à l'école, annonce-t-il sèchement à Léo. Tu ferais mieux de te presser avant que j'aille lui dire avec qui je t'ai trouvé.

Léo tique immédiatement à la menace et cède sans demander son reste :

– C'est bon, j'y vais.

Hésitant, mais obéissant, il me contourne après un dernier regard anxieux, puis s'éloigne la tête basse.

La porte battante claque derrière lui plusieurs fois. Le son résonne entre moi et Devin, puis se répercute dans ma poitrine. Est-ce que je suffoque ? Je suis plus troublée que jamais de le voir de si près, à la lumière du jour. Il a retiré ses lunettes, ce qui accentue la froideur de son regard, le rendant encore plus menaçant et déstabilisant.

– Tu n'as pas cours ? bredouillé-je, ne comprenant pas pourquoi il reste là, son corps me barrant la sortie.

– Et toi ? fait-il, perfidement.

– Non, je…

Je préfère ne pas y aller aujourd'hui encore. À quoi bon ? Néanmoins, je ne le dis pas à voix haute, pas à lui, l'élève sérieux qui réussit dans toutes les matières.

– Tes parents t'attendent sûrement, dis-je à la place.

– Je suis à la fac, je n'ai pas besoin d'eux, lâche-t-il, toujours avec cet air dur et désinvolte.

S'il a déjà terminé le lycée, c'est qu'il a dû sauter une ou deux classes.

– Où sont tes lunettes ? demandé-je d'une petite voix.

– Je les ai cassées.

Je n'en crois pas un mot. Il est sûr de lui, audacieux, mais son état physique montre le contraire. Il a un bleu sur la pommette. Le blanc de ses yeux est rouge sang ce qui fait ressortir l'éclat bleuté de ses iris presque noirs. On dirait qu'il s'est battu.

– Tu vois bien comme ça ?

– C'est une vraie question ?

Je soupire de frustration, mais je refuse d'être victime de son humeur. Est-ce le même garçon qui m'a embrassée hier ? Son attitude arrogante et son regard fixe me donnent froid dans le dos. Je fais un pas sur le côté pour m'échapper, mais sa main emprisonne mon poignet. D'un geste sec, Devin me ramène devant lui.

– T'es taré ?! m'exclamé-je.

J'ai toujours pensé que je lui importais peu. Sa façon de quitter la chambre hier soir l'a prouvé. Alors, pourquoi est-ce qu'il me retient ? Pourquoi est-ce qu'il me rapproche ainsi de lui ? De si près, je remarque que sa lèvre est un peu fendue. L'hémoglobine a comme coagulé au coin de sa bouche.

– Tu t'es battu avec ton frère ? le questionné-je.

Je crains tellement qu'il me dise oui, d'entendre qu'ils se sont battus à cause de moi. Cependant, Léo n'avait pas de marque ni de trace de bagarre…

Devin s'esclaffe. Jamais, je n'ai entendu un rire dépourvu à ce point de joie.

– En fait, t'es trop conne, raille-t-il, ses doigts resserrant tout de même leur prise sur moi.

– C'est bon, ça suffit ! Lâche-moi !

J'essaie une nouvelle fois de me dégager, sans succès. Il me force même à reculer. Je remarque alors d'autres traces sur son cou. Des bleus moins marqués, plus anciens. En relevant les yeux, je me fige devant son visage déformé par un rictus amer.

– Tu ne vaux pas mieux que moi, assène-t-il.

Pas mieux que lui ?

– Tu es vide, creuse, reprend-il sans me laisser respirer. Ton père ne t'aime pas. Pas plus que celle qui t'a mise au monde.

Comment peut-il affirmer cela avec autant d'assurance ? Il ne me connaît même pas, et pourtant ses paroles sont comme des lames que l'on m'enfonce dans l'estomac. La confusion et l'humiliation me submergent alors que j'aimerais ne jamais avoir entendu ses mots blessants.

– Tais-toi ! envoyé-je, atterrée.

– Quoi ? Ce n'est pas vrai ?! Toujours à trainer dans nos couloirs comme une crève la faim à la recherche d'attention ou je ne sais quoi. Dis-moi, tu ne te sens pas inutile ?! poursuit-il avec mépris.

Pourquoi s'en prend-il à moi en déversant sa haine et son amertume de manière aussi cruelle ?

– Quand est-ce que tu vas te barrer d'ici ? Personne n'a besoin de toi. Encore moins mon frère.

Pourquoi m'a-t-il embrassée s'il me déteste à ce point ? La douleur qui m'envahit est aussi vive que celle de sa poigne sur mon bras, presque insoutenable.

– Arrête ! balbutié-je.

Trop tard. Une tristesse profonde est là, en moi, me déchirant de toutes parts.

– Allez, Pénélope, pleure…

J'essaie de le repousser, seulement, il enfonce ses ongles dans ma chair.

– Laisse-moi tranquille ! Pourquoi tu ne me lâches pas ?!

Respirant plus vite et plus fort, je sens mes poumons qui s'essoufflent, mais je suis prête à lutter. Je refuse de me laisser marcher dessus, même par le fils prodige… Je le repousse plus férocement et cette fois, j'y mets assez de force pour qu'il recule de plusieurs pas. Son sourire se fane, tellement vite que l'expression d'horreur qui prend place sur son visage semble sortir de nulle part.

Prête à lui cracher tout ce que j'ai sur le cœur, ma diatribe meurt dans ma gorge quand je remarque qu'une larme commence à couler sur sa joue.

– Comment fais-tu pour ne pas pleurer, Pénélope ? gémit-il. Quand t'as faim ? Quand t'as froid ? Quand t'as mal ? Dis-moi, putain ! Pourquoi tu rigoles sans arrêt ?! N'as-tu jamais eu envie de crever ?!

Il paraît anéanti, dément, furieux. Pas contre moi, mais contre la merde qu'est la vie. Il semble détester la planète, se détester aussi. Pas parce qu'il agit mal. C'est plus profond que ça.

Il se tient les cheveux de sa main libre et se mord la lèvre, sûrement pour se retenir de hurler sa peine au monde entier. Non, aujourd'hui, il craque juste devant moi. Finalement, il souffle :

– Pénélope, arrête d'espérer, personne ne nous aimera jamais.

Devin appuie là où ça fait mal. Comment a-t-il pu m'observer suffisamment clairement pour connaître mon secret ? Je l'ignore, mais il a visé parfaitement juste. Après le divorce de mes parents, mon frère a suivi mon père. Aucun d'eux ne s'est retourné sur ma mère et moi. Un coup de fil tous les six mois, mais depuis plusieurs années… plus rien. Ma famille a explosé.

Je suis restée seule avec ma mère, sans argent, sans relation, sans famille. Nous sommes deux, seules face au reste du monde, et d'une certaine manière, elle me reproche notre vie, car elle n'a pas pu se reconstruire. Elle a dû assumer, se battre, travailler jour et nuit pour subvenir à nos besoins, et faire le deuil d'une relation perdue et d'un fils qui ne veut plus la voir. Je crois qu'elle me reproche tout ça…

« Si j'avais su, je n'aurais jamais fait de deuxième enfant », a-t-elle dit plusieurs fois.

Malgré tout, j'aime ma maman. Même si je douterai toujours de ses sentiments, j'ai appris à ignorer ses paroles dévalorisantes. Je lui trouve des excuses. Après tout, qu'importe le nombre de fois où j'ai été blessée, je ne renoncerai pas à l'idée que l'amour peut être plus fort. Ce n'est peut-être qu'une illusion, mais c'est l'illusion que je choisis de poursuivre.

– Quelqu'un va m'aimer ! assuré-je. J'en suis certaine.

Devin paraît lutter pour sortir du chaos de ses pensées. Il me dévisage comme s'il savait quelque chose que j'ignorais.

– Devin, tu m'entends ?

– Tu te trompes.

Non, je ne suis pas prête à l'accepter. Malgré les blessures qui ont forgé ses certitudes, ma détermination sera plus forte.

– L'amour peut surgir n'importe quand ! insisté-je. Demain, après-demain…

Il soupire, las.

– L'amour n'existe pas.

Je secoue la tête, frustrée. Qu'est-ce que j'aurais envie de le secouer ! On dirait un robot !

– Comment peux-tu être aussi sûr de ce que tu dis ?

– Parce que j'en ai vu et entendu assez pour savoir que c'est inévitable. Tous les sentiments ont leurs limites.

Sa lèvre supérieure tressaute tandis que sa voix se meurt, comme fracturée par la peine. Il me brise le cœur. J'ai envie de le serrer contre moi pour le réconforter. J'approche et tends le bras vers lui pour lui prendre la main. Ses doigts tremblent si fort. Il baisse la tête à mon contact, sa lèvre se relevant légèrement.

– Tout le monde finit par être aimé, affirmé-je, encore.

Une grimace de douleur apparaît brièvement sur son visage.

– Tu ferais mieux de te préparer à ce que le monde te déçoive, alors.

C'est une réalité que je redoute, mais je ne m'arrêterai pas à cette simple idée. Devin a l'air si abattu sans espoir que je refuse de le rejoindre dans cet enfer.

Il tente de retirer sa main, mais je la retiens dans la mienne et lorsqu'il relève les yeux sur moi, je ne peux m'empêcher de dire :

– Moi, je vais t'aimer sans limite.

Il secoue la tête.

– Ne dis pas ça.

– Moi, je vais t'aimer, Devin, persisté-je d'une voix plus ferme, retrouvant toute son attention. Je vais t'aimer comme personne ne t'aimera jamais.

Il m'observe pendant qu'il déchiffre mes mots, puis finalement, il esquisse un sourire triste.

– Comment tu penses pouvoir m'aimer ?

Je lève la main vers le coin de ses lèvres.

Comment les bleus se sont-ils retrouvés autour de son cou ? Cette lésion au coin de sa bouche ? Souffre-t-il encore ? Moi aussi, je souffre parfois. Devin l'a deviné, même si j'essaie de le cacher. Quand il a dit que personne ne m'aimerait jamais, c'est comme s'il m'avait enfin révélé le fond du problème. Mais je sais faire semblant. Je préfère vivre de sourires pour ignorer ce quotidien insupportable et ne plus voir la peine de ma mère, sa rancœur aussi.

À neuf ans, je jouais déjà un rôle. Je rêvais d'être née dans une famille aimante et que ma vraie maman et mon vrai papa finiraient par venir me chercher. Croire que je compte pour quelqu'un sera toujours mieux pour moi que d'accepter l'idée de ne compter pour personne. Et en admirant les traits du garçon devant moi, je la vois enfin, la solution.

– De toutes les façons que tu me permettras de le faire, réponds-je avec détermination.

Je l'aimerai sans condition.

Il reste silencieux pendant un moment, essayant de percer mon âme. Puis, lentement, il hoche la tête, comme s'il commençait à accepter l'idée.

– Tu ne le regretteras pas ? formule-t-il tout bas, comme un ultime appel à la raison.

Je secoue lentement la tête, puis me rapproche, nos mains toujours liées. Je prends le temps de l'observer. Devin m'intimide, me fascine aussi.

– Tu vas m'aimer, toi aussi, hein ? murmuré-je, mon cœur se mettant à battre sourdement.

Ses doigts se crispent autour des miens tel un étau. Fébrile, je n'attends pas de réponse formelle, non, une poussière d'assentiment me suffit.

– Aimons-nous inconditionnellement, acté-je, à voix basse.

Je sens ma poitrine se charger de nervosité. Pour me redonner du courage, je reprends l'autre main de Devin et l'amène contre ma joue. Tel un pacte, je murmure :

– En échange, je te donnerai tout ce que tu veux.

La phrase n'est pas très claire, mais j'espère de tout cœur qu'il en a compris le sens.

Alors qu'il me fixe toujours, il hoche lentement la tête, avant de se jeter sur mes lèvres.

Les minutes qui ont suivi, m'ont paru magiques, comme irréelles et depuis, je me sens comme invincible. Tout se reconstruit. Ma vision de la vie semble soudain moins opaque, moins injuste. Tout simplement parce que Devin et moi ne sommes plus seuls. Enfin.

Chapitre 10
DOS AU MUR

Pénélope

Je soupire de fatigue. Le face-à-face avec ce Devin Ryan 2.0 m'a épuisée et je suis toujours à moitié sonnée par la révélation de ma presque inculpation pour destruction de biens privés.

Pense-t-il que je vais me lamenter d'être une telle calamité ? Ça m'a à peine effleuré la conscience ! Bon, je déconne, je suis verte et dès ce soir, je me roule en boule dans un coin de ma baignoire.

– Pénélope !

Je pousse un cri de surprise. Ma mère est-elle obligée de hurler dès qu'elle me croise ?!

– Pourquoi tu restes toute seule dans les vestiaires ?

Je ferme mon casier et me tourne vers elle.

– Désolé, maman, je dois te laisser. Le cuistot m'a préparé un casse-croûte.

Et ce serait un crime de laisser refroidir les sandwichs grillés de Bernardo !

– Tu crois que tu as le temps ?! Nous avons reçu une plainte concernant le nettoyage d'une des suites du dernier étage. Tu étais supposée t'en occuper.

– J'ai fait les deux, certifié-je.

– Pas suffisamment. Retournes-y.

– Pourquoi ? Parce que la serviette n'est pas pliée à la Marie Kondo[1] ? plaisanté-je.

Je suis de mauvaise humeur, mais ça ne m'empêche pas de rire. *Marie Kondo…* Si elle voyait ma piaule, elle se roulerait en boule dans la baignoire avec moi.

– Eh ! m'arrête sévèrement ma mère. On n'est pas chez nous, ici. Ce n'est pas parce que tu considères cet endroit comme ta maison que tu peux y faire ce que tu veux ou dire tout ce qui te chante. Il y a la direction aujourd'hui, et oui, c'est important que rien ne dépasse. C'est ainsi. C'est notre rôle. Laisserais-tu ta mère travailler deux fois plus pour te sauver la mise, encore une fois ?

– Bien sûr que non, admets-je.

Je sais reconnaître mes torts, et voir le pli d'inquiétude sur le front de ma mère m'incite immédiatement à redevenir la petite fille penaude de mon enfance.

– Trouve-toi un autre travail, bon sang ! s'exaspère maman, presque les larmes aux yeux. Tu es nulle pour celui-là et tu compromets le mien avec tes étourderies !

Malheureusement pour elle, je ne sais rien faire d'autre, mis à part, écrire des chroniques… sur mon métier de femme de ménage ! Ah si, j'avais espoir de me reconvertir en romancière, mais ce n'est pas avec mes cinq chapitres griffonnés à la va-vite que je vais rendre un manuscrit passable d'ici dix jours.

1. Marie Kondō est une consultante, personnalité médiatique et essayiste japonaise, spécialisée dans le rangement et le développement personnel.

Autant dire que je finirai ma vie dans cette tenue !

– Je vais y remédier, lui assuré-je, ignorant volontairement sa remarque sur une éventuelle démission. Après le déjeuner, je serais sur le pont. Je te le promets.

Résignée, ma mère prend le temps de me toiser de bas en haut.

– Tu as intérêt.

Elle opère un demi-tour. J'ai eu chaud au cul.

– Pénélope, m'interpelle-t-elle avant de passer la porte.

Pourquoi va-t-elle râler, encore ?!

– Oui, c'est mon prénom, maman. Tu l'as choisi à ma naissance, je te rappelle.

– C'est vrai.

Elle observe une pause avant de finir, l'air désabusé :

– Je n'ai pas choisi cette vie pour toi.

La décevoir est devenu ma religion.

– Je sais.

– Et si je meurs, qu'adviendra-t-il de toi ?

– Il te reste encore de belles années, tenté-je de la rassurer.

– À te supporter ?!

– Je t'aime, moi aussi, souris-je malicieusement.

Elle semble hésiter à ajouter quelque chose, mais finalement, elle se contente de grimacer et de quitter le vestiaire. Ma mère est dénuée de cœur.

Je suis certaine qu'elle m'a adoptée !

***

J'entre joyeusement dans les cuisines qui fourmillent du doux chaos du rush de midi. Les cuisiniers s'affairent tous à préparer de délicieux plats sophistiqués et pas un ne relève les yeux à mon arrivée. Il faut dire que je ne dénote pas dans ce va-et-vient constant et parfaitement millimétré.

– Salut, tout le monde ! envoyé-je à l'équipe.

– Bonjour, Péné ! entends-je à l'unisson.

Je rougis légèrement face à leur enthousiasme.

– Tu tombes un pic, on a besoin d'un peu de folie pour égayer cette cuisine, envoie Bernardo, notre chef cuisinier, qui fait flamber sa poêle de façon spectaculaire. Comment se passe le monde de la propreté là-haut ?

Il adore entendre mes petites anecdotes : des mallettes de diamants retrouvées dans la suite présidentielle aux prostitués délaissées au petit matin. À vrai dire, c'est lui qui m'a donné l'idée de les écrire pour les partager au plus grand nombre.

– Eh bien, navrée, mais rien de croustillant pour aujourd'hui. Les draps sont toujours pliés avec amour et les oreillers rebondissent comme des nuages, soit le paradis sur terre !

Leur rire commun me fait un bien fou.

– Merci pour le repas, ajouté-je, heureuse comme tout en adressant mon plus grand sourire à Bernardo.

– Ce n'est pas grand-chose pour faire plaisir à notre rayon de soleil, me répond-il, les joues rouges.

Sa réponse gentille et chaleureuse fait fondre mon petit cœur.

Alors que les cuisiniers se hâtent dans l'effervescence du service, je m'installe sur le tabouret près des plongeurs, Éric et Johanna, qui discutent en travaillant, face au comptoir en bauxite. D'habitude, ils irradient de joie et d'enthousiasme, mais leurs échanges semblent teintés d'une certaine inquiétude.

– Il y a des rumeurs, insiste Johanna. Vellman a même évoqué un remaniement au sein de l'établissement.

– Tu t'inquiètes pour rien, tente de la rassurer Éric, une moue dubitative aux lèvres.

– Pour rien ? Et le fils Ryan qui inspecte tous les recoins de l'hôtel, c'est pas inquiétant, peut-être ?

– C'est son rôle de patron, assure Éric.

– Et la ribambelle d'hommes en costumes cravate ? C'est quoi leur rôle à eux ? À quoi elles vont leur servir toutes les notes qu'ils ont prises ? Enfin, ouvre les yeux, même Bernardo est à cran !

Les deux amis cessent de parler quand leur chef arrive vers nous pour déposer devant moi une assiette contenant deux sandwichs au fromage fondu, déjà emballés dans du papier aluminium.

– Tiens ma petite, régale-toi, m'encourage-t-il avec un sourire que je trouve finalement faussement confiant.

J'en prends une bouchée, sous ses yeux attentifs. Je suis presque devenue la goûteuse attitrée du restaurant de ce palace. Mmm, comme d'habitude, c'est un délice !

– C'est exquis, m'émerveillé-je, ce qui a le don de faire sourire Bernardo jusqu'aux oreilles. Tu es au sommet de ton art.

– Tu es bien gentille. Allez, je dois me remettre au travail !

La cuisine reprend son rythme effréné, et les deux plongeurs peuvent poursuivre leur échange plus sereinement, loin des yeux attentifs de leur chef. Johanna est définitivement stressée par cette histoire de remaniement, même si Éric ne cesse de lui assurer que le grand patron ne pourrait pas licencier tout le personnel. Tout le monde, non, mais une femme de ménage qui a déjà quelques incidents sur son dossier, c'est une éventualité plus que probable…

Hors de question de laisser Devin Ryan me pourrir le moral avec ses menaces ! Non, je préfère balayer ces pensées d'un revers de main et profiter comme il se doit de ce fabuleux repas, en attendant la fin du dernier service.

***

Presque une heure plus tard, alors que les commis s'activent pour ranger et nettoyer les fours et les plaques, l'un des aide-cuisiniers, essuyant de la sueur sur son front, dépose un grand sac noir près des poubelles, puis m'adresse un clin d'œil.

– Merci, lui soufflé-je, avant de me lever pour le récupérer. Tu as pensé aux douceurs aussi ?

Les *doggy bags* sont soigneusement empilés à l'intérieur. Dans cet établissement huppé, où la clientèle fortunée a les yeux plus gros que le ventre, certains mets sont laissés intacts sur la table, prêts à être gaspillés. Ce serait impensable de reléguer des tranches de foie gras succulent et des tartes citron à la meringue à une destination aussi banale que la poubelle !

– Tout est dedans, ma belle, répond le commis avec un sourire complice, éclairant son visage fatigué.

– Tu es génial !

Je sors du bâtiment par la porte arrière des cuisines et me rends au bout de la ruelle. Déjà, George m'attend et m'accueille chaleureusement quand je lui donne le sac.

– À demain, me lance-t-il, heureux comme tout.

Le vieux barbu m'adresse un signe de main, puis remet une longue mèche grise derrière son oreille, laissant apparaître son sourire édenté. D'un seul regard, on peut voir que ce sans-abri a connu les difficultés de la rue, mais ces malheurs n'ont jamais affecté sa bonne humeur. Je suis tellement admirative de sa force de caractère !

– Passe le bonjour à Monica et fais profiter tes potes, hein ! lui rappelé-je.

– Oui, t'inquiète pas, Princesse Pénélope. Comme d'habitude.

Je le regarde partir, le cœur plus léger, puis m'étire de tout mon long. De retour vers l'entrée des cuisines de l'hôtel, je m'adosse contre le mur en brique et m'allume une cigarette.

Oui, je sais, il faut que je me remette sur les deux suites présidentielles… Avec Mister Freeze, alias Devin Ryan, sur le dos, je vais devoir faire gaffe. Enfin, franchement, ce client doit être un névrosé de la propreté pour râler comme ça. Sûre qu'il a inspecté les poussières au-dessus des cadres !

Je tire une longue taffe et recrache la fumée en l'air. Rassemblons nos idées !

Je vais devoir me tenir tranquille à l'hôtel. Du moins, le temps que Devin finisse sa mission qui consiste à me pourrir la vie. C'est étrange car j'attends désespérément qu'il disparaisse du paysage, alors que onze ans auparavant, je me tenais à la même adresse, à attendre seule, mon baluchon à la main, qu'il se pointe. Nous devions nous enfuir. J'ai poireauté presque deux heures sous les flocons, sur le trottoir, devant le grand escalier en pierres de l'hôtel. Je me souviens des plaques de verglas sur la chaussée et de mes doigts qui tremblaient, gelés. C'était si rare qu'il neige en février…

Je secoue la tête. *Non, Pénélope. Ravale ça. Pas ta salive, ces gouttes salées dans tes yeux.* Allez, *effaçage* du disque dur. Je me fous de ce mec, je l'ai déjà oublié.

J'envoie le mégot dans l'égout, puis observe la pluie qui tombe dans une flaque d'eau nimbée d'essence. Allez, il est l'heure de mettre en application mes bonnes résolutions !

Je me décolle du mur, traverse en deux enjambées la ruelle, puis pénètre dans les cuisines. À mon grand étonnement, j'aperçois Devin qui slalome à travers les batteries et les fourneaux d'un pas décidé. Sa prestance et sa silhouette élancée se démarquent dans l'espace restreint, captant l'attention du personnel affairé autour de lui. N'a-t-il pas déjà fait son tour d'inspection ici ?

Dans la cuisine, tout le monde s'écarte sur son passage, jusqu'à lui permettre d'avoir une vue dégagée sur ma position. Les quelques mèches ébène marquent plus encore son regard d'acier qui balaie la salle. Les muscles tendus de ses trapèzes et de ses bras visibles à travers sa chemise ajustée me font penser, dans un fugace pressentiment, que cela n'annonce rien qui vaille. D'ailleurs, dès que Devin m'aperçoit, sa mâchoire se crispe. Sans hésitation, il fonce droit sur moi.

D'une poignée de fer, il me saisit le bras et m'entraîne sans cérémonie dans son sillage.

– Mais qu'est-ce que… articulé-je, alors que son visage grave ne laisse place à aucune explication.

Je dois marcher à reculons pour suivre son rythme et plusieurs fois, je crois que je vais tomber à la renverse.

– On pourrait parler comme le feraient des personnes civilisées, protesté-je alors qu'il pousse la porte de la cuisine.

Son regard reste insaisissable. Visiblement, il préfère ignorer ma stupéfaction. Pire, il descend avec aisance les deux marches en béton et me repousse à l'extérieur, comme une malpropre. Mais qu'est-ce qu'il lui prend ?! Je retrouve mon équilibre tant bien que mal, en essayant de ne pas glisser sur le sol accidenté.

Malgré la tempête intérieure qui paraît se déchaîner en lui, c'est avec un flegme glacial qu'il m'annonce :

– Ne remets plus jamais les pieds dans cet hôtel.

Abasourdie, je le dévisage.

Je ne comprends pas.

Les employés de cuisine nous observent depuis l'intérieur, sous le cadre massif de la lourde porte en fer. Ils sont tous aussi choqués que moi. Je ne m'attendais pas à ça. Mes idées s'embrouillent tandis que mes yeux balaient les alentours à la recherche de ce qui a bien pu le mettre dans cet état.

– J'ai fumé dehors, arrivé-je à articuler.

– Ton business au sein de mon entreprise est terminé, m'informe-t-il d'une voix résolue.

– De quoi est-ce qu'on parle, cette fois ?

– Oses-tu me le demander ? Il est évident que je perds mon temps avec toi.

Bernardo s'impose devant son équipe et intervient en ma faveur :

– S'il vous plaît, monsieur le président. Elle n'a rien fait de mal. Nous la connaissons depuis qu'elle est toute petite.

Devin se tend puis baisse la tête. Ses traits se troublent. Je crois qu'il réalise que cette scène se déroule devant ses employés, dont certains échangent des regards perplexes et chuchotent entre eux, tandis que d'autres observent la confrontation avec incrédulité, bien plus inquiets que moi.

– C'est une voleuse inconsciente. Il y a des caméras de surveillance partout dans cet hôtel, mais je n'ai eu à visionner qu'une seule bande pour tomber sur ses petits arrangements. Ce que j'ignore encore, c'est comment a-t-on pu la couvrir à ce point ?!

Les yeux perçants de Devin cherchent maintenant des réponses parmi son personnel, alors que l'équipe recule d'un pas.

– Monsieur ? tente encore malgré tout le cuisinier.

Devin préfère l'ignorer et reporte son attention sur moi.

– Dès demain, les documents de ton licenciement seront envoyés à ton domicile.

Vive l'Amérique !

Il se détourne, me laissant stupide à l'extérieur. Trop abasourdie, je n'ai pas encore réussi à esquisser un geste ou même à bredouiller une excuse, mais il faut que je réagisse ! Je refuse de me laisser faire. C'est un abus de pouvoir. Il ne va pas s'en tirer comme ça !

– Attends ! crié-je alors qu'il s'apprête à remonter les marches.

Ses gestes se suspendent.

– C'étaient des restes ! expliqué-je, la voix tremblante. Oui, j'offre des repas que nous nous apprêtions à jeter à la poubelle aux sans-abri. Est-ce qu'un blâme ne suffirait pas pour…

– Qu'importe ce que tu fais et le pourquoi, je ne reviendrai pas sur ma décision. Tu es virée.

Alors qu'il fait un quart de tour vers moi, ses épaules se crispent. Seulement, moi, je suffoque. Il ne réalise pas ce qu'il est en train de faire…

– Tu délires, Devin ?

– J'en ai l'air ?

Son expression dure comme la pierre ne laisse rien transparaître. Les battements de mon cœur cognent dans mes oreilles.

– Absolument !

Mon cri sort tout droit de mes tripes. Il ne peut pas faire ça. Impossible. Je veux dire, oui, je ne suis pas une employée modèle, mais je travaille pour cet endroit depuis des années maintenant. Il ne peut pas tout détruire d'un claquement de doigts !

– Quand tu recevras ta lettre de licenciement, tu comprendras, tonne-t-il.

Comment peut-il être aussi impitoyable ?

– C'est fou ! Pourquoi ne pas appliquer la loi martiale ?! Emprisonne-moi, j'ai volé des chips !

Son regard noir s'abat sur moi.

– Pourquoi tu insistes ? Je ne souhaite pas particulièrement te garder, invoque-t-il sobrement, comme s'il n'était pas en train de briser ma vie. Une deuxième fois.

Je recule d'un pas et le considère, interloquée. Donc, c'est personnel. J'en ai des sueurs froides. Ébranlée, je perds mes moyens.

– Pourquoi ? m'étranglé-je.

– Tu ne prends pas ton travail au sérieux ! Il est pratiquement 15 heures et tu traînes dans une ruelle à fumer.

Je le dévisage et sentant qu'il ne cédera pas, le calme laisse place à la panique.

– D'accord. Je ne le ferai plus.

Il secoue la tête alors qu'un rire froid s'échappe de ses lèvres.

– Je vais changer ! insisté-je pour qu'il me croie.

– Tu es impertinente, inconsciente, empotée et impolie. Tu vas changer tout ça, aussi ?

Nous nous défions du regard sous les yeux attentifs, presque terrifiés, de mes amis. La tension devient palpable, alors que je repousse férocement le sentiment de honte qui s'insinue en moi. Mes poumons cherchent désespérément l'air qui semble avoir déserté la ruelle. Sous son expression inflexible, je tiens bon. Il ne peut pas me rabaisser comme ça. Je lance entre mes dents :

– C'est comme ça que les Ryan montrent leur reconnaissance ? Ma mère travaille pour ta famille depuis trente ans avec dévouement. Elle récure chaque pièce, chaque meuble et objet jusqu'à se faire des ampoules.

Devin émet un rire moqueur.

– Si tu étais un bon élément, elle n'aurait pas à compenser ton manque de rigueur, envoie-t-il, le regard chargé d'ironie.

J'ai envie de le gifler.

– Pour quoi faire ?! Elle n'a jamais été augmentée pour son bon travail. À cinquante-cinq ans, elle a toujours été assidue sans manquer un seul jour, et tout ça pour quoi ?!

– Quel rapport avec toi ?

– Pourquoi je me détruirais la santé à essayer de satisfaire tes objectifs intenables, tout ça pour être, évidemment, payée au salaire minimum ?! Allez, j'attends de voir si tu feras les cinq chambres à la perfection en une heure quand il faut retirer les poils du chat de la 305, les préservatifs sous le lit et les traces jaunes autour du cabinet, si monsieur a bien tiré la chasse ! Oh, mais non, les conditions ne sont pas si horribles, il faut juste accepter l'honorable proposition du client quinquagénaire qui te fille mille dollars de pourboires si tu restes pour la nuit !

– Pardon ?!

Devin se rapproche, l'air horrifié.

– Est-ce que j'ai capté ton attention, là ? Je n'ai même pas parlé des dépassements d'horaire non rémunérés ou de l'absence totale de considération !

Cette fois, je me rapproche et lève le menton bien haut pour qu'il intègre la tirade qui va suivre :

– Travailler cent fois plus dur par peur de perdre son travail et son logement, ce n'est pas vivre, mais être esclave d'hommes aussi méprisants que toi. Je ne ferai pas la moitié de ce que ma mère fait ! Je me le refuse ! Que l'on fasse plus ou moins, nous sommes traités de la même manière. Alors, dis-moi, Devin, est-ce juste ?! Tu ne sais rien de ce qui se passe ici, de quelle façon on nous traite et tu auras beau faire ta petite ronde tous les premiers du mois que tu ne verras toujours qu'un dixième de ce qui saute aux yeux !

Une ride s'est creusée entre ses sourcils.

– J'offre tous les ans une enveloppe conséquente à partager entre chaque membre du personnel. Les primes sont avantageuses…

– Oh, mille mercis, Votre Grâce ! rétorqué-je, pince en rire. Sais-tu que tu donnes ta satanée enveloppe à des personnes qui se servent avant de jeter les miettes ?!

– Si c'est vraiment le cas, je vais y remédier.

– Tu vas éplucher chaque fiche de paye de toutes ces personnes que tu ne connais pas ? Vas-tu vraiment le faire ?! Non. Tu ne sais même pas les saluer ! Tu te penses supérieur, tu as plein de préjugés ! Tu n'es qu'un snob arrogant et détestable !

Ses iris me sondent. Longtemps. Il lâche finalement un rire amer, presque accusateur.

– Et malgré tout, tu es restée ici en sachant tout ça…

– Oui ! envoyé-je, des larmes envahissant mes paupières tout à coup.

Je grimace pour les empêcher de tomber.

– Je ne veux même pas savoir pourquoi, fait-il d'une voix étrangement basse.

– Et pourquoi pas ? Laver notre linge sale en public, n'est-ce pas ce que tu fais depuis tout à l'heure ?! rétorqué-je, amère.

Son corps se raidit, alors qu'il jette un œil par-dessus son épaule, vers Bernardo et son équipe qui commencent à s'agiter. J'en profite pour reprendre mon aplomb.

– Ne confonds pas tout !

Justement, ce « tout » n'a rien à voir avec ma mère ou mon travail, mais tout avec nous.

– On a été en couple ! Est-ce que ça aussi, tu veux le nier ?!

Les employés se rapprochent et tendent l'oreille. Devin, excédé, leur intime de reprendre le travail. S'accrochant à la poignée de la porte, il tente même de repousser les curieux avec son bras droit. Plus il s'exaspère, plus ma rage reprend le dessus.

– Tu me vires, car tu ne veux simplement pas voir un fantôme de ton passé traîner dans les parages ! Avoue-le.

Avec une force herculéenne, Devin pousse tous ses employés vers l'intérieur et leur claque précipitamment la porte au nez.

Une fois que nous sommes seuls, il revient vers moi, le souffle court.

– Tu compares ce qui se passe à une petite aventure d'adolescents ? On est dans le vrai monde, Pénélope !

Mon cœur se brise littéralement.

– Une petite aventure…

– Oui ! Regarde-toi, tu vis dans le passé et tu te comportes comme si nous étions encore ces enfants insouciants !

Peut-être parce que nous n'avons jamais fermé ce chapitre de notre vie. Peut-être parce qu'il ne m'en a jamais donné l'occasion.

– Tu m'humilies devant les personnes qui m'ont vu grandir et tu oses affirmer que je manque de maturité ?! craché-je.

Il prend un air compréhensif.

– Cette rupture de contrat est peu conventionnelle, je l'admets. Je m'en excuse. Je veillerai à ce que ton indemnité de départ soit confortable.

– Je ne veux pas de ton argent ! Je veux retrouver la vie que j'avais avant que tu débarques !

Malheureusement, je sais qu'il est inutile d'argumenter. Devin secoue la tête fermement et commence déjà à reculer.

– Il est clair que notre collaboration touche à sa fin. Il est plus que temps que tu quittes les lieux, une bonne fois pour toutes. Je suis désolé que tu le prennes mal.

Sache que pour des faits similaires, j'aurais traité *n'importe qui* de la même manière, Pénélope.

Mon cœur manque un battement. Il a dit mon prénom d'une voix si familière qu'elle résonne à mes oreilles avec beaucoup trop de force. *N'importe qui…*

Devin opère alors un demi-tour et me laisse seule dans la rue.

Chapitre 11

ÉTREINTE DU PANDA

Pénélope

Comment tomber plus bas ?

Le cœur lourd, je contourne le bâtiment, puis monte les marches de l'entrée principale du *Ryan & Resorts*. Même si ce diable de Devin Ryan voudrait me voir disparaître au plus vite, je dois quand même récupérer mes affaires. Après tout, il y a les clés de mon appartement dans mon casier.

Les grandes et rutilantes portes vitrées s'ouvrent devant moi, et je traverse le hall majestueux. Si je pouvais faire vite et quitter cet endroit rapidement, j'éviterais sûrement une nouvelle humiliation cuisante. Maintenant, la seule idée de recroiser Devin me donne la chair de poule.

Une fois près de l'accueil, Campbell me hèle, comme à son habitude.

– Pénélope !

Ce n'est vraiment pas le jour. J'ai l'impression que mon cœur est passé à la broyeuse.

– Pénélope !

– Oui ? lancé-je d'une voix haut perchée.

– Venez ici immédiatement.

Je roule des yeux, mais commande à mon cerveau d'obéir. De toute façon, je n'arrive plus à réfléchir.

– Vous devez prendre la porte de service. Pas celle réservée à la clientèle, m'explique-t-il comme si j'étais demeurée.

– Ah bon ? C'est par là qu'entrent les clients ? fais-je, pince-sans-rire.

Sévère, il éduque la polissonne que je suis :

– Ça fait huit ans que je vous le répète, ma petite Pénélope. Les règles sont les règles. Combien de fois vais-je vous le dire ?

Ah effectivement, si on m'avait donné un dollar à chaque fois qu'il m'a répété cela, je siroterais un cocktail aux Bahamas. Alors qu'il continue à me sermonner, je sature. J'en peux plus de ce type, de son regard de vicelard, de ses mains baladeuses et de ses allusions à deux balles.

« Vous avez un talent fou pour astiquer, Pénélope. »

« Vous maniez si bien le balai, Pénélope. »

« Votre souplesse était un véritable atout, Pénélope. »

Je t'en mettrais de la souplesse dans les couilles ! C'est le moment de lui dire ses quatre vérités. Le vase est à ras bord et surtout, je n'ai plus rien à perdre.

– Monsieur Campbell, soufflé-je. Vous êtes un véritable po…

– Veuillez m'excuser, mademoiselle ?

Je me retourne sur un homme élancé aux fringues classes. Des cheveux châtains, un teint légèrement hâlé et une fossette à la joue droite, cette allure m'est bien familière. Lorsqu'il retire ses lunettes de soleil, ses yeux bleus pétillants de malice fixent chaque détail de mon visage.

– C'est bien toi, Pénélope ?

Je hausse un sourcil, alors que mon cœur s'emballe

– Léo ?! Léo Ryan ?!

Un sourire charmeur apparaît sur ses lèvres.

Oh mon dieu ! Léo est de retour, lui aussi ! Et contrairement à son ordure de frère, lui a la décence de venir me saluer.

– Ça fait tellement de temps ! s'émerveille-t-il.

Les moments que nous avons partagés m'étaient tellement précieux. De l'exploration des jardins de l'hôtel au cache-cache dans les couloirs, sans compter les escapades clandestines dans la cuisine pour dérober gâteaux et sucreries, j'en garde des souvenirs impérissables. Malheureusement, mon histoire tumultueuse avec Devin a fini par déchirer notre petite famille improvisée. Je crois qu'il s'est senti trahi et notre amitié s'est un peu effilochée avec le temps. Puis, il est parti faire ses études dans une autre région et on s'est perdus de vue.

Soudain nostalgique, je perds mon sourire, ce qu'il remarque immédiatement.

– Qu'est-ce que tu fais là ? demande-t-il, les sourcils froncés.

– Eh bien…

J'ai un peu honte de le dire.

– Je travaille ici.

Enfin, je travaillais…

Léo arbore un sourire espiègle. Il dégage une énergie positive presque contagieuse. Il a su cultiver son charme naturel avec le temps.

– Ah bon ? Quoique ta tenue m'ôte tout doute. Eh bien, Pénélope qui travaille dans cet hôtel, c'est surprenant.

Il m'examine, pensif.

– Je vis à Londres maintenant, me confie-t-il. Tu sais, ça fait des années que je n'avais pas mis les pieds à l'hôtel. C'est dingue de te voir là ! Si j'avais su, je serais passé plus tôt. Devin dirige toute la chaine à présent, mais tu dois déjà être au courant. Il est arrivé il y a trois jours et il est déjà sur tous les fronts. Tu as même sûrement dû le croiser dans ces murs.

– Comment l'ignorer…

– Tu l'as donc vu ?

Léo penche légèrement la tête sur le côté, imitant involontairement le geste caractéristique de son frère.

– On va dire que je n'ai pas pu l'éviter, précisé-je.

Ma réplique s'accompagne d'un long soupir. Un soupçon d'amusement traverse le visage de Léo et les petites fossettes de son enfance apparaissent aux creux de ses joues.

– Monsieur Ryan, nous interrompt M. Campbell qui me fait de gros yeux pour que je quitte son précieux comptoir. Comment puis-je vous servir ? C'est un tel plaisir de vous avoir parmi nous durant votre séjour à New York.

Ses minauderies sont toujours exaspérantes, mais au moins, Campbell a le mérite de m'avoir sortie d'une conversation difficile. Léo s'excuse auprès de moi et échange avec lui sur sa réservation et les nombreux services mis à sa disposition. Il ne se départ pas de son attitude aimable et bienveillante, même devant la lourdeur des flatteries de notre maître d'hôtel. Comment un gars si gentil, avenant et chaleureux peut avoir un aîné aussi glacial et rigide ?

Voyant Léo occuper à signer les papiers de la chambre, M. Campbell lève le nez de sa tablette et reporte son attention sur moi.

– Dites donc Pénélope, je viens de recevoir une note. Vous êtes licenciée ?

Les yeux écarquillés, je bégaie :

– Déjà ?!

– Pour faute aggravée, complète-t-il.

Eh, merde.

– C'est une éventualité, murmuré-je.

M. Campbell fronce ses sourcils touffus puis relit la note.

– Comment ça « une éventualité » ? Non, c'est écrit sur l'écran du service directionnel. Cette note vient de M. Ryan lui-même, d'ailleurs.

Ce démon rédige très vite les avis de licenciement !

– Tu es virée ? intervient Léo.

Un rouge écarlate me monte aux joues.

– Non. C'est sûrement pour une autre Pénélope, essayé-je de biaiser, crispant un sourire.

– Vous êtes la seule Pénélope qui travaille dans ces murs, me confond le maître d'hôtel, déchirant mes tentatives de dérobade. Qu'avez-vous donc fait ?

Pas relire le foutu règlement intérieur, sale bougre !

– Je vais en parler au directeur, poursuit-il, le ton autoritaire. Velman pourra peut-être intervenir, mais si je vous sors de ce mauvais coup, il va falloir que vous fassiez amende honorable.

Il me scrute comme s'il évaluait une poupée de collection. C'est dégoûtant. Je serre les poings et les dents, puis je jure en perdant mon sang-froid :

– Vous n'êtes qu'un sale porc et jamais, je ne vous donnerai ce plaisir. C'est tout ce que j'aurai à dire.

Léo ignore la carte de chambre que Campbell lui tend, préférant porter sur moi un regard plein de questions. Le maître d'hôtel, quant à lui, me considère, stupéfait. Pour une fois qu'il me regarde bien droit dans les yeux… Il étouffe faussement un hoquet.

– Qu'avez-vous dit ?

– Un porc, j'ai dit ! Je parle de l'animal qui se vautre dans la boue, répliqué-je avec sarcasme.

L'homme me toise, une grimace déformant ses joues.

– Vous n'avez pas idée de la position délicate dans laquelle vous vous trouvez, mademoiselle Carouze, me menace-t-il, d'un ton glacial, en guettant Léo. Vous osez m'insulter et ça, croyez-moi, ça ne restera pas impuni.

– Il ne sera pas nécessaire d'en arriver là, intervient Léo d'une voix dangereusement calme, ce qui a le don de fermer le clapet de Campbell qui réajuste sa cravate.

– C'est bien triste qu'un contrat se termine ainsi ! tousse ce dernier.

Je ne le considère pas plus qu'il ne le mérite et me tourne vers mon ami d'enfance.

– J'ai été ravie de te revoir Léo, soupiré-je. Comme tu le vois, je dois aller récupérer mes affaires.

Je soutiens son regard indigo qui me scrute avec attention, avant de lui sourire et de reprendre le chemin vers la porte de service.

Soudain, une pensée me frappe comme un projectile en plein crâne. Ma mère ! Quand elle va apprendre ce qu'il s'est passé, soit mon licenciement et mon insubordination, le tout le même jour, je vois d'ici mon épitaphe : Pénélope Carouze, morte au combat, héroïne malgré elle. RIP.

– Pénélope, attends, m'interpelle Léo, alors qu'il me rejoint pour marcher à mes côtés avec son bagage. Ce type t'a fait des avances déplacées ?

Je remue la tête.

– Dis-le-moi, insiste-t-il.

– Laisse tomber.

– Je vais en parler à Devin, je doute qu'il laisse cela passer.

– Ne fais surtout pas ça ! m'enflammé-je d'un seul coup.

Il s'arrête devant le grand escalier principal en marbre. J'en fais autant, le suppliant des yeux de ne rien dire. Léo m'examine, perplexe, et c'est perspicace qu'il me demande :

– C'est mon frère qui t'a licenciée ?

J'inspire longuement, mon regard se perdant sur la moquette qui monte à l'étage.

– Juste à l'instant, en personne, confirmé-je, dépitée.

– C'était toi ? s'étonne Léo.

– Moi ?

Mes iris regagnent les siens.

– L'affaire urgente qui préoccupait mon frère au point de ne pas me saluer convenablement.

– Je doute qu'il me fasse passer avant toi.

– Moi, ça ne me surprend pas. Vous étiez proches à une époque, non ?

C'est peu de le dire, mais Léo me prête trop d'importance. Avant notre histoire, Devin me snobait et il ne m'a jamais accordé autre chose que de l'indifférence en public. Pourtant, en l'espace d'une nuit, d'un baiser, les choses ont basculé du tout au tout… Bien sûr, il n'y a jamais rien eu d'officiel, mais il n'avait plus pour moi cette froideur qu'il affiche aujourd'hui. N'étais-je qu'un amusement pour lui ? Est-ce que je mérite, pour autant, d'être licenciée ?

Si j'écoutais mon hémisphère droit, je supplierais Léo pour qu'il plaide mon cas auprès de son frère. Mais, je n'ai qu'une fierté ! *Girl Power Forever* ! Et pourtant, me voilà qui m'accroche brusquement à son manteau à trois mille dollars et pleurniche :

– S'il te plaît, dis à ton frère de me reprendre ! Sinon, ma mère va me tuer !

– Tu es toujours aussi amusante, rit-il en secouant la tête.

Je ne suis pas amusante, je suis désespérée. C'est d'un pathétique ! Tout ça pour un foutu travail qui ne vaut pas un clou. Je lâche sa veste et expire, alors qu'il fait signe au groom de prendre sa valise. Léo reste devant les marches.

Il me contemple avec, au fond des yeux, une lueur compatissante.

– Nos parents doivent nous rejoindre la semaine prochaine pour le très pompeux rendez-vous annuel des Ryan, m'informe-t-il gentiment. Nous fêtons l'anniversaire du premier hôtel qu'a acquis notre famille il y a vingt ans, ici même.

D'où l'apparition inopinée de Devin !

– Je suppose que mon frère fait tout son possible pour que ce soit parfait, explique-t-il.

Et, qu'est-ce que c'est censé vouloir dire ?

– Il peut être psychorigide avec ces choses-là : le protocole, les convenances, la tache blanche sur ton uniforme…

Je baisse le menton pour suivre son regard. *Oups !* La sauce au fromage du sandwich.

– Ah, ce n'est pas ce que tu crois.

Il lève un sourcil, puis le coin de ses lèvres s'étire.

– Je ne suppose rien, je te l'assure. En revanche, mon frère est du genre perfectionniste et têtu. Chaque personne et chose doivent posséder toutes les qualités que l'on attend d'elles. Une femme accomplie, un repas parfait, un frère idéal. Aussi, je ne me souviens pas qu'il soit, une fois dans sa vie, revenu sur sa décision.

Je suis bien placée pour le savoir…

– C'est fichu.

– Ne sois pas peinée. Je vais voir ce que je peux faire pour toi. Sans contrepartie, hein !

Il m'adresse un clin d'œil complice et sur ces mots, mon visage s'illumine.

– D'accord. Dis-lui que je jure de ne plus rien voler et de ne plus me cacher dans les chiottes pour fumer.

Léo éclate de rire.

– Mon frère doit adorer t'avoir retrouvé !

– Il me déteste.

Nous nous observons plusieurs secondes encore, lui, toujours avec ce sourire chaleureux.

– Tu fais quoi ce soir ? me demande-t-il alors.

– Je pensais vider une bouteille d'alcool bon marché.

Il s'esclaffe encore.

– Je te la paye.

Je le contemple et rougis de plaisir. Il faudrait être farouche pour dire non à son beau visage et à ses charmantes manières. Et puis, nous avons partagé de nombreux moments ensemble… Voilà l'occasion de revenir sur des souvenirs heureux !

Je lance d'un ton frivole :

– Ne sommes-nous pas trop grands pour jouer au docteur, Léo ?

C'était pour le taquiner, mais vu qu'il écarquille les yeux de surprise, je me dis que j'aurais pu me taire.

– Ce n'était pas une proposition sexuelle ! me rattrapé-je.

Enfonce-toi, Pénélope. Parfait.

– Une soirée propre, enchaîné-je, dépitée par moi-même. C'est ça que j'imagine…

C'est très gênant. Heureusement, Léo le prend avec humour.

– Je laisserai mon stéthoscope à la maison. Je te le promets.

Il est mignon, tout plein. En une seconde, toute ma tension redescend. Ah, quel bonheur de pouvoir être soi-même avec quelqu'un ! À sa place, Devin m'aurait fusillée d'un regard hostile. Ils sont vraiment aux antipodes tous les deux.

– On se donne rendez-vous au bar de l'hôtel à 20 heures ? me propose Léo.

– D'accord ! dis-je, aux anges.

– Parfait !

Léo me dépasse et marche en direction des ascenseurs. Alors que je le regarde partir, je remarque la grâce fluide de ses mouvements. La façon dont il se tient droit, main dans la poche. Les Ryan sont vraiment faits dans le même moule.

Les portes coulissantes se referment sur lui, puis un courant glacial dans ma nuque me fait frissonner. Lentement, je me retourne. J'aperçois Devin à l'accueil qui donne des ordres à M. Campbell. Ce dernier, pétrifié, n'a pas l'air de comprendre un traître mot de son supérieur.

Bordel ! Filons à l'anglaise, *Mister* Démoniaque ne m'a pas vu.

Chapitre 12
LOUP

Devin

Mon frère pénètre mon bureau sans frapper, ses pas cognant le sol carrelé de la pièce. Je poursuis l'analyse des comptes de l'hôtel et occulte sa présence bien qu'il soit aussi silencieux qu'un bulldozer.

– Je n'y crois pas ! envoie-t-il sans un bonjour, comme si nous nous étions quittés en bons termes.

– Sors de mon bureau.

Ignorant ma demande, je sens son regard curieux sur les documents qui jonchent mon bureau.

– Tu licencies à tour de bras à ce qu'il paraît. Ils tremblent tous en attendant leur tour. Nous n'avions pas prévu de nous débarrasser de tant de personnel, si ?

Le temps d'une microseconde, je fusille des yeux notre négligent directeur des finances, *ici présent,* qui aurait dû demander à ses équipes un minimum de vigilance. Des milliers de dollars ont été détournés par les responsables de cet hôtel.

Certes, j'ai agi avec impulsivité. Après M. Velman, le directeur aux goûts luxueux, j'ai mis à la porte le maître d'hôtel, Campbell, accusé de plaintes multiples, jamais prises au sérieux.

– C'est bien de mettre tout le monde à la porte, mais tu as prévu de remplacer tous ces gens ?

Le stylo plume que je tiens se fige dans ma main gauche, m'obligeant à marquer une pause dans mon travail.

C'est vrai, je suis PDG, pas responsable RH ! Il doit bien y avoir dans ce bâtiment, au moins une personne compétente qui saura recruter quelqu'un d'intègre et de respectueux, non ?

– Tu as viré Pénélope, aussi, s'acharne Léo. Tu es magique ! Je pensais qu'elle avait compté pour toi, non ?

Je refuse de répondre, préférant le fustiger des yeux.

– Ah ! Enfin, tu daignes m'adresser un regard.

Mon frère est un véritable fouineur, et je sais à son expression vindicative qu'il ne compte pas s'arrêter en si bon chemin. Un sourire espiègle se dessine sur son visage alors qu'il se déplace nonchalamment dans la pièce. À présent, il se concentre sur l'étagère, traçant les contours des livres et des dossiers avec son doigt.

– Sache que je l'ai croisée dans le hall.

Ma mâchoire se contracte. Ses yeux pétillent de malice alors qu'il tire un tiroir légèrement entrebâillé pour jeter un coup d'œil à l'intérieur.

– Je vous ai vus, indiqué-je pour en finir. Si c'est tout ce que tu as à me dire, tu peux disposer.

Je retourne à mes opérations, n'ayant absolument aucune envie de développer le sujet « Pénélope » avec lui.

– Elle est toujours aussi sexy…

Le stylo tombe et produit une vilaine tache d'encre sur une des pages de compte.

– Tu sais que tous ces papiers peuvent être envoyés par mail ? lance Léo en riant.

– De quoi je me mêle ?

J'ai demandé à mes assistantes de le faire et vu qu'elles mettent un temps fou, j'ai décidé de chercher moi-même dans les archives du directeur. Effectivement, les primes accordées par la maison mère ont été détournées aux profits des têtes pensantes de l'hôtel. Si Pénélope n'y avait pas fait référence, jamais je ne me serais plié à vérifier. Elle me donne des leçons de management et depuis, j'ai envie de virer tout le monde.

Faire des choses inconsidérées à cause de cette fille ne date pas d'hier. En ce qui la concerne, j'ai toujours agi à chaud, impulsivement. Ce n'est pourtant pas mon caractère. Loin de là. Et c'est d'ailleurs pour cette raison, parmi d'autres, que je n'ai jamais cherché à la revoir.

– Certains de ces gens que tu fous à la porte étaient là depuis notre enfance. Je ne parle pas seulement de Pénélope ou de sa mère, si vraiment tu as quelque chose contre toute la famille Carouze, mais aussi de Velman qui sert fidèlement notre père depuis près de trente ans. Tu sais, la loyauté, ça signifie quelque chose dans ce milieu.

Je ne le sais que trop bien, mais je ne peux pas confier mes desseins à mon frère. Comme je me refuse à partager avec lui le ressentiment que j'entretiens depuis mon adolescence pour l'homme qui nous a élevés… ou plutôt conditionnés, pour devenir ses petits soldats. Je livre mon propre combat.

Ainsi, dès que j'ai obtenu des parts de l'entreprise, j'ai commencé à prendre des décisions qui ont miné la position du patriarche. Chaque accord signé avait pour but d'ébranler la confiance de mon père dans son propre cercle, quand moi, je gagnais celle de ses associés. Aujourd'hui, ce ne sont pas les quelques incompétents et opportunistes qui restent à ses côtés qui changeront quelque chose à la machine mise en marche.

– Et pourtant, je suis sûre que notre père ne se souvient même pas de lui, rétorqué-je durement.

Léo fait la moue, dubitatif. Mon père nous a bien volontiers confié les commandes de cet empire pour profiter d'un rythme de vie irresponsable et céder aux exigences frivoles et dépensières de ma mère. Ma mère… qui préfère compter ses bijoux, plutôt que le nombre de bleus sur les joues de son fils. Une mère qui m'a occulté du paysage, me laissant être un outil prolifique aux mains de son mari.

– Notre père te fait confiance pour prendre les meilleures décisions possibles en son nom. Il sera là avec maman d'ici une semaine et cette fois, tu devras lui rendre des comptes, Devin.

N'en ai-je pas déjà rendu assez dans ce bureau, justement, durant toute mon adolescence ? Dans cette pièce glauque, j'ai passé des heures à écouter ses reproches et à subir ses colères dans l'indifférence générale. Ses coups de ceinture pleuvaient dès que mes réponses le contredisaient, même s'il finissait par les considérer. Je devais toujours m'incliner, baisser les yeux.

« Tu n'es qu'une horloge déréglée que je dois sans cesse remettre à l'heure ! »

Pourtant, j'ai passé ma vie à étudier, travailler pour lui, à le conseiller. J'ai été l'architecte de cet empire. Pour lui. Pour la famille.

– Et tu sais qu'il ne sera pas seulement question de la gestion de l'hôtel de New York, il t'attend aussi au tournant sur l'échec du rachat de la parcelle de terrain à Miami et sur les négociations qui traînent dans le Nevada. N'est-ce pas plutôt ça qui devrait te préoccuper au lieu du sort d'une de nos femmes de chambre ?

Léo met parfaitement le doigt sur toutes les raisons qui font que je ne suis pas censé m'occuper du personnel ni de Pénélope d'ailleurs. Les projets qui capotent détournent l'attention, mais la mienne ne devrait pas être tourné vers elle. Je n'ai pas le temps de penser à cette fille, sa situation précaire et ses frasques. Je suis parti une fois, à quoi bon reconsidérer le passé ?

Pourtant, la revoir, là où elle m'a attendu onze ans auparavant, a fait vaciller un plan que j'ai mis des années à construire. C'est inacceptable.

– D'ailleurs, en parlant d'elle, tu crois qu'elle a un homme dans sa vie ? continue Léo qui me sort de mes songes. Elle a accepté de sortir avec moi si facilement… Pourquoi tu grimaces ?

Je pose mes coudes sur le bois du bureau en merisier et croise les doigts devant mon menton. Je le considère.

– Viens-en au fait, j'ai du travail.

– Je l'ai invitée à sortir, ce soir.

Je le flingue mentalement. Je l'imagine se mordre la langue ou encore trébucher et se cogner la tête contre un mur. Au lieu de cela, il se dirige tranquillement vers la baie vitrée, puis époussette la statue en bronze sur le meuble noir juste à sa droite.

– Ça ne te dérange pas ? me demande-t-il avec son petit sourire sournois.

– Ne sors pas avec elle, réponds-je de but en blanc.

– Pardon ?

Je suis pourtant très clair. Qu'est-ce qu'il ne comprend pas ?

– Je te demande de ne pas sortir avec elle.

– Pourquoi ?

Les lignes moqueuses sur son visage s'accentuent, tandis que je tente de maintenir une apparence calme.

– Si tu penses qu'elle a compté pour moi, ne devrais-tu pas garder tes distances ?

Il se met à rire tout en récupérant la statuette qu'il fait passer d'une main à l'autre.

– Tu l'as viré sans raison alors mon impression doit être fausse.

J'envoie d'un ton peu amical :

– Qui te dit que c'était sans raison ? Ne dépasse pas les bornes. Tu la touches et je te libère de tes fonctions.

J'observe sa pomme d'Adam faire un aller-retour sur sa gorge.

– Alors finalement, tu n'es pas fait de pierre…

– Pose cette statuette et dégage de mon bureau, l'intimé-je plus durement.

Il se marre, puis vient vers moi, s'assied sur le coin du meuble et se penche au-dessus de mon écran d'ordinateur. Cette fois, c'est le pot à crayons, à côté de la petite plante verte, qui lui sert de jouet. Il m'agace sévèrement.

– Je suis ton directeur financier, je te signale, rétorque-t-il. Et ton plus fidèle conseiller !

Il nage en plein rêve.

– Tes mariages constituent des alliances bénéfiques pour l'image de la compagnie. Étant donné qu'ils se sont soldés par des échecs, j'imaginais que la prochaine, tu en serais amoureux. Mais tu n'exprimes toujours pas tes sentiments, je me trompe ?

Cette conversation me lasse.

– Tu as besoin de mon aide, vu que tu ne sais toujours pas y faire avec les femmes, continue-t-il. Tu avais pris des cours pourtant, non ?

Un cours mené par un Charlatan.

– Ton ex-femme t'a fait payer ça une blinde ! insiste-t-il avec amusement et sarcasme. C'était quoi le titre du programme ?

« S'ouvrir et donner aux autres. » Cours axés sur vingt chapitres. Le type a abandonné au bout du troisième face à mes objections argumentées et a fini, en pleurs, par me donner la carte de son psy.

J'appuie mon visage contre mes doigts, fixant mon frère entre mon index et mon majeur. Je ne peux pas lui en vouloir de pointer l'ironie de cette expérience.

– S'ouvrir et donner aux autres ! balance Léo, comme s'il avait deviné mes pensées.

Il est tellement autocentré que je n'aurais pas cru qu'il retiendrait le nom de cette escroquerie.

Les souvenirs de ces séances, aussi inutiles qu'onéreuses, me reviennent à l'esprit. Les salles impersonnelles, les chaises inconfortables, et un expert qui semblait plus perdu que moi dans les méandres de ma vie sentimentale. À quoi bon discuter de sujets insignifiants…

– Plus sérieusement, tu vas laisser Pénélope disparaître comme ça ?

Je redresse le dos. La laisser disparaître ? Évidemment. Je n'aurais jamais dû faire partie de sa vie, comme jamais la croiser de nouveau.

Le regard rivé sur mon frère, je lance d'une voix indifférente :

– Tu as fini ?

– Bien sûr, j'étais seulement venu te prévenir du changement de mon programme pour la soirée.

– Natacha est là, lui rappelé-je.

Je soutiens son regard alors qu'il me lance d'une voix taquine :

– Je sais qu'elle est là.

– Elle est venue spécialement de Londres pour te présenter les plans intérieurs du projet Orlando.

– Tu nous as fait prendre le même jet privé, ironise-t-il. Comment l'ignorer ?

J'inspire, conscient que leur ancienne relation ajoute des obstacles inutiles à nos affaires.

– Ce n'est pas un jeu. Vous deviez échanger sur les budgets.

– Il faut croire que ni elle ni moi n'avions envie « d'échanger », cette fois.

Ses mots sont choisis avec une subtilité calculée. Je ne compte pas m'engager dans une nouvelle joute verbale futile avec lui.

– Tu annules systématiquement les réunions qu'elle organise soufflé-je. Ce soir, je ne te laisse plus le choix. J'ai réservé une table au *Eleven Madison.*

Un établissement parfait pour les discussions professionnelles et les négociations. La moitié des entrepreneurs new-yorkais à proximité, mon frère se retiendra de jouer les idiots.

– Avec toi, comme chaperon ? Non merci. Et puis, à chacun *ses priorités*. Pénélope est, par bien des aspects, beaucoup plus intéressante.

Un sourire en coin, il ne se prive pas de savourer l'instant.

– Tête de mule.

Je m'appuie contre les accoudoirs et me lève. Mes pas me mènent devant les immenses baies vitrées. Mains crispées dans les poches, je regarde les véhicules qui sillonnent la ville comme des fourmis affairées dans leur quotidien effréné.

Malgré mes efforts pour demeurer impassible, l'irritation est bien là. Mon frère a un talent particulier pour appuyer là où ça fait mal, comme s'il avait une carte détaillée de mes points faibles.

– Tu ferais mieux de lui exprimer ton intérêt, glisse-t-il effrontément.

J'inspire profondément. La tentation de lui répondre par une réplique cinglante me démange, mais je préfère lui répondre d'un ton las :

– Fais ce que tu veux.

Quelques secondes s'étirent avant que Léo brise le silence en éclatant de rire, provoquant une crispation dans mes épaules.

– Parfait. De toute manière, je n'aurais pas attendu ton consentement, conclut-il avant de sortir de la pièce d'un pas léger.

À chacun ses priorités…

Je préfère occuper mon énergie à des choses maîtrisables. Mon frère n'est qu'un gamin, et ses remarques dénuées de sérieux ne méritent pas que je m'y attarde. Néanmoins, sa légèreté me laisse une amertume au fond de la gorge. Les échos de son rire gravitent dans ma tête. Je reste longtemps à contempler le paysage à travers la fenêtre, perdu dans mes pensées. Et finalement, je me demande ce qui va bien pouvoir me motiver à terminer ce que j'ai commencé.

Chapitre 13

BERCEUSE

Pénélope

Une fois dans les vestiaires, j'ouvre mon casier et prends mes affaires sous le bras. Sans pouvoir m'en empêcher, je chante comme un pinson heureux :

– « Ce soir, Dalila va rencontrer Goliath… Le manche sera dur, dur, dur et épais. Déboîte-moiii les han… »

– Pénélope !

Je sursaute comme un cabri. Putain ! Mais qu'ont-ils tous à crier mon prénom ? Une main lourde s'abat sur mon épaule et je me retourne sur l'expression furieuse de ma mère.

– Maman ! J'te jure, demain, je me rends à la mairie pour changer d'identité ! vociféré-je, ma voix trouvant son écho dans la pièce.

– Tu te fous de ma gueule ?! gronde-t-elle, les lèvres tremblantes d'indignation.

– Non, je vais me faire appeler Meredith comme la mère de papa !

– Je vais…

Elle lève la main au-dessus de moi.

– Stop ! Ne me frappe pas ! Rappelle-toi de ce qu'a dit le juge !

Son visage, déjà marqué par la fureur, vire au violet.

– Petite menteuse. Je vais finir à l'asile par ta faute !

Rien ne va plus, la fureur bouillonne en elle. Elle aussi a reçu la note ou est-ce autre chose ? L'incertitude m'accapare.

– Qu'est-ce que j'ai encore fait ?!

Quand ses mains agrippent nerveusement mes vêtements, mes épaules se tendent, attendant qu'elle abatte ses cartes.

– Tu ne devais pas t'occuper des suites ?

– Ah… Les deux suites…

Allez Pénélope, c'est le moment de porter ses bazoules et de lui dire la vérité. Trois, deux, un : « Je me suis fait virer ».

– OK, j'y vais.

Pourquoi ma bouche fait le contraire de ce que je veux ?! C'est insupportable !

– J'en ai pour une heure, ajouté-je à mon corps défendant.

Merveilleux ! Je ne suis jamais parvenue à faire une suite entière en deux heures. Comment vais-je réussir cet exploit ?!

Les prunelles de ma mère m'observent, remplies de suspicion.

– Pourquoi tu vides ton casier ? m'interroge-t-elle, digne d'un agent du NCIS.

– Je vais laver mon linge à la laverie, dis-je en me mettant à transpirer.

– Ce n'est pas normal…

Ferme les yeux, Pénélope ! Ta mère sait lire en toi comme dans un livre ouvert. Décale-toi sur la gauche et recule. Oui, comme ça. N'oublie pas ses dernières paroles lorsque tu es rentrée de ta toute première cuite au Sumol vodka à tes douze ans et qu'on t'a surprise à deux doigts de te faire déflorer par le voisin du dernier étage, Paulo, fils de Témoins de Jéhovah.

« J'ai le droit de vie ou de mort sur toi ! », avait-elle hurlé.

Putain, elle me donne froid dans le dos.

– C'était un geste de pure bienveillance et de compassion envers l'humanité ! Tu ne peux pas comprendre !

– Pénélope !

Oh ! La sortie. Merci, Seigneur.

– Haut les cœurs ! À plus, maman !

***

À l'ouverture des battants coulissants de l'ascenseur, une espèce d'ouragan me bouscule. Je reconnais, à son après-rasage corsé, notre très détesté directeur d'hôtel, M. Velman. Il m'a l'air comme fou. Il vocifère, pour qui veut bien l'entendre, que c'est un scandale.

Sa secrétaire, restée dans son ombre, à une mine de six pieds de long. Dois-je préciser que la relation, pas très orthodoxe, qu'elle mène avec cet homme marié n'est un secret pour personne ? Mais, bon, qui s'intéresse à leur relation toxique ? Moi ! Et ça m'a l'air croustillant !

– Que se passe-t-il ? demandé-je, à l'assistante.

Elle me regarde comme si j'étais un fantôme. D'habitude, c'est de haut qu'elle me toise. Un sourire très peu engageant se dessine sur ses lèvres vermillon. Elle ne daigne pas me répondre et poursuit dans le sillon putride de son supérieur.

Je la retiens par le bras.

– Qu'est-ce qui se passe ? insisté-je.

– Le PDG vient de mettre le directeur à la porte.

– C'est pas vrai ?! Pourquoi ?

Elle se dégage avec humeur.

– Pourquoi je te donnerais des explications ? De toute manière, je ne les connais pas, crache-t-elle avant de me bousculer.

Choquée, je pénètre dans la cage d'ascenseur juste avant que les portes se referment devant mes pieds. Je reste prostrée un instant, complètement abasourdie.

Le grand Devin Ryan aurait-il pris en compte mes arguments sur les primes des employés ? Non, c'est absurde. Il doit s'agir d'un concours de circonstances.

Troublée, j'appuie sur le bouton menant au sommet du building. Durant l'ascension, je me sens de plus en plus perplexe. C'est étrange cette impression d'avoir toujours pensé être inutile et de se dire qu'une de mes actions a peut-être pesé dans la balance.

Une fois au dernier étage, je traverse le large couloir pour récupérer un chariot de ménage dans le cagibi réservé au personnel, puis je vais frapper à la double porte d'une des deux suites présidentielles.

– C'est le service d'étage, me présenté-je, joviale comme toujours. Je vais entrer et faire un brin de ménage.

Sans réponse, je passe ma carte et actionne la poignée pour pénétrer dans les somptueux quartiers. Aussitôt, je suis éblouie par la luminosité qui inonde les lieux. La lumière vient tout droit de la terrasse et des quatre mètres de baies vitrées présentes du sol au plafond qui offrent une vue imprenable sur la ville.

Lors des vacances scolaires, quand les patrons ne résidaient pas à l'hôtel, ma mère me laissait faire mes devoirs dans les plus belles suites, là où la vue sur la ville de New York est exceptionnelle, surtout avec l'océan en arrière-plan. Je crois que c'est à ce moment-là que j'ai commencé à rêver d'une vie bucolique.

Tiens, la table réservée au repas fait office de bureau aujourd'hui. Les papiers bien classés occupent toute sa surface et laissent juste une petite place pour l'ordinateur portable au centre.

Ici, tout transpire le luxe, du salon aux murs parés de panneaux en cuir et frêne cérusé, à la cheminée en marbre striée de nuances de caramel et de magenta. Je n'y prête plus vraiment attention. Je ne m'arrête pas non plus devant le lit *king size* à piédestal de la chambre, et j'entre dans la salle de bain surdimensionnée.

Je commence toujours par là. La douche, plus précisément. Je retire mes Crocs, puis mes chaussettes et m'avance dans l'immense bac. J'actionne le robinet et une trombe d'eau gelée me tombe sur la tête.

– Bordel !

Je sors en catastrophe de la douche, cependant il est trop tard, je suis trempée de la tête aux pieds. Et j'ai froid !

– Le grand luxe, mon cul ! pesté-je. Hôtel de merde ! Chambre de merde ! Vie de merde !

Je me déshabille puis je rejoins le salon, mon uniforme entre les mains. Devant l'immense fenêtre où se trouve la table, je laisse sécher plein sud, sur les chaises, ma chemise et mon pantalon de service. Je garde mon débardeur, mais retire mon soutien-gorge que je dépose sur le reste.

Mains sur les hanches et vêtues de presque rien, je me dresse face aux gratte-ciel et admire la vue dégagée. À cette heure de la journée, tous les nuages ont disparu. Parfois, durant des minutes entières, il m'arrive de rester devant les baies pour une cure de vitamine D. Or je n'ai, sur le dos, que mon haut et ma culotte. Difficile de faire semblant de travailler si l'on me surprend en pleines réjouissances.

Je ne devrais pas avoir de souci, n'est-ce pas ? Nous sommes en début d'après-midi, il faudrait vraiment que j'aie un karma pourri pour que le client entre à cette heure de la journée.

Je retourne dans la salle de bains et continue le ménage en chantonnant. J'astique les parois de la douche et fais briller la robinetterie. C'est sans doute la dernière fois que je travaille ici et ça me fait quelque chose. Je souris malgré tout. C'est une belle journée. Je n'ai pas envie de me sentir malheureuse.

– Que fais-tu ? me surprend une voix grave.

Toujours le pommeau entre les doigts, j'abaisse lentement le jet d'eau sur la paroi en verre embuée alors que la silhouette de Devin se distingue dans l'embrasure de la porte.

Chapitre 14
GRAND X

Pénélope

Au secours ! Il va me tuer.

La chemise de Devin est déboutonnée et sa cravate pend de chaque côté de son torse comme s'il avait passé une mauvaise journée et que la seule chose à laquelle il aspirait était de se prélasser sous la douche.

Surprise ! J'y suis déjà...

Je pourrais faire un commentaire grivois, mais voilà, tout de suite, je ne peux pas. Je n'ai pas les mots. Devin et moi nous fixons pendant probablement une éternité. J'attends la sentence.

– Pénélope ? souffle-t-il.

Pourquoi Devin murmure-t-il mon prénom ?!

Mes yeux s'attardent sur sa silhouette, puis reviennent sur son expression indéchiffrable. À quoi pense-t-il ? Ses lèvres se ferment. Il baisse une seconde les yeux, comme s'il se laissait un instant de réflexion. Et, quand il les relève... *Waouh !* Ce qui ressemblait à un échange de regards anodin devient si intense que je dois retenir mon souffle.

Devin prend alors une rapide inspiration avant de marcher droit sur moi d'un pas déterminé. Troublée, je recule jusqu'à ce que mon dos percute le mur derrière moi.

– OK, je… commencé-je, craignant qu'il me dégage de là sans aucune douceur.

Au lieu de ça, son pied s'engage dans le grand bac, Devin entre sous la douche et, alors que sa main droite empoigne ma nuque, il se penche puis m'embrasse. Fiévreusement. Passionnément. Et, je jure que *jamais* personne ne m'a embrassée comme ça. Le Devin adolescent compris.

Mon Dieu ! Je m'accroche à tout ce que je peux : robinet qui brûle, porte-savon que j'astiquais dix minutes plus tôt. Je nage en plein rêve, c'est ça ? Je l'ai trop vu en deux jours et les souvenirs remontent… Je vais me réveiller d'un instant à l'autre.

Alors que les lèvres de Devin glissent sur mon corps, les muscles de mes jambes se tétanisent, mes doigts de pied s'écartent en éventail. La crampe me guette !

Je pourrais réfléchir, reconsidérer les choses, mais impossible. Je suis incapable d'empêcher sa bouche de me dévorer le cou, puis mon épaule, au contraire, je penche la tête sur le côté pour lui donner un accès total.

Que fait-il ?! Ah d'accord… Adieu, petite culotte !

– Attends… Attends… gémis-je alors que j'essaie de replacer ce maudit pommeau resté dans ma main droite.

Sa langue remonte sur mon ventre, puis survole mon nombril. Je vois un demi-sourire prendre vie sur ses lèvres alors qu'il vient de me mordre le téton à travers mon débardeur.

– Argh !

Mon cri strident, sorti d'outre-tombe, aurait fait fuir n'importe quel homme, *mais pas lui*… Vraisemblablement, ça l'amuse. À présent, il me surplombe de toute sa hauteur, récupère d'entre mes doigts le pommeau qu'il raccroche tranquillement, puis plonge son regard bleu intense dans le mien.

– Je t'ai fait mal ? demande-t-il de sa voix rauque et pleine d'assurance.

– Pas du tout, continue, soupiré-je, comme si je rendais l'âme.

Sans me lâcher des yeux, il ramène tendrement mes bras autour de ses épaules.

– Accroche-toi à moi.

Je m'accrocherai à tout ce que tu veux…

Comment notre situation a-t-elle pu basculer aussi brusquement ? Moi-même, je ne saurais le dire. Est-ce dû à un simple échange de regards ? Bon, me surprendre à moitié nue dans la salle de bains de sa suite, t-shirt mouillé et sans soutien-gorge, ne doit pas être une cause étrangère à sa réaction.

Tandis que ses grandes mains descendent le long de ma taille, Devin approche sa bouche de la mienne.

– Juste… Juste deux petites secondes…

Il s'immobilise, me regarde droit dans les yeux. Un sourire divin vient étirer ses lèvres. Je dois comprendre ce qui se passe, non ?

– J'ai envie de toi.

Gloups.

Alanguie, je soupire :

– Ce n'était vraiment pas évident.

Il sourit encore et j'en perds l'usage de la parole ou même toute capacité à raisonner. Cet homme est toujours imprévisible et prétentieux, et bien pire encore aujourd'hui. Je le sais, j'ai fait les frais de son caractère colérique, il y a quelques heures à peine. Pourtant, je me retrouve à me pâmer devant ses cheveux et sourcils ébène, ses traits virils et ses iris dévastateurs d'ange déchu.

Devin détaille chaque parcelle de mon visage avec une telle intensité que je succombe.

– Tu es si belle, lâche-t-il.

Au diable les bien-pensants ! Tant pis s'il a un caractère d'ours mal léché et que c'est un salopard. Je m'abandonne, si bien que je suis obligée de m'adosser au carrelage pour ne pas flancher. Son pantalon trempé appuie contre mon bassin et je le sens large, long et dur. Bordel ! Ses mouvements lents vont me faire perdre la tête. Tout mon corps se met à frissonner, mais je n'ai absolument pas froid. Au contraire, je prends feu lorsqu'il se met à m'embrasser à pleine bouche.

Le dos de ses doigts frôle ma peau juste sous la pointe de mes cheveux qui courent en bas de mes reins et alors que les autres hommes se précipitent sur le clitoris, lui, caresse autour, l'effleure, me rendant dingue. Je me trémousse, cherchant son contact, son corps, ses mains.

Comment avais-je pu oublier la sensation parfaite d'être dans ses bras ? Sa façon de s'occuper de moi, de me faire perdre la tête ? Depuis que Devin m'a quittée, aucun homme ne m'a procuré cet effet-là. C'est mon instant de gloire suprême après deux connards et un pervers narcissique… Ou deux pervers et un mythomane ? Je me trompe peut-être dans mes calculs. Enfin, qu'importe !

Quittant la crispation des muscles de ses épaules, mes doigts tremblants viennent retirer les derniers boutons de sa chemise pour dégager légèrement les pans du tissu. Je tachycardise tant j'ai hâte de le regarder, de le toucher, de le redécouvrir. Oui, dans deux minutes, je tombe dans les pommes.

Je me mords les lèvres dans le seul but qu'il me laisse le contempler. Mais alors que mes yeux glissent vers le bas, sa main gauche enserre ma fesse, puis la claque d'un geste impatient et autoritaire.

Seigneur, j'ai péché.

– Tu m'as tellement manqué ! m'enflammé-je.

Soudain, une sensation de froid m'étreint alors que Devin se recule brusquement. Pourquoi il arrête en pleine action ?!

– Rhabille-toi, tonne sa voix désormais glaciale et tendue entre nous.

Plaît-il ? J'ouvre un œil. Pourquoi il paraît effaré ? Pourquoi ne me regarde-t-il pas dans les yeux ?

– Pardon ?

Devin tend la main vers le lavabo, récupère une serviette qu'il me tend, puis sort de la salle de bains sans autre forme d'explication.

On rembobine. J'ai loupé un épisode, non ?

Vingt secondes plus tôt, Devin avait le genou à terre, il me prêtait allégeance ! Pourquoi quitte-t-il maintenant la pièce, en plein préliminaires ? Il était censé retirer sa chemise et le reste pour célébrer nos retrouvailles comme il se doit, non ?

Après une minute d'hébétement total, c'est frustrée et perdue que je m'enroule dans la serviette propre, sors de la salle d'eau et le rejoins dans le salon.

Il a intérêt d'avoir une bonne explication ! Chercher une boîte pleine de capotes, par exemple.

Au lieu de cela, il est penché en avant, coude sur le dossier de la chaise de bureau, l'une des mains fourrageant ses cheveux.

– C'est quoi ton problème ? m'indigné-je.

Devin lève la tête dans ma direction, puis se redresse. Son expression ne me dit rien qui vaille.

– Je suis désolé.

– Pourquoi ?

Il n'est plus vraiment euphorique, bien que son entrejambe montre encore des signes très prometteurs. Je fixe cette partie de son anatomie comme si cela pouvait l'empêcher de disparaître.

– Nous devons nous accorder quelques instants, me sort-il de ma rêverie.

Mais bon sang, de quoi il parle ?! Il a l'air tendu et pas que dans le bon sens du terme.

Soudain, je comprends !

– Oh, tes goûts en la matière ont changé, c'est ça ? La douche ne te convient plus ? J'ai lu quelque part que certains milliardaires ont des exigences spéciales. Est-ce que tu veux que je signe un truc ou…

Ses yeux s'écarquillent.

– Quoi ? Non, je n'ai aucune exigence de ce type.

– Je n'ai rien contre, hein ! Crois-moi, j'en ai vu des vertes et des pas mûres en travaillant ici. Rien à voir avec la chose. Enfin, la chose… Je n'ai pas vu réellement les choses. De loin, peut-être.

– Arrête !

Je me fige, pétrifiée. Désormais, Devin semble distant, préoccupé. C'est un cérébral, il souhaite sûrement mettre les choses à plat avant de continuer. Nous avons peut-être sauté les étapes importantes de nos retrouvailles ? Oui, c'est ça.

Ça y est, j'y suis ! Il tentait d'excuser ces années de silence et je lui ai coupé la parole.

– Tu as raison. On peut reprendre plus tard. Nous pourrions aller prendre un café et discuter.

Je désigne la porte derrière moi, déjà prête à tout lui pardonner.

– Qu'est-ce tu attends de moi ? lance-t-il, ses mots tranchants tels des lames acérées.

À présent, ses yeux en fusion sont remplacés par de la glace.

– Ce que j'attends de toi ? Rien… Je…

Un rire bref s'échappe de ses lèvres. Il m'observe, l'expression dure.

– Je t'ai manqué, vraiment ?!

Décidée à sortir de cette zone d'inconfort, je réplique :

– J'ai dit ça comme ça.

Il secoue la tête, puis ses yeux lisent en moi sans faillir.

– *Comme ça*… Tu es si désinvolte.

La honte m'envahit. Je me sens idiote, car je suis incapable de me défendre devant cette accusation qui sort de nulle part. Désinvolte. Insouciante. C'est ce que j'ai toujours été. Ce sont ces traits de caractère chez moi qui lui ont arraché quelques sourires lorsque nous étions ensemble. Pourquoi me les renvoie-t-il aujourd'hui à la figure comme s'ils représentaient les pires des tares ?

Il inspire bruyamment, puis fourre sa main gauche dans sa poche.

– Nous ne sommes plus des adolescents, Pénélope, et ce genre de jeu ne m'intéresse plus. Tu devrais te rhabiller et partir.

C'est à ce moment-là que je remarque cette distance dans ses yeux que je n'arrive décidément pas à franchir avec lui. Il me chasse comme si j'étais un parasite, comme il l'a déjà fait onze ans auparavant, ou juste quelques heures plus tôt… Se rend-il compte à quel point ça peut être blessant ? Mais, il s'en fiche, visiblement.

– Très bien. C'est ce que je comptais faire de toute façon.

Résignée, j'avance pour récupérer mes affaires sur la chaise juste devant lui, mais sur le qui-vive, Devin recule d'un pas. C'est le coup de grâce.

A-t-il peur que je l'effleure à présent ?

Il me fixe de son regard d'acier, et c'est comme si l'environnement était devenu suffocant.

– Et maintenant tu recules ? Tu me traites comme de la merde, ensuite tu me sautes dessus, puis tu m'évites… Qu'est-ce que tu penses de moi à la fin ?!

Il fronce les sourcils.

– Mon avis ne devrait pas compter.

– Je suis sûre que tu meurs d'envie de le donner.

– Et tu meurs d'envie de l'entendre, tu n'as absolument pas changé, abat-il comme un couperet, mais il ne s'arrête pas en si bon chemin. J'appréciais ton excentricité et ton insouciance… quand nous étions des enfants ! Dois-je t'apprendre que les contes de fées n'existent pas ? Que tu es désormais en âge d'arrêter de tout prendre à la légère comme si rien n'avait d'importance ?

Il ne m'aurait pas fait plus de mal en m'assénant un véritable coup de massue.

– Devrais-je m'enfermer dans une cage de conformité, selon toi ? rétorqué-je pourtant, d'une voix cassée. Qu'est-ce que j'y gagnerais ?!

Il me fusille d'un regard noir.

– Tu assumerais peut-être enfin tes responsabilités ! Et qui sait, tu arriverais peut-être à prendre soin de toi et de ton avenir…

Sans même réfléchir, je crache avec une pointe d'amertume :

– Mon avenir ?! On n'est pas tous nés avec une cuillère en argent dans la bouche.

– Tu te caches derrière ce prétexte ?!

– Ce n'est pas un prétexte !

– Bien sûr que si ! Je vais être plus clair : à aucun moment, je ne souhaiterais reprendre là où nous nous sommes arrêtés.

Ses mots me font l'effet d'un coup de poignard.

– Moi non plus !

– Vraiment ? Qu'es-tu venu faire, ici ?! Tu m'attends dans ma salle de bain, à moitié nue, et tu prétends que…

– Tu insinues que je t'ai aguiché ?! m'étouffé-je, outrée.

– Tu prétends le contraire ?

C'est insupportable ! Cet air hautain, son assurance complètement déplacée et ce jugement qu'il porte sur moi depuis qu'il a refait irruption dans ma vie.

Regarde ! C'est moi, Pénélope ! Celle que tu as déflorée dans le lit de tes parents un putain de vendredi !

– Je suis femme de ménage ! L'eau de la douche m'est tombée dessus, mince ! J'étais trempée.

Je lui désigne le reste de mon uniforme qui sèche sur la chaise juste devant lui. Son regard tombe dessus, avant qu'il ne s'en écarte pour de bon comme si mes fringues l'avaient brûlé.

– Tu ne savais pas que c'était ma suite ? me questionne-t-il.

– Absolument pas !

Nos regards s'agrippent l'un à l'autre. Je n'arrive pas à déceler ce qu'il pense. Il a toujours été ce connard énigmatique à te faire des nœuds au cerveau à essayer de le comprendre. Un type arrogant, solitaire, souvent blessant.

Pourtant, parfois, il se montrait doux et attentionné. J'étais tombée follement amoureuse de lui… De la chaleur de son torse lorsque je me détendais contre lui. Des instants de passion pure, aux moments plus calmes et sereins. De toutes les fois où il m'a fait rire à gorge déployée malgré lui. De ses sourires pleins de tendresse. Ce Devin était celui que j'aimais et lorsque ses lèvres ont trouvé les miennes il y a quelques minutes, j'ai cru l'avoir retrouvé. L'espace d'un instant, nos deux mondes s'étaient alignés de nouveau. Je profitais de ce qu'il avait à donner, simplement.

Je n'ai pas eu le temps de réfléchir à ce que nos actes impliquaient chez lui comme chez moi. Pourtant, je dois me résigner : l'homme que j'aimais a disparu pour laisser place à un étranger.

– C'est toujours ainsi avec toi, n'est-ce pas ? reprend-il dans un rire glacé.

Son expression torturée me déstabilise.

– Je ne comprends pas.

Il baisse la nuque, semblant subir la situation.

– Alors que tu fais ton travail, l'homme qui vient de te virer te saute dessus, et toi, ta seule réaction, c'est de l'accueillir à bras ouverts ?

C'est vraiment ce que j'ai fait ? Ah oui, en y pensant. J'ai profité de l'instant présent, voilà tout !

– Et alors ?

– Et alors ?! Il y a une heure, tu me hurlais dans la rue que j'étais un pauvre type, mais quand je t'embrasse, tu en demandes encore ?

Oui, j'aurais pu en demander encore ! Je n'ai pas réfléchi, car le simple fait d'entendre sa voix douce susurrer mon prénom et de sentir son corps chaud contre le mien m'a transportée loin de toute envie de reconsidérer quoi que ce soit.

– Quel est le problème ?

Ses iris reviennent foudroyer les miens.

– Qui fait ça ?! Qui agit comme si rien n'avait d'importance ? Est-ce que tu peux seulement vivre dans un autre monde que celui de la fantaisie ?!

Me critiquer est devenu sa passion ?

– Je ne t'ai pas passé la bague au doigt, je voulais juste prendre du bon temps pour achever la journée que TU as rendue merdique ! m'insurgé-je. Est-ce devenu répréhensible dans ce pays ?!

– C'est ce que tu veux ? Juste prendre du bon temps ?!

– Oui ! Non.

Le *oui* était véhément. Le *non*, minuscule. Minable.

Devin me dévisage. Si j'avais la réponse à cette question, peut-être que je comprendrais mieux ses attentes. Si tant est qu'il en ait. Je pourrais lui confesser, sans craindre le rejet, que mes aspirations vont au-delà de simples moments intimes sous une douche. Tout ce dont je suis sûre, c'est que désespérée comme je suis et égarée dans cette étrange période de ma vie, il m'a permis de me sentir libre, belle et femme. Évidemment, j'étais prête à accepter tout ce qu'il voulait bien me donner… même les miettes.

– Crois-moi, j'ai d'autres préoccupations que celles de m'occuper de ce que tu cherches dans la vie, balance-t-il, impitoyable.

OK. J'ai compris le message.

– Il n'est pas utile de terminer ton travail, dit-il, tout bas. Tu ne devrais déjà plus être ici. Je n'ai pas besoin de te voir traîner dans l'hôtel.

Mes sourcils grimpent au plafond.

– Loin de moi l'envie de rester ! Ne t'inquiète pas, je vais disparaître de ta vie.

Le cœur malmené, j'avance, tends le bras au-dessus du bureau et saisis mes affaires. Je commence à me rhabiller sous ses yeux, consciente que chaque mouvement, chaque geste est soumis à son jugement. C'est la première fois de ma vie que j'aurais voulu être transparente en tout cas, loin de son regard sévère et arbitraire.

Alors que je devrais m'arrêter là, je finis de nouer le nœud de mon pantalon de manière presque excessive, me redresse et mon système de défense lui laisse ses mots :

– Tu sais ce que je cherche ? Tout le contraire d'un homme comme toi.

Son regard s'obscurcit une fraction de seconde. Finalement, il hoche la tête.

– Ça me rassure.

Pourquoi les flèches censées le toucher me reviennent comme un boomerang ?

Je ramasse mes Crocs et le reste de mes vêtements, puis quitte sa chambre, ma dignité plus écorchée que jamais.

Chapitre 15

BROUETTE

Pénélope

Chapitres écrits : 14 – À deux doigts de la crampe au poignet tant il y avait matière !

– Tocard !

Je mets la teinte « bois de rose » sur mes lèvres.

– Bâtard ! éructé-je, encore.

Je pose le téléphone sur le bord de mon lavabo en mode haut-parleur, avant de couvrir mes cils de mascara.

– Tu vas me réciter toutes les insultes finissant par [ard] ? s'indigne June, excédée, à l'autre bout du fil.

– Non, c'est décidé ! Je vais me taper son frère et crier son nom pendant le coït !

Un rictus dément se forme sur mon visage. J'écrase le bout du rouge à lèvres sur le miroir de ma salle de bains pour écrire :

DEVIN RYAN

L'IM-PUIS-SANT

– Tu nous pètes encore un câble ! soupire mon amie.

Mon rire prend des intonations psychopathiques. Peut-être que je devrais me calmer ?

– Franchement, Péné, il est temps que tu passes à autre chose, non ? Tu ne vas pas parler de sa bite toute la soirée !

– Même si je le voulais, ça finirait vite. Je te signale que je ne connais pas tous les problèmes psychomoteurs masculins ! C'est absolument très contrariant, qu'est-ce que je vais bien pouvoir écrire pour terminer mon chapitre ?!

– Bon, on peut avancer, là ? Ce n'est pas que t'entendre délirer sur l'anatomie de ton ex ne me passionne pas, mais on est dessus depuis vingt minutes ! Donc, tu as rendez-vous avec son frère, maintenant ?

Je fais la moue, parce que cracher sur les prouesses sexuelles de Devin, c'est un très bon défouloir après la douche froide qu'il m'a fait subir, mais docile, je précise :

– À 20 heures, exactement. J'ai sorti le grand jeu : escarpins dix centimètres, robe ras-la-moule. Si Léo ne comprend pas le message, on peut faire une croix sur l'humanité !

– De quelle couleur, la robe ?

– La rose en cuir.

– Tu ne vas pas faire ça ?!

– Si, c'est la rose ! Celle qui nous a empêchées de rentrer dans tous les clubs branchés de New York.

– Évidemment ! Ils t'ont prise pour une prostituée !

J'hyperventile, oscillant entre la crise de nerfs et le dépit.

– June, je ne suis pas dans mon état normal !

– Tu m'en diras tant, souffle-t-elle.

Je contemple mon reflet. Je suis d'un moche ! Un gémissement sans grâce quitte mes lèvres. Est-ce que je lâche mes cheveux ? Avec mes mains, je ramène mes longues mèches naturellement ondulées au-dessus de mon crâne et tente des moues sexy pour m'insuffler du courage. Rien ne va ! C'est désespérant.

– Tu me trouves belle ? demandé-je piteusement à ma meilleure amie.

– Bien sûr que non, mais l'important c'est que toi, tu le penses.

– Je le pensais…

Oui, malgré mes kilos en trop, je n'ai jamais eu de problème pour séduire. J'avais même la sensation que les hommes me trouvaient attirante.

– Tu vas nous faire une dépression ? Depuis quand l'opinion des autres te préoccupe ?

Elle a raison, ce n'était pas tant ce qu'eux pensent de moi, que l'image que mon miroir me renvoie. Je me sens belle… Mais pas ce soir. Je serre les dents. Voilà, Devin Ryan me fait me sentir comme une moins que rien !

– Son avis ne compte pas ! Je te jure !

Je me mords la lèvre avant de poursuivre :

– C'est juste… Je m'étais promis de ne plus me faire avoir. Je me sens tellement pathétique de m'être laissée aller dans cette douche.

Qu'est-ce que j'ai pu être idiote ! Est-ce que je suis tellement désespérée de revivre notre passé que je le laisserais me marcher sur les pieds seulement pour un petit baiser ? Non, bien sûr… Alors pourquoi je me suis laissé faire sans réfléchir aux conséquences ?!

– Il m'a dégagée avec tellement d'aisance et de froideur. Je me suis sentie rejetée pire qu'un paquet de frites qui ne rentre pas dans le congélo !

J'entends June expirer d'agacement.

– Péné, il est beau gosse, bien foutu, plein aux as, évidemment que tu as agi de façon idiote et impulsive ! Mais bon sang, redescends sur terre, tu n'es pas Julia Roberts ! Ce genre de mec ne se marierait même pas avec moi. Il se maque avec des nanas de bonne famille, pas des pauvres filles qui viennent de je ne sais quelle campagne du sud des États-Unis. Il y a des choses qui ne changent pas que tu aies dix-huit ou trente ballets. Arrête de te faire des illusions !

– Je sais tout ça ! Je ne m'en fais pas.

J'accepte sa remarque, mais ça ne m'empêche pas de bouder un peu.

– Et, c'est pareil pour son frangin !

– C'est pour cela que j'ai mis cette robe ! me défends-je. Franchement, je me fous de ce qu'il pense. C'est pas ça.

– Alors, c'est quoi ?

– J'en sais rien…

Si je dois être honnête envers moi-même et que j'ignore le profond sentiment d'humiliation qu'il m'a refilé, je dois reconnaître qu'il n'a pas été complètement méchant avec moi. Il m'a surtout remise sur les rails. Pourquoi je lui en veux tellement ? Pourquoi ne suis-je pas capable de tourner la page ?

– Même si je ne représente plus rien pour lui, Devin était l'amour de ma vie, alors j'imagine que tout ne peut pas disparaître en un claquement de doigts.

– Dix ans, ce n'est pas un claquement de doigts !

– J'ai dit dix ? C'est onze…

– Bon sang, Péné ! Tu as d'autres chats à fouetter, non ?! Tu as perdu ton travail, je te signale. Focalise-toi sur les petites annonces. Et ne compte pas sur moi pour te filer du fric !

– Je ne t'ai jamais demandé de l'argent, m'offusqué-je.

– Tu me dois déjà quatre-vingts dollars !

– Pourquoi ?!

– Tu me fais perdre du temps, bordel ! Mon client m'attend depuis tout à l'heure.

Je l'entends ajouter d'une voix hors combiné :

– Je m'occupe de vous, tout de suite, monsieur Brown.

– Minute ! Tu étais en rendez-vous ?

Elle me raccroche au nez. Quelle copine indigne !

Je me regarde une nouvelle fois dans le miroir. Je n'ai rien d'un canon de mode, malgré tout, j'ai des lèvres pulpeuses, des taches de rousseur, un nez délicat. Une peau douce et de jolies jambes. J'ai quand même quelques atouts.

J'ajoute du blush à mes joues, bombe la poitrine et me motive :

– Qu'importe ! Pénélope Carouze, ce soir, je te jure que tu vas baiser un Ryan !

Chapitre 16
ANDROMAQUE

Pénélope

Pourquoi Léo m'a donné rendez-vous dans ce fichu bar ?!

Évidemment, ma robe n'est pas passée inaperçue aux yeux de ce barman de malheur si professionnel. Encore à faire du zèle. En effet, sous prétexte que j'ai eu une attitude légèrement bruyante lors de mon précédent passage, môssieur ne me laisse pas entrer !

Me voilà donc grelottante dans le hall du *Ryan & Resorts*, à deux doigts de me faire sortir par les vigiles.

– Charles, s'il te plaît, j'ai un rendez-vous.

Je ne me donne pas la peine de chercher son vrai prénom, je l'ai complètement oublié. Pour ce genre de détails, ma mémoire est très sélective. Je retiens seulement les personnes que j'apprécie, et bien évidemment, celles que je déteste, même si elles sont rares. Mais pas les entre-deux.

– L'établissement se donne le droit de refuser de vous servir.

Il me désigne un panneau à l'écriture minuscule que je n'avais jamais vu de ma vie.

– Allez, je vais simplement commander un verre d'eau.

Il m'examine, sans sourire. C'est très déstabilisant.

Je me grandis, tentant l'approche intimidante :

– J'ai rendez-vous avec Léo, le frère du grand patron.

Le voyant stoïque, je joins mes deux mains et le prie :

– Je te le jure.

Pour l'intimidation, on repassera…

Tout en continuant de me fixer de façon très austère, il reste campé sur ses positions.

Tin !

Je tourne la tête vers les deux grands ascenseurs. Et comme j'ai toujours eu beaucoup de chance, Devin sort de l'un d'entre eux dans un costume trois pièces noir avec une chemise blanche. Il est accompagné d'une superbe créature. Je n'ai pas besoin d'en voir plus pour que mon cœur se soulève.

C'est *la* Natacha… Est-ce qu'il aurait une relation concrète avec elle ?

Non, Pénélope, ne pleure pas. Tu sais qu'il a refait sa vie. Il t'a dit clairement que tu n'en feras plus jamais partie.

– S'il te plaît, Samuel, reprends-je, suppliante. Je te donnerai tout ce que tu veux.

Je tente de passer la porte, mais le barman me saisit le bras. Quel malotru ! Il n'a même pas relevé l'immense effort qu'il m'a fallu pour faire remonter son prénom des abysses alcoolisés de ma mémoire !

J'espère de tout cœur que Devin ne nous a pas vus alors que je me laisse tirer vers la sortie sans ménagement. Cependant, une fois au centre du grand hall et voyant les portes rutilantes prêtes à me recracher, je me mets à gesticuler sous les yeux ébahis des quelques clients présents.

– C'est bon, lâche-moi ! m'exaspéré-je.

Sans attendre que je reprenne ma respiration, une voix haute fend la salle.

– Samuel !

Nous nous immobilisons. Je tressaille alors que j'entends les chaussures taper le sol pour nous rejoindre. Je vais craquer pour de bon si le karma continue à s'acharner !

– Je m'en occupe, informe Devin.

Non, il ne s'en occupe pas. Charles Samuel reste là. Bon sang…

– Monsieur, s'incline légèrement ce rat avant de se tirer tel le dernier des traîtres.

C'est lui qu'on devrait virer !

À présent, je me tiens dans l'ombre de Devin, juste derrière moi. J'ai l'impression de fondre comme neige au soleil tant je sens son regard me transpercer comme un laser.

– Nous n'étions pas censés nous recroiser ici, démarre-t-il.

Je me retourne sans arriver à lever les yeux. J'ai tellement honte. Malgré tout, j'emploie mon ton le plus formel :

– Ce n'est qu'un concours de circonstances.

Les clients reprennent peu à peu leurs occupations. D'un coup d'œil, je guette sa compagne, qui nous observe de loin dans une robe en soie rose poudré et un long manteau clair élégant.

– Tu m'as virée de l'hôtel, pas de tous les bars de cette ville, si ? murmuré-je, une boule dans la gorge.

J'arrive seulement à lever les yeux. Devin est à tomber par terre. Ses iris intenses me dévisagent et une chaleur gagne mes reins.

– J'aimerais que tu t'en ailles, me demande-t-il, aimablement.

Trop aimablement.

La douceur que je décèle dans son regard me déstabilise. Je pensais qu'il serait furieux de me trouver là.

– C'est ce que je vais faire, dis-je, la gorge sèche.

– Maintenant.

– Impossible.

Il grimace, puis change littéralement d'expression. Donc, c'était le calme avant la tempête…

– Ne fais pas d'esclandre, s'il te plaît.

– Je n'en ferais pas. Tu peux rejoindre tranquillement ta fiancée, lui conseillé-je.

– Ce n'est pas ma fiancée, mais mon ex-compagne.

Une petite décharge pique le creux de ma poitrine. Aïe.

– Oh, mais tu n'es pas obligé de m'expliquer quelles ex tu choisis de côtoyer et pourquoi.

Il réplique :

– Je ne côtoie pas mes… En quoi ça te regarde ?!

– Ça m'aide à comprendre tes troubles relationnels. Un spectre très préoccupant, si tu veux mon avis.

– On ne te le demande pas. Bon sang, cet hôtel sera-t-il un jour débarrassé de toi ?

Est-ce un défi ?

– À croire que je t'espionne ! C'est plutôt le contraire, sache que j'ai rendez-vous avec un homme. *Riche.*

Pourquoi ai-je rajouté le mot « riche » ?!

– Des plus *civilisés.*

N'importe quoi !

– Et bon *croyant.*

Quand vas-tu la fermer, Pénélope Carouze ?! Ce sont tes lèvres que le bon Dieu aurait dû sceller !

Enfin, c'est surtout Devin que je dois blâmer pour toutes les absurdités que je déblatère en sa présence. Il me stresse à me scruter de cet air furieux.

D'un geste du menton, il demande calmement :

– Allez, sors d'ici.

– Pourquoi ?

– Parce que je te l'ordonne.

Pourquoi est-il aussi méchant ? Je n'ai pas de boue sous mes bottes qui expliquerait son attitude. Je regarde autour de moi. C'est sa faute si on retient l'attention de tous dans ce hall.

– Sache que je connais très bien les vigiles et il y a peu de chance qu'ils me poussent dehors.

Un rictus gagne subtilement ses lèvres.

– Je vais m'en charger.

Contre toute attente, il retire sa veste pour me la céder, et m'oblige même à passer mes mains dans les manches. Son parfum envahit mes narines. J'inspire outrageusement ses effluves, mais avant que je n'aie le temps de quitter mentalement le monde pour le *Devin Paradise*, il place ses deux paumes sur mes épaules, me fait pivoter puis me dirige vers la sortie. Je freine immédiatement des quatre fers avant de faire une pirouette latérale pour me soustraire de sa poigne.

– J'ai vraiment rendez-vous ! affirmé-je, les poings serrés. Pourquoi tu ne me crois pas ?!

A-t-il honte de moi ? Il craint que je fasse fuir sa clientèle, c'est ça ? Je ne comptais pas rester, juste… juste…

– Me détestes-tu à ce point ?

– Oui ! crie-t-il si fort que sa voix résonne dans le hall et attire de nouveau l'œil des clients.

Mes cordes vocales se sont serrées m'empêchant toute réplique. Incrédule, je le dévisage. Devin a l'air, lui-même, surpris par son ton catégorique. Qu'est-ce que je lui ai fait à la fin ?!

Je lâche des plus maussades :

– Waouh, c'est sorti du cœur ! Dis-moi, embrasses-tu souvent les personnes que tu exècres ? Oh attends, pas besoin de répondre, la douche a confirmé mes soupçons !

Un feu incendiaire s'allume dans ses prunelles givrées. Il fait un pas vers moi, comblant l'espace qui nous séparait, et cherche à m'intimider de toute sa hauteur. Sans succès, je roule des épaules pour le défier.

Entre lui et moi, le courant est devenu électrique. Nous nous fixons, furieux l'un comme l'autre, ou est-ce autre chose ? J'ai l'impression que le silence s'est abattu sur la salle ou bien que tout ce qui se trouvait autour de nous a disparu.

– Pénélope…

Son regard, soudain suppliant, me trouble.

– Devin ? Tu ne me présentes pas ?

La belle plante s'est rapprochée. Taille mannequin, look impeccable et maquillage subtil sur un visage parfait. Devin s'écarte brusquement de moi. Inquiète, la belle détaille son ex-mari quelques secondes, puis me regarde, un sourire amical plaqué sur ses lèvres en forme de cœur. Je suppose que dans ces milieux-là, on est plus habile pour les bonnes manières.

Contre mauvaise grâce, Devin obtempère, appuyant bien sur les mots qu'il prononce :

– Natacha, voici Pénélope Carouze, une *ex-employée.*

J'avais compris…

Elle me tend la main, que j'accepte.

– Enchantée. Apparemment, nous avons ce *petit* diminutif en commun, dis-je, ironique. Ex-employée, ex-copine, et cetera.

Natacha capte immédiatement ma boutade, et sourit plus largement. En plus d'être sublime, elle est perspicace.

– Je suis avant tout une amie de longue date des Ryan, commente-t-elle, en enveloppant Devin d'un doux regard.

Sa voix légèrement cassée la rend plus attirante encore. Je jette un œil au PDG grincheux qui regarde ailleurs.

– Je ne pourrais en dire autant.

Cette fille, avec son visage de poupée parfaite, est si mince que je me demande si elle vient de Vénus et moi d'un autre système solaire. Ça m'énerve.

– Devin, ta veste cache une si belle robe, lui fait-elle remarquer, regagnant son attention. Je l'adore. Où l'avez-vous achetée ?

Mes défenses en alerte ne notent pourtant aucune condescendance dans son ton.

– Primark, saison 2018. Ils en faisaient de toutes les tailles à l'époque. J'ai peut-être été trop optimiste.

La sublime Natacha s'esclaffe. Son rire est si harmonieux qu'il me rend tout chose. Devin me fixe à présent.

– Je vous assure qu'elle vous va très bien, assure-t-elle. Je suis jalouse.

Elle me contemple et j'ai l'impression étrange de l'avoir charmée. J'avise sa robe en soie qui épouse sa taille de mannequin, son manteau de grand créateur et son petit sac à main assorti en satin. Ses sourcils fins mettent en valeur ses yeux clairs en amande, tandis que sa peau de porcelaine accentue ses délicates lèvres teintées d'un rose doux comme ses hautes pommettes. Ses cheveux courts sont coiffés en une élégante queue de cheval basse. Elle aurait toutes les raisons de me regarder de haut. Pourquoi faut-il que Devin ait épousé un ange ?

Un peu mal à l'aise, je réplique comme à mon habitude :

– J'attends quelqu'un, c'est pour ça. On a mis le paquet !

– Vous êtes étonnante. Tu ne trouves pas, Devin ?

– Certainement, répond-il, bon gré mal gré, les mâchoires contractées.

Il a l'air extrêmement tendu à nos côtés. Cependant, je remarque qu'il la couve d'un regard protecteur, comme s'il n'attendait qu'à nous éloigner l'une de l'autre. Pourquoi se sont-ils séparés ? Leur attachement est évident et après tout, ils viennent du même milieu. Ils vont de pair, assurément, et je ne devrais pas être triste de le constater.

Non, ce qui me fait mal, c'est que moi, il me fuit, alors que même sa compagne est capable de m'adresser un sourire poli. Je tressaille et peut-être qu'il comprend que c'est à lui que je pense, car son regard revient sur moi.

A-t-il peur que j'en dise trop ? Jamais je ne dévoilerais que nous avons couché ensemble il y a onze ans, ni qu'on a failli remettre le couvert quelques heures plus tôt…

– Vous avez fait connaissance ?

L'arrivée du frère de Devin surprend tout le monde, surtout son aîné qui se crispe immédiatement, sans même le voir.

– Bonsoir, Léo, glisse Natacha.

Le beau trentenaire lui concède un hochement de tête avant de tourner le regard vers moi.

– Pénélope, tu es à couper le souffle ! s'exclame-t-il en me dévorant des yeux.

Je sens mes joues rosir.

– Merci.

Devin s'est définitivement transformé en glaçon géant, et Natacha, quant à elle, devient une petite fille timide. D'ailleurs, on dirait qu'elle se cache derrière lui. C'est très intrigant !

Enfin, pas autant que de pouvoir comparer les deux frères Ryan, désormais sous mes yeux. J'ai l'impression de faire un bond dans le temps ! L'aîné a conservé sa grande taille et son aura intimidante, alors que le cadet, lui, est devenu mignon et charmant.

Même si Léo soigne visiblement son apparence, Devin reste le centre de l'attention et fait tourner la tête à toutes les femmes qui pénètrent dans le bâtiment. Un seul regard de sa part et elles tomberaient en pâmoison, j'en suis certaine.

– Ce n'est pas ta veste, si ? note Léo en fronçant les sourcils en direction de son frère.

Difficile de ne pas le remarquer : mes mains disparaissent sous les manches trop longues pour moi.

– J'ai oublié mon manteau à la maison, me justifié-je.

Mis à part celui laissé au bar, je n'avais que des blousons courts qui n'allaient aucunement avec le style de la robe. J'ai décidé de faire sans, malgré les sept degrés dehors.

– C'est bête, j'ai laissé le mien dans la voiture, se désole Léo.

– Garde-la, intervient Devin.

Je relève le menton dans sa direction.

– Pardon ?

– Ma veste, tu la gardes, envoie-t-il sur un ton sans réplique.

Tout le monde le dévisage. Les réactions de Devin me surprennent plus que quiconque.

– C'est sympa cette petite réunion, enchaîne Léo.

– De quoi tu parles ? répond Devin prenant un air agacé.

– Eh bien toi, Pénélope et moi. J'ai l'impression d'avoir quatorze ans. Vous voir ensemble me rappelle des souvenirs, pas tous très agréables, d'ailleurs.

– Vous vous connaissez ? s'informe Natacha.

– Oui, confirme Léo. Pénélope et moi étions amis jusqu'à ce que mon frère mette son grain de sel et décide qu'elle serait toute à lui. Une vilaine habitude.

Pourquoi raconte-t-il cela ?

– C'est de l'histoire ancienne, tenté-je d'arrêter Léo.

Les iris de Devin voguent jusqu'à moi et leur intensité glaciale me cloue sur place.

– Une ancienne plus que d'autres…

À présent, Léo fixe Natacha comme s'il souhaitait lui passer un message.

– Tu vois, Pénélope, continue-t-il. Natacha était ma petite copine à la fac avant qu'elle décide que mon frère ferait un meilleur parti.

Natacha, qui a perdu de sa superbe, le supplie :

– S'il te plaît…

– Leur mariage n'a duré qu'une année. Il semblerait que le dévouement de mon frère n'ait pas été à la hauteur de ses attentes puisqu'elle a dû trouver du réconfort ailleurs. Certaines personnes butinent d'une fleur à l'autre.

– Ne t'aventure pas sur ce terrain-là, le prévient Devin durement.

– Quel terrain ? répond Léo du tac au tac.

Devin lui fait complètement face. Rien à voir avec la colère qu'il a dirigée contre moi quelques minutes auparavant. Son frère, le menton haut, reste droit dans ses bottes.

– Je préfère qu'il n'y ait aucun secret entre Pénélope et moi, alors que nous nous sommes retrouvés. Il serait indélicat de ma part de lui cacher cela maintenant que vous avez fait connaissance.

Aucun signe d'amusement ne vient éclairer le visage de Devin, ce qui n'arrête aucunement Léo.

– Notre passé commun fait que je tiens énormément à elle, tu sais. D'ailleurs, toi, Devin, n'est-elle pas la seule femme que tu n'aies jamais négligée ?

D'où sort-il ça ?! Je les fixe l'un et l'autre, abasourdie.

– Ça suffit !

La voix de Devin résonne dans le hall, alors qu'il se place entre Natacha et Léo. Il joue de sa carrure impressionnante en sifflant à travers ses dents serrées :

– Ne parle pas de ce que tu ignores.

Pour une fois, je suis d'accord avec lui. Pourquoi Léo déballe ce genre de détail devant tout le monde ? Mes yeux glissent sur les visages qui nous entourent, curieux et intrigués, tandis que la tension est à son paroxysme.

– Du calme. Je ne voulais pas te mettre mal à l'aise, sourit Léo, visiblement satisfait d'avoir énervé son aîné.

Devin prend une profonde inspiration et parvient à maîtriser complètement sa colère. Il fait un pas en arrière, comme s'il voulait s'éloigner de l'agitation qui commence à se former autour de nous. Natacha pose la main sur son bras pour lui apporter son soutien.

– Tu n'as rien fait de tel, répond Devin d'une voix bien plus posée, mais toujours froide.

Un échange de regard se produit entre les deux frères. Leur relation est si compliquée que ça ? Je n'arrive pas à le croire.

– Allons-y, Natacha.

Devin présente son bras que sa cavalière s'empresse de saisir. Ils nous abandonnent sans un regard de plus, relégué au statut d'indésirables. J'ai le cœur qui martèle malgré moi alors qu'ils s'éloignent.

Chapitre 17
TRIANGLE LUMINEUX

Pénélope

J'ai la sensation d'avoir retenu mon souffle et je peine à retrouver une respiration normale. Je me sens tellement embarrassée, triste aussi. Je me tourne vers Léo, et la colère prend définitivement le pas sur le reste.

– Ne te formalise pas de son caractère, me rassure-t-il.

Sourcils froncés, j'envoie, outrée :

– Pourquoi tu as fait ça ?

– Quoi ? fait-il, l'air innocent.

– Tu fais semblant de ne pas comprendre ?

Je vais le tuer.

– Je comprends très bien. Je n'ai rien fait de mal.

Bien. J'opère un demi-tour et gagne la sortie du *Ryan & Resorts*. Après tout, je ne veux même pas savoir pourquoi Léo a pris ce plaisir malsain à provoquer son frère. Je me sens juste très contrariée parce que pendant qu'il prenait son pied, il m'a humiliée.

Être au centre de leur confrontation n'entrera pas dans le top dix de mes moments les plus agréables. Pourtant, je ne suis pas de celle qui refuse une place VIP !

– Pénélope, tente de me retenir Léo d'une voix amusée. Attends.

Ça le fait rire en plus !

Je passe les portes de cet hôtel maudit, Léo sur mes talons. Alors que je dévale les grands escaliers de pierre, il m'arrête devant la fière bâtisse en me saisissant le bras, puis se positionne devant moi, une marche plus bas.

– Je suis désolé.

Au-dessus de son épaule, je vois la voiture de Devin quitter sa place devant l'hôtel.

J'ai honte. C'est parfait…

– Tu étais obligé de te conduire comme le dernier des abrutis ? grincé-je avec aigreur.

Si Léo joue encore les innocents, je vais hurler.

– Je trouve sa façon de réagir très intéressante, pas toi ?

– Putain, mais où tu te cames ?!

Je me recule, l'oblige à lâcher mon bras et le dévisage, stupéfaite. Où est passé le gamin qui était toujours poli et serviable ? Qui l'a remplacé par un psychopathe manipulateur ?

– Pénélope, détends-toi. Comme je viens de te le dire, je voulais faire réagir mon frère, argumente-t-il. Il est tombé dans le panneau.

– Est-ce que tu es devenu fou ? Parler de la liaison entre lui et moi… C'est comme ça que tu voulais m'aider ? Quand je t'ai parlé de Devin ce matin, c'était seulement pour que tu intercèdes en ma faveur et récupérer mon poste, tu crois que j'ai une chance d'y parvenir maintenant ? Tu ne veux pas m'aider, juste me mêler à une embrouille qui me dépasse pour ton plaisir personnel !

Je ponctue ma phrase en enfonçant mon doigt dans sa poitrine, car vraisemblablement mes mots ne semblent pas le faire réagir. Il plonge les mains dans ses poches et joue avec les marches de la pointe de sa chaussure, comme un ado récalcitrant.

– Est-ce de ma faute s'il n'assume pas ses sentiments ?

– Nous avons déjà eu une conversation où il les assumait pleinement !

Léo se montre déstabilisé, mais je ne saurais dire si c'est par ma colère qui se décuple à mesure que je parle ou par ce que je viens de lui dire.

– T'a-t-il dit qu'il n'en avait pas ? demande-t-il plus bas.

– Quelle importance ?

– Ça en a pour moi !

Je n'arrive pas à traduire l'expression inquiète sur son visage.

– Parce que Natacha est ton ex ?

– Oui. Je veux dire, non, il n'est pas question d'elle.

– Qu'est-ce que tu veux ? Te venger ?

– Absolument pas ! Même si, oui, notre lien fraternel s'est définitivement fracturé depuis…

Je soupire. Je dois me montrer compréhensive. Après tout, leur bataille d'ego ne surgit pas de nulle part.

– Je comprends que tu n'aies pas passé l'éponge, Léo. Ce que Devin et Natacha t'ont fait, c'est…

Il chasse ma phrase d'une grimace, tout en agitant la tête.

– J'ai passé l'éponge depuis longtemps, vu que j'ai couché avec elle alors qu'ils étaient mariés.

Mes yeux s'ouvrent grands comme des soucoupes. Les révélations sont plus choquantes les unes que les autres ! Accusant le coup, j'essaie de comprendre :

– Tu es avec elle, à présent ?

– Bien sûr que non.

Il semble davantage ennuyé que coupable.

– C'était l'affaire que d'une seule nuit, ajoute-t-il. Je n'attendais rien de plus.

Si je résume, cet évènement a conduit Natacha et Devin au divorce. Léo a déjà consommé sa vengeance.

– Oh, c'est pire que ce que je m'étais imaginé !

Je comprends, à présent, la réaction de la belle Natacha lorsqu'elle a croisé le chemin de Léo. Finalement, la situation était beaucoup plus inconfortable pour elle que pour moi !

– Je me suis excusé mille fois en vain, précise Léo devant mon silence accusateur. Malgré le fait que toute cette histoire soit arrivée il y a plusieurs années, et qu'honnêtement, ni Devin ni moi n'avons été irréprochables, mon frère refuse de passer outre. Je te l'ai dit, il est très rigide. Je hais son incapacité à pardonner.

– Ils étaient mariés ! lui rappelé-je.

– Et j'aimais cette fille ! Bien avant lui et bien avant qu'ils ne soient engagés l'un envers l'autre !

Léo a l'air d'avoir également souffert dans l'histoire. Seulement, je ne peux m'empêcher de l'examiner avec méfiance, quelque peu refroidie. Je réalise à quel point leur relation est complexe et douloureuse, mais malgré toute la compassion que je peux ressentir, cela n'efface pas les erreurs qu'il a commises. Les frères Ryan sont décidément à éviter !

– Ne me regarde pas comme ça, enchaîne-t-il. Je le regrette chaque jour, crois-moi. Tu penses qu'on aime perdre un frère ?

Je réponds, tentant de rester objective face à ses justifications :

– Ton frère a raison de mal réagir et qu'il soit rancunier ne me choque pas. Il n'a pas été irréprochable, d'accord, mais l'amour ne se contrôle pas et Natacha l'avait choisi.

– Oh arrête ! rétorque Léo en levant les yeux au ciel. Devin n'est pas tout blanc, crois-moi. Leur relation n'avait rien d'une belle idylle, et tu devrais le comprendre mieux que personne. Mon frère a toujours été compliqué, froid et distant, et ça ne s'est pas arrangé avec les années. On ne sait pas ce qu'il pense ou ce qu'il ressent, même pas celles qui partagent son lit. Toutes ses épouses finissent par se sentir délaissées.

Devin était froid, je le lui accorde, mais pas calculateur. C'est le piège des hommes comme ça, dont l'âme est une forteresse. Tu ne sais pas à quoi ils pensent, tu espères désespérément que ce soit à toi.

– En couchant avec Natacha, je lui ai retiré une épine du pied, termine Léo.

Je laisse échapper un rire cynique.

– C'est ça, la personne que tu es devenue ? Un homme dépourvu de morale ?

Léo m'adresse une grimace de douleur, comme si mes mots avaient réellement le pouvoir de le toucher, puis il secoue la tête, un sourire désabusé figé sur ses lèvres.

– Pénélope, sois honnête. S'il avait gardé rancune pour cette histoire, s'afficherait-il à son bras ? Il me déteste peut-être de lui avoir planté un couteau dans le dos, mais ses sentiments vont bien, puisqu'après leur divorce, il a bien vite pardonné à Natacha son écart de conduite.

Effectivement, Devin semble être resté proche d'elle. C'est à n'y rien comprendre.

– Je ne taquine pas mon frère pour le blesser, parce que je sais que je n'y parviendrais pas. Je cherche simplement à comprendre pourquoi il est si malheureux.

– Il n'a pas l'air malheureux.

– Permets-moi d'en douter.

Devin dirige un empire, je doute qu'il se concentre sur d'éventuelles représailles.

– Il est occupé avec toutes ses compagnies à gérer.

– Non, je sais qu'il prépare quelque chose et je crois qu'il se trompe de combat.

– Et ce quelque chose n'a rien à voir avec moi !

J'ai la gorge nouée. L'émotion doit transparaître, car Léo parle d'une voix adoucie :

– Je suis désolé. Je n'avais pas pensé que ça t'affecterait autant. Je ne voulais pas gâcher notre soirée.

Pourquoi je perds mon temps à discuter avec cette famille ? On ne vit clairement pas dans le même monde !

Léo fait un pas vers moi et me prend la main, les yeux suppliants.

– Tu veux toujours qu'on aille boire cette bouteille ? me demande-t-il, soudain apaisé. Je te promets de ne pas reparler de Devin et Natacha.

Je suis tellement sonnée par ce qu'il vient de se produire que je ne réagis pas immédiatement.

– J'avais juste besoin de prendre un verre avec un ami, finis-je par répondre, lasse. Pas de participer à cette scène complètement insensée.

Léo sourit doucement.

– Je comprends.

– Tu es loin de comprendre ma situation.

J'ai des traites à payer et un manuscrit à rendre dans quelques jours alors que les pages que j'écris n'ont rien à voir avec un roman à l'eau de rose, mais plutôt une série de catastrophes en chaîne. Les huissiers sont à deux doigts de saisir mon canapé-lit, le dernier bien que je possède, et la peine que je vais faire à ma mère quand elle apprendra mes dernières prouesses me fait trembler d'anticipation.

– Justement, j'aimerais qu'on arrête de parler de moi et de la guerre fratricide à laquelle je me livre depuis ma sortie de l'université pour se concentrer sur toi, le tout autour d'une bonne bouteille de vin, qu'en dis-tu ? On pourrait partir d'ici, je t'offre le dîner.

Depuis quand, on ne m'a pas regardé comme ça… avec douceur et sincérité ? Même si je n'ai qu'un vague souvenir de nos instants passés ensemble, je n'en garde pas l'image d'un mauvais garçon. Bien au contraire. Il était amusant, gentil et généreux. Ne puis-je pas lui accorder le bénéfice du doute ?

– Un verre, pour commencer, cédé-je. Je verrais bien si tu sais te tenir !

Le sourire de Léo éclaire son visage, et je redécouvre l'adolescent de mes souvenirs.

– Oh, ce sera en tout bien tout honneur, évidemment, précise-t-il, le regard tendre.

Finalement, je lui emboîte le pas pour descendre les marches de l'hôtel, serrant les pans de la veste contre moi pour lutter contre les bourrasques glacées.

– N'empêche que j'ai déjà perdu mon job aujourd'hui, tu aurais pu éviter d'en rajouter une couche ! grommelé-je.

Bien sûr, ma remarque n'a pas non plus pour but d'accabler Léo. Je ne suis pas toute blanche dans mon licenciement, et Devin n'avait pas tort sur un point : je sais comment gâcher ma vie. Je n'ai pas besoin d'aide pour y parvenir, et c'est bien pour ça que je compte noyer mon désespoir dans cette bouteille de vin !

– Hum, réfléchit Léo en passant un bras derrière moi pour me frotter le dos et m'aider à me réchauffer. Je n'ai certes pas pu interagir en ta faveur auprès du patron mais, tu sais, nous dirigeons bien d'autres sociétés à travers le pays.

Je serais heureux de te trouver une place dans l'une d'elles dès demain.

Nous marchons sur le trottoir.

– Oh, Léo… Je ne sais pas si c'est une bonne idée.

Je comprends qu'il essaie de m'aider comme il le peut. Mais dois-je continuer de compter sur les autres pour m'en sortir ?

– Tiens, mais j'y pense ! lance-t-il en ouvrant la portière d'une voiture de sport. Vendredi, je me rends au Lake Wine Trail pour une petite réunion entre dirigeants. Tu pourrais y participer.

Léo m'invite à m'installer, et je ne me fais pas prier. Alors que je le vois contourner le capot, je me demande comment j'en suis arrivée à cette situation. Sans boulot, mais côtoyant un homme qui roule en Ferrari.

Il ouvre la porte côté conducteur et prend place derrière le volant. Lorsqu'il tourne la clé, le moteur produit un bruit tonitruant.

– Elle est pas mal, fait-il avec un grand sourire, haussant plusieurs fois les sourcils. Je l'ai louée.

J'acquiesce énergiquement, son enthousiasme me contaminant.

Pénélope, reviens sur la terre ferme !

– C'est gentil comme proposition, mais je ne suis pas invitée à ce genre de réception.

Il met le clignotant et s'engage dans la circulation.

– Je n'appellerais pas ça une réception, plutôt une convention d'affaires où chacun cherche les meilleures opportunités. Je pense que cela peut être l'occasion parfaite pour toi de trouver un nouveau boulot. Et regarde, je ne te pistonne pas, je te place juste sur le chemin de ton futur employeur.

Il m'adresse un clin d'œil complice avant de poursuivre :

– Je t'envoie l'adresse. Nous pourrions même y aller séparément, si tu ne souhaites pas que je t'y accompagne.

– C'est loin d'ici ? m'enquiers-je, d'une voix incertaine.

– À quelques kilomètres. Une trentaine, à peu près.

Sans voiture, ça va être compliqué. Je sens que c'est le genre d'endroit qui n'est pas desservi par le train. Enfin, avec une bonne supplication, peut-être que June acceptera de me déposer.

– Je vais réfléchir.

– Tu as les moyens de te déplacer ?

– Oui, assuré-je.

Je vais bien trouver une solution.

– Super. Donne-moi ton numéro de téléphone, que je t'envoie l'adresse.

Après quelques secondes d'hésitation, j'obtempère.

Allez, il est temps de passer une bonne soirée !

Chapitre 18
LOTUS

Pénélope

J'ai adoré cette soirée avec Léo. Il a su me mettre à l'aise et je ne retiens qu'une succession sans fin de discussions amusantes et légères. Avant que je ne quitte sa voiture, il s'est penché et m'a délicatement embrassé la joue. Son expression était rieuse et sereine, à l'image de notre soirée : caviar et champagne. Pourtant, je sais qu'il n'y a rien de romantique entre nous. Nous voilà, deux amis d'enfance qui se retrouvent après des années, comme si notre complicité n'avait jamais disparu, comme si Devin ne s'était jamais interposé. Comme si je n'avais pas abandonné une belle amitié pour une amourette sans avenir…

Je monte les escaliers, toujours dans ma bulle qui s'étiole au fil de mes pensées, lorsque la personne sur mon palier la fait définitivement éclater, me faisant émettre un cri de surprise hystérique.

Devin est adossé au mur à côté de ma porte. Qu'est-ce qu'il fait là ?!

– Tu es pire qu'un spam ! m'écrié-je, en me tenant la poitrine qui se soulève à un rythme fou.

Il peut bien me reprocher de le suivre, mais cette fois, nous ne sommes pas à l'hôtel. À moins que… Non, impossible ! Ou c'est l'alcool qui me joue des tours ! Je n'ai pas bu tant que cela, si ?

Devin a déboutonné le haut de sa chemise noire. Tête légèrement penchée, main dans une poche, il ne dit absolument rien. Il m'observe juste. Je ne peux nier la chaleur qui naît dans mon ventre alors que son regard sombre scanne l'intégralité de mon corps.

Ai-je passé les portes de l'enfer ? Damnation !

– Qu'est-ce que tu fais devant chez moi ? me reprends-je, irritée de ressentir ce genre de choses à son égard.

Il me toise avec un air mauvais, comme s'il était prêt à me balancer les pires horreurs. Comme le Devin adolescent, celui qui était constamment sur la défensive et qui cherchait à faire du mal.

S'il souhaite garder le silence, qu'à cela ne tienne. Je suis fatiguée. Je me rapproche de la porte et entre la clé dans la serrure. Il est tard et je ne compte pas me prendre des reproches gratuits ce soir.

– Bonne nuit, envoyé-je.

Alors que je pénètre mon appartement, je l'entends se redresser et avant que je n'aie le temps de lui claquer la porte au nez, sa main empoigne mon bras, me tire dans le couloir et me ramène vers lui. Puis, il referme derrière moi et me plaque contre le battant, me bloquant contre celui-ci.

– Qu'est-ce qui te prend ? protesté-je dans un couinement aigu.

Je me retrouve poitrine contre son torse, poings serrés pour ne pas le toucher. Mon corps se met à trembler, ma respiration devient erratique.

Je lève le menton et je répète, atterrée :

– Qu'est-ce qui te prend, Devin ?

Il baisse les yeux et je constate que ses doigts se resserrent autour de mon bras. Ses prunelles, elles, luisent d'un éclat audacieux que je n'ai encore pas vu sur cette version adulte.

– Je viens récupérer ma veste.

Je baisse le menton.

Ah !

– Effectivement, c'est la tienne.

J'essaie de la dégager de mes épaules avec le peu d'espace qu'il me laisse. Seulement, Devin saisit mon autre poignet et le ramène contre la porte sans ménagement.

– Putain, qu'est-ce que tu fous ?!

Je le toise. Il inspire, expire. Puis son visage se rapproche, et je louche sur sa bouche qui s'arrête à quelques centimètres de la mienne.

Il sent l'alcool. Pas le champagne comme Léo, mais quelque chose de plus corsé. Du bourbon ou du cognac. Je me crispe tandis qu'il se penche et pose son front contre mon épaule. Ses lèvres viennent doucement frôler le creux de mon cou, juste sous mon oreille. Alors que je prie tous les saints pour être hermétique, des picotements s'éveillent partout sur ma peau. Putain d'alchimie ! J'en tomberais à la renverse s'il ne me retenait pas prisonnière de ses bras.

– Tu l'as porté toute la soirée ? s'informe-t-il, tout bas.

Sa veste ? Évidemment ! C'est même lui qui m'a obligée à l'enfiler !

J'avoue également que je me sentais bien dedans. Je ne l'ai pas quittée. Pas une seule seconde. D'ailleurs, son parfum masculin et rassurant me tourmente plus encore.

Mets-toi en apnée et cours. Pénélope, cours !

– Pourquoi cette question ? tenté-je de m'échapper de la situation. C'est incongru !

Je le repousse et cette fois, il se laisse faire. Cet homme a décidément deux personnalités.

– Si tu ne veux pas récupérer ta veste, qu'est-ce que tu fais chez moi ?

J'avale ma salive en attendant sa réponse.

– Je n'aime pas te voir tourner autour de mon frère.

– Techniquement, c'est plutôt toi qui me tournes autour. Léo et moi sortons ensemble, il va falloir t'y faire.

Il émet un rire bref comme si la chose était absurde. J'avoue que je n'y crois pas moi-même.

– Jamais de la vie.

Exaspérée, je m'écrie :

– Je sais que tu veux me voir sortir de mes gonds ! Je ne compte pas répondre à ta provocation.

Ne suis-je pas en train de tomber dans son piège justement ?

Je décide de me raisonner pour retrouver mon calme. De toute façon, même si je trouve la situation injuste, je n'ai jamais été forte pour régler mes comptes. Pire que ça, je pardonne sans demander la moindre explication. Je suis comme ça. Née comme ça. Fabriquée comme ça. La preuve, cet homme m'a fait du mal, et je suis là à l'écouter parler.

Quand on me dit de courir, je cours. J'ai le leadership d'une limace. Bref, tout ça pour dire que j'ai toujours préféré entretenir de bonnes relations avec mes ex. Je sais parfaitement mettre de côté mes ressentiments. Néanmoins, il paraît que c'est même une forme d'intelligence. Après tout, Fabrizio, « le voleur », est bien reparti avec les cent dollars dont il avait tant besoin le mois dernier alors qu'il faisait le mort depuis presque deux ans… Je suis un génie !

– Pardon ? crache Devin, me sortant de mes pensées. Ce Fabrizio avait besoin de quoi ?

J'écarquille les yeux. Oh non, j'ai dit ça à voix haute ?!

– Et elle les lui a donnés cette andouille ? entends-je la voisine depuis son appartement. Elle est désespérée, pauvre fille !

Mais de quoi se mêle l'autre bique à écouter aux portes ?!

– Je n'ai pas couché avec lui ! lui hurlé-je.

– Il ne voulait pas ! renchérit la vieille.

– Occupez-vous de vos oignons ! Je vous préviens, je vais envoyer le dossier à la résidence senior du quartier !

Je fais une volte-face et m'empresse de tourner la clé dans la serrure pour échapper à cette vieille peau. La porte s'ouvre et je pénètre mon salon. Je faisais quoi juste avant ? Ah oui, revenons à nos moutons. Notamment Devin, qui depuis le palier, me considère, l'expression blême. Avec un peu de chance, il n'a rien entendu.

– Éloigne-toi de mon frère, exige-t-il alors, sans marque d'amusement.

Je lance mes clés sur le guéridon et creuse mes hanches de mes poings.

– Et pourquoi est-ce que je te ferais ce plaisir ?

Il avance et d'un geste en arrière, claque la porte derrière lui.

– Il ne te mérite pas.

– Je te dis que… Quoi ?

J'étais prête à me défendre bec et ongles contre ses attaques. Après tout, mon premier discours sur la perception nauséabonde qu'ont les riches des pauvres a semblé faire son effet… mais il semblerait qu'il m'ait coupé la chique.

Léo ne me mérite pas ? Pourquoi suis-je surprise ? Pourquoi ces mots m'envahissent la poitrine ? Je pensais que j'étais une calamité pour lui.

Et puis, ce n'est pas à lui de décider pour moi, ce que je vaux ou non.

– Tu devrais au moins m'accorder une chance de trouver le bonheur.

Il s'appuie contre le battant, puis croise les bras. Ces biceps tendent le tissu de sa chemise ce qui me déconcentre légèrement. Tout en continuant à me fixer, il s'humecte les lèvres avant d'envoyer :

– Avec mon frère ?

– Oui ! Non ! Peut-être.

Je me décompose peu à peu. Pourquoi suis-je nerveuse tout à coup ? Tout va bien. Certes, Léo ne m'intéresse pas, mais il n'a pas besoin de le savoir. Ses traits insolents se déforment en une expression redoutable. Malgré ce que ses yeux semblent me dire, Devin n'a pas le pouvoir de lire mon âme !

– S'il tourne autour de toi, ne va pas t'imaginer que c'est parce qu'il espère vivre une romance.

OK, j'ai compris où il veut en venir. Même si je ne suis pas étonnée, je n'ai pas pu empêcher ce nouveau pincement au cœur.

– Pour qui tu te prends ? bafouillé-je, sidérée.

Ses iris harponnent les miens.

– Pour son frère, répond-il, la mâchoire raide. Léo s'accroche à n'importe qui tant qu'on lui prête un brin d'attention. Il est volage et je te connais, tu t'investis beaucoup trop. Mieux vaut t'éviter une nouvelle déception.

Je ne sais pas s'il est perspicace ou simplement méchant. Il se décolle de la porte et fait un pas vers moi. Je recule, me cognant les jambes dans le canapé-lit.

– Tu devrais me faire confiance, ajoute-t-il.

Sa remarque me met dans une rage noire.

– Alors là, c'est bien la dernière chose que j'accepterais de faire, craché-je.

Je crois apercevoir un nouveau sourire. Il n'est pas moqueur. Il a l'air trop faux pour cela.

Devin comble alors l'espace entre nous d'un autre mouvement agile. Son corps est si proche du mien que nos bassins s'effleurent. Il bouge encore, dansant sur un pied puis sur l'autre, toujours en me scrutant intensément.

Que se passe-t-il au juste ? À quoi servent ces frissons qui me glissent entre les jambes ?

Je ne dois pas me dégonfler ni laisser le désir physique prendre le dessus, même si je suis certaine qu'une nuit avec Devin serait dingue et intense, et jouissive, et inoubliable, et l'après tellement douloureux…

– Ne me regarde pas comme ça, murmure-t-il.

– Comme quoi ?

– Comme quelqu'un qui me veut dans son lit.

Pourquoi est-il aussi direct ? Ça me perturbe. Je tourne la tête sur le côté, m'échappant de ses orbes bleutés.

Veut-il se venger lui aussi en se servant de moi ? N'a-t-il pas suffisamment réduit ma vie en miettes en l'espace de vingt-quatre heures ?

– Il n'y a rien dans mon regard. Il est vide. Tu ferais mieux de retrouver la femme que tu aimes. Léo n'a plus aucune vue sur Natacha, si ça peut te rassurer.

Il éclate de rire, ce qui me fait froid dans le dos, puis se redresse et murmure, des plus narquois :

– Tu as raison. C'est ce que je vais faire.

J'entends un bruit sourd dans mes tempes, comme si mon cœur explosait. Je ne sais pas pourquoi ça me fait ça, alors qu'il était déjà évident qu'il passerait la nuit avec elle.

Je me souviens alors que je ne savais pas comment réagir quand il était comme ça. Quand il n'était que l'ombre de lui-même. Froid, solitaire, en colère. Seulement, à l'époque, une part de lui semblait m'appeler à l'aide. C'est une évidence que le Devin adulte, lui, n'en a guère besoin. Il recule, un sourire suffisant sur les lèvres, puis débarrasse le plancher.

Je m'assieds sur mon canapé-lit. Cette visite éclair m'a vidée de toute énergie.

Chapitre 19
UNION

Pénélope
Chapitres écrits : 18 – À réécrire entièrement !

Énervée comme pas deux, j'écris sur ma tablette des méchancetés sur Devin Ryan qui ne cesse de me persécuter et qui, avec son attitude dissonante, s'amuse à gâcher mon histoire.

Devin Ryan, fils de Zeus, Dieu des nymphos, et de Héra, cette sacrée salope qui lui a inoculé la passion du mariage !

Ah, je me sens mieux !

Non, blague à part, je bous de rage. Pour qui il se prend ? Je vais contacter la police pour intimidation et harcèlement.

Boum !

C'est quoi ce bruit ? Il n'est tout de même pas tombé dans les escaliers, ce con ?! Je pose ma tablette et me précipite contre la porte. Je regarde par le judas, mais seul un couloir vide m'apparaît. Je récupère finalement mon portable pour chercher le numéro des urgences, mais j'hésite…

Boum !

Putain, il est encore tombé ?!

Cette fois, j'actionne le micro Google et articule bien : « Chute escalier danger ».

Une espèce de connasse me répond :

« Une chute dans les escaliers expose le corps à un ensemble de blessures (luxations, entorses, plaies, fractures). Les conséquences sont également psychiques… »

Mais, il est déjà très atteint !

« … et déclencher des amnésies… ».

Je coupe brusquement le son. Nom d'une pipe ! Si je ne fais rien, je risque d'avoir des ennuis.

J'ouvre la porte d'entrée, puis sur la pointe des pieds, je poursuis mon évolution dans le couloir. Je passe le sas qui conduit aux escaliers. Toujours à tâtons, j'avance et me penche au-dessus du garde-corps.

Je le vois.

Devin est assis sur une des plus hautes marches du palier intermédiaire et fixe sa main. Bordel, il saigne ! Il s'est cassé la gueule et nous fait une hémorragie. Moi qui ne supporte pas la vue du sang, je vais tomber dans les pommes.

Je tâte le terrain :

– Devin ? C'est Pénélope. Tu te souviens de moi ?

Pourquoi ne répond-il pas ? Ne me dites pas que je vais devoir prévenir son conseil d'administration de son état de santé et qu'ils vont me mettre sur le dos les pertes substantielles dues à la mort cérébrale de leur PDG ? Quelle plaie !

Je devrais peut-être m'approcher et lui piquer toutes les cartes de son avocat qui traînent dans les poches de son pantalon.

– Tu te souviens que tu es riche au moins ?

Évidemment, pauvre idiote ! Il va vite remarquer qu'il a une Rolex au poignet. Pourquoi n'ai-je pas hérité du vice et de l'intelligence de mon père ?! Ma mère est vraiment une conna…

– Rentre chez toi.

Il se met debout sans appuyer sa main contre la barre. Il doit avoir mal. Il descend péniblement les marches, frémissant de douleur, si bien que je suis obligée d'intervenir :

– Attends !

Pourquoi je le retiens ? Il était sur la bonne voie !

Devin baisse la tête, puis s'adosse brusquement contre le mur. Il va dormir là ?

– Il ne faudrait pas qu'il confonde l'escalier avec un lit à baldaquin, marmonné-je pour moi-même.

Soudain, toujours nuque baissée, il se met à rire. Super, j'ai involontairement déclenché le mode comique de Devin !

– Pourquoi tu rigoles ?

– Eh bien, j'attends… C'est ce que tu m'as demandé, non ?

Ouais, et j'aurais dû me casser un genou au lieu de faire ça.

– Tu as mal ? demandé-je, dans ma barbe, de mauvaise grâce.

Il retourne sa paume devant lui.

– Je saigne.

J'attendais un « oui » ou un « non » ! Pourquoi ne répond-il jamais simplement à une question ?! Peut-être que ses talents de communication diminuent à mesure que son taux d'alcoolémie augmente.

– Tu as fait ça comment ?

– J'ai tapé dans le mur.

Mes yeux se tournent vers le revêtement en crépi.

– Il t'a fait quoi le mur ?

Le rire grave, délibérément caustique de Devin, résonne de nouveau dans la cage d'escalier. Qu'est-ce qu'il y a de drôle ?

C'est ironique quand même, c'est lui qui est ivre et blessé, mais il trouve encore le moyen de se moquer de moi.

Je rêve où il essuie sa main contre son pantalon ? Ça va s'infecter !

– Monte chez moi. Tu fais n'importe quoi, là.

Pourquoi je lui propose ça ? Petit Jésus me ferait-il payer toutes les insanités que j'ai dit sur ma mère !?

– Bon, je te laisse entrer dix minutes, mais tu ne voles rien ! complété-je.

C'est tellement idiot ce que je viens de dire…

Lorsque Devin me fait face, et que ses yeux ténébreux et intimidants croisent les miens, je perds le souffle. J'avais oublié à qui j'avais affaire. J'ai l'impression étrange d'avoir autorisé le loup à entrer dans la bergerie.

Chapitre 20
EMPRISE

Pénélope

Pas d'affolement. Tout va bien.

Je fouille frénétiquement dans les tiroirs de ma salle de bains à la recherche d'antiseptique, de cotons et de pansements. La moitié de mes affaires finit par terre et rejoint la pile de vêtements sales que je balaie d'un coup de pied.

Pénélope, souffle un bon coup ! Ne panique pas.

Devin ne va pas rester de toute manière. Je vais le laisser dessaouler tranquillement et il prendra un taxi. Oui, c'est un bon plan, ça ! J'inspire et expire devant la porte pour me donner tout le courage qui me permettra d'affronter le diable en personne.

3, 2, 1.

Battant ouvert.

Il est debout au milieu de mon salon. Tout va bien.

Mais, que fait-il au juste ?! J'écarquille les yeux.

Bordel, il lit ce qui est écrit sur ma tablette ! J'ai une bouffée de chaleur. Je le pointe du doigt.

– Eh, toi ! hurlé-je comme une démente.

En perdant la moitié des produits désinfectants sur le chemin, je me rue sur lui, mais avant que je ne saisisse l'objet, il le récupère dans sa main droite et le lève dans les airs. Autant dire que je n'ai aucune chance d'atteindre le plafond, moi !

– Rends-moi ça !

Il me toise, un sourcil relevé.

– « Devin Ryan, fils de Zeus » ? lit-il.

Ouf ! Il n'a pas lu le reste. Ça aurait été un carnage.

– Ce n'est pas toi, voyons, j'écris un livre.

– Ah bon ?

– Oui, un roman que je vais envoyer à un magazine.

– Et le personnage principal porte mon nom ?

– Tout à fait. Afin d'éviter tout malentendu, je cite : « Ceci est une œuvre de fiction. Les personnages et les situations décrits dans ce livre sont purement imaginaires : toute ressemblance avec des individus ou des évènements existants ou ayant existé ne serait que purement fortuite. »

En vérité, ai-je vraiment mis ce truc pour note au début ?

Devin ne se laisse pas prendre :

– Sais-tu que je peux t'attaquer pour ça ?

Je vais encore lui devoir de l'argent ?! Alors, essayons de compter : les cent dollars de cocktails, la bagnole rouge amochée, les dégâts dans les bars et maintenant, un procès pour diffamation… Je vais manger des pâtes pendant les cinquante prochaines années !

Abattue, je me laisse tomber dans mon canapé. Pourquoi a-t-il fallu que ce type réapparaisse dans ma vie, hein ?

Alors que je larmoie dans un coussin, recroquevillée, contre toute attente, Devin dépose la tablette sur la table basse et approche doucement. Il s'assied à côté de moi et le divan s'affaisse un peu sous son poids. Je me force à ne pas rouler jusqu'à lui. Ce que mon corps ferait naturellement.

Mes yeux trouvent les siens. Il n'a pas l'air en colère. Un instant, je me laisse bercer par la couleur enchanteresse de ses iris.

– Je ne vais pas porter plainte, mais n'utilise pas mon nom, sauf si c'est réellement pour ton journal intime.

Sa voix brûlante fait naître dans mon estomac une chaleur insupportable. Le rouge me monte aux joues. Est-ce que l'enfer règne sur cette terre ? Si oui, je me perds littéralement dans ses abysses… Non ! Je remue pour me soustraire, une fois de plus, aux souvenirs qu'il ravive. Dans ce but, je me mets debout, en équilibre sur le canapé. Lentement, il se redresse aussi, mais ce qui me perturbe, au-delà de l'intensité de son regard, c'est que même ainsi, je suis à peine plus grande que lui.

– Qu'est-ce qui te prend ? m'interroge-t-il.

Il me prend qu'il est trop près !

M'occuper ! C'est ce que je dois faire ! Pourquoi il est là déjà ? Ah oui, sa blessure à la main. Je saute à côté de lui, rejoins la salle de bain et me penche pour ramasser les produits désinfectants.

– Il faut te soigner.

Plus vite ce sera fait, plus tôt, je serai débarrassée.

– Laisse, je sais me débrouiller.

Il récupère le nécessaire dans mes mains, puis se rassied. Je l'observe déboucher le désinfectant, en verser sur un coton et nettoyer calmement sa plaie, sans la moindre expression sur le visage. Sa façon délicate de le faire me file des frissons. Peut-on avoir la main aussi grande, belle et soignée, et tant de dextérité ? Sale créature !

Poings derrière le dos, j'opère un petit pas chassé pour m'approcher légèrement et remarque qu'il n'a finalement pas grand-chose. Quelques égratignures, en tout cas rien de béant, sur le plat de la paume. Je me demande ce qu'il a bien pu fabriquer.

– C'est moins grave que je ne le croyais. Si j'avais su, je n'en aurais pas fait tout un flan.

Il garde le silence. C'est déstabilisant.

Devin saisit un pansement Winnie l'Ourson et c'est avec ses dents qu'il arrive à le placer sur le dos de sa main.

– Ils devraient faire une collection avec les méchants. Seulement pour les sales gosses… Genre Scar, le lion cruel qui a tué son frère ! grommelé-je.

– J'adorais t'entendre penser à voix haute, souffle-t-il alors qu'il examine son travail.

Je retiens mon souffle. Mon cœur ralentit.

– Aujourd'hui, j'ai pourtant l'impression que tu es restée figée dans le passé.

Devin avise ce qui se trouve autour de lui et j'ai envie de tout cacher : les fringues en boule, l'évier plein de vaisselle ou même le maquillage qui traîne sur le buffet à l'entrée.

– C'est difficile à expliquer, poursuit-il. Je t'imaginais comblée…

Je reste muette, car je sens que Devin me donne enfin ce que j'attendais. Un début d'explication… Aussi, est-ce que cela veut dire qu'il a pensé à moi ? À ce que je devenais ? Mon cœur se serre.

Il pose les coudes sur ses cuisses, joint les mains et fixe les éléments de soin laissés sur la table basse, puis il inspire et continue :

– J'ai avancé dans la vie. J'ai rencontré d'autres personnes…

Même si je ne désire pas entendre cela, impossible d'écarter le fait que des femmes ont compté pour lui après moi.

– J'ai travaillé dur pour atteindre mes objectifs.

Devin a toujours excellé, brillé et finalement, accompli seul mille et une choses. Il n'avait pas vraiment besoin de moi. Un malaise m'étreint. Encore plus intense lorsque son regard trouve le mien.

Je m'entends murmurer :

– Je sais.

Une ridule se forme entre ses sourcils.

– Mes plans jusqu'à présent étaient de regarder mon passé sans ressentir de l'amertume ou des regrets.

Il ferme les yeux et soupire.

– Je ne devrais pas culpabiliser…

– De quoi tu parles ?

Il ouvre les paupières, regardant toujours dans le vide.

– De toi.

C'est pire que tout, non ? J'aurais voulu qu'il ressente des sentiments moins avilissants. Et d'ailleurs, pourquoi culpabiliserait-il ?

– Je vais bien, lui assuré-je.

Il lève le visage vers moi. La tension s'épaissit entre nous.

– Puis-je te poser une question ?

– Oui, dis-je, asphyxiée.

– Pourquoi donnes-tu un tiers de ton salaire à ta mère ? Il est clair que tu vis en dessous du seuil de pauvreté.

Je me raidis. Alors, il a épluché les fiches de paye ? J'avais demandé au responsable de verser cette pension à ma mère au moment où elle m'a hébergée une courte période. Tête basse, j'étais revenue dans son appartement après ma crise de la vingtaine, sans le sou et sans travail. Et ma mère, fatiguée de me voir traîner à la maison, m'a trouvé une place provisoire à l'hôtel. Provisoire… J'y suis restée huit ans et je n'ai jamais eu le courage de revenir sur cette somme d'argent. Elle ne m'a pas encouragée à le faire.

– Je… je n'ai pas à te fournir d'explications.

– Un sacrifice expiatoire ?

J'ai l'impression qu'il m'en veut.

– Absolument pas ! Tu ne peux pas comprendre, elle a vécu des choses difficiles, envoyé-je pour me débarrasser de ses sarcasmes et lui rappeler que nous n'avons pas tous les mêmes privilèges.

– On se fout de ce qu'elle a vécu !

Pour qui se prend-il ?! Je le toise alors qu'il est toujours assis, perturbant de franchise.

– Tu ne la connais pas !

Il n'a jamais voulu la connaître. Peut-être parce que, sans raison valable, Devin a toujours méprisé ma mère… Il n'aimait pas sa façon de me parler, de me crier dessus. D'ailleurs, le plus souvent, il m'aidait à me cacher d'elle avec beaucoup de conviction, m'emprisonnant exagérément dans ses bras, comme s'il s'agissait d'un monstre. Je crois que de manière générale, il n'avait que peu de considération pour les adultes, n'avait aucune confiance en eux.

– Pas besoin de la connaître pour comprendre que tu te négliges.

– Je me fiche de cet argent ! J'ai pas besoin de ça !

– Alors de quoi as-tu besoin ?

De quoi ai-je besoin ? Devin attend une réponse qui n'arrive pas.

– Je ne sais pas, soufflé-je finalement.

– Je vois.

Son sourire condescendant me fait voir rouge.

– Tu te crois toujours aussi supérieur, n'est-ce pas ?

Sa bouche forme un zigzag alors que la colère envahit ses traits.

– Non ! Je constate seulement que tu n'as pas grandi. Tu n'as aucune projection.

J'expire par le nez, fulminante, puis m'empresse d'aller chercher ma tablette pour la brandir devant lui tels un trophée ou la preuve ultime qui lui donnera tort.

– J'écris ! crié-je presque. Tu l'as constaté toi-même, non ? J'essaie de m'en sortir !

– En stagnant ? Tu écris sur moi, Pénélope !

J'en perds le souffle, et il ne me laisse pas respirer.

– Tu travailles dans cet hôtel, comme si tu avais refusé de quitter ce qui n'a jamais été ta maison, alors que tu avais tous les moyens pour réussir !

Tu m'as donné tous les moyens. Vas-y ! Dis-le ! Des heures à me faire réviser, à m'aider à bosser mes devoirs, à m'encourager à postuler dans des facs et à remplir des dossiers de bourse… Dis-le que je n'étais qu'un putain de boulet qui n'a fait que te ralentir ! C'est ce qu'il pense, j'en suis sûre.

Nous nous dévisageons. Ses yeux froids et durs me transpercent.

– Tu as passé ton bac.

– Oui, et alors ?

Se prenait-il pour mon professeur particulier pour que mon orientation lui tienne tant à cœur ? De toute manière, il n'était déjà plus là lorsque j'ai eu mon diplôme.

– À quoi cela a-t-il servi ?

À pas grand-chose, je le lui accorde. Oui, il m'a tout donné pour réussir et alors ? Aujourd'hui, je ne lui demande rien ! Encore moins qu'il se pointe chez moi et me fasse la leçon.

– Tu es tellement chiant ! sifflé-je, hors de moi. Qu'est-ce que tu crois ?! J'allais très bien avant ton retour ! J'avais un travail fixe, des amis, un appartement. Ma vie était belle, même sans toi !

Malgré mes protestations, Devin hausse les sourcils et adoptant un air provocateur, il rétorque :

– Tu appelles ça une *belle* vie ?

Un pic de stress me fait frissonner.

– Tiens donc, aurait-on droit à un sermon provenant de l'esprit critique du dieu du divorce ?!

Son dos se cale contre le dossier du canapé alors qu'il m'envoie, imperturbable :

– Au moins, je ne nage pas dans un rêve.

Tout mon corps vibre de colère. Mon seuil de tolérance est atteint.

– Dis le fond de ta pensée, qu'on en finisse !

D'une voix polaire, il ne se fait pas prier :

– Tu vis dans un studio minable où tu t'inventes des idylles. Tu fumes comme un pompier et te nourris de chips du soir au matin. Quant à ta vie, elle est insipide, pathétique et d'une indigence à faire rire, surtout lorsque je te vois te contenter d'un salaire misérable et t'accrocher aux jupons toxiques de ta mère !

Un silence de plomb tombe sur la pièce. Sous le choc, mes lèvres restent closes, bloquant jusqu'à l'air dans mes poumons. Je dois m'asseoir sur la table basse, pour ne pas flancher.

– Tu es venu pour me balancer tout ça ?

– Ne me demande pas mon avis, si tu n'es pas capable de l'entendre.

L'un face à l'autre, nous nous examinons. C'en est risible. Je refuse de m'apitoyer sur mon sort ou de lui donner plus de matière pour me descendre.

– Maintenant que tu t'es défoulé, peux-tu disposer ? Je dois reprendre ma vie merdique que *tu* as sciemment détruite, au passage.

Il ne me lâche pas des yeux.

– Tu vaux mieux que ça, dit-il d'une voix plus indulgente. Ne crois pas que ça me fait plaisir de te dire ces choses-là.

– Au moins, il n'y a plus l'ombre d'un doute sur ce que l'on pense l'un de l'autre.

Il acquiesce lentement, soupire puis bascule la tête en arrière. Ses prunelles rejoignent le plafond.

Finalement, voici la conversation que j'attendais. J'ai simplement idéalisé ce qu'il pensait de moi et notre histoire. Voilà des mots cruels, mais qui remettent les choses en perspective !

– Sors de chez moi.

Je me redresse, les jambes raides comme des bâtons, et lui désigne la porte. Mais même mon ton tranchant ne le fait pas réagir.

Au contraire, il bâille nonchalamment dans son poing. C'est tout ce qu'il trouve à faire après cet échange houleux ?

– Laisse-moi deux minutes, j'ai mal à la tête, murmure-t-il, en posant la main sur son front. Dès que ça va mieux, je m'en vais.

C'est vrai qu'il a la peau plus pâle que d'habitude. Est-il malade ? Il est peut-être tombé sur le crâne. Il ferme les paupières, me laissant plantée devant lui, à la fois troublée et désappointée.

– Très bien. Euh… Claque la porte derrière toi quand tu sortiras.

Je regarde autour de moi, puis me déplace jusqu'à la petite table devant la kitchenette, en fait le tour, puis reviens devant le canapé, au point de départ. Quelle idée de vivre dans un studio ! J'aurais pu m'enfermer dans ma chambre si elle existait, mais au lieu de cela, dépitée, je me dirige vers la lampe sur pied, tamise la lumière, et m'allonge à l'autre bout du canapé. Je ramène un plaid sur moi, puis j'écoute sa respiration s'apaiser et se faire plus régulière. Il a du culot n'empêche, je ne peux même pas déplier le lit ! Quoique… Devin et un lit dans la même pièce, mauvais calcul !

Même s'il m'insupporte le plus souvent, il n'a pas tout à fait tort. Ma vie n'est pas enviable. Il est juste triste qu'il en soit spectateur.

Voilà que ses paroles tournent dans ma tête et m'empêchent de trouver le sommeil ! Je tourne, me retourne, puis me redresse.

Tiens, qu'est-ce que c'est ? L'avant-bras masquant ses yeux, il a glissé l'autre main sous sa chemise et sur un Devin qui me semble maintenant bien endormi, je remarque une petite marque noire sur sa peau à droite au niveau de la ceinture. Un tatouage. La plus grande partie est dissimulée plus bas sous son pantalon.

Oh, que c'est frustrant ! Les doigts me démangent. Si je pouvais juste descendre un peu le tissu, je pourrais découvrir ce qui est écrit, juste là…

– Tu dors ? m'instruis-je, tout bas.

Il ne répond pas. Je peux donc m'approcher, enjamber sa cuisse et soulever délicatement… Oh, Devin Ryan, tu es en train de pervertir mon âme pure ! Tant pis, je m'agenouille entre ses jambes et tire sur la ceinture… jusqu'à ce que sa main brûlante se pose sur la mienne dans un geste brusque.

– Ne fais pas ça.

Grillée !

– Quoi ? bafouillé-je, piteusement.

Les yeux désormais grands ouverts, Devin avance son buste, ramenant son visage vers le mien. Je constate que je suis prisonnière de ses deux jambes qui m'encadrent à présent. Pétrifiés, les doigts de ma main droite restent sur son genou pour garder l'équilibre et ne pas basculer en arrière. À travers son expression voilée, j'ai l'impression qu'il ne me reconnaît pas ou qu'il croit regarder quelqu'un d'autre. Sa langue humidifie sa lèvre inférieure et mon cœur manque de s'arrêter.

– Pénélope ?

– Oui, c'est Pénélope Carouze, affirmé-je, intimidée. Tu es chez moi. Tu te souviens ? Tu as un peu bu ce soir.

Nos regards s'ancrent l'un dans l'autre. Je ravale ma salive sous son examen appuyé. Son visage approche pendant que le mien recule. *Quéquifait ?*

Mon coude rencontre la table derrière moi en un petit « poc », qui arrête Devin. Il me considère un instant avant de lancer :

– Je dois y aller.

Sa jambe passe au-dessus de ma tête.

– Je me rince le visage et je m'en vais.

– OK, fais-je en le suivant des yeux alors qu'il pénètre ma salle de bains.

Les secondes semblent s'étirer alors que j'entends, perdue dans mes pensées, le doux bruit de l'eau du lavabo qui coule. Puis, Devin réapparaît dans la pièce où je n'ai pas bougé d'un pouce.

À quoi pense-t-il ? Alors qu'il prend le chemin de la sortie, je l'interpelle :

– Devin ?

Il se retourne sensiblement.

– Ça veut dire qu'on a fait la paix ? m'enquiers-je, tout bas.

Je note un léger mouvement de sourcils, mais il hoche la tête et le soulagement m'envahit.

– Tant mieux.

Un silence s'installe, pendant lequel tout ce mélange dans ma tête.

Devin a été l'amour de ma vie, le seul qui m'ait fait vibrer. Voilà pourquoi j'écris sur lui. C'est ma véritable expérience. Celle qui m'a fait vivre les palpitations, ce que je ressens en ce moment même.

Stop ! Je ne dois plus m'égarer dans le passé.

– Je vais aller de l'avant, dis-je avec détermination. Ma passion pour l'écriture sera ma priorité. Je vais me concentrer sur ça et réussir ce pari.

Il est prêt à intervenir, mais je le coupe net :

– Ne dis rien. Je sais que ça t'importe peu. Je voulais juste que ton sentiment de culpabilité à mon sujet se dissipe.

Face à son regard perçant, je m'esclaffe, un peu mal à l'aise, désamorçant le moment un peu maladroitement :

– Qui aurait deviné que tu ressentais ça pour moi ! C'est dingue.

Le processus s'est fait dans la douleur, mais j'ai compris. Nous méritons d'être heureux, même si cela signifie poursuivre des chemins différents.

Il acquiesce en silence, puis gagne la porte de sortie. Un étrange mélange d'émotions me submerge alors que je réalise que c'est peut-être la dernière fois que je le vois. Je sais que nos perspectives divergent que ce soit dans la vie en général ou nos attentes pour l'avenir.

C'est probablement pour cette raison que, avant qu'il ne quitte mon appartement, j'ai rêvé en entendant ces mots :

– Au fond, tu devrais savoir ce que je ressens vraiment pour toi.

Chapitre 21

ENVOL

Pénélope
18 ans.

Grelottante, en bas des marches du grand hôtel, je tire pour la énième fois mon portable de ma poche de blouson et tapote :

Devin, tu es où ? Je t'attends.

Quatre textos envoyés en une demi-heure. Pas de réponse.

Je n'arrive plus à contrôler les tremblements dans mes doigts. Mes dents claquent. Mon cœur cogne. Je me sens tellement nerveuse. Ai-je bien fait de lui demander de nous enfuir ?

Il est bientôt 6 heures. Le personnel du matin ne va pas tarder à prendre son service. Devin devait me rejoindre aux aurores, mais seule dans l'obscurité de la rue, je continue de scruter l'entrée et de chercher désespérément sa silhouette.

Le vent qui s'infiltre cruellement à travers mes vêtements me fait frissonner de plus belle.

– Où es-tu, Devin ? murmuré-je.

Je me cache le visage avec ma capuche lorsque les véhicules passent devant moi. L'aurore approche, l'effervescence du matin aussi, et une pensée m'accapare : vais-je devoir vivre sans lui ? Je n'arrive pas à l'accepter.

Trois ans se sont écoulés depuis notre premier baiser et nous sommes restés ensemble tout ce temps. À nous voir en secret, de chambre en chambre, sans nous poser de questions, sans parler d'avenir. Au départ, je savais qu'on n'en avait aucun, mais je m'en fichais. Tant qu'il s'endormait auprès de moi, sa tête contre ma poitrine, je savais que tout irait bien. Devin a l'arrogance typique de ceux qui grandissent dans le luxe. Tout lui semble permis, comme s'enticher d'une fille pas faite pour lui.

Dans ses moments les plus taciturnes, Devin m'offre tout ce qu'il a : son assiette quand j'ai faim, ses pulls quand j'ai froid, ses livres de cours… Comment ne pas tomber folle amoureuse d'un garçon comme ça ? J'ai évolué auprès de lui de façon considérable, jusqu'à retrouver les bancs de l'école que j'avais abandonnés. Il me fait reprendre confiance en moi et m'apprend ce que personne n'a jamais pris la peine de m'enseigner. Alors il ne peut pas m'abandonner.

Je serai perdue sans lui, et il le sait !

Devin n'est pas seulement intelligent et cultivé, il est droit et patient. Par exemple, il préfère toujours m'écouter que de parler. Il a cette façon de répondre brièvement, de m'observer, comme personne, avec cette attitude détachée, mais parfois tellement passionnée. Et il m'attire inexorablement, c'est plus fort que moi. Son regard est un océan de glace qui semble vouloir défier l'univers, et ses rares sourires sont ma victoire. J'adore ça ! Derrière cette façade froide, je sens sa chaleur, une âme en feu qui me captive.

Alors non, je ne peux pas vivre sans lui. Impossible.

Je consulte de nouveau mon téléphone. Mon pouls accélère. Mes doigts engourdis tentent de composer un nouveau message.

Dis-moi juste combien de temps
je dois encore attendre…

– Je t'attendrai aussi longtemps qu'il le faut, soufflé-je, bien que mon téléphone reste silencieux.

Je regarde le logo d'appel et hésite à presser le bouton. Je crains de tomber sur son répondeur et de perdre tout espoir.

Je m'adosse au mur. Mon regard se lève encore vers l'entrée plus haut.

Après notre toute première fois, un immense sentiment de bien-être m'a envahie alors que j'étais blottie dans ses bras. Nos regards se sont alors croisés, longuement, puis différemment de d'habitude. J'avais envie de lui dire ces mots simples : « J'aime être avec toi », comme on le dirait à un petit ami. Néanmoins, nous n'avions pas cette relation-là. Je n'étais pas censée trouver quoi que ce soit dans cet hôtel, pourtant c'est à cet instant que j'ai prononcé mon premier : « Je t'aime ».

– Pourquoi ? m'a-t-il demandé dans un souffle.

C'est vrai, on se connaissait peu, que depuis quelques jours à vrai dire. Nous avions sauté le pas tellement vite.

– Je ne sais pas, il n'y a pas de raison. Tu le sais très bien.

Face à son éternel silence et son regard scrutateur, ponctués d'une légère grimace, j'ai détourné les yeux. Malgré tout, un sourire s'est étiré doucement sur mes lèvres et un espoir est né au creux de ma poitrine. Cet amour inconditionnel, sans limites, je le ressentais. C'est tout ce qui comptait.

Alors pourquoi nos rendez-vous sont devenus si compliqués ?

Depuis quelque temps, Devin nous impose une distance insupportable. Nos mains ne font plus que se frôler. Quand son frère est dans les parages, il m'ignore, alors qu'auparavant, j'avais droit à des regards rêveurs, un sourire timide, ou un rictus maladroit qui prouvent néanmoins qu'on existe. Je ne demande pas grand-chose, mais je suppose que même les plus petites de mes attentes sont de trop dans notre histoire. Je le sens préoccupé, plus occupé aussi. Il passe le plus clair de son temps à étudier. Et parfois, il me repousse ou ne vient pas à nos rendez-vous quotidiens. Récemment, il m'a annoncé qu'il devait quitter New York pour New Haven dans le Connecticut. Il poursuit ses études à l'université de Yale, à cent kilomètres d'ici. Ce n'est pas si loin, si ? Il reviendra me voir parfois, n'est-ce pas ? Ça ne peut pas se finir à cause de ça ?

Mes genoux s'agitent. Je regarde les baskets qu'il m'a offertes et son jogging trop large qu'il m'a prêté et que je ne quitte plus. Mes pensées s'embrouillent. Partagées entre la frustration et l'inquiétude. Est-ce que quelque chose de grave a pu arriver ? Le père de Devin n'est pas un homme tendre, mais il ne le cogne plus depuis plus d'un an, je crois.

Mon souffle produit de petites brumes dans l'air glacial. Je m'enveloppe davantage de mon manteau, espérant retenir un peu la chaleur qui fuit mon corps.

L'idée que Devin me laisse m'effraie.

– Ne me fait pas ça, je t'en prie, dis-je entre mes dents qui s'entrechoquent.

L'ai-je lassée ? Je sais qu'il passe ses journées et le plus clair de son temps avec des garçons et des filles qu'il ne m'a jamais présentés. A-t-il honte de moi ? Ses amis savent-ils seulement que j'existe ? En y réfléchissant, qu'aurais-je à leur dire ? Mon monde tourne simplement autour de Devin.

– S'il te plaît, viens. Je m'en fiche de connaître tes amis…

J'aimerais pouvoir presser mes lèvres contre les siennes et essayer de le retenir. Je veux continuer à vivre dans cet amour, inconditionnellement.

– Merde ! tapé-je du pied.

Je sais que ses parents me méprisent, mais tout ce dont j'ai besoin, c'est de pouvoir me réfugier dans les bras protecteurs de Devin. C'est tout ce que je demande à la fin !

Les larmes menacent de perler au coin de mes yeux, mais je les retiens de toutes mes forces. Je ne veux pas pleurer ici, dans le froid, comme une idiote abandonnée. Seulement, l'angoisse continue de me serrer le cœur.

Au fond, je sais que je dois le laisser partir, que c'est mieux pour lui, pour moi, car ses silences et ses doutes me font de plus en plus de mal. Seulement, je suis incapable de lui laisser l'occasion de me dire qu'il me quitte. Ce soir, je l'ai senti plus déterminé que jamais, prêt à se lancer. Je ne pouvais plus lui prendre la main pour l'entraîner hors de la chambre afin d'éviter la conversation. Comme la fois où je lui ai posé la question :

– Tu penses que tu tomberas amoureux un jour ?

Je savais pertinemment que je n'aurais pas de réponse. Nous nous sommes promis de nous aimer inconditionnellement et mon interrogation avait tout remis en cause. N'a-t-il jamais rien ressenti pour moi ? Cette incertitude a commencé à me ronger.

L'inconditionnel aussi fait mal.

Je ne sais pas si mettre fin à notre histoire est l'une des choses les plus difficiles qu'il a eu à faire, mais je sens une douleur déchirante dans ma poitrine, comme si mon cœur se fendait en deux. Je fronce les sourcils comme si cela pouvait aider à apaiser cette souffrance. La même souffrance que lorsqu'il m'a rejoint dans l'une des chambres de l'hôtel, ce soir. J'étais euphorique, mais j'ai vite compris qu'il était là à contrecœur. Il m'a apporté de quoi manger, une fois de plus, une fois de trop… Il a déposé le tout sur le meuble de l'entrée puis, distant, il est resté debout près de la porte.

J'ai senti la fin imminente.

– Pénélope, il faut qu'on parle, a-t-il commencé d'une voix douce, l'air désolé.

Et j'ai compris que rien de ce que je pourrais lui dire ne l'empêcherait de partir désormais.

– Plus tard. Il y a Modern Family qui passe à la télévision.

Je devais juste l'ignorer. Il pouvait faire un effort encore une fois. Muet, il a fini par hocher la tête. Je crois qu'il a juste eu pitié de moi, car lorsque nous nous sommes allongés sur le lit côte à côte, j'ai senti ce vide vertigineux qui nous séparait.

Une fois de plus, nous avons regardé le grand écran comme deux étrangers. Devin ne m'a pas touchée de la soirée. Quand j'ai inspiré, le tremblement dans ma gorge ne lui a malheureusement pas échappé.

– Pénélope… a-t-il de nouveau tenté.

Je me suis mise à rire alors que mon cœur battait péniblement. C'est tout ce que j'ai trouvé à faire pour cacher mon désarroi et ma terreur à l'idée de lui dire au revoir. Je n'étais pas prête à le perdre. Non, jamais je ne le serai !

– Tout va bien. Ne t'inquiète pas, ai-je siffloté comme si de rien n'était, avant d'aller éteindre l'écran et de venir me rallonger à ses côtés, dans le noir le plus complet.

En fait, rien n'allait.

– Tu dois m'écouter…

J'ai secoué la tête et lui ai coupé odieusement la parole :

– Inconditionnellement, ça veut dire que tu peux tout quitter pour moi, pas vrai ? lui ai-je envoyé avec désinvolture. Cette nuit, on part. Dis-moi qu'on s'enfuit loin de tout ça ensemble.

– Loin de quoi ? l'ai-je entendu expirer.

Loin de cette peur d'être sans toi.

Je lui ai tourné le dos, j'étais tétanisée. Il est resté assis longtemps. J'entendais son souffle, je me mordais la lèvre pour ne pas pleurer. Puis, je n'ai plus senti son poids sur le matelas, Devin est sorti de la chambre sans un mot. J'avais espoir qu'il irait juste récupérer ses affaires et qu'il me rejoindrait sur ce trottoir.

L'espoir te bouffe.

Je ne veux pas vraiment m'enfuir, je veux juste savoir s'il tient assez à moi pour… je ne sais pas. Un rire plein d'amertume et de chagrin m'échappe, alors que mes doigts gelés envoient un dernier message :

Je rigole, c'est une blague. Je plaisantais,
je ne t'attends pas.

Alors que je remonte les marches, je replonge dans une tristesse et une solitude qui me terrorisent. La peur de l'abandon m'écrabouille tout entière. Au fond, au-delà de tout ce que je pense, mon orgueil est blessé et je ne peux que cracher amèrement :

– Brûle en enfer, Devin Ryan !

Chapitre 22
MÉTHODE COCONUT

Pénélope

Bien au chaud sous un plaid dans mon canapé, que je n'ai pas pris le temps de déplier, je m'étire longuement quand une douleur me saisit la nuque. J'ai dormi bouche ouverte, nez contre le dossier à inspirer l'odeur résiduelle de Devin.

J'ai bavé, là ?

– Oh, je vais encore devoir passer la housse au pressing !

En grommelant, je rejette le plaid. C'est devenu une fâcheuse habitude de me coucher tout habillée. Je me lève et à demi endormie, je traverse la pièce, mes jambes me conduisant jusqu'à la salle de bains.

Je me regarde dans le miroir et au lieu de voir mon reflet, je suis forcée de lire :

Tu as la mémoire courte...
PS : Mon père ne s'appelle pas Zeus.
DR

Quoi ?! Reconnexion d'urgence des neurones.

…

Oh putain, non ! Vite, petit cerveau, j'avais écrit quoi sur ce miroir ?!

Devin Ryan, l'im-puis…

Chut ! Cerveau, ne me dis rien ! Je fonce vers la fenêtre que j'ouvre en grand pour hurler de toutes mes tripes :

– Putain, mais c'est pas vrai !

Je dois respirer ! Poufffff, *poufffff*, poufffff !

Toc ! Toc ! Toc !

– Pénélope ? C'est Léo.

La voix provient de derrière la porte d'entrée. Ma piaule serait-elle une scène de théâtre ?!

– Tu es prête ? continue-t-il. On avait prévu de petit-déjeuner ensemble.

Ah, il me l'apprend ! On avait dit ça ?

– Ah, OK, j'arrive !

Pas le moindre souvenir !

Bon, pas le temps de tergiverser, on cherche un truc à se mettre sur le dos. Je prends un bout de serviette et nettoie le miroir. Je me déshabille, rince mon visage, coiffe ma tignasse brune comme je peux avec mes doigts et récupère ma robe de chambre que j'enfile.

– Je suis fraîche et potable, m'encouragé-je avant d'ouvrir à un Léo visiblement ravi de me voir.

Il m'embrasse la joue avant d'entrer dans l'appartement.

– J'ai dix minutes d'avance, tu ne m'en veux pas ? s'excuse-t-il. J'avais hâte de te retrouver !

Si je pouvais produire cet effet-là sur ma mère ! Ce mec me donne le sourire en une seconde tellement sa bonne humeur est contagieuse.

– Ça me fait plaisir de te revoir aussi.

Il me contemple, des étoiles dans les yeux.

– Tu es très jolie, me complimente-t-il. Le naturel te va si bien. Tu as de petites taches de rousseur.

Son index tapote ma pommette.

– Merci, réponds-je, intimidée par sa familiarité retrouvée.

Je deviens rouge écarlate.

Non pas parce qu'il me met mal à l'aise, mais parce que je me dis qu'il serait beaucoup moins enjoué s'il savait que le frère avec qui il est en froid était à sa place il y a quelques heures… Moi qui terminais notre dîner sur un « Devin est un abruti fini, il ne mérite pas un frère comme toi ! »

Pourtant, je n'ai rien fait de mal. J'ai pris soin d'un blessé ! Je suis sûre qu'il le prendrait bien. C'est d'ailleurs pour cette raison que je passe sous silence la visite de Devin.

Devin… Euh, je veux dire, Léo ! C'est Léo qui me saisit les mains pour attirer mon regard vers lui.

– Tu vas bien ? Tu as l'air ailleurs.

– Oui, tout roule, ne t'inquiète pas, soufflé-je.

Mon Dieu, voilà que je commence à confondre les deux frères Ryan ! Mais qu'est-ce qui ne va pas chez moi ?!

Seigneur, faites que je ne me trompe pas de prénom ! C'est Léo Ryan. Léo. Léo. Léo. Léo. Léo. Léo. Léo. Léo. Léo. Léo. Léo. Léo. Léo. Léo. Léo. Léo. Devin. Léo. Léo. Léo. Léo. Léo. Léo. Léo. Léo. Léo. Léo. Léo. Léo. Léo. Léo. Léo. Léo. Léo. Léo. Léo. Léo. Léo. Léo. Léo. Léo. Léo. Léo. Léo.

J'assure !

– Je me suis occupé de tout, m'explique-t-il. On va prendre un petit déjeuner dehors. Ensuite, nous pourrions nous balader dans la rue de la vieille ville. Ça te tente ?

Comment ne pas fondre ? C'est ce que j'ai rêvé de vivre toute ma vie. Alors, pourquoi ? Pourquoi n'ai-je jamais ressenti la même chose pour Léo qu'avec son frère ? Pas qu'il se serait intéressé à moi, mais j'ai toujours eu le chic pour être attirée par les pauvres types. Léo aurait été parfait pour me briser le cœur !

Eh non, même quand il me prend la main, aucune excitation, aucun papillon dans le ventre, ni poids dans la poitrine.

Néanmoins, Léo fait naître en moi le sentiment d'être appréciée, de vraiment le faire rire. Ses yeux pétillent de bonheur à chacun de mes gestes maladroits. Ses réactions sont spontanées, même quand je dis n'importe quoi. Je me trouve à sourire, célébrant intérieurement cette relation amicale qui est restée la même, si simple, sans barrières. J'ai la sensation que c'est nouveau pour moi. Notre lien sincère m'a vraiment manqué.

***

Après avoir brunché comme des rois dans un restaurant étoilé sur Madison Avenue, Léo et moi nous baladons dans les allées du parc. Le temps est superbe, même s'il fait un peu froid et que je ne regrette pas d'être emmitouflée dans mon écharpe. Peut-être que j'aurais dû mettre des collants plus épais…

Et là, je ne peux m'empêcher de pouffer en regardant Léo avec ses moufles et son bonnet à pompon. Sérieux, avec sa veste en fil d'or, ça ne va pas du tout. Apparemment, selon lui, les moufles sont là pour le style chic et le bonnet de ski parce qu'il a toujours froid aux oreilles, chose que, je le cite : « Je ne peux pas comprendre avec ma grosse crinière sauvage. » Je décide de lui envoyer des feuilles mortes pendant qu'il court, mains dans les poches en rigolant.

Foutu garnement !

– La neige est paresseuse, constate-t-il, tout essoufflé, après notre poursuite effrénée autour du lac. Aucun flocon n'est tombé cette année.

J'avise le grand ciel bleu au-dessus de nos têtes.

– Sois patient, elle sera là samedi, pour mon anniversaire, affirmé-je.

Il me dévisage.

– Comment peux-tu en être sûre ?

– Une intuition.

J'ai simplement regardé la météo ; or il n'est pas censé le savoir. Autant le laisser supposer que je suis une créature exceptionnelle, dotée de pouvoirs mystérieux… Il me regarde comme telle et m'adresse un grand sourire. C'est tellement rare que l'on me considère ainsi que je me sens rougir. D'ailleurs, je remarque que Léo a des lèvres presque identiques à celles de son frère. J'aimerais que Devin m'embrasse de nouveau.

Quoi ?! Pourquoi je pense encore à lui ?

Ressaisis-toi, Pénélope ! Tu as dit hier que tu en avais fini avec cette histoire !

– J'aimerais que tu m'accompagnes à un repas de famille le week-end prochain, me demande alors Léo.

Je m'immobilise.

– À un quoi ?

– Un repas de famille. Notre grand-messe annuelle, si tu préfères. Je vais avoir besoin de soutien.

Une seconde !

– Quand tu penses à ta famille, tu imagines toute ta famille ?

– Toute ? Non.

– Ah…

Le soulagement est indescriptible.

– Ma mère, mon père, mon frère et deux de mes tantes. Il y aura aussi un tas d'autres personnes que je ne connais pas.

– Ton… Ton vrai frère ?

Léo se redresse, me prend par les épaules pour m'écarter et mieux me sonder. Je le vois froncer les sourcils.

– Je n'ai pas de faux frère.

Je ne crois pas pouvoir me confronter à Devin de nouveau. C'est au-dessus de mes forces. J'ai tourné la page définitivement et il est mieux qu'on ne se recroise plus jamais.

Devant mon absence de réponse, Léo m'adresse un sourire triste.

– Je ne vais pas te forcer.

Il poursuit notre marche, les mains dans les poches. Ça me fait tant penser à nos jeunes années. Le blesser me fait toujours mal au cœur. On s'est certes retrouvés seulement hier, mais notre amitié me semble aussi précieuse que sincère. Elle l'était quand nous étions enfants, et je lui ai déjà tourné le dos une fois à cause de son grand frère… Je ne veux pas reproduire les mêmes erreurs. Je refuse que Devin fiche en l'air notre relation une fois de plus !

– Léo ! le rattrapé-je. Je ne suis pas sûre que Devin apprécierait de me voir, et je ne veux pas rentrer en guerre avec lui, tu comprends ?

– Plus que tu ne le crois, je te rappelle que je suis son ennemi n° 1.

Malgré le clin d'œil amusé qu'il m'adresse, je détecte la note de tristesse dans sa voix. « Personne n'aime perdre un frère », m'a-t-il avoué hier. J'ai perdu le mien et pourtant, dans mon esprit, c'est comme si je n'en avais jamais eu. J'ai tourné la page, comme on efface une ligne faite sur une ardoise. En fait, je n'ai jamais ressenti une réelle affection pour vraiment penser perdre quelque chose. Il semblerait que c'est différent entre eux.

– N'y a-t-il pas de consensus possible entre vous deux ?

– De consensus ? s'étonne-t-il.

– Faire la paix avec ton frère, oublier le passé.

Ses mains ramènent le bonnet un peu plus vers ses sourcils, cachant le pli soucieux qui s'est formé sur son front.

– Je ne sais pas. Je ne suis pas sûr qu'il en ait envie.

– Pourquoi ?

– Je crois que c'est de famille. Pardonner, ce n'est pas notre truc. On assume nos paroles, nos actes. Point.

Pense-t-il à Natacha ? Il s'est vengé, a couché avec elle, et après ? Qu'a-t-il gagné ? C'était quelqu'un qu'il aimait, non ?

– Même si ça signifie perdre quelqu'un de cher ? insisté-je,

– Justement, nous accordons peu d'importance à la place que prennent les gens dans nos vies. Ça fait moins mal quand on nous quitte. Devin est plus radical que moi : à aucun moment il n'a souffert de ses divorces. Nombre de ses épouses seraient restées avec lui s'il avait juste pris le temps de mieux les connaître, de les comprendre. Il se souvenait plus facilement de la date contractuelle de leur mariage que celle de leur anniversaire. Il ne fait jamais le premier pas et gère ses relations comme s'il s'agissait d'une transaction financière. Il est indifférent à tout ce qui l'entoure, si bien que je ne l'ai jamais vu plier ni s'excuser devant personne.

Ça me fait froid dans le dos. Donc, au fil du temps, Devin s'est révélé plus dur et insensible que jamais. Il était peu chaleureux, mais il pensait à moi. Il avait toujours un regard appuyé, une attention particulière à mon égard. Pourtant, il n'a pas souffert de notre séparation non plus.

– Ton frère n'est pas très indulgent, effectivement, acquiescé-je.

– Il faut dire qu'il a été à bonne école. Mon père n'a jamais été démonstratif ou tendre avec lui. Il a toujours été intransigeant, violent. Il cognait très fort.

Les mots « intransigeant » et « violent » s'entrechoquent dans ma tête.

– Si fort, que ma mère ne laissait pas sortir Devin de la chambre parfois.

Devin et les bleus. Devin et les marques de coups sur son corps. Si souvent, que cela m'était familier. Les images resurgissent avec netteté et se télescopent aux paroles de Léo. Une nausée m'accapare l'estomac et me force à m'arrêter. Son aîné n'en parlait jamais, si bien que je n'arrivais pas à saisir les nuances de leur relation père-fils.

– Quand est-ce que ça a commencé ? articulé-je, d'une voix désarticulée.

Cette question sort comme d'un chapeau d'un mauvais magicien. J'ai soudain honte de la poser.

– Je ne pourrais pas te dire un jour précis où mon père s'est levé et a soudainement vu Devin comme un punching-ball. D'autant que je m'en souvienne, ça a toujours été comme ça.

Je ne peux pas simuler la surprise, bien sûr que je le savais. Seulement… Les marques sur la peau de Devin m'impressionnaient. Je crois que je n'étais pas apte à me confronter à cette situation, alors je n'ai jamais posé de question. C'est lâche, non ?

– C'était l'aîné, poursuit Léo. Il devait réussir, être irréprochable. Par chance, il ressemble à notre père sur certains aspects : insensible, acharné de travail, peu d'intérêt pour les autres. Seulement, je n'ai jamais compris pourquoi Devin, aussi surdoué qu'il fût, n'a pas su éviter le courroux paternel.

– Il n'est pas aisé d'atteindre les attentes de nos parents, soupiré-je.

Léo sourit à moitié. Certes, ma mère n'est pas aussi cruelle que pouvait l'être M. Ryan, et elle n'a certainement jamais espéré que je dirige une société à plusieurs milliards de chiffres d'affaires. Pourtant, je connais bien l'éclat de déception, les reproches, et la sensation que quoiqu'on fasse, ce ne sera jamais assez.

– Moi, j'étais mis de côté, explique alors Léo. Il y avait de bons et de mauvais aspects. Au début, on me laissait tranquille : pas de pression, pas de sermons, je reconnais que j'avais plutôt la belle vie. Seulement, quand je suis devenu ado, mes parents m'ont utilisé pour pousser Devin dans ses retranchements. Ils nous comparaient et nous mettaient constamment en compétition. Devin était si orgueilleux qu'il a plongé tout de suite. C'est à ce moment-là que j'ai commencé à perdre mon frère, et puis… je détestais son comportement.

J'imagine à quel point leur relation a été malmenée. J'avais dix ans quand j'ai perdu tout contact avec mon frère. Il est parti en même temps que mon père, et comme lui, il ne s'est jamais retourné sur ma mère et moi. J'ai tout de même quelques souvenirs de lui lorsque j'étais enfant, et ce n'est pas glorieux. Il avait honte de moi. En public ou à l'école, il me rejetait, faisait comme si je n'existais pas. Il est vrai que j'ai toujours eu le sentiment que les marques d'affection de mes parents lui étaient réservées, alors pour compenser, j'en faisais beaucoup trop pour attirer leur attention, quitte à me rendre ridicule.

– En grandissant, j'ai compris que ça ne servait à rien d'essayer de battre Devin sur les terrains sur lesquels nos parents nous attendaient. Seulement, toutes ces années de concurrence ont laissé des traces, et je voulais toucher son point faible.

– Lequel ? Devin est doué en tout, non ?

L'expression de Léo se fait amère pendant une fraction de seconde. Je regrette d'avoir laissé échapper ces propos qui l'ont sûrement blessé encore un peu plus, mais c'est vrai non ? Qu'est-ce que cet homme ne réussit pas ?

– Sauf pour les relations humaines. Est-ce que tu dirais le contraire ?

Hum… Combien de divorces, déjà ?

– Enfin, reprend Léo. Tout ça pour en venir à cette fille. Celle qu'il n'a, évidemment, jamais osé aborder. Il faisait tout pour cacher qu'il craquait pour elle, mais je voyais très bien qu'il était différent quand elle apparaissait. C'était son point faible. Alors, si lui n'osait pas, moi, j'ai été la voir. Je n'ai rien eu à faire, juste lui parler, et immédiatement, la jalousie de Devin s'est réveillée. Pour une fois, j'avais l'ascendant sur lui.

– C'est-à-dire ?

– J'avais seulement douze ans, mais à l'époque, faire souffrir mon frère me donnait l'impression de prendre ma revanche.

– Ah…

Le regard de Léo me jauge une longue minute, et moi, tout ce que je pense, c'est que leur relation était déjà foutue bien avant l'arrivée de Natacha dans leur vie… Finalement, ma famille n'est pas si tordue que ça en comparaison des Ryan !

– Elle, c'était toi, Pénélope.

Hein ?

– Moi ?

– Eh bien, oui, c'était toi.

Je m'arrête brusquement, l'obligeant à faire de même. Lorsqu'il se retourne sur moi, il affiche un sourire presque compatissant qui me met en boîte.

– Ne sois pas surprise. Tu étais *la* fille. La seule pour Devin.

– Je ne te crois pas…

Je viens d'en apprendre plus sur Devin en quelques minutes de discussion avec son frère qu'en trois ans à ses côtés. J'ignorais tout de lui, à commencer par sa condition familiale. Suis-je en tort de ne jamais avoir posé de question ? Il faut dire que j'avais l'impression d'avoir quelque chose de si précieux entre les mains que trop en demander risquait de le briser. J'étais juste heureuse d'être avec lui.

– Tu te souviens lorsque tu m'as juré que tu ne l'avais pas embrassé ? La veille, je devais t'apporter à manger dans une des suites de l'hôtel. Il est venu à ma place.

J'acquiesce. Comment oublier mon premier baiser avec Devin ?

– Tu dois t'en souvenir, j'étais un peu voire carrément froussard à l'époque, surtout quand il s'agissait de mes parents. Eh bien, justement, même si j'avais promis de te rejoindre, mon père est rentré entre temps. Comme il travaillait dans le salon, je ne pouvais ressortir sans qu'il le remarque, donc j'ai abandonné l'idée. J'allais mettre à la poubelle le repas que j'avais gardé pour toi quand Devin m'a surpris. Il a compris tout de suite et au lieu de me dénoncer, il m'a pris le papier aluminium des mains et m'a obligé à lui dire où tu m'attendais.

Entendre ces mots me rappelle très nettement ce moment si précieux dans mon esprit.

– Quand il est rentré, mon père était fou furieux. Pour la première fois, le fils prodigue n'avait pas demandé la *permission*. Il l'a dérouillé.

Je me glace comme si je l'apprenais, pourtant, je dois reconnaître :

– Je m'en souviens.

Du lendemain… Ça me rend si triste. Au fond, j'étais au courant. Je savais très bien ce qu'il subissait au quotidien.

– Mon frère avait l'intelligence de ne pas reproduire les mêmes erreurs. Il ne se faisait jamais taper deux fois pour la même raison, sauf… Toi. Pour toi, il défiait l'autorité de mon père. Il a plié à toutes ces autres exigences, sans broncher, mais tu es restée l'exception.

Est-ce qu'on a véritablement vécu dans la même dimension ces trois années-là ? Je n'aurais certainement pas suscité l'attention de M. Ryan pour autre chose qu'un regard méprisant, et je vois mal le Devin adolescent annoncer à son père qu'il veut une relation avec celle qu'il surnommait « la pouilleuse ».

– Au départ, que Devin l'emporte sur notre amitié m'a rendu fou, avoue Léo.

– Tu t'es éloigné, lui signifié-je.

– Oui, mon amitié pour toi était honnête, même si au départ, je voulais ennuyer mon frère. Je me suis senti blessé. Mis de côté, une fois de plus.

– Je suis désolée.

J'ai sans doute oublié Léo, car obnubilée par ce que Devin me faisait ressentir.

– Ne le sois pas, car c'est à ce moment-là que j'ai rencontré Natacha.

Ses yeux deviennent rêveurs alors qu'il souffle :

– Natacha Galvani… Tout le monde courrait après elle. Elle n'était pas seulement drôle, intelligente et magnifique, c'était aussi le parti idéal. J'étais si fier de sortir avec elle, et plus encore quand, pour la première fois, j'ai reçu l'approbation de mon père. Nos parents se fréquentaient et grâce à cette relation, *Ryan & Resorts* et la maison de couture *Galvani* ont signé un gros contrat. C'est peut-être pour cette raison que Devin a commencé à la fréquenter, lui aussi.

– Il avait quel âge ?

– J'avais seize ans, il devait en avoir dix-huit.

J'ai besoin de respirer. Je fais quelque pas devant Léo pendant que je réalise que ma relation avec Devin s'est chevauchée avec celle qu'il a eue avec Natacha. Je comprends qu'il l'a connu avant de me quitter, qu'il a eu l'occasion de me comparer à elle, et qu'à la fin, c'est elle qu'il a épousée. Je devais lui sembler bien fade. Peu attractive. Un peu sotte et naïve aussi.

– Il ne m'a jamais parlé d'elle, fais-je tristement.

Léo poursuit à mon plus grand désarroi :

– C'est une fille enjouée, mais surtout stimulante. Elle a beaucoup de discussion et se passionne pour un tas de sujets. J'imagine que c'est pour ça que mon frère l'a remarquée.

Je ne peux empêcher mon pouls d'accélérer quand je bredouille :

– Ils t'ont trahi à ce moment-là ?

– Non, je crois que ça s'est fait lors de leur second cursus à l'université de Yale. Leur relation a débuté là-bas.

Oh. Je n'ai donc aucune raison d'en vouloir à Devin, nous n'étions déjà plus ensemble. Pourtant, la simple idée qu'il la connaissait déjà me serre le cœur.

– En fait, ils ne m'ont pas vraiment trahi, se reprend Léo. J'étais jeune, je flirtais à droite à gauche. Natacha n'était pas ma petite amie officielle, seulement… Je me suis senti trompé, car elle connaissait la nature de ma relation avec mon frère.

– Votre rivalité ?

– Oui. Leur mariage s'est fait comme si c'était dans l'ordre des choses. J'avais pris de la distance avec elle en la voyant proche de Devin, comme avec toi, et mon père avait besoin de renouveler le contrat avec Andréas. Je suis sûr qu'il a pressé Devin de faire sa demande.

– Attends, tu dis que ton frère n'était pas amoureux de Natacha quand il l'a épousée ?

– J'ai couché avec elle la veille de leur premier anniversaire de mariage, et tu sais quelle a été sa réaction en l'apprenant ?

Même si je sais déjà tout cela, je dois m'arrêter de marcher. Cette idée me révolte, et imaginer le cœur brisé de Devin, même s'il a lui-même brisé le mien, me secoue plus que je l'aurais imaginé.

– Il a dû être ivre de rage ! m'emporté-je.

– Même pas, me coupe sèchement Léo. Il n'a même pas haussé un sourcil. Je pensais qu'il allait me mettre une raclée monumentale et d'ailleurs, je n'attendais que ça. Mais rien. Aucune explication. Aucun cri. Ils ont divorcé en bons termes et Devin s'est marié à une autre femme l'année suivante, puis le cycle a recommencé…

Je ne comprends pas. S'il n'a pas réagi, c'est probablement parce qu'il était bouleversé d'être trahi par son propre sang.

– Tu as dû lui faire beaucoup de peine.

– Non ! réagit-il. Tu ne comprends pas, mon frère n'avait pas de sentiments pour Natacha. Il n'en a pas eu pour les autres, non plus. C'est évident.

J'en demeure abasourdie.

– Qu'est-ce que tu en sais ?

– Je le sais. Il y a un truc qui s'est brisé en lui. Tu le vois bien, il ne sourit jamais. Enfin, pas sincèrement. Il est froid. Imperturbable. L'histoire avec Natacha m'a fait comprendre que je ne pouvais plus l'atteindre d'aucune façon. Il est devenu inabordable et ses sentiments inaccessibles.

Son sourire s'estompe, comme fragilisé par les regrets. Je perds alors mon regard sur l'étang devant nous où se baignent deux magnifiques cygnes.

– S'il savait comme j'étais admiratif de son parcours. Je l'enviais. Il semblait n'avoir aucune faiblesse. Mais avec les années, j'ai commencé à avoir pitié de lui.

Étonnée, je le considère.

– Pourquoi ?

– Parce que ce n'est pas à cause de mes actions envers Natacha que Devin est furieux contre moi. Il refuse toujours d'avouer ses vrais ressentiments. Aujourd'hui, il met la faute sur la qualité de mon travail, comme si j'étais un salarié lambda, alors que je sais qu'il y a autre chose ! Pourquoi se protéger à ce point ? N'aimer personne, ce n'est pas une vie. Même si ce n'est pas moi, j'aimerais que quelqu'un arrive à briser les barricades de Devin. J'aimerais *voir* mon frère.

Je ne peux pas m'empêcher d'être désolée pour lui. Je comprends ce qu'il veut dire. J'aurais voulu *voir* Devin aussi.

J'aimerais continuer cette conversation, en apprendre plus sur Devin et ce qui s'est passé pour lui après son départ pour Yale, mais je vois bien que Léo a du mal à en parler. L'émotion le submerge et pour reprendre ses esprits, il sort son téléphone de son manteau et commence à regarder ses notifications.

– Devin m'a laissé un message vocal, s'étonne-t-il, alors. Tu me laisses trente secondes ? Je vais l'écouter.

Dès que j'acquiesce, Léo s'écarte un peu et rapproche le téléphone de son oreille. Après dix petites secondes, son expression se modifie progressivement.

Je ressens immédiatement le malaise de Léo lorsqu'il revient à mes côtés. Il plante les mains dans les poches de sa veste, puis son regard survole le lac.

– Ça ne va pas ? Ton frère a des soucis ?

– Non. Il m'informe que mes parents sont arrivés à New York.

Il n'a pas l'air ravi.

– C'est ton frère qui te prévient ? Ils ne t'ont pas contacté, toi ?

– Si.

J'ai la sensation qu'il a ignoré leur appel et qu'il ne souhaite pas s'épancher sur le sujet.

– Tu dois aller les accueillir, non ?

– Oui, en théorie, mais à chaque fois que je les vois, ils me donnent envie de m'exiler à l'autre bout du monde. Et Devin qui trame je ne sais quoi…

Il a parlé pour lui-même. Je ne veux pas être indiscrète. Ce sont leurs histoires de famille, après tout.

– Je vais rentrer à pied.

Je lui serre le bras, puis commence à me diriger vers la station de métro la plus proche, mais Léo attrape ma main dans la sienne, m'intimant de rester.

– Je peux quand même te raccompagner, Pénélope.

J'hésite, mais son expression n'attend pas réellement de négociation, alors j'acquiesce en le remerciant. On repart tous les deux vers chez moi, en silence. Léo est plongé dans ses pensées. Visiblement, évoquer tous ces souvenirs l'a remué. Nous contournons le parc, ses arbres nus de leurs feuilles, le lac qui semble gelé. Moi, je me sens un peu triste et nostalgique. C'est étrange.

Vingt minutes plus tard, on atteint le pied de mon immeuble, mais Léo garde toujours le silence.

– Merci pour cette matinée.

Il se tourne vers moi, songeur, puis prend une grande inspiration.

– Je n'ai jamais rencontré quelqu'un comme toi, avoue-t-il.

– Heureusement, où irait le monde ? dis-je avec autodérision.

Il sourit, mais reprend son air sévère lorsqu'il ajoute :

– Je suis sérieux. Tu n'as aucun filtre. Tu vis sans faux-semblants, tu es naturelle. Mon quotidien n'est ni léger ni amusant. Avec toi, j'ai toujours eu l'impression de grimper à bord d'une montgolfière. On ne sait pas à quoi s'attendre, où l'on va aller, ce que l'on va ressentir… Rien n'est prévisible, c'est agréable.

J'aurais clairement préféré une autre comparaison qu'une montgolfière, mais bon…

– Je comprends Devin, poursuit-il en baissant le menton. On respire beaucoup mieux à tes côtés.

Je trouve cette image très belle, même si je doute que ce soit l'image que Devin ait vraiment de moi.

Léo inspire, puis m'analyse. Ses pupilles se mettent à briller.

– J'ai envie de te voir heureuse.

Oh, il est trop chou. Je fonds !

– Je compte bien trouver le bonheur ! le rassuré-je. J'ai encore pas mal de chapitres de ma vie à écrire.

Un manuscrit qui n'avance pas. Une deadline qui approche et tout à reprendre à zéro.

Sa main approche, et ses doigts ramènent une de mes mèches de cheveux derrière mon oreille. Mon corps se crispe à ce contact. Il est évident que son attitude romantique et prévenante me laisse de marbre, à présent.

Il me sourit.

– Allez, rentre.

Je ne me fais pas prier. Après un rapide câlin, je tourne les talons et franchis la porte principale de l'immeuble. Je décide, pour la première fois depuis longtemps, de faire le tri dans mes affaires. Faire le ménage. Parfois, dans la vie, il faut savoir rebondir, même si le saut nous paraît vertigineux.

Je me promets de devenir une nouvelle Pénélope ! Version améliorée, bien sûr.

Chapitre 23
LA PIEUVRE

Pénélope

J'éprouve le sentiment d'être libérée du passé, et c'est comme si ma vie venait de prendre un second souffle. Pour dire, j'ai monté les escaliers en dansant et chantant à pleins poumons le titre *Firework* de Katy Perry :

– *Baby, you're a firework,*
Come on, let your colors burst,
Make them go, « Oh, oh, oh »,
You're gonna leave them all in awe, awe, awe, aaaaaïe !

Qu'est-ce que fait ma mère sur mon palier ?! À la vue des traits tirés de son visage et de ses yeux remplis de colère, j'ai l'intime certitude qu'elle a toqué toute la matinée.

Je. Suis. Morte.

– Ils t'ont mis à la porte, lâche-t-elle, comme si elle rendait son dernier souffle.

J'ai l'impression qu'elle a pris dix ans.

OK. Quelle est la meilleure réaction ? Fondre en larmes ? Se mettre à genoux et prier pour sa miséricorde ? J'envisage brièvement de simuler un évanouissement, mais ma mère à un sixième sens pour détecter les imposteurs.

Elle plisse les lèvres. Mauvais signe. Rien de ce que je ferais ne me sauvera, c'est sûr !

Je choisis donc de passer calmement à côté d'elle, sans réagir. Extérieurement, je suis neutre, intérieurement, mon cœur bat si vite qu'il menace de sortir de ma poitrine. D'ailleurs, ma main tremble quand j'essaie d'entrer la clé dans la serrure !

Ouvre-toi, saleté de porte, tu es de mèche avec ma mère, c'est ça ?!

– Pourquoi tu ne m'as rien dit ? continue-t-elle, d'une voix bouillonnante.

Elle me met la pression en plus !

– Tu es au courant, maintenant, bafouillé-je.

Pénélope, ne joue pas à ça… Tu n'es absolument pas en mesure de la ramener !

Alléluia ! J'arrive à ouvrir cette satanée serrure, passe rapidement sous le chambranle et dépose mes affaires sur le petit meuble de l'entrée. J'en profite pour dissimuler les factures impayées sous le socle en verre du vide poche dans lequel je range habituellement mes clés. Prions ensemble pour que mes comptes se fondent au décor.

– Je ne peux pas croire que tu aies perdu ta place ! Qu'est-ce que tu vas devenir ? Je suis sûre que, comme à ton habitude, tu n'as aucun projet concret derrière ! Tu n'avais pourtant pas grand-chose à faire, mais tu as quand même trouvé le moyen de te faire virer, tu es toujours aussi…

– Ne reste pas sur le palier, maman, la coupé-je dans sa diatribe. Entre. Tu veux boire quelque chose ?

Alors que je sors un verre miraculeusement propre du placard, ma mère me rejoint dans la kitchenette telle une furie.

La porte d'entrée claque derrière elle, alors qu'elle crie presque :

– Je suis en état d'avaler quoi que ce soit, à ton avis ?!

Vu l'orage qui se profile dans les iris de ma mère, il est clair que la conversation va dégénérer. Anxieuse, je tire une des deux chaises de la petite table devant le plan de travail.

– Viens, assis toi, lui proposé-je.

– Pénélope, regarde-moi.

Ouais, super comme idée suicidaire !

Lentement, je m'installe et lui jette un œil peureux, espérant trouver l'angle mort de son champ de vision.

Oh non… Je ne peux pas ! C'est trop dur !

La main de ma mère agrippe alors la mienne tellement fort, qu'elle m'oblige à lever les yeux sur son visage. C'est cela ou elle me pète les phalanges.

– Pénélope Carouze, qu'est-ce qu'il s'est passé ?

L'interrogatoire commence.

– Rien… Je suis non coupable.

– Arrête tes bêtises ! Tu n'es pas la seule à avoir été licenciée, mais tous ont eu un motif. Sauf toi !

Je m'apprête à répondre, mais avant que je ne puisse prononcer le moindre mot, elle continue, la rage crispant absolument tous ses traits.

– J'ai travaillé dur jour et nuit pour t'offrir une éducation, crie-t-elle en zigzaguant partout dans l'appartement, bras en l'air. Et voilà, comment tu me remercies !

Mes épaules fléchissent sous le poids de ses mots.

– Dis-moi ce que tu as fait !

Un millier d'excuses me viennent en tête, ainsi que des plans tous plus loufoques les uns que les autres pour me défiler. Pourtant, ce n'est pas la peur de ma mère qui m'incite à ne pas nier plus longtemps les faits. Non, c'est la conviction que ce licenciement est finalement une bonne chose pour moi.

– Je l'ai mérité, c'est tout, avoué-je, penaude, mais brave. J'aurais dû partir du *Ryan & Resorts* il y a longtemps.

Maman jugule mal sa colère vraisemblablement. Et en faisant les gros yeux, elle balance :

– Tu es une déception constante. Je ne peux plus supporter ton irresponsabilité.

Il m'est pénible d'accepter ses paroles parce qu'elles font écho à celles de Devin.

– Tu ne te tiens jamais à rien. Tu te fiches de tout, enfonce-t-elle le clou.

Une frustration sourde s'empare de moi. J'affronte son regard.

– Ce n'est pas vrai ! J'essaie de tenir, justement !

– Et tu n'en es même pas capable… Encore une fois, tu me déçois.

Je me lève brusquement, trébuche sur une pantoufle égarée et tente de garder une certaine prestance.

– Pourquoi ne vois-tu pas tous les efforts que je fais ? envoyé-je, véhémente.

Est-ce que, comme elle, je devrais déprimer parce que je dois récurer des toilettes pour vivre ?

Ma mère, l'expression furax, me scanne de la tête aux pieds. J'ai l'impression qu'elle est à deux doigts de s'arracher les cheveux tant elle est sur la corde raide. Je ne lui ressemble en rien, avec ses cheveux noir corbeau, son teint mat de pirate et ses yeux noirs suspicieux. J'ai tout pris de mon père, et c'est ce qui a dû la contrarier depuis ma naissance.

Et elle n'en a pas fini avec moi, car elle fonce droit vers le guéridon et trouve mes factures qu'elle balance dans la pièce.

– Tu crois que je ne suis pas au courant de ça !? crie-t-elle, hystérique.

Le stress réduit à néant mes cordes vocales. J'écarquille les yeux tel un poisson hors de l'eau.

– Comment tu vas le payer ?! Hein !? Ton loyer en retard depuis trois mois !

Je déglutis, mon regard partant vers la tablette à côté de moi. Est-ce que je dois parler à ma mère de mes projets ? Je sais d'avance qu'elle va me rire au nez, pourtant… j'aimerais qu'elle me comprenne.

– Tu vis toujours dans un monde parallèle, n'est-ce pas ?! Déjà enfant, tu ne faisais que planer ! Je passais mon temps à te répéter mille fois ce que tu devais faire. Brosse-toi les dents, lave-toi les mains, mange. Je n'ai fait que ça, te hurler dessus ! Jusqu'à ce que ton père en ait marre. Je me suis sacrifiée pour toi !

Abasourdie par ses mots, je recule. Je commence à trembler de tous mes membres, comme si je venais de recevoir un seau d'eau glacée en pleine figure. J'ai tellement fait face à cette maman-là que j'ai comme une terreur qui me paralyse.

Je me rends compte que je ne peux plus me taire. J'en ai assez de vivre comme ça.

– Tu me parles de sacrifice ? Je ne t'ai jamais rien demandé !

– Évidemment, je ne suis même pas sûre que tu sois capable de saisir ce que ça veut dire !

– Et où est passé l'amour dans tout ça ?!

Il ne reste que la rancœur qui s'est accumulée. Ma mère darde sur moi un regard hostile tout en mordillant la peau de ses lèvres avec ses dents.

– C'est moi que tu as sacrifiée, maman ! Oui, tu n'as fait que de me crier dessus au point que je ne me sois jamais sentie compétente. Tu aurais tellement préféré rester avec Eliott, n'est-ce pas ?!

– Ne parle pas de ton frère. Il a réussi dans la vie, lui.

– Moi aussi, j'ai été abandonnée, maman ! Ton mari t'a quittée ? Tu as perdu un fils ? Mon père à moi est parti sans se retourner, mon frère m'a reniée et ma mère m'a fait comprendre, chaque jour de ma vie, qu'elle aurait préféré que je n'existe pas !

Comprend-elle seulement ce que j'ai pu vivre ?

– C'est facile de me faire des reproches, hein, complété-je. Quand tu auras décroché la palme de la mère de l'année, on en reparlera. En attendant, ton fils ne veut pas te voir et tu n'as jamais été capable d'aimer ta fille ! Alors, maman, tu vas m'aider en quoi, hein !?

Elle me fixe à présent, comme si un voile avait effacé toutes sortes d'émotions.

– Rien. Tu es seule maintenant. Débrouille-toi.

Je regrette instantanément mes paroles en voyant la déception dans ses yeux. J'en ai certes beaucoup sur le cœur, plus que je ne l'imaginais, mais je ne veux pas perdre ma mère. Je l'aime, envers et contre tout.

– Attends, maman. Pardon.

J'avance d'un pas, tendant le bras vers elle, mais elle m'arrête d'un geste de la main.

– Ne t'avise pas de sonner à ma porte, tranche-t-elle froidement. Ce ne serait pas te rendre service.

Je hoche la tête, tremblante. Elle me dévisage quelques secondes, un soupçon de tristesse traverse fugacement ses yeux, mais elle reste inflexible. Elle fait volte-face, lance un dernier regard par terre où gisent mes factures éparpillées, puis sans un mot de plus, quitte mon appartement. La porte claque derrière elle et je sens la plaie béante s'agrandir un peu plus.

Je reste prostrée, seule dans l'espace vide qu'elle a laissé derrière elle.

C'est le moment que choisit mon téléphone pour vibrer et afficher un texto :

Voici l'adresse pour le séminaire : Lake Wine Trail, 2375 State Route 14A, Penn Yan, NY 14527 – À 5 h de l'après-midi, vendredi. N'oublie pas. On se rejoint là-bas.

Bise. Léo

Chapitre 24
ARC-EN-CIEL

Pénélope
Chapitres écrits : 23 – Alléluia !

Je jure que je ne voulais pas voler la voiture de June.

Elle refusait de me la prêter sous prétexte que je n'ai pas le permis. Même si c'est vrai et que j'ai raté trois fois l'examen, j'ai quand même passé la conduite accompagnée ! En plus, vu la tête de cette Ford vieille comme ma grand-mère, il n'y a vraiment pas de quoi en faire tout un plat. Plus important, je dois impérativement aller à cette réunion pour prouver à ma mère que je peux mener ma vie sur tous les fronts. Trouver un travail, en plus de l'écriture, me permettra, c'est certain, de faire un pas vers la réconciliation.

Je sais que j'ai pris la bonne décision ! Qu'est-ce qui me le prouve ? Avec les quelques gouttes qui tombent gentiment sur le pare-brise malgré le ciel encore dégagé, un magnifique arc-en-ciel se dessine à l'horizon et embellit cette journée pleine de promesses. Et puis, plus concrètement, je suis *super* prudente : mains sur le volant à 10 h 10, pied léger sur l'accélérateur, regards vigilants dans le rétroviseur.

Qu'est-ce qui pourrait m'arriver ? Je ne passerai pas la troisième, même les semi-remorques me doublent !

D'ailleurs, pour décrocher un max d'opportunités, j'ai prévu la tenue idéale : un tailleur qui a fait sensation à l'enterrement du frère de ma mère. Il est gris souris avec une petite fleur sur le haut de la poitrine que j'ai méticuleusement décousue. J'ai retiré mes faux ongles, pris soin de mes cuticules. Je me suis coiffée de boucles discrètes et j'ai ajouté de chaque côté, des petites barrettes pour fille innocente et sérieuse. Vraiment zéro fausse note cette fois !

Terminé le cycle des déceptions et des déconvenues : Pénélope Carouze prend un nouveau départ !

Je dois tourner à droite, comme le signale le GPS sur mon téléphone. Je sors de l'autoroute et reçois, au même instant, un appel de Léo. Je le rappellerai plus tard. Ce n'est pas le moment de quitter la route des yeux.

L'arrivée d'un message est signalée en haut de l'écran. Le début du texto s'affiche :

Pénélope, tu es sur le chemin ?
Je ne pourrai pas être…

Quoi ?! Il ne pourra pas être où ?! J'espère qu'il ne me pose pas un plan ! Entre me présenter à son bras et me lâcher seule dans la fosse aux lions, il y a un sacré gap quand même !

Je tends l'index et essaie d'ouvrir l'application des messages, mais ce con de smartphone demande le *Face ID*. Merde ! Même en tendant le cou, il ne reconnaît pas mon visage, alors je tente vainement d'aplatir mes boucles pour aider le *Face-machin*.

– Ouvre-toi, stupide appareil ! C'est moi ! Pénélope Carouze !

Je tâtonne sur l'écran tout en jetant un œil à la route. Code de déverrouillage : 1206. Ma date de naissance.

Le menu s'ouvre, Allélou…

– Enculé de phacochère !

Un animal sauvage s'est jeté sur la voie ! Alors que ses grands yeux s'écarquillent devant le capot, je suis forcée de donner un violent coup de volant pour espérer l'éviter.

Heureusement, je l'effleure à peine, mais… Trop tard ! Je me vois défoncer une clôture, faire des dos d'âne dans un champ, percuter une vache au passage – sûre, elle, elle est morte –, faire des tête-à-queue magiques pour finir ma course dans un tas de paille.

Phénoménal !

…

Dieu… Comment je me retrouve la tête en bas, moi ?! Ah non, je suis bien droite, juste un peu sonnée. Oh, c'était un sacré dérapage ! Le film défile encore et encore dans ma tête, et j'essaie de visualiser chaque image de ce qui n'a duré pourtant que quelques secondes.

Phacochère. Clôture. Vache. Botte de paille.

Aïe !

Bon, déjà, pas de dommages corporels, j'arrive à remuer le bout des orteils. La ceinture m'a légèrement compressé la gorge, mais je ne devrais avoir qu'une légère marque.

Je retire mes doigts crispés autour du volant pour ramener le rétro vers mon visage. Une barrette s'est fait la malle et je crois que j'ai un léger problème de mise en plis. Ça pourrait être pire !

Je m'extirpe du véhicule comme je peux et évalue les dégâts. Le capot est complètement plié et de la fumée sort du moteur. Oups ! La vieille Ford ira à la casse.

– June, je te jure que je t'en repayerai une avec mon nouvel emploi.

Ce tas de ferraille ne doit pas coûter bien cher, de toute manière. En revanche, les talons et la boue ne font pas bon ménage. Oh là là, j'ai payé ces merveilles presque soixante dollars, quand même ! Je m'installe sur le siège pour retirer mes chaussures et mes bas. J'attrape mon smartphone qui s'est fait éjecter de son support, mais l'écran ne s'allume plus.

Eh bien, pas d'autres choix que de marcher. J'arrive à remonter le champ jusqu'à la route sans encombre, puis je repère un panneau qui indique la ville de Penn Yal avec une distance estimée à cinq kilomètres.

Trente minutes plus tard, je suis au bout de ma vie ! J'ai les pieds en compote et si on prend en compte les trois kilomètres de marche qu'il me reste à faire, la pluie qui s'abat depuis quinze bonnes minutes et mes jambes maculées de boue jusqu'aux genoux : rien ne va plus !

Une berline m'éclabousse sans pitié. J'envoie bien haut mon majeur. Cela fait la cinquième fois depuis tout à l'heure qu'un automobiliste m'arrose. Ça suffit !

– Va te faire me…

Les feux stop de la voiture s'allument.

– … merde !

Le véhicule fait marche arrière.

Oh non… Je vois d'ici les gros titres : « Une femme sublime retrouvée morte sur le bas-côté. » Quelle fin indigne !

Ramenant les pans de ma veste devant ma poitrine, je détourne le regard et sifflote en l'air. Le conducteur s'arrête juste devant moi, puis roule à ma hauteur pendant que je continue de marcher. J'entends la vitre du passager se baisser. Je risque un coup d'œil. Au premier plan, une femme m'observe comme si j'étais un cafard visqueux. Au second…

– Tiens donc. Pénélope Carouze.

Une voix qui se veut ferme, mais dont on observe un petit grain froid et sarcastique. Pas besoin de me pencher plus en avant pour deviner qui a prononcé mon nom du siège conducteur.

Quand je parlais de mon mauvais karma, ce n'était pas une blague !

Je poursuis mon chemin, tête haute, comme si je n'étais pas trempée de la tête aux pieds et grelottante de froid.

– Ah, toi aussi, tu es invité, Devin ? m'étonné-je avec indifférence.

Glissant un œil sur la gauche, je découvre le logo Lamborghini sur le flanc de la voiture à l'allure bestiale. Couleur sombre, lignes angulaires et agressives, jantes sportives… Quelle extravagance ! Je plaisante, elle est torride, sa bagnole !

– Nous sommes les invités d'honneur, rétorque la nana, d'une voix coupante.

C'est qui, cette nouvelle fille ? Est-ce que Devin trompe Miss Parfaite ? Je sais qu'il n'a jamais dit être avec elle, mais tout de même !

Je colle un doigt sur mon menton et réfléchis tout haut :

– J'aimais mieux Natacha.

J'entends le rire bref de Devin, pendant que la fille s'offusque.

– Qui est Natacha ?!

– Une autre soi-disant amie de Devin. Franchement, quitte à choisir entre la peste et le collera…

Devin me coupe.

– Allez, tais-toi et monte, m'ordonne-t-il. Et je ne veux absolument pas savoir comment tu t'es mise dans cet état.

Oui, une part de moi hésite, mais on parlera « fierté » plus tard. Je suis effectivement dans un état lamentable, gelée et en retard. Il ne va pas avoir à me supplier !

Je pivote et me baisse pour saisir la poignée.

La fille, que j'avais déjà oubliée, se recule, la moue horrifiée, comme si je puais l'étron.

– Derrière, fait Devin.

– Ah oui, quelle idiote ! Toutes mes excuses.

Rouge de confusion, je m'engouffre à l'arrière et m'installe, sac et chaussures sur les genoux. La plantureuse zieute Devin comme si elle attendait des explications qu'il ne se formalise pas à donner. Encore une autre qui finira par jouer le meuble dans le décor.

En parlant de décor, le design intérieur de la voiture me fait frissonner avec ses finitions en fibre de carbone et les sièges de couleur Terre de Feu. Lorsque Devin appuie sur un des nombreux boutons devant lui, le cuir se met à chauffer sous mes fesses. Plus de doute, nous sommes dans la barque du Charon du Tartare !

– Oh, il y a même un petit écran pour les passagers ! m'émerveillé-je lorsque celui-ci s'allume pour afficher plusieurs menus.

Mon sourire enchanté se fige pourtant dès que je surprends le regard de Devin dans le rétroviseur, ce qui ne manque pas de me flanquer un coup au cœur. Et il en ajoute un de plus lorsqu'il détourne les yeux. C'est si simple pour lui de « détourner les yeux ».

Nous roulons dans un silence presque oppressant, jusqu'à ce que la berline s'engage entre de hautes grilles en fer noir largement ouvertes. Le crépitement des graviers blancs sous les pneus bruisse comme une mélodie rassurante. Nez contre la fenêtre, je suis éblouie par la splendeur des lieux. À travers l'allée bordée d'arbres séculaires, je remarque, à droite, des écuries élégamment restaurées qui précèdent une très charmante bâtisse. La demeure de pierres, ornée de lierre, surplombe un grand lac et offre probablement une vue paradisiaque sur les environs. Des tentes blanches ont été installées sur le gazon de l'immense parc, entretenu à la brindille près. Cet endroit magnifique, presque hors du temps, a des allures de ranch moderne. Je regrette de ne pas avoir pris avec moi ma tablette pour noter chaque détail de cet endroit fabuleux et le retranscrire le plus fidèlement possible dans mon manuscrit. Clic ! Photo mentale !

Devin arrête la voiture dans un parking près d'une des écuries où des stalles impeccables abritent des pur-sang. Je me chausse rapidement.

– Wouah ! m'exclamé-je en sortant de la voiture. C'est tellement cool !

Je prends une grande inspiration et laisse l'air imprégné d'un mélange de senteurs de cuir, de paille fraîche et de pluie gagner mes narines. Au-dessus du lac, un autre arc-en-ciel se forme et surplombe le toit couleur brique.

Je claque la portière avec enthousiasme tout en ajustant mon sac à main sur l'épaule. J'ai un sursaut de surprise alors que je me retrouve face à face avec la femme qui accompagne Devin. Néanmoins, je lui souris, gênée.

– Ce n'est pas souvent que je sors de la Grande Pomme, lui précisé-je, soudain timide.

Elle me fixe avec un œil de faucon très peu engageant. Il faut dire qu'elle est bien plus grande que moi ! Son carré blond plongeant symétrique, son nez affûté et son rouge à lèvres très vif me font penser que je vais pouvoir prétendre à une allocation chômage. Rien à voir avec le contexte, mais cette fille a le mérite de me faire penser à des choses beaucoup plus importantes. Croyant que je l'analyse en retour, elle ajuste, nuque raide, le col de son manteau court.

– Avec cette entrée en matière rocambolesque, je ne me suis même pas présentée, admis-je en lui tendant la main. Je m'appelle Pénélope.

D'un mouvement sec, elle hausse les épaules.

– Puf !

À ses lèvres serrées, je comprends que je n'obtiendrai rien de plus de sa part. Donc, Puf me jauge avec supériorité, à présent. Franchement, elle n'a pas besoin de se donner tant de mal.

Le coffre se referme par magie tandis que Devin apparaît avec un sac de voyage en cuir noir dans la main gauche. Il propose son bras droit à la demoiselle qui revêt un masque bien plus avenant.

Je les suis jusqu'à l'imposante demeure qui ne cesse de m'éblouir. Devant les portes, deux statues équestres semblent me scruter avec autant de désapprobation que Puf. Le groom, vêtu d'un uniforme rouge, nous adresse alors un sourire poli avant de nous laisser passer. Je remarque pourtant son regard qui part de mes chaussures à talons crottés, remonte sur mes vêtements qui ont connu des jours meilleurs et termine par ma tête sortie d'un film d'épouvante. Ouais, je n'ai vraiment pas la tenue appropriée pour cet endroit !

– D'autres bagages sont dans le coffre de mon véhicule, lui indique alors Devin. Merci de les monter dans la chambre.

L'homme acquiesce en récupérant les clés qui lui sont tendues.

Dans le hall, nous faisons face à une réception élégante parée d'éléments de décoration tels que des selles d'équitation et des photographies historiques du ranch. Je distingue un peu plus loin un coin bar bien approvisionné de spiritueux. Des éclats de rire et des conversations provenant d'une pièce jouxtant le hall m'informent que je suis entrée au cœur de l'aristocratie américaine. Pour tout avouer, j'ai l'impression de m'être égarée dans un épisode de *Dallas*.

Je lève les yeux sur les grands écrans plats de l'accueil, sur lesquels je peux lire : « Bienvenue aux membres du Golden Lion. »

– Nous avons une chambre au nom de Ryan, indique Devin au réceptionniste.

Il n'y a que moi qui remarque qu'il n'a même pas pris la peine de dire « bonjour » ?!

Le type ne semble pas s'en formaliser et fait signe à un autre de s'occuper de nous. Ainsi, un employé vient aider Puf à retirer son manteau. Je remarque donc qu'elle porte de fines baskets, un jean et une chemise, sous un pull en laine colorée.

– Allez-vous faire du golf ? m'enquiers-je, alors que j'ai l'impression que tout le monde a oublié ma présence.

Pour preuve, personne ne m'aide à retirer mes affaires, moi !

– C'est un haras, répond Devin sans prendre la peine de se retourner.

– Je l'avais remarqué, fais-je, le toisant pour me donner bon genre.

– Ils sont ici pour du *betting*, m'informe le gentil réceptionniste.

– Et en d'autres termes ?

– C'est de la course hippique. Ils vont parier, mais avant cela, échanger des pronostics et parler des cotes des différents chevaux qui disputent la course de demain.

Qu'il est généreux de m'expliquer en détail le but de cette petite réunion ! Je lève le menton sur le visage de Devin qui arbore un léger sourire narquois, comme pour me dire que je n'ai pas du tout ma place ici. Ce qui est parfaitement vrai.

Mes yeux s'ouvrent comme des soucoupes.

– Mais je ne suis pas du tout au bon endroit ! m'écrié-je si fort que toutes les personnes présentes en ces lieux pivotent dans ma direction.

– Assurément, commente Devin, se moquant visiblement de moi.

Voilà ! Lui aussi, il est d'accord pour dire qu'il y a un problème.

– On est bien au Lake Wine Trail ? Léo m'avait assuré qu'il s'agissait d'une réunion de chefs d'entreprise. Enfin, une conférence ou un séminaire ou je ne sais plus quoi. Aussi, il m'avait dit qu'il serait là, et je ne le trouve pas…

Devin secoue la tête, dépité. Est-ce qu'il a seulement écouté mon explication ? Il lève l'index et immédiatement, le réceptionniste est à son écoute.

– Une chambre de plus, requiert-il.

Je secoue la tête.

– Pour moi ? Non ! Je dois appeler une dépanneuse. Ma voiture est dans un champ.

– Dans… Dans un champ ? bégaie Devin pour la première fois de sa vie, je suppose.

– Oui, j'ai eu un petit accident.

– Tu es blessée ?

L'expression hautaine de Devin s'est transformée en inquiétude. Il se met à pencher à gauche puis à droite, et j'ai la curieuse impression qu'il scanne l'intégralité de mon corps à la recherche d'éventuelles blessures. Ses yeux s'arrêtent d'ailleurs sur mon cou, où la ceinture a laissé une marque, et s'écarquillent de surprise. Il commence à tendre la main vers moi avant de se raviser.

– Rien d'inquiétant, tout est sûrement superficiel, assuré-je. Je ne crois pas…

Ses narines se dilatent. Il bout intérieurement, c'est évident.

– Tu ne crois pas ?!

Il interpelle de nouveau le réceptionniste.

– Appelez un médecin, immédiatement.

– Puisque je te dis que ce n'est pas la peine !

Au soupir qu'il pousse, je comprends que mes mots ne l'aident pas à décolérer.

– Je ne peux pas m'occuper de toi, me dit-il. Tu comprends ?

– Oui, ça va de soi.

Malgré ses paroles, Devin m'analyse attentivement quelques secondes encore, puis fronce les sourcils. Il sort son portable, compose un numéro et s'éloigne, alors que sa gracieuse compagne s'impatiente tout en me lançant des regards assassins.

– Vraiment navrée, m'excusé-je auprès d'elle. Je ne sais pas ce qu'il lui prend, il est probablement tombé sur la tête !

Elle m'observe de haut en bas puis grommelle :

– Après tout, vous feriez pitié à n'importe qui.

Charmante ! Bon, j'ai autre chose à faire que de subir son mépris, il faut que je mette la main sur Léo, que j'appelle un garagiste, que je trouve un moyen de retourner à New York… Oh tellement de choses à penser, et une migraine commence à pointer le bout de son nez. Peut-être que je devrais accepter de voir le bon docteur de Devin, finalement.

Tiens, d'ailleurs, ce dernier revient déjà vers nous, visiblement plus serein alors qu'il m'informe :

– Mon médecin personnel sera là dans une demi-heure. Ça va ? s'enquiert-il de nouveau.

– Si je te le dis.

Il est dur de la feuille ou quoi ? Tiens, elle est marrante cette expression. Je souris en y pensant.

– Devin, dur de la… commencé-je avant de me rendre compte que je parle à haute voix.

Notre homme m'observe curieusement à présent.

– Tu as besoin de quelque chose ? lui lancé-je, avec un sourire maladroit.

– Profites-en pour lui dire qu'il y a un truc qui ne fonctionne pas bien à cet endroit, me conseille-t-il en désignant sa tempe.

Il maugrée dans sa barbe, puis me lâche enfin les baskets en s'éloignant, Puf sur ses talons.

Chapitre 25
CHEVAL AU GALOP

Pénélope

Juste après le départ du médecin personnel de M. Jememêledetout, j'élabore des plans foireux pour dépanner le tacot de June. J'ai utilisé le téléphone pour appeler un garagiste, mais quand il m'a demandé mon numéro de carte grise, j'ai raccroché plus vite que si le combiné avait pris feu. Oh là là, il va bien falloir sortir la voiture de ce champ en pâture !

Et Léo ? Eh bien, après vérification, je suis bien au Lake Wine Trail, mais aucune trace d'un séminaire ou même du dernier de la fratrie Ryan. Je commence à soupçonner un plan machiavélique de sa part… Devrais-je le remercier de pimenter ma vie ? Si je le croise, il va m'entendre !

Étalée en étoile dans le lit de la chambre d'hôtel réservée par Devin, je fixe le plafond. Quoi ? Le bon docteur m'a assuré que même si je n'ai rien de cassé, je dois quand même prendre du repos. Je me contente d'obéir, moi ! Alors, voilà, il est 21 heures, je n'ai pas de plan pour la bagnole ni même pour partir de là sans payer une somme exorbitante et, pour couronner le tout, mon estomac crie famine. J'ai bien jeté un œil au Minibar, mais soyons honnête, avec seulement un seul rein à vendre, je ne peux me permettre de me lancer dans une orgie de collations. Adieu le mini-sachet de cacahuètes à vingt dollars !

Je n'en reviens pas d'avoir croisé la route de Devin. À croire qu'il a une relation particulière avec mon stupide karma. Il a semblé avoir quand même pitié de moi, à la fin. Peut-être assez pour me payer la chambre ? Humpf, est-ce que notre discussion dans mon appartement aurait pu le rendre plus… gentil ? Ah, non, non. Impossible. Je dois délirer. Je ne l'ai pas vu sortir sa carte bancaire, d'ailleurs.

Je ne peux pas rester ici !

Prise de panique, je bondis du lit, rassemble mes cheveux en un chignon approximatif, enfile mes escarpins, récupère mon blazer encore trempé sur une des chaises et, vêtue d'une jupe crayon et d'un caraco crème en faux satin, je me faufile dans le couloir comme une criminelle.

Je descends les escaliers à pas de loup. L'accueil est calme, seul le réceptionniste de tout à l'heure se tient derrière son bureau, le regard concentré sur son ordinateur. Il relève pourtant la tête dès que je pose un pied sur le parquet en bois naturel qui grince tel le pire des collabos. C'est foutu pour la discrétion !

– Puis-je vous aider, madame ?

Je grimace et resserre ma veste contre moi.

– Hummm, oui, c'est que… Je ne vais pas passer la nuit ici, donc… euh... je ne vais pas payer la chambre qui m'a été attribuée.

Pour preuve, je lui tends la carte magnétique qu'il m'a remise seulement deux heures avant.

– Promis, je n'ai rien touché !

Le réceptionniste garde une expression neutre, mais son léger tremblement de sourcil me dit qu'il cherche à contenir sa réaction. Mon sentiment est confirmé lorsqu'il m'adresse un sourire bien trop forcé pour paraître naturel.

– Madame, vous avez déjà occupé cette chambre. Par conséquent, elle vous sera bien facturée, même si vous la quittez.

– Mais je n'ai pas les moyens de payer ! couiné-je, dépitée.

Mon désespoir ne suscite pas la moindre empathie chez le réceptionniste qui se contente de taper sur le clavier de son ordinateur. Pour ma part, je regarde la porte de sortie. Est-ce qu'il va me courir après si je tape un sprint ? Oh, pourquoi j'ai choisi ce jour pour mettre des talons ?!

– Nous ne faisons pas de réservation sans avoir une carte de crédit pour assurance, madame. La chambre 203 a été mise sur la note de M. Ryan, c'est donc lui qui sera débité. Je vous recommande de voir avec lui pour les formalités. Tout est en règle pour nous.

Ma gorge se serre à la mention de Devin. Je ne veux pas lui devoir encore quelque chose.

Quoique… Une partie irrationnelle de mon cerveau me hurle de faire taire ma conscience. Après tout, pourquoi ne pas simplement apprécier l'ambiance champêtre et intimiste de cet endroit ? C'est vrai, pour une pauvre citadine qui n'a jamais quitté New York, je pourrais vite me faire à cette « petite » maison de campagne. D'ailleurs, toutes ces nappes rouges à carreaux me donnent l'illusion d'avoir atterri dans les montagnes Catskill.

Non ! Non ! Je dois partir d'ici et régler toutes mes dettes envers Devin. Terminé la Pénélope frivole et inconséquente, je dois prendre mes responsabilités.

– Où… Où est M. Ryan ? demandé-je.

Le réceptionniste me désigne la salle adjacente d'où émane toujours un léger brouhaha.

– Ah oui… Hum… En fait, je ne suis pas invitée.

– Le domaine a été réservé pour l'évènement. Comment pouvez-vous ne pas l'être ?

Son lever de sourcil m'encourage à lui expliquer :

– C'est une saga très compliquée, fais-je, en riant. Le héros principal est l'homme qui m'a amenée ici, mais il n'aurait jamais dû réapparaître dans l'histoire. Je pense qu'en tant qu'auteure, j'ai pris un mauvais tournant, même s'il m'a conduite dans votre merveilleux établissement. Enfin, vous voyez, là, je suis en pleine réécriture.

Le garçon a buggé. Peut-être que moi aussi. Oh, j'ai si faim ! Le manque de sucre me fait délirer.

– Laissez tomber, fais-je blasée de ne pas avoir trouvé bonne oreille. Bon, je vais attendre au bar. Je ne suis pas habillée pour l'occasion de toute façon.

Je vais m'asseoir sur un des tabourets du comptoir, et là commence l'attente. Une attente avec pour seul horizon les portes derrière lesquelles résonnent des rires et des éclats de voix.

Alors que je pioche dans un bol de pop-corn, gentiment apporté par le barman pendant que je patiente, j'ai la gorge nouée. Demain, je soufflerai mes trente bougies. Avec un pincement de tristesse, je réalise j'ai bel et bien perdu mon pari : trouver un homme bien avec qui partager ma vie et ainsi devenir l'héroïne inspirante d'une histoire d'amour extraordinaire. Peut-être qu'il n'existe tout simplement pas !

Soudain, l'un des grands battants s'ouvre et deux types en costume s'approchent du bar. Le premier, un petit trapu à l'air renfermé, sort un paquet de cigarettes de sa poche.

Allez, je suis sûre que j'ai assez de charme pour le convaincre de m'en passer une !

– Excusez-moi, avez-vous une ci…

– Non.

Il se détourne, et je crois que c'est la première fois que mon cerveau n'assimile pas une action qui vient de se produire. Je le dévisage alors qu'il me tourne le dos, son verre à la main, et sort sur la terrasse.

– Tenez, chère demoiselle, reprend alors son ami.

Le quarantenaire me tend son paquet de Marlboro en souriant. Grand, le teint pâle, les cheveux poivre et sel, mon nouveau camarade s'exprime avec un charmant accent canadien. J'accepte la cigarette sans me faire prier.

– Je n'ai pas le souvenir de vous avoir croisée, ce soir, remarque-t-il.

– Non, je ne suis pas de la fête.

Il dégaine un *zippo* en argent de la poche de son veston et allume ma cigarette, puis la sienne.

– Nous avons le droit de fumer à l'intérieur ? m'étonné-je.

– Lorsque nous payons un bras la location de ces murs, nous pouvons considérer qu'ils nous appartiennent.

– Vous êtes l'organisateur ?

Il hoche la tête.

– Je m'appelle Richard Evans, se présente-t-il.

– Pénélope. Enchantée.

Il me tend une main que je serre vigoureusement.

De nouvelles personnes sortent de la salle de réception, téléphone à l'oreille, d'autres se dirigent vers les portes-fenêtres pour prendre l'air. Je ne vois pas Devin parmi elles.

– C'est la pause, m'avise Richard.

– Ça doit être sympathique d'organiser ce genre de… de trucs de *bett* machin.

Richard s'esclaffe avant de prendre une longue bouffée de nicotine.

– Non, pas particulièrement, mais lorsque ces chers gentlemen le veulent bien, c'est plutôt lucratif.

La foule qui sortait de la salle des paris se disperse, mais toujours aucune trace d'un Ryan. Je soupire, dépitée. Qu'est-ce que j'espère lui dire ? De ne pas payer la chambre et de me laisser dormir dans sa voiture de luxe ? Ce n'est pas comme si j'allais rentrer à New York maintenant alors que la soirée est déjà bien avancée. Et d'ailleurs, la voiture de June est toujours dans le champ ! Oh, que j'ai mal à la tête…

– Je vous offre un verre ? me propose aimablement Richard.

J'hésite, mais qu'est-ce que je peux faire d'autre ? Après tout, je suis certaine de ne lui prêter aucune drague lourde et mal placée, alors s'il veut m'aider à noyer mes problèmes dans l'alcool…

– Avec plaisir.

Richard tend le bras vers la caisse et appuie sur un bouton fixé au comptoir pour prévenir le personnel qu'on les attend au bar. Puis, il s'épanche :

– Je crains de repartir sans le bonus escompté. Les montants des paris peinent à grimper.

– Vous m'en voyez désolée. Je ne saurais vous aider à atteindre vos objectifs, je ne connais pas grand-chose aux courses hippiques.

Son sourire charmant s'agrandit.

– C'est pourtant enfantin ! Il existe différentes disciplines, à savoir : le trot, le plat et…

L'homme d'affaires se lance dans un long monologue où il m'explique le principe des mises et l'étude minutieuse des chevaux. Chaque race présente des aptitudes et des qualités spécifiques à chaque discipline. Les parieurs les plus aguerris passent beaucoup de temps à étudier les statistiques des courses, à consulter des pronostics, à s'informer sur l'état de forme des chevaux. Tout ça pour imaginer pouvoir prédire l'issue d'une course.

Les riches et leur soif de maîtrise…

Je l'écoute attentivement, mais je suis soudain distraite par un parfum familier. Une chaleur m'irradie le dos et provoque un long frisson qui part du bas de ma colonne vertébrale jusqu'à ma nuque. Le voilà ! Effectivement, en me retournant, je réalise que Devin Ryan est juste derrière moi. Il demande un scotch à la barmaid qui semble s'être matérialisée derrière le bar pour satisfaire ses moindres désirs.

Richard en profite pour commander, avec un geste galant :

– La même chose, s'il vous plaît. Choisissez ce qui vous plaît, ma chère.

– Pareil, bredouillé-je.

Le regard sombre de Devin se perd sur les rangées de bouteilles de l'étagère, comme si ses pensées se réservaient à une tout autre réalité, moins frivole et légère qu'ici-bas. Derrière le comptoir, la barmaid ne peut ignorer son charisme magnétique et tente d'attirer son attention par un sourire alors qu'elle prépare nos verres. Cependant, malgré son apparence décontractée, Devin n'en demeure pas plus accessible. Il ignore tout ce qui l'entoure, si bien que toute tentative de capter son intérêt est vaine.

– Monsieur Ryan, tente alors Richard d'une voix forte.

Devin tourne légèrement la tête vers nous, passe rapidement sur moi avant de lever un sourcil à l'attention de l'organisateur.

– Vous êtes bien prudent, ce soir. À croire qu'aucun pur-sang n'est digne de votre portefeuille.

Devin ne répond pas. Richard se baisse à ma hauteur et chuchote assez fort pour être entendu :

– La figure la plus fortunée de l'assemblée a passé sa soirée au téléphone pour une affaire des plus urgentes, semble-t-il.

– C'est un homme très occupé, poursuis-je la conversation par obligeance. Il signe des contrats à tour de bras. Ses ex-femmes peuvent le confirmer.

Hop là, voici un petit guide gratuit sur « comment lancer les hostilités ». Qu'on soit d'accord, je ne sais pas du tout pourquoi je fais ça !

Devin se tourne vers nous, et son regard de plomb s'abat dans le mien. Je me ratatine. On dirait qu'un feu dangereux s'installe dans ses prunelles. Ignorant l'attention que je viens de susciter, je pivote et tire une longue taffe à foutre en l'air mes poumons.

La barmaid pose alors devant nous des verres contenant un liquide ambré. À peine le mien touche le zinc, qu'il est déjà entre mes doigts.

– C'est frustrant ! s'offusque Richard.

Devin me fixe toujours de manière ostentatoire, comme s'il voulait me transmettre un message du genre : « Que vais-je faire de toi ? »

Je me pose aussi la question, mais je me vois mal aborder ce dilemme philosophique devant tous ses amis. Les cheveux en bataille, les yeux perçants et un rictus mauvais au coin des lèvres, à présent, il semble avoir une idée claire de ce qu'il ferait de moi. Pire, il paraît en tirer une certaine satisfaction. Vilain Devin !

Oui, il se peut que je mérite une fessée. Suis-je complètement tarée ?!

Respire, Pénélope ! Suis-je déjà bourrée ?! Merde où se trouve le bol de cacahuètes ? Il n'y a plus de pop-corn et je dois éponger ! Je n'ai pratiquement rien dans l'estomac, mais la présence de cet individu venu tout droit des ténèbres me rend instable et nerveuse.

Devin maintient son regard sur moi tout en affirmant à l'organisateur :

– Je serai généreux en seconde partie.

Sa voix grave me provoque une décharge dans tout le corps. Quel diable en puissance !

– Vous me comblez, sourit largement Richard. Le retour sur investissement ne sera pas si mauvais après tout. N'est-ce pas, Pénélope ?

Il m'envoie un clin d'œil. Je hoche rapidement la tête, puis envoie l'alcool brûler ma trachée. Finalement, si Devin s'obstine à me regarder de cette façon, je préfère me saouler.

– Vous l'appelez par son prénom. Prétendez-vous la connaître ? demande-t-il alors en portant son verre à ses lèvres.

Je n'ai pas rêvé le ton assassin qu'il vient d'employer, si ?

– Assurément pas, se justifie Richard. Cette délicieuse personne a eu la gentillesse de se présenter ainsi.

– Son nom est Carouze, déclare Devin sur un ton sans équivoque.

Qu'est-ce qui lui prend ?! Richard me lance un regard curieux. Au même moment, la gracieuse dame de Môssieur le PDG se joint à notre petit cercle, n'oubliant pas de cueillir, au passage, le bras de celui-ci.

– Vous connaissez Monsieur Ryan, mademoiselle Carouze ? poursuit l'organisateur, un brin décontenancé.

– Nous nous sommes connus enfants, révèle Devin.

Voilà autre chose ! Il compte lui raconter nos trois ans de relation cachée aussi ?

– Tiens donc ? s'étonne Puf d'une voix moqueuse. Pouvons-nous en savoir davantage ? Ses parents travaillaient pour les tiens, j'imagine. Aurait-on eu des rêves de Cendrillon ?

Richard toussote. Devin grimace légèrement tout en fixant son verre sans toutefois relever la pique à mon encontre. Quelle importance ? D'ailleurs, c'est en partie vrai. À l'époque, je me voyais déjà marcher jusqu'à l'autel dans une robe de princesse hors de prix...

L'organisateur tente de me sauver la face :

– Ne le prenez pas mal, Pénélope. Mademoiselle Stanford ne sait pas choisir ses chevaux, et ça la rend irritable.

Je lui souris.

– Vous êtes gentil, mais elle n'a pas tort. Ma mère a toujours travaillé pour la famille Ryan. Seulement, mon rêve ne pouvait prendre forme, puisque Devin ne me portait pas dans son cœur. Aujourd'hui, je suppose qu'il n'ose pas exprimer son indifférence ouvertement de peur de me froisser. Il sait être accommodant dans certaines circonstances.

Bim ! Prends ça.

Je sens le regard noir de Devin brûler mon profil.

– Je ne perds pas de temps à être accommodant, réplique-t-il, froidement. Quant à mes sentiments, il est vrai qu'ils n'ont pas particulièrement changé depuis cette époque.

Ah bah, d'accord ! Pas besoin de tourner la tête vers sa mijaurée, je devine son expression triomphante.

Devin et moi nous jaugeons. De mon côté, j'essaie de comprendre ce que je lui ai encore fait pour qu'il se montre sous son plus mauvais jour et qu'il informe la planète entière qu'un Ryan déteste toujours une Carouze. Qu'est-ce qu'on s'en fiche, sérieusement ! On n'est pas dans *Roméo et Juliette* à ce que je sache !

Ça y est, il m'a fâchée pour de bon.

Je remarque alors que les entailles sur sa main n'ont pas complètement cicatrisé, certaines restent à vif comme s'il avait gratté les croûtes, empirant la situation. Qu'attend-il pour y déposer un bandage ? Raah, pourquoi m'occuperais-je de sa santé ?! Tant mieux si ça s'infecte ! N'est-il pas la cause de mon futur navet littéraire et de la misère dans le monde ?! J'espère qu'il attrapera le tétanos !

Je prends une décision radicale et saute du tabouret :

– Je dois vous laisser. J'ai une affaire sérieuse à régler.

– Il serait temps de s'en soucier, intervient Puf d'un air sarcastique.

Avant que ma bouche libère une répartie bien pesée, Richard interfère, inquiet :

– Quel genre d'affaire vous tracasse ?

– J'ai eu un accident de voiture en chemin et mon portable est hors service. Je dois rentrer chez moi au plus vite. J'ai pris une chambre, seulement, je ne compte pas y passer la nuit.

Je lance un rapide coup d'œil en direction de Devin. Est-ce que le message est assez clair ? Ne m'envoie pas la facture !

– Personne ne peut venir vous chercher ? se préoccupe Richard.

Je fais signe que non.

– Oh, vous devez habiter loin.

Non, je n'ai personne sur qui compter. Plutôt mourir que de le dire à voix haute !

– Une seconde, continue Richard, de plus en plus étonné. C'est votre Ford que l'on a retrouvée dans le pré à cinq kilomètres d'ici ?

– Oui. C'est elle.

– Et vous êtes toujours vivante ? Il paraît qu'elle est dans un état pitoyable.

– J'ai la tête dure et un corps résistant aux chocs. Pas besoin d'airbag ! ris-je.

Pourquoi je m'entends dire des phrases incongrues ? C'est probablement nerveux, ou parce que je sens toujours le regard métallique de Devin sur mon visage.

– Je comprends mieux pourquoi M. Ryan a pris cette affaire en main.

Mon souffle est resté coincé dans mes poumons.

– Pardon ?!

– Il a fait intervenir une dépanneuse.

Je me tourne pour fusiller Devin du regard.

– Pourquoi t'as fait ça ? Je ne t'ai rien demandé !

C'est vrai ! Pour qui me fait-il encore passer ? Il me réserve une chambre, puis il s'occupe de mes affaires sans me prévenir. Il fait dans le social chez Emmaüs maintenant ?! Oh là là, et cette fichue facture qui s'allonge encore ! Il veut que je sois son esclave personnelle pour le restant de mes jours ou quoi ?! Quoique… Non, Pénélope !

– Vous comptiez la laisser là-bas ? s'étonne Richard. Une voiture de collection ne peut être laissée à l'abandon, ma chère, qu'importe son état. Sauf si vous souhaitez ne retrouver que la carcasse. Croyez-moi, M. Ryan a pris la meilleure des décisions.

– Une voiture de collection ? m'étonné-je.

Qui fait collection des vieux débris dont le moteur crache ses poumons à chaque kilomètre ?

– Une Ford Mustang Shelby GT350 de 1964, d'une valeur minimum d'un demi-million de dollars, complète Devin avec sarcasme.

Pourquoi tant d'animosité ? C'est dingue ! Durant combien de temps va-t-il me dénigrer comme ça ?!

Je le dévisage, et ce n'est que quelques secondes plus tard que je réalise ce qu'il vient de dire. Je m'exprime sans pouvoir articuler correctement :

– Undemainmayondedollars ?!

Mes iris virent en tous sens. Comment est-ce possible ? June n'aurait pas pu s'acheter une voiture à ce prix ! Serait-ce celle léguée par son père à sa mort ? Non, je n'ai pas fait ça ?! Si.

– J'ai volé une voiture d'un demi-million de dollars à un homme décédé ! couiné-je au bord de l'apoplexie.

Devin s'incline légèrement pour mieux entendre mes paroles.

– Qu'as-tu fait ? me demande-t-il.

Il me scrute, attendant une réponse sans cligner des yeux.

– Cette voiture ne m'appartient pas, murmuré-je, d'une voix sourde.

– Alors pourquoi la conduis-tu ? insiste-t-il.

La panique s'installe, et je me mets à débiter un flot de paroles ininterrompu :

– Je voulais me rendre à une conférence pour trouver un travail, mais comme je n'ai pas le permis et… il n'y avait pas de train, et je ne voulais pas demander à Léo de m'emmener parce qu'il allait penser que… Et donc, je suis rentrée par effraction chez mon amie, j'ai pris ses clés…

– As-tu perdu la raison ?! s'exclame Devin d'une voix si forte qu'elle résonne dans toute la pièce.

Ses mains agrippent mes bras. Un instant, je pense à me débattre, mais à quoi bon ? Je suis sur le point de perdre ma seule et dernière amie : June ne me pardonnera jamais.

Hébétée et pétrifiée, je lève les yeux vers ceux de Devin. J'ai envie de disparaître sous terre. Je suis complètement démunie et bouleversée. Ne le voit-il pas ? Me hurler dessus n'y changera rien. Alors, il m'observe, tiraillé par mille sentiments contradictoires. Une combinaison de colère et de pitié, je crois. Je baisse la tête.

Je dois faire abstraction de ces regards étrangers et méfiants braqués sur moi. Je suis irresponsable, incontrôlable, bonne à rien et écervelée. Ma mère le sait. Mon père s'en fout. Le jugement des autres ne changera rien à ma perception de moi-même.

Non, ne te lamente pas, Pénélope. Retiens ces larmes. Tu es plus forte que ça. Ton sourire est ce qui te permet de garder la tête hors de l'eau.

La poigne de Devin se desserre.

– J'ai des coups de fil à passer, s'excuse-t-il en me libérant avant de quitter les lieux.

Chapitre 26
BALANCELLE

Pénélope

– Je vais le tuer.

Je déambule dans le domaine, telle une âme fantôme, à la recherche de ce satané Ryan de malheur. Tout ça, c'est sa faute. Il m'a licenciée ! Sans lui, ma vie aurait suivi son cours et je fumerais encore des pétards dans les cuisines de son foutu palace. Depuis qu'il est revenu dans ma vie, il ne m'arrive que des tuiles !

Virée, humiliée, endettée… Non, vraiment, il me porte la poisse. Pire, il nuit à mon intégrité.

À la suite de son départ du bar, j'ai voulu trouver une solution à mes problèmes, mais la crise de panique était trop forte. Alors, j'ai préféré m'enquiller trois ou cinq verres pour me donner du courage.

Je vais appeler… quelqu'un. Pour régler… tout ça ! Mais avant, j'ai besoin d'un bol d'oxygène salvateur. Je suffoquais là-dedans, et pas seulement à cause de la cigarette de Richard. L'alcool me monte vite à la tête, d'autant plus que je l'ai mauvaise. J'étais à deux doigts de foutre une raclée à sa Miss Pufiasse qui me faisait la morale !

– DEVIN RYAN ! appelé-je en me tordant en deux.

Cet abruti reste introuvable. Je dois savoir combien les réparations vont me coûter. J'ai eu beau repousser l'échéance, c'est inévitable : je vais devoir vendre mon corps à la science. J'ai bien parlé de mes déboires au directeur de l'établissement qui semblait écouter d'une oreille attentive, avant de m'apercevoir que je m'adressais à l'âne du ranch. Tous les mêmes ! Quoique lui au moins ne juge pas mes choix de vie…

Je pleurniche. Où est passé Devin à la fin ? Je l'ai cherché partout, même dans des endroits improbables. Ma quête a atteint son apogée lorsque j'ai hurlé son nom à travers une fenêtre ouverte. Certains invités m'ont prise pour une demeurée en pleine crise existentielle. Au moins maintenant, je me suis éloignée vers le lac.

Je suis désespérée. Ou ai-je trop bu ?

– Je te déteste !

Errant depuis une éternité, l'étrange sensation entre mes orteils me signifie que j'ai perdu mes chaussures. J'ai froid ! Seulement, entre deux divagations de mon cerveau bien trop créatif, je distingue une ombre à l'horizon. Ai-je encore des hallucinations ou est-ce la silhouette de Devin près de la berge ? Je n'y vois rien. Il fait trop nuit.

Je le pointe du doigt dans une direction, ma foi, très approximative.

– Devin ! Reste où tu es ! Embobineur !

Pourquoi plonge-t-il dans l'eau ? Est-ce pour un bain de minuit ? Homme au maudit cœur de pierre, j'espère qu'il coulera au fond !

Je grimace et ramène mes bras autour de ma poitrine qui pointe comme les pyramides de Khéops. Il fait si froid.

Ainsi, me voilà, dans l'obscurité, à attendre qu'il resurgisse des profondeurs aquatiques. Seulement, la surface du lac ne bouge plus. J'avance comme je peux en plissant les paupières pour mieux voir. Ce n'est pas vrai ! Est-ce qu'il cherche à se suicider ? L'ai-je poussé à bout ? Non, il n'a pas le droit. Je mérite de le tuer d'abord, ensuite, il fera ce qu'il veut !

Instable, bouche pâteuse et grande ouverte, je vocifère pour qui souhaite bien m'entendre :

– Un Ryan à l'eau !… Sauvez le Ryan !… Sauvez le soldat Ryan !

Je ris. Putain, je me trompe de film !

Bon, que faisais-je au juste ? Ah oui, sauver une vie. Je dégage les cheveux de mon visage et regarde aux alentours. Pourquoi personne ne se bouge le cul ! Wow, c'est froid. Ce lac est gelé. L'herbe du bord me chatouille les mollets, alors je rigole.

Hi ! Hi ! Hi !

Allez, on remet les yeux en face des trous.

– J'arrive ! Devin Ryan, je vais te noyer ! me marré-je.

Alors que je m'avance, je crois entendre mon prénom derrière moi. Mais ils n'ont pas compris ?! Moi, je suis la sauveuse, c'est Devin qu'il faut appeler. L'ombre qui s'est noyée il y a déjà…

Aïe, ça pique ! L'eau glacée monte maintenant jusqu'à ma taille. J'ai l'impression que ma peau entière se tétanise. Je m'aventure plus loin dans le lac.

Oh, tiens donc, je n'ai plus pied et de l'eau entre dans ma bouche. Merde ! Je vais mourir en sauvant un Ryan ! C'était donc cela mon destin ?

Glou. Glou. Glou.

Soudain, une force me tire par le bras, me propulsant à la surface en un rien de temps.

– Pénélope ! hurle une voix dans ma conscience confuse.

Qui ! Que ! Quoi ! Dont ! Où ?

J'ouvre péniblement les paupières. Il fait si noir. Je me rends compte que je suis blottie dans des bras puissants, et un parfum ensorcelant monte dans mes narines.

– Tu vas bien ? s'inquiète une voix familière.

Je fais non de la tête et naturellement, je me serre contre ce torse musclé. Pourquoi ? Je n'en sais fichtre rien.

– Bon sang, mais qu'est-ce que tu fous ? s'exclame la voix de Devin.

Je reste lovée contre lui, la tête nichée dans son cou, ressentant chaque respiration et les battements vigoureux de son cœur.

Désorientée, je murmure :

– Je devais sauver Devin. Il est parti…

– Je suis là, souffle-t-il tout bas.

– Il s'est sauvé, je te dis. Il m'a abandonnée.

Et toi, vas-tu m'abandonner ?

Peu importe, je n'ai plus la force de comprendre cette situation. Devin remonte la pente en direction de l'hôtel en me serrant toujours contre lui.

– Faut vraiment que tu arrêtes de boire, si c'est pour avoir des hallucinations pareilles, grommelle-t-il dans sa barbe.

À travers mon esprit brumeux, je ressens un pique, droit dans mon cœur. Celui qui me dit qu'une fois de plus, mes bêtises forcent Devin à me venir en aide, à se plier en quatre pour moi, quitte à mouiller sa chemise cette fois. Pourquoi je lui tombe dessus systématiquement ? Ce n'est pas juste. Suis-je la seule à me battre avec cette attraction ?

– Devin ?

– Hum.

Les mots s'échappent de mes lèvres :

– Je voulais te le dire, tu sais. Toi, tu me détestes, mais moi, je t'aime toujours.

Il s'immobilise et un silence s'installe, lourd de non-dits. J'entends juste son souffle, régulier et profond, qui ne se tarit pas. Mes paupières se ferment instinctivement. Je me laisse aller, appuyant doucement ma tête contre son épaule, dévoilant ma vulnérabilité.

Tant pis. S'il sait ce que je ressens, il prendra plus de soin à m'éviter à l'avenir.

Chapitre 27
MOULIN À VENT

Pénélope

Je t'aime, un peu, beaucoup, passionnément, pas du tout… Roiiin !

Mon ronflement me réveille subitement.

– Quoi ?! Qu'est-ce qui se passe ?

Mes phalanges écrasent un coussin sur lequel je prends appui pour me redresser. Je baisse les yeux sur ma poitrine recouverte d'un peignoir en coton. Tout va bien ! Je ne suis pas dans ma chambre, mais ma vertu est sauve. Je zieute la pendule digitale sous la télévision : 2 heures du matin. Pas étonnant que mon estomac soit toujours retourné, bien qu'il soit vide !

Je me souviens vaguement de la scène de la veille… Moi, qui entre sous une douche tout habillée en riant. Devin, qui me retient à bout de bras pour me maintenir en équilibre. Moi, qui me lave les cheveux comme je peux avec son gel douche. Lui, qui m'enroule dans un peignoir, puis me dirige péniblement vers le lit. Moi, qui m'allonge sur ses draps, mais qui reste accrochée à son cou et le supplie d'être mon doudou. Lui, qui me repousse. Moi qui me mets à chanter le titre de Barbra Streisand *Woman in love* en balançant le peignoir dans les airs : *I am a woman in love and I do anything to get you into my world*[1]…

Mais quelle horreur ! Une bassine pour vomir, vite !

Sous le clair de lune filtrant à travers le rideau, la folie de mes actes me fait rougir de honte.

– Faites ce que je vous demande, ordonne la voix autoritaire de Devin depuis le salon.

Les frissons parcourent ma peau. Malgré son ton posé, je suis persuadée que l'homme à qui il s'adresse fera son maximum, même s'il est plus de minuit.

Il va falloir que je l'affronte, que je surmonte cette nouvelle vague de honte. Que je m'excuse une nouvelle fois… ou pas. Je n'ai pas encore décidé.

Je resserre la ceinture autour de ma taille, un geste presque mécanique visant à retrouver une certaine dignité, et me lève sans faire de bruit. J'ouvre la porte de la chambre avec précaution, dévoilant Devin assis sur un canapé, smartphone contre l'oreille, éclairé par une lampe sur pied à la lumière tamisée. Ce doux halo souligne chaque contour de son expression sévère pendant qu'il poursuit une conversation qui semble d'une importance cruciale. Mon regard dérive sur sa chemise déboutonnée, son pantalon de costume noir… Je pourrais le regarder travailler pendant des heures.

Comme si mes pensées avaient le pouvoir de lui faire relever les yeux, ses prunelles bleu nuit remontent sur moi. Mes membres s'engourdissent. Peut-être perçoit-il la tension, car il interrompt sa conversation un instant. Je sens le poids de son regard, une lourde charge émotionnelle m'enserre.

1. Je suis une femme amoureuse et je ferai tout pour t'emmener dans mon monde…

Je tombe mal, je crois que Devin parle de la Mustang avec son interlocuteur.

– Ne me parlez pas de prix, ça ne m'intéresse pas. Je la veux comme neuve avant demain midi, ordonne-t-il avant de raccrocher.

C'est le moment de faire preuve d'assurance. De lui dire que je n'ai pas besoin de son aide. De son argent. De lui.

Avant que je ne puisse mettre tous ces mots dans l'ordre dans ma tête, Devin se lève. Il avance d'une démarche féline, sa silhouette dégageant une assurance naturelle qui semble imprégner l'atmosphère. Je fais un pas en arrière, mais reste captivée par son regard implacable. Sa chemise en dehors du pantalon, la masse désordonnée de ses cheveux et sa barbe naissante viennent ajouter une touche indomptée à sa beauté.

Je ravale ma salive, tentant de me forger un gramme de contenance, malgré le mascara qui doit sûrement encore couler sur mes joues et mes cheveux emmêlés. Je pose maladroitement la main sur une hanche et j'agite mon index devant lui, espérant afficher un semblant d'assurance.

– Qui vous a demandé d'intervenir, Devin Ryan ? m'entends-je lui dire, d'une voix haut-perchée.

Il fronce les sourcils, accentuant les plis au-dessus de son nez. Je flanche, me mords les lèvres et murmure d'une voix minuscule :

– Ai-je vraiment fait ça ?

Son regard scrutateur parcourt chaque centimètre de mon visage, comme s'il cherchait des réponses dans les détails de mon expression. Puis, il prend la parole, ses mots percutant l'air :

– Qu'entends-tu par *ça* ?

– Eh bien, mettre dans le fossé une voiture qui n'est pas la mienne. Taper l'incruste dans une réunion de mecs riches. Me lancer dans un lac à moins deux degrés Celsius…

– M'avouer que tu m'aimes, me coupe-t-il.

Oups. Il n'a pas oublié. Quoique, sur ma liste, c'est la boulette la moins coûteuse, donc je devrais pouvoir assumer celle-là, au moins. Mon cerveau tourbillonne, cherchant des excuses bidon, des justifications incohérentes, voulant masquer à tout prix, la réalité qui se dessine.

– Ce n'était pas prémédité.

Il prend une profonde inspiration comme s'il tentait de se maîtriser.

– Es-tu bipolaire ?

– Moi, bipolaire ? C'est absurde, rétorqué-je avec un rire nerveux, le détournant de la question brûlante qui plane entre nous.

– Alors qu'est-ce qui te passe par la tête ? Est-ce que tu as déjà oublié que je…

– Tu t'es occupé de la voiture ? m'enquiers-je soudain, le coupant dans ses explications.

Il me considère de nouveau, un pli toujours entre ses sourcils, puis un faux sourire furtif passe sur son visage. Se redressant, il glisse sa main droite dans la poche de son pantalon de grand créateur.

– Entre autres, m'informe-t-il, en m'analysant avec une acuité déconcertante.

Je bredouille dans ma barbe :

– Vu les millions qu'il gagne, il pourrait déléguer…

L'intéressé s'esclaffe :

– Excellente remarque !

Il ramène son iPhone devant lui, puis le déverrouille avec une dextérité presque artistique.

– Donne-moi le nom de ton assureur, commande-t-il. On va déléguer.

Prise de court, je fais deux grands pas en avant, puis tape sur son téléphone qui tombe par terre. *Poc !*

Atterré, Devin me dévisage.

– Tu débloques ?!

J'écarquille les yeux, prenant conscience de mon réflexe malvenu. Je grimace, embarrassée.

– Mais, pourquoi est-ce que tu veux appeler un assureur ?

– Je bluffais ! affirme-t-il, encore sidéré.

– Ah, d'accord.

Il a vraiment l'air mécontent. J'ai l'impression qu'il a des snipers à la place des yeux. Et puis, qu'est-ce qu'il attend ? Lumière !

Vite, je me baisse, ramasse l'appareil, le nettoie et le remets dans les mains de son propriétaire.

– Il n'a rien ! Tiens. L'écran est intact.

Je souris de toutes mes dents. Aucune réaction. J'ai l'impression que son cerveau fume.

– Je ne savais pas que tu savais bluffer, m'excusé-je, d'une voix basse.

Il m'observe, suspicieux, puis, il avance d'un pas, dominant l'espace. J'ai l'impression de ne plus avoir un gramme d'oxygène pour respirer.

– Laisse-moi deviner, tu n'as souscrit à aucune assurance, s'acharne-t-il.

– Je n'ai pas de voiture. Pourquoi payerais-je pour ça ?

– Pour la vie courante, par exemple ? fait-il, comme une évidence.

Je ris nerveusement.

– C'est ridicule.

Son regard dur ne dévie pas de mon visage. Passons !

– Bon, je te promets de réunir assez d'argent pour te rembourser. Ce sera en plusieurs mensualités. Sans doute, un crédit à vie…

Il se penche légèrement et murmure :

– Même en deux vies, c'est impossible.

Je m'humecte les lèvres. J'ai la gorge sèche, tout à coup. L'intensité de ses iris me sonde sournoisement.

Je pointe son visage du doigt.

– Tu recommences ? envoyé-je.

– Quoi donc ?

– À me prendre de haut.

Il grimace.

– Non, je suis fatigué. Je veux me coucher, mais tu me gênes le passage.

Je me retourne, le regarde, puis me retourne encore.

– Ah oui, pardon. Vas-y.

Je me décale et il passe devant moi. Alors c'est tout ? Ne devrons-nous pas noter tout ce que je lui dois sur une feuille de calcul et l'envoyer à son banquier pour étude ?

Assis sur le lit, il commence à défaire les lacets de ses chaussures. OK, donc, la conversation est entérinée.

– As-tu vu ma carte de chambre ? le questionné-je, en joignant les mains dans le dos. Je l'ai perdue quelque part et j'aimerais la récupérer.

Devin tourne la tête vers moi et sous ce nouvel éclairage, je remarque pour la première fois à quel point il est épuisé. Ses cernes se creusent à vue d'œil.

– Elle est restée sur le comptoir, je l'ai donnée à Rebecca, m'informe-t-il.

– Rebecca ?

– La femme qui m'accompagnait.

– Mais pourquoi ? m'étranglé-je.

– Il était 23 heures, elle voulait s'allonger, mais tu te trouvais déjà dans mon lit.

– Pourquoi vouloir aller dans ton lit ? pouffé-je.

L'air dédaigneux de Devin me coupe l'envie de rire. Puis, un éclair de lucidité me traverse. Je joins le bout de mes deux index.

– Ah… Parce que vous deux… Vraiment ?

Ma bouche forme un zigzag bizarre, puis je frissonne comme si un fantôme m'avait traversée. Oh non. Pas lui avec elle ! Il est trop accompli pour une fille si… plate.

– Ai-je répondu à toutes tes questions ? s'impatiente-t-il.

Une pensée jubilatoire me traverse.

– Tu lui as dit que c'était moi dans ton lit ?

Devin s'agace :

– OK ! Peux-tu t'occuper toute seule ?

Sale gosse !

– Si je comprends bien, ta poupée est dans ma chambre. Où suis-je censée passer le reste de la nuit ?

– Tu me prends pour ton père ?

– Je refuse de dormir dans ton lit, ironisé-je, crispée.

Il éclate de rire, puis ses iris obscurs se rivent aux miens.

– Bien sûr que non. Fais ce que bon te semble. Prends le canapé.

Il me tourne le dos et commence à retirer sa chemise. Le jeu de lumière accentue les contours de ses muscles dorsaux.

Une certaine nervosité m'accapare, confirmée par le martèlement de mon cœur qui accélère. Bon gré mal gré, je me dirige vers le canapé, soulève un des coussins, puis le repose brusquement. Je ne vais jamais réussir à fermer l'œil de la nuit !

– Je ne dormirai pas dans une chambre d'hôtel avec lui, marmonné-je, plus fébrile que jamais.

Ça me rappelle bien trop de souvenirs. Mes émotions font déjà des loopings dans mon ventre… Je secoue la tête, essayant de chasser mes pensées turbulentes, mais mes mains commencent à trembler.

Je poursuis sur le même ton, dans ma barbe :

– J'ai failli être tuée par un sanglier et me noyer dans la même journée. Et je dois encore subir cette situation…

J'entends Devin soupirer lourdement depuis la chambre.

– On se demande qui la supporte.

Il revient vers moi en ramenant sa chemise sur ses épaules. Il s'empare alors de ma main, l'ouvre et plante son smartphone entre mes doigts.

– Cadeau. Appelle qui tu veux et rentre chez toi.

Il se détourne, me laissant avec la froideur de l'appareil qui contraste avec la chaleur moite de ma paume. Néanmoins, au pied du mur, je lui retiens le poignet.

– Attends.

Ses prunelles bleu nuit choient sur moi et les effluves douce de son parfum m'enveloppent, éveillant mes sens. Sans parler de sa chemise ouverte… Il est clair que ça ne peut pas durer plus longtemps !

– Qu'est-ce que tu me veux à la fin ? s'impatiente-t-il. Tu peux joindre un de tes proches, non ?

Un proche ? Mais qui ?

– Je n'ai personne à appeler, murmuré-je, dans un soupir résigné. Tu peux reprendre ça.

Je remets le téléphone dans sa main, mais il ne fait aucun mouvement pour le saisir.

– Tu ne peux compter sur personne ?

Devin paraît sincèrement stupéfait. Des larmes me montent aux yeux sans savoir ce qui les provoque. Je crois que la solitude me pèse tout à coup. Depuis que j'ai quitté le *Ryan & Resorts*, je n'ai plus aucun repère ni refuge. Je ne me suis jamais sentie aussi vulnérable et isolée.

– Ma mère ne m'aidera pas, et la voiture appartient à ma meilleure amie, donc…

– Cette fille est ta meilleure amie ?!

Il paraît plus surpris encore. Plusieurs nuances d'incrédulités traversent son visage fatigué.

– Qu'as-tu foutu toutes ces années ? murmure-t-il.

Je n'aime pas le jugement que je lis dans son regard. Mon parcours resurgit pitoyablement dans son reproche tacite, alors que j'ai toujours su en être fière. Je ne suis pas arrivée au sommet, mais je suis partie de rien et j'ai survécu. Seule.

– Tu pourrais me rendre un dernier service ? Je ne veux pas que tu payes une chambre de plus, je ne voulais déjà pas que tu payes celle dans laquelle se trouve Rebecca, mais peut-être que je pourrais dormir dans ta voiture ? Comme ça, je te laisse tranquille ici, et demain, au petit matin, je te promets que je débarrasse le plancher !

Je rentrerai en stop, s'il le faut.

Je prie silencieusement pour qu'il accepte et que nos chemins se séparent dans de bonnes conditions. Mon cœur bat la chamade, comme suspendu à l'instant décisif de sa réponse. Si je continue à le voir, à le regarder de si près, je crains de m'accrocher, d'être dépendante de son assurance, comme autrefois. Si dépendante que je deviens un poids…

Quand il est près de moi, j'ai la sensation que rien ne peut m'arriver, qu'il me protège sans se donner de limite, sa silhouette et son aura imposantes comme rempart contre les tourments du monde. Et ce n'est pas qu'une question de moyens financiers. Étrangement, même s'il est froid et distant, tout ce qu'il éveille en moi et fait pour moi alimente l'infime espoir qu'il puisse avoir plus que de la pitié à mon égard. Et je sais que je ne dois pas continuer sur cette voie. Nos chemins se sont croisés par pur hasard, et il est évident que je ne suis pas une fille pour lui. Rien n'a changé. Il s'oblige à faire tout ça. Point.

Sans aucune nuance d'agacement, il prononce ces mots :

– Très bien.

Son poignet m'échappe, et je le vois rassembler ses affaires.

– Qu'est-ce que…

– Je vais dormir dans la voiture. Reste là et repose-toi.

Des picotements désagréables gravissent ma nuque. Je m'exprime de manière précipitée :

– Pourquoi tu fais ça ? Je n'ai rien demandé de tel, je…

– Écoute, très tôt demain, je dois me rendre à New York. Je suis fatigué, tu comprends ?

– Oui, bien sûr, et je veux justement arrêter de te déranger. Va dormir dans la chambre, je…

– Tu me penses capable de te laisser dormir dehors dans le froid ? Si tu ne supportes pas de m'avoir dans le même espace…

– Parce que c'est facile pour toi ? couiné-je. Je trouve juste évident que nous ne devrions pas parta…

– Bordel, j'ai compris !

Ses yeux me foudroient, et c'est la première fois que je l'entends jurer.

– Regarde dans quel état je suis ! s'exaspère-t-il. J'ai passé ma journée à m'inquiéter pour toi et… merde, je ne vais pas te sauter dessus ! Je n'en ai pas envie !

– Toi non, mais moi, oui ! crié-je.

Il est sous le choc. Moi aussi.

Je l'ai dite, cette vérité toute crue. Inutile de prétendre qu'il m'indiffère, que je suis passée à autre chose ou de nier lui avoir déclaré que je l'aime toujours… Je mourrais pour une étreinte sincère avec lui. Je suis en pleine détresse émotionnelle.

J'ai conscience de la vulnérabilité absolue que je viens d'exposer, mais bizarrement, je me sens soulagée. Quant à Devin, il semble chercher la profondeur de mes paroles. Elles sont sincères.

Je murmure, la voix tremblante :

– S'il te plaît, ne fais pas comme si tu ne le savais pas.

J'ai comme une sensation de brûlure partout où ses yeux s'arrêtent. Ses mains tour à tour se crispent en poing.

– Qu'est-ce que tu attends de moi, Pénélope ?

Toujours la même question. Devin creuse, décortique, passe au crible, au microscope. C'est son truc. Moi ? Je ne peux qu'affronter son regard tourmenté. Mon cœur se met à battre tellement fort que j'ai l'impression qu'il va céder à tout moment.

– Tu te souviens à quel point je t'aimais, non ?

Devin hoche le menton dans un mouvement à peine perceptible.

– Pourquoi m'obliges-tu à jouer les indifférentes ?

Ma voix tremble légèrement. Devin, les yeux toujours fixés sur moi, conserve une expression indéchiffrable.

– Et toi, es-tu toujours aussi indifférent ? soufflé-je.

Pourquoi lui ai-je pardonné aussi facilement de m'avoir brisé le cœur ? D'être parti sans explication ? D'avoir cherché à me chasser de sa vie, à peine avait-il de nouveau posé les yeux sur moi ? De m'avoir virée, méprisée et ignorée ? Pourquoi toutes ces choses restent pardonnables quand je les compare à tout ce qui m'a manqué ?

Je veux tout de lui. Pas seulement un regard. Pas seulement un sourire. Pas seulement une nuit. Voilà pourquoi partager ne serait-ce qu'une chambre avec lui ne sera jamais facile.

Pénélope, sois plus courageuse. Dis-lui honnêtement ce que tu ressens. Tout ce que tu ressens. N'oublie rien.

– Pénélope…

J'ai trop souvent entendu ce timbre de voix. Celui prêt à m'annoncer ce que je redoute le plus au monde, seulement, l'espoir est là. Brûlant. Je me rapproche lentement, puis une audace irrépressible s'empare de moi. Avec une familiarité électrisante, je saisis le col de sa chemise et dans un seul élan, je me hisse sur la pointe des pieds et lui vole un baiser. Le contact est bref, mais appuyé et intense. La chaleur de son souffle et la douceur de sa bouche semblent imprimées sur mes lèvres. J'avais oublié cette sensation divine, mais aussi l'excitation teintée de douleur, confirmant que tout ça ne m'est pas permis.

Devin ne bouge plus, ne prononce aucun mot. L'air semble se comprimer autour de nous dans un silence pesant, lourd de conséquences. À travers le voile dans ses yeux, je reconnais l'adolescent de quinze ans, celui qui s'était figé dans le même état d'effroi quand je l'avais poussé dans ses retranchements.

Qu'ai-je fait ? Mon teint s'échauffe alors que je sens que Devin s'apprête à me dire que j'ai commis une erreur monumentale.

Pourtant, j'ai à peine le temps de relever le regard que ses mains s'emparent de mon visage et ses lèvres s'écrasent sur les miennes.

Chapitre 28
PILON

Pénélope

C'est le choc.

Le besoin. L'attente. Tout revient. Son odeur qui m'entête, sa façon de faire, ses mains qui évoluent sur mon visage. Il m'aspire.

L'homme que mes doigts retiennent si fort n'est pas celui de la semaine dernière, il n'est pas celui qui m'a prise contre une paroi de douche, comme si nous pouvions céder à un cinq à sept en oubliant le passé. Non, lui aussi se souvient de tout, et ça le nourrit.

Habilement, Devin dénoue le nœud de mon peignoir et le fait basculer de mes épaules. Mon corps se retrouve totalement à découvert. Ma respiration se coupe. Combien de fois m'a-t-il signalé que j'étais empotée ? Combien de jeunes femmes brillantes, sûres d'elles, et de mannequins, Devin a tenu dans ses bras après m'avoir quittée ?

Oui, le passé n'a rien à voir avec le présent ni notre écart frivole de la douche… Mon amour pour lui me terrifie. Il va me briser le cœur. *Encore.* C'est tellement évident. Cette pensée m'incite à le mordre, comme pour le mettre en garde.

Ses grandes mains se posent sur ma taille et m'écartent pour de bon.

– Va doucement, gronde-t-il. Tout va bien.

Non, ça ne va pas bien et je ne peux lui faire part de ce qui m'érode. Je ne dissimule pas mes faiblesses d'habitude, et mon physique n'en a jamais été une. Pourquoi ai-je si peur ? Tout se passait très bien, je vais juste gâcher l'ambiance.

– Pardonne-moi. Ça fait longtemps que je n'ai pas…

Mortifiée, je me mords la lèvre, ne pouvant finir ma phrase.

– Ne t'excuse pas, bon sang.

Je lève le regard vers ses iris orageux.

– Parle-moi, m'exhorte-t-il.

Mes ongles se déplacent nerveusement pour entrer dans la chair de ses épaules. *J'ai tellement peur de t'aimer.* C'est tout ce que mon corps essaie de lui communiquer. J'ai tant d'appréhensions. Comment ne pas saboter l'instant présent, ceux à venir ou simplement dire quelque chose qu'il ne faut pas ?

– Je vais bien, finis-je par dire.

Il grimace tout en plissant les yeux, sourcils froncés.

– Je n'en suis pas sûr.

– Embrasse-moi encore, s'il te plaît, quémandé-je, pitoyablement.

– Ne baisse pas les yeux.

Je lève péniblement le regard. Lorsqu'il me sonde, j'ai la sensation de perdre des miettes de courage. Pourquoi est-ce que je deviens cette petite chose apeurée dans ses bras, alors que j'ai tellement faim de lui ? Pourquoi me mettre une pression dingue ? C'est ridicule.

Prendre les choses à la légère n'est-il pas mon leitmotiv ? Oui, me dire que ce n'est qu'une folie passagère, c'est ce qu'il y a de mieux à faire !

– Il est clair que je devrais me contenter de tes serrer contre moi, souffle alors Devin.

Ses paroles désintègrent ma raison. Mes résistances plient.

– Pourquoi ? fais-je, inquiète qu'il recule.

– Tu n'es pas prête.

Mes joues prennent subitement feu. Pas prête pour Devin ? Il est tout ce que je désire. Je m'humecte les lèvres devenues sèches.

– Si, je le suis.

Il plonge alors ses mains dans mes cheveux et approche sa tête de mon visage. Il prend une grande inspiration. Moi, je fixe le col de sa chemise, le bouton délicat, éclairé par la faible lueur de la lampe.

– Tu es sûre ?

– Oui.

– OK, alors retiens bien ton souffle, je ne vais pas te laisser respirer.

– Quoi ? bégayé-je en levant plus haut le menton.

Je reçois une décharge dans l'abdomen alors qu'il plaque sa bouche sur la mienne dans un baiser d'une intensité inouïe. Et je suis certaine que Devin ne m'a jamais embrassée comme il le fait maintenant. Sans prévenir et complètement désinhibé. Je crois que jamais, je ne me suis sentie aussi bien au contact d'un homme et pourtant si démunie.

C'est une tout autre personne et j'en tombe littéralement amoureuse. Je ne devrais pas… Je ne devrais pas humer son parfum et le mémoriser. Je ne devrais pas profiter de sa chaleur, m'en imprégner. Je devrais arrêter. Mais je ne peux pas.

Debout dans la chambre à peine éclairée, soumise au plus beau baiser qu'on ne m'ait jamais donné, je chavire. Devin a gardé les mains sur mon visage. Moi, j'espère garder les pieds sur terre, car ça tangue partout autour de moi. J'ai l'impression de me consumer, de ne plus garder l'esprit clair.

Je commence à frémir, puis je gémis, halète, perds la tête sous les pulsions de sa langue toujours plus avide et audacieuse. Finalement, je lui demande d'aller plus loin.

– Fais-moi l'amour, le supplié-je.

Car j'ai envie qu'il me touche.

À partir de là, le moment devient hors de contrôle. Tout en me faisant reculer, Devin, impatient, retire sa chemise et la jette par terre au moment où mon dos rencontre le mur.

Sous ses mains expertes, j'ai l'impression de redécouvrir mon corps, alors que lui semble en connaître chaque contour et chaque grain de peau qui réagit sous ses doigts. Sa langue caresse mon cou. Il relève mon sein et lèche mes aréoles, mordille mes tétons. L'effet est puissant, grisant et naturel alors que toute retenue et tous complexes ont disparu. Paupières closes, je commence à mon tour à le toucher, vraiment, de ses avant-bras fermes à ses biceps bandés. Ensuite, j'utilise mes ongles pour le griffer, sévèrement, ses épaules pour commencer, puis ses pectoraux.

Sans crier gare, Devin me prend sous les fesses et me porte jusqu'au lit. Il m'y allonge, puis s'appuyant sur ses bras tendus, il se positionne entre mes cuisses et utilise ses hanches pour les écarter.

– C'est ce que tu veux ? me demande-t-il d'une voix rauque.

Je déglutis, sans voix sous son assurance et son torse lisse. Je tends la main pour toucher ses abdominaux parfaitement dessinés et ses pectoraux puissants. Ses cheveux sont en désordre, son regard consumé par le désir et un sourire se dessine cruellement sur ses lèvres. À demi nu, il est excitant et que dire de l'érection qu'il presse contre mon entre-jambes…

– Oui, Devin, je te veux, affirmé-je difficilement tout en m'aventurant à défaire sa ceinture, puis le bouton et la fermeture de son pantalon.

Il me laisse faire, le souffle court. Pour une fois dans ma vie, je me sens privilégiée. Je veux garder cela en tête. Curieuse, je baisse les yeux sur son sexe érigé si large et long qu'il sort sans gêne de son caleçon.

Juste à droite, sur l'aine, je peux lire aisément son tatouage : *Burn in hell.* Brûle en enfer ? Des frissons naissent immédiatement sur ma peau. C'est quoi ce bor…

Sans me laisser le temps de spéculer sur la signification de ces trois mots, Devin retombe sur moi, attrape mes hanches et dépose de longs et troublants baisers sur mon ventre. Un coup de langue dans mon nombril me fait me tordre de désir. Rien n'a plus d'importance que ce qu'il me procure avec sa bouche. Je me fiche du reste.

Tout mon corps est tendu, attendant la suite comme une possédée. Je me mords la lèvre jusqu'au sang.

– Je veux tes lèvres plus bas, gémis-je.

Je sais qu'il est délicieusement bon à ce jeu. Il pouvait le faire toute une nuit durant. Mon corps se tend alors que Devin s'exécute sans discuter, comme s'il n'attendait que ça. Il s'agenouille aux pieds du lit, puis ramène brusquement mon bassin juste devant lui avec un regard… torride.

Le bout de sa langue vient alors me titiller le clitoris et mon crâne s'écrase contre le matelas. Je le sens glisser entre mes lèvres, les laper, les suçoter et des soubresauts de plaisir cambrent mes reins. Mes doigts serrent les draps en coton de toutes mes forces. Au même moment, l'index de Devin entre en moi. Putain ! Il me procure tant d'effet.

Qu'est-ce que ce sera quand… Seigneur ! Un second doigt ! Il peut en mettre trois, car vu ce qui m'attend…

Devin ne se focalise pas seulement sur cette partie de mon corps, sa main droite se balade partout. Elle bride mon sein, puis caresse ma hanche, écarte une cuisse qui s'ouvre plus largement pour lui permettre un libre accès, avant de reconquérir le reste. Je n'ai jamais connu une telle ardeur.

Concentré sur sa tâche, Devin joue avec mes gémissements. Il maîtrise chaque geste, accélère le tempo quand je reprends ma respiration, ralentit quand je prends feu. Ça brûle à l'intérieur. Je trouve de moins en moins mon souffle. Ça va exploser ! Je pousse un cri lorsqu'il pince le bout de mon sein pendant que sa bouche me prodigue simultanément un suçon gourmand me menant droit au Nirvana. Ça fait mal. Ça fait du bien. Ça monte. C'est puissant. L'orgasme est imminent.

Seulement, une microseconde avant d'atteindre son apogée, je me fige. Devin s'écarte, puis commence par se dévêtir entièrement, avant de se pencher vers son pantalon et d'attraper un préservatif. Se repositionnant entre mes jambes, il ramène doucement mes hanches vers les siennes.

Il reste suspendu au-dessus de moi, tenant son membre dans la main gauche. Frôlant mon entrée effrontément.

Ses yeux voguent entre les miens pendant que je souffle son prénom :

– Devin…

Mes jambes s'enroulent autour de sa taille pour le rapprocher et naturellement son sexe glisse dans le mien, pulsant, brûlant. Il touche le fond sans atteindre la garde. C'est si bon que j'ai la gorge nouée par le flot d'émotions qui me submerge. Je me mords la lèvre.

– Tu me sens ?

Il est si direct parfois. Le Devin d'avant ne parlait pas comme ça, ni pendant l'acte, ni avant, ni après, et ça me trouble complètement. J'acquiesce, sans parvenir à lui répondre.

– Moi, je te sens, poursuit-il. Ça me flingue. Toi et moi… comme ça.

Devin paraît… déboussolé. Dans un état second. Il reste ainsi, nous perdant l'un dans l'autre dans ses troubles pensées.

J'ai besoin qu'il me prenne. Je bouge un peu et d'un clignement de paupière, il rétablit la connexion entre nous. Très lentement, il pousse son sexe plus loin dans le mien.

– Péné…

– Je vais mourir, dis-je, le souffle court.

Il sourit diaboliquement. Je vais mourir deux fois.

– On se retrouve au paradis, lance-t-il avec insolence.

Ses paroles assurées m'exaltent. On brûlera en enfer. Un point, c'est tout.

À peine Devin commence-t-il à aller et venir que je me sens déjà perdre la tête. Rien que lui en moi, cette position et la sensation de nos deux corps imbriqués, peau contre peau, dépassent tous mes attentes et mes souvenirs. Au fil des secondes, ses mouvements s'intensifient en devenant violents, impulsifs et sauvages.

Ma bouche trouve la sienne et le baiser qui suit finit par avoir raison de moi. Sa langue enroulée à la mienne, je jouis. J'aurais pu perdre la vie à cet instant que j'en aurais cure.

Devin s'allonge, retire le préservatif, le lance à travers la pièce dans une poubelle près du bureau, puis m'attire contre lui. Tempe contre sa poitrine, je n'arrive pas à me calmer. Il caresse mon dos, tendrement. J'entends son pouls dont la cadence ne faiblit pas. Est-il anxieux ? L'amour avec lui est tellement bouleversant. Voilà pourquoi, alors que j'essaie de reprendre mon souffle, des larmes roulent sur mes joues.

– Qu'est-ce qui te rend triste ? demande-t-il.

Je me sens bien, à l'abri, détendue. J'ai lâché prise, tellement que je crois qu'il s'agit de larmes de joie.

– J'ai le sex-blues.

Je l'entends rire sans faux-semblant. On dit que la rareté provoque des émois et c'est vrai, j'aime tellement ce son-là.

– On a failli casser le lit, dis-je en souriant.

– On va complètement le détruire.

Il ne peut pas me dire ça, pas avec ce sourire coquin. Je pensais que c'était l'urgence du désir qui nous avait conduits à partager ce moment. Il semblerait que ce ne soit pas le cas..

– Parce que tu veux recommencer ? dis-je, sans y croire.

Il approche et m'embrasse doucement.

– J'en voudrais toujours plus.

Il me fait basculer pour me mettre à califourchon sur lui.

Enfin, je ne pourrais raconter la suite, car je crains bien de perdre notre romance dans un tout autre genre littéraire…

Chapitre 29
LIANE

Pénélope

Devin n'a pas dit un mot depuis que nous avons quitté le Wine Trail Lane. Assise sur le siège passager de sa berline, je ne peux m'empêcher de lui jeter des coups d'œil timides en biais, mais il garde son attention sur la route. Il a beau être réservé ce matin, certaines choses ne mentent pas. Comme notre alchimie au lit. Indéniable. Sa manière de me presser contre lui lorsqu'il m'embrasse. Le goût de sa langue avide sur les parties intimes de mon corps, puis dans ma bouche. Les endroits où il a posé les mains. Tout me ramène à notre passé et aux sensations que personne après lui n'a su seulement éveiller.

Il ne peut pas le nier, la nuit blanche que nous avons partagée a été fantastique. Je ne crois pas avoir déjà fait autant de fois l'amour en six heures… Comme un feu de forêt ininterrompu, mon corps brûlait, se consumait de nouveau à chaque toucher. Ce n'est pas anodin si au premier orgasme, j'ai fondu en larmes. C'était trop fort. Trop beau. Trop Intense.

Je veux bien excuser son comportement d'homme des cavernes. Je ne m'attendais pas à ce qu'il me murmure des mots tendres au petit matin. Devin n'a jamais été quelqu'un qui me rassurait sur ses sentiments. De toute manière, il est peu probable qu'il en ait.

Je soupire. Mon Dieu, j'ai tellement aimé cette nuit avec lui. Si j'avais su, j'aurais quitté son lit à l'aurore pour garder, dans un recoin de ma tête, le fantasme fou qu'il aurait peut-être apprécié ma présence au petit matin.

– Tu es arrivée, annonce-t-il, me ramenant à la réalité.

C'est comme une lumière qu'il a éteinte dès que le jour s'est levé. La parenthèse est terminée et maintenant, il fixe le tableau de bord. Effectivement, nous sommes devant mon immeuble. Dire que je suis nerveuse serait un euphémisme. Je ne sais pas comment appréhender ma sortie de sa voiture.

Réfléchis Pénélope. Trouve les mots adéquats !

– Et Rebecca ? Tu l'as oubliée ! m'exclamé-je tout à coup en me tournant vers lui.

– Pardon ?

Alors que ses iris plongent dans les miens, j'ai l'impression qu'il était sur un nuage et que je viens de le faire redescendre sur terre lui aussi. Sa tignasse noire décoiffée et l'ombre plus marquée des cernes sous ses beaux yeux bleus le rendent plus mystique encore.

– Rebecca, celle qui devait passer la nuit avec toi. Celle dont j'ai piqué la place !

Je rigole, mais je m'arrête net lorsque Devin fronce les sourcils. Je transpire, alors qu'il répond brièvement avec un air qui s'assombrit :

– Elle a pris un taxi.

Un silence impitoyable s'installe. Mais, pourquoi j'ai parlé d'elle ?!

Je secoue le menton, le cœur fébrile, des frissons dévalant ma peau. Je claque mes cuisses pour me donner un coup de fouet, pour me flageller aussi.

– Bon et ben, merci pour tout, envoyé-je, stupidement.

– Merci pour quoi ?

Je me sens soudain à l'étroit dans l'immense habitacle.

– Hum... Euh... De m'avoir ramenée ?

Sous l'intensité de son examen, je ris, mal à l'aise.

– Et quelle nuit de folie ! Waouh !

C'est curieux, à sa manière de me dévisager, j'ai l'impression qu'il me juge. La tension entre nous s'épaissit. Je suis maladroite et même malgré cela, je souris pleinement. Quelle catastrophe... Entre nous, c'était un coup d'un soir et parce que c'est mon anniversaire aujourd'hui, je ne veux pas avoir de regrets ni de peine.

– Tu vas bien ? m'enquiers-je.

– Parfaitement, affirme-t-il d'une voix éteinte, avant de laisser son regard tomber sur le volant.

Devin soupire, puis saisit son téléphone accroché au tableau de bord et me le tend.

– Il est à toi.

Je prends l'iPhone et l'examine sous toutes ses coutures. Super ! J'en avais besoin pour me remonter le moral. Ça vibre ce truc ?

– Le tien est irréparable, reprend-il. La puce était coincée à l'intérieur. Tu en recevras une nouvelle par la poste d'ici quarante-huit heures. Aucune boutique n'est ouverte, alors tu peux te servir de ma ligne en attendant.

– Et toi ?

– J'ai un autre téléphone pour ma ligne professionnelle. Celui-là, tu peux le garder.

Qu'est-ce qu'il veut que je fasse de sa ligne personnelle ?

– Appelle ton amie. La Mustang lui sera ramenée à 11 heures, poursuit-il.

Sa lèvre supérieure a tressauté en prononçant le mot « amie ». Amie qui va se transformer en dragon. Je tremble tant j'ai peur de l'affronter.

– Je devrais laisser passer un peu de temps.

– Tu dois le faire, insiste Devin intransigeant.

Il a raison, il a tout géré tout seul, et moi, je joue l'autruche.

– Oui, bien sûr, je vais l'appeler dès que je rentre chez moi.

– Elle n'a pas déposé plainte.

Il dit cela pour me rassurer.

– Combien l'as-tu payée pour ça ? demandé-je, écrabouillant les lanières de mon sac dans l'attente de la douloureuse note.

June est une vraie peau de vache. Jamais, elle n'aurait laissé passer ça sans faire de bruit.

– As-tu reçu l'indemnité de départ ?

– Je ne sais pas.

– Utilise la somme pour prendre un nouveau départ. N'en fais profiter personne d'autre, poursuit-il, sa voix empreinte d'une étrange mélancolie.

Est-ce un adieu ? Évidemment. Ma poitrine se serre tout à coup. Les premiers rayons de soleil hivernaux caressent son visage fatigué. Son regard dévie vers le rétro à sa gauche. Il attend que je sorte du véhicule pour s'engager dans la circulation. Toujours dans l'optique de ne rien regretter, j'ose avec courage :

– On peut se revoir ? Tu pourrais passer chez moi de temps en temps ?

Sa tête braque dans ma direction. Je l'ai pris au dépourvu. J'avale avec difficulté ma salive, mes yeux cherchant désespérément une lueur d'espoir dans les siens.

Devin, donne-moi quelque chose. N'importe quoi. Ne me laisse pas partir comme ça.

– Se revoir pour quoi ? lance-t-il sans passer par quatre chemins.

Les bruits de la rue deviennent lointains, étouffés par sa réponse glaciale et le chaos en moi.

– Comme ça, soufflé-je, le cœur au bord des lèvres.

J'ai conscience que cette réponse sonne comme une supplique.

– Pénélope, on n'a rien à faire ensemble.

C'est plutôt direct et cruel comme réponse. Je cligne des paupières, la réalité me percutant douloureusement. Voilà. C'est officiel, je suis son fameux coup d'un soir. Je le connais, j'aurais dû m'attendre à ce qu'il parte sans se retourner. Seulement, je ne peux empêcher mon cœur de se ratatiner. J'ai cru en nos retrouvailles, même si on doit se voir en pointillé. Vraiment. J'y crois toujours. À chaque attention qu'il a envers moi.

– Je ne te dis pas ça pour te blesser, affirme-t-il, d'une voix plus diplomate.

Je hausse les épaules et fabrique un sourire sur mes lèvres.

– Me blesser ? La situation me convient parfaitement.

Pourquoi je mens ?

Son regard est stoïque alors que je sens chaque partie de mon être se disloquer en silence. Devin me donne l'impression d'être dénué de failles, de fêlures, qu'absolument rien ne peut l'atteindre. Encore moins l'amour. À aucun moment, il ne se découvre. Il n'a pas changé. À commencer par son air arrogant, parfois glacé comme en cet instant. Tout en lui devrait me déplaire et me donner envie de fuir. Pourtant, sa façon de faire l'amour était des plus vivante et passionnée. Curieusement, je me suis sentie… aimée, admirée, importante. Il joue avec moi comme avec un jouet sans valeur qu'on délaisse après usage.

Je détourne le visage sur le côté, finalement blessée.

– Il aurait dû être impuissant, maugréé-je.

– Je suppose que tu ne voulais pas que je l'entende.

Mes iris rejoignent les siens. Je constate qu'une grimace s'est formée sur ses lèvres.

– Je voulais, exactement, que tu l'entendes.

Ma voix vacille même si je fais tout pour dissimuler mon désarroi avec de l'humour. Je préfère sourire de plus belle, si c'est pour me permettre de sauver les apparences derrière un voile de mensonges. Il vaut mieux en finir maintenant que de souffrir une fois encore.

Ma main entre en contact avec la poignée, et je tire dessus.

– Je ne suis pas un homme pour toi.

Je me tétanise. Serait-il à ce point machiavélique ? Ma bouche laisse échapper un rire.

– Ce n'était pas la peine d'ajouter ça. Tu sais, j'ai entendu cette phrase des dizaines de fois dans ma vie. Tu as tiré ton coup. J'ai tiré le mien. Rien n'a changé entre nous. Point.

– Je n'ai pas tiré mon coup, affirme-t-il, d'une voix ferme.

– Appelle ça comme tu veux ! m'emporté-je. Tu tirais ton coup avant, pourquoi ça changerait maintenant ?!

Nos escapades dans les chambres d'hôtel n'avaient rien de concret. On se voyait la nuit, et il repartait comme un voleur au petit matin.

– Eh ! envoie-t-il sur le même ton.

Je lui dédie un regard polaire.

– Nous sommes-nous promis quelque chose ? s'enquiert-il durement, comme pour remuer le couteau dans la plaie.

Je veux bien être une passade, mais pourquoi passe-t-il par quatre chemins ? J'ai bien compris où était ma place dans son *ego trip*. Un homme franc aurait avoué : « Je t'ai baisée et ça m'a suffi pour ne jamais recommencer ».

– Non, c'est vrai, tu ne m'as jamais rien promis. Je te dis juste qu'un tas de mecs ont déjà été capables de faire ce que tu fais actuellement : me repousser en trouvant des excuses bidon censées me contenter, sous couvert d'une soi-disant franchise absolue. Seulement, avec eux, je n'ai pas fait mes premières fois, je n'ai pas passé trois ans de ma vie à grandir à leurs côtés. Comment éviter de se faire des illusions ?

Les traits de son visage se durcissent.

– Justement, tu te noies dans tes illusions ! me coupe-t-il, la mâchoire plus contractée que jamais.

Ses prunelles se glacent un peu plus avant de balayer ma silhouette. La tension dans l'habitacle est à son paroxysme. C'est bon, j'ai compris.

– Ton numéro de compte bancaire, s'il te plaît. Quel que soit le montant des dépenses, je veux te rembourser. Je ne veux rien te devoir, donc n'oublie rien : la chambre, la voiture, le téléphone et le reste.

Il lève un sourcil, manifestement irrité. D'un air sardonique, il réplique :

– Tu peux garder ton argent. Rien que mes dépenses de cette nuit endetteraient toute ta famille, tu n'as pas besoin de ça, si ?

Ma bouche produit un « oh » parfaitement scandalisé. Je pourrais gagner au loto ! Qu'est-ce qu'il croit ?

– Me dirais-tu combien à la fin ?!

– Cent dix mille dollars.

J'éclate de rire, à moitié incrédule, à moitié frustrée par son arrogance, puis je lâche d'une voix railleuse :

– C'est tout ? Je m'attendais à un million, vu comme tu me traites !

Ahuri, il fronce un peu plus les sourcils comme si cela l'aidait à mieux appréhender la situation.

Et puis, merde !

– J'aurais dû coucher avec ton frère ! Lui au moins m'apprécie à ma juste valeur et respecte la personne que je suis.

Son poing frappe contre le tableau de bord m'obligeant au silence. Son regard s'est agrandi et pendant une fraction de seconde, je sens arriver le retour de flamme.

Eh oui, on peut être deux à taper là où ça fait mal…

D'un geste rageur, je m'empare de la poignée et quitte le véhicule.

Chapitre 30
BOND DU TIGRE

Devin

Je serre la main aux leaders du groupe Home Jing Jung, célèbre chaîne de grande surface sur le territoire chinois, après un entretien de plus de deux heures. Alors qu'ils quittent les lieux, leurs remerciements et salutations me laissent de marbre. Peu importe qui ils sont et ce qu'ils comptent faire de cet endroit, cela m'indiffère. L'important, c'est qu'ils signent, et Driss, mon avocat, a désormais entre ses mains les précieux documents.

– Ça va ? me demande-t-il alors que j'observe la rue depuis maintenant dix bonnes minutes.

Pendant tout le rendez-vous auquel je suis arrivé avec une bonne demi-heure de retard, Driss, avec ses petites lunettes rondes de fouine sur le nez, ne m'a pas lâché du regard. Il sait qu'un truc cloche chez moi, surtout parce que je devrais être en train de faire sauter le bouchon d'une bouteille de champagne à cet instant.

– Je n'ai aucune raison de me plaindre, grommelé-je en faisant demi-tour.

Alors que je rentre dans le hall du *Ryan & Resorts*, je réalise que c'est l'une des dernières fois que je vois ces murs. Je devrais être soulagé de dire adieu aux souvenirs oppressants de mon père qui me traînait d'ici jusqu'à ma chambre, ses doigts autour de mon poignet marquant le bleu qui ne disparaissait jamais vraiment, mais au milieu de cette douleur, je revois la jeune Pénélope, assise sur l'un des canapés avec Léo, en train de rire aux éclats. Mon cœur se serre.

Au diable ces putain de sentiments !

Je passe les portes du bar et une fois devant le comptoir, je lève la main pour attirer l'attention de Samuel :

– Un double scotch, s'il te plaît.

– Il est 2 heures de l'après-midi, me rabroue Driss, derrière moi, me faisant tressaillir. Tu n'as pas l'air d'avoir passé une bonne nuit, alors je doute que l'alcool et la fatigue fassent bon ménage.

Il n'a pas autre chose à faire que de me surveiller ? Nous venons de conclure la vente de la décennie et il va prendre une bonne marge dessus. Qu'il aille faire la fête de son côté et qu'il m'oublie !

– Que comptes-tu faire à présent ? poursuit-il en s'installant sur le fauteuil à côté, tout en posant sa mallette sur le comptoir. Soixante pour cent des parts de l'empire Ryan, ça fait beaucoup d'argent. Tu vas te la couler douce dans un paradis fiscal ?

Je n'en ai carrément rien à foutre. Mon plan touche à sa fin samedi, quand je pourrais admirer la réaction de mon père en apprenant tout ce que je fais derrière son dos depuis des années. Après tout, avec cette vente, je signe le déclin de l'empire Ryan. J'ai cédé notre établissement historique et l'ensemble de mes parts à un groupe étranger, ce qui fera, sans nul doute, chuter les actions de l'entreprise.

Les investisseurs vont paniquer, ils se retireront les uns après les autres, et mon père se retrouvera sur la paille. L'après n'a aucune importance.

– Combien veux-tu pour cesser de me poser des questions ?

Driss lève un sourcil, puis croise les mains devant lui.

– Devin, je ne suis pas l'une de tes ex-femmes. Tu me rémunères grassement tout au long de l'année. Je ne suis pas prêt à disparaître du paysage pour une prime de quelques centaines de milliers de dollars.

– Alors, je vais arrêter de te payer.

Il se met à rire et je lui renvoie une expression maussade. Avant de bosser pour moi, Driss a été mon colocataire à l'université. Il m'a accompagné pendant toutes ces années, suivant les étapes de mon plan avec attention. Aujourd'hui, son image est bien loin de celle du fêtard insouciant de notre rencontre. Ses bouclettes sombres se mêlent à des vagues de cheveux blancs. Son regard arbore quelques ridules en coin qui me font dire que toutes les missions que je lui ai confiées, depuis une bonne décennie, n'ont pas toujours été une mince affaire.

– Blague à part, après ce combat acharné, pourquoi tu n'es même pas capable d'esquisser un sourire ?

Mon verre apparaît et je le siffle en trois gorgées. Je le repose sur le zinc, puis le repousse du bout de l'index.

– Qu'est-ce que ça peut te faire ?

– Je m'inquiète et à juste titre. Je te vois seul, te noyer dans l'alcool. Aussi, je suis au courant de ce que tu planifies et les efforts que cela t'a couté. Même ton frère ignore ce que tu prépares, alors qu'on sait tous les deux qu'il est venu à New York en même temps que toi parce qu'il a des soupçons depuis un moment déjà…

– Il le saura en temps voulu.

– Et tu penses que ça suffira ? Tu crois vraiment que les stock-options que tu lui as attribuées sur tes entreprises personnelles suffiront à rattraper tes silences ?

Oui, il est possible que Léo interprète toute cette machination comme une énième trahison. Il se fichera bien que je lui laisse de l'argent, il est tout à fait capable d'en gagner par lui-même. L'honnêteté et la confiance, voilà ce après quoi on court, lui et moi. Cependant, comment me montrer sincère et digne de confiance, alors que j'ai toujours tout fait pour lui prouver que les coups ne me faisaient même pas vaciller ? Je me foutais d'être cogné, tant que mon père ne le touchait pas. Je réfutais cette putain de rivalité malsaine qu'instauraient nos parents. J'étais le plus fort, celui qui pouvait endurer tout ça, point.

Tout au long de ma vie, j'ai veillé à protéger mon petit frère autant que possible de ces objectifs irréalisables. C'est vrai, j'aurais dû lui dévoiler mon plan, mais je craignais qu'il ne me comprenne pas, qu'il tente de me raisonner. Après tout, comment aurait-il pu comprendre la rage qui m'anime alors qu'il est passé entre les mailles de la violence ?

– En fin de compte, c'est un peu triste de savoir que cette victoire, tu ne peux la fêter qu'avec moi, lâche perfidement Driss. Serais-je la seule personne en qui tu peux avoir confiance dans ce bas monde ?

Il sourit de plaisir, orgueilleux comme toujours, mais je sais qu'au fond il aurait espéré que je réponde « non ». Je lui offre un rictus amer.

– Qu'est-ce qu'il t'arrive, Devin ? Je vois bien que ça n'a rien à voir avec le contrat.

Driss est resté à mes côtés, fidèle et discret, depuis le premier jour. Un seul mot de sa part aurait pu tout faire capoter. Et Dieu seul sait à quel point tout tenait à un fil.

Aujourd'hui, déçu, épuisé et à bout de nerfs, j'ai besoin de lâcher prise. Driss a raison, il est le seul ami en ce monde à qui je pourrais me confier, même si je n'ai jamais fait l'effort d'aller vers lui auparavant.

– Pénélope Carouze.

Mon ami hausse un sourcil.

– C'est le nom de la femme qui me met dans cet état, précisé-je.

– Une épouse n° 6 ?

– Justement, non. Tout sauf ça.

Je voudrais m'arracher du cœur ce désir de réparer ce qui s'est brisé. Difficile de résister à la tentation de me laisser guider dans la bulle enchantée de Pénélope où les problèmes se dissipent comme des rêves au lever du jour. Il y a eu un moment où j'ai cru que nous pouvions profiter l'un de l'autre, vivre une nuit d'insouciance en ignorant le passé dans un déni total. Seulement, je n'arrive pas à faire comme elle, à simplement profiter de la situation et prendre les choses comme elles viennent.

Nous sommes sur deux planètes opposées et nos retrouvailles ont juste rouvert nos cicatrices.

– Avec mon frère, on l'a connue enfants, enfin, adolescents. Elle était son amie. Elle était ma…

– Ton premier amour ?

Je hoche la tête et me replonge dans des souvenirs que j'espérais garder profondément enterrés dans ma mémoire. Pénélope a bien occupé mes pensées et tous mes fantasmes pendant de longues années. Il faut dire que l'odeur sucrée de ses cheveux, la couleur pourpre de ses lèvres et les courbes voluptueuses de son corps formaient la base de mes idéaux. Il fut un temps où cette fille donnait un sens à ma vie. Notre rencontre m'a sauvé de moi-même.

– Au début, je ne parvenais pas à comprendre l'attrait de mon frère pour elle, avoué-je à Driss, perdu dans mes pensées. Pénélope Carouze, c'était la gamine excentrique qui prenait tout du bon côté. Elle se fichait des sanctions qui flottaient au-dessus de sa tête. Elle enfreignait chaque règle, systématiquement, comme si ça lui permettait d'exister.

Pénélope préférait rire plutôt que pleurer. Elle ne se battait pas, mais acceptait l'incertitude et la défaite plutôt que la vérité et le gain. Perdre la face lui était sans importance. Léo était captivé. Moi, elle m'a insupporté dès les premières secondes.

– Hum, réfléchit Driss. Tout le contraire de toi qui pliait sous le poids de l'autorité de ton père.

Il me cerne bien. C'est curieux de penser que c'est l'autorité de mon père qui nous a rapprochés, elle et moi. Je devais protéger mon frère qui, à cause de cette relation, se trouvait sous son viseur. Il prenait des risques de plus en plus grands pour elle. Je suis allé à ce rendez-vous à sa place pour les séparer une bonne fois pour toute. Mon intention était d'être assez dur et cruel pour qu'elle quitte cet hôtel définitivement, mais je n'ai pas pu. La curiosité m'a laissé sans voix. Sa manière de vivre, bravant l'interdit, m'a rappelé à quel point j'avais besoin de briser mes propres chaînes.

– Elle et moi étions pourtant semblables sur bien des aspects, continué-je. Derrière ses grands sourires, Pénélope cachait le manque d'amour qui l'entourait et la pauvreté dans laquelle elle grandissait.

Bien sûr, sa douleur était bien différente de la mienne, mais tout aussi accablante. Au jeu de la dissimulation, elle était bien plus douée que moi.

– C'est peut-être ça qui m'a fasciné, en premier lieu, et ensuite… Ensuite, Pénélope est devenue mon refuge, une échappatoire à mes propres tourments.

– Laisse-moi deviner, sourit tristement Driss, une relation qui se construit sur des bases aussi fragiles ne va pas bien loin.

Effectivement, ce qui m'a attiré chez Pénélope a fini par nous détruire. Au début, son ignorance volontaire et persistante de la réalité me soulageait, car nous ne parlions jamais des difficultés, de ce qui n'allait pas. Cependant, j'avais de plus en plus de mal à accepter de nous voir souffrir en silence. J'essayais de lui faire ouvrir les yeux, mais elle évitait les sujets douloureux, ce qui a fait grandir une distance difficile à expliquer.

Je l'avais aimé pour ça. Je commençais à lui en vouloir.

Mais, ce n'est pas cela qui m'a décidé à partir…

– Lorsque j'ai abordé avec elle mon départ pour Yale, sa réaction a été un simple rire. Je crois que je n'ai jamais été autant blessé. J'étais tombé irrémédiablement amoureux d'elle, mais je réalisais seulement à ce moment-là qu'elle prendrait toujours les choses à la légère.

Pire que ça, j'ai compris qu'on ne parlait jamais de nous-mêmes et que si nous ne nous disputions jamais, ce n'est pas parce qu'on était d'accord, mais parce que Pénélope évitait le conflit. Elle approuvait tout ce que je disais, sans même réfléchir. Tandis que je cherchais à progresser, prendre des risques et à avancer, Pénélope préférait rester passive et se contenter de la situation telle qu'elle était, de peur de perdre ne serait-ce qu'un peu de bonheur. Ce n'était pas une vie ni pour elle ni pour moi.

– Résultat, même si tu l'as quitté, tu étais déjà mordu, et ça t'a foutu un sacré coup, hein ?

J'émets un rire désabusé. J'aurais bien aimé être seulement « mordu ». J'aurais aimé ne pas hésiter cette nuit-là, après son ultimatum, au point de la voir attendre depuis l'autre bout de la rue, d'entendre ses sanglots étouffés et cette phrase qui n'a cessé de me hanter…

« Brûle en enfer, Devin Ryan »

C'était la première fois qu'elle exprimait le fond de sa pensée.

Après Pénélope, j'ai perdu le goût de tout. Rien ne m'émerveillait vraiment, rien ne me faisait sourire ou rire. Elle avait été le soleil dans ma vie, et c'est comme si elle seule détenait le pouvoir de l'égayer.

– Léo avait raison, soufflé-je. Pénélope a été la cause de tout. J'ai toujours voulu en parler comme d'un béguin d'adolescent, parce que cette histoire était vouée à l'échec dès la première minute, et pourtant, encore aujourd'hui, elle est la seule qui parvient à me…

– À toucher ton cœur ?

Oui.

– Pourquoi ne pas tenter de recoller les morceaux ? Vous avez grandi, à présent, tous les deux, non ? Peut-être que c'est ça, ton « après ». Il te faut bien un projet, une fois que le grand plan sera achevé.

Je soupire, résigné.

– Aujourd'hui, je suis plus lucide que jamais sur ce qu'on a vécu, ce qu'on a été l'un pour l'autre et ce qu'on s'apporte. Ce n'est pas le cas de Pénélope. Elle doit encore ouvrir les yeux et mettre à nu ses cicatrices pour avancer.

– Si personne le lui dit, elle ne peut pas en prendre conscience ou le deviner. Pourquoi ne pas la mettre sur la voie ?

J'ai essayé.

– Ensemble, on a plus de chance de retourner dans les anciens schémas, de se faire du mal. Il y a encore quelques heures, j'ai subi une douche froide. Pénélope vit toujours dans le déni.

Et je refuse de jouer le rôle de professeur, cette fois.

– As-tu vraiment été clair ? Tu ne peux pas lui demander d'avancer, si elle ne sait pas où toi tu en es.

Je lui lance un regard en biais.

– Et puis, tu n'es pas parfait. Tu es froid, lunatique, insensible et dans ce cas, clairement indécis.

– Insensible ?

Pourtant, je *sens* très bien cette douleur.

– Ne sélectionne pas ce que tu veux entendre. J'ai géré tous tes divorces. Tu es comme ça. Je sais de quoi je parle. C'est difficile de te comprendre si tu ne dis rien.

Tout en faisant tourner le liquide dans mon verre, je souris tristement en pensant à Pénélope.

– Je sais.

– Toi, tu le sais. Peut-être qu'elle évoluera si elle peut trouver des réponses, non ? Lorsqu'une personne nous quitte, on a besoin de connaître les raisons qui ont mené à ça. C'est ce qui permet de faire son deuil et d'avancer. Si tu n'as jamais donné cette chance à cette Pénélope, je ne suis pas étonné que tu trouves qu'elle n'a pas évolué. Tu ne lui en as pas donné l'opportunité.

Je dépose le verre, puis médite, la tête entre mes mains, les yeux rivés sur le comptoir.

– Il faut que je lui parle, dis-je tout en m'appuyant sur les accoudoirs pour me lever.

Hésitant un instant, je finis par attraper mon manteau d'un geste assuré.

– Et, tout de suite.

Resté comme deux ronds de flan, Driss se contorsionne pour m'analyser.

– Tu passes vraiment du coq à l'âne, toi !

– Je dois lui parler.

– Tu n'écoutes jamais personne d'habitude…

Il pourrait fermer la bouche. Je ne suis pas si difficile que cela, si ?

– Tu sais au moins où elle est ? reprend-il, atterré.

– Je l'ai déposé chez elle. Sinon, elle a mon portable personnel. Il a un traceur GPS dessus.

– Super, tu fais dans le *stalking* maintenant ? Elle va te prendre pour un dingue.

Je fronce le haut du nez. Ah non, il ne va pas me couper dans mon élan. Je ne sais pas si c'est son discours ou l'effet du whisky, mais je ne compte pas lâcher ma résolution.

– Rho, arrête, tu ne la connais pas, m'agacé-je.

Il lève les mains en signe de paix. S'il savait ce qu'elle est capable de faire pour avoir ce qu'elle veut… Je me demande comment l'hôtel tient encore debout à cette heure.

– Et toi, je ne te reconnais plus, se marre-t-il. Ça me fait plaisir.

Il me tape dans l'épaule. Sans vraiment comprendre son enthousiasme, j'enfile mon manteau et quitte le bar d'un pas résolu.

Chapitre 31
LA ROUE

Pénélope

Chapitre écrit : 0 – Manuscrit mis dans la corbeille, ouverture d'un document vierge.

– Cent soixante dollars un coussin ?! m'écrié-je.

La vendeuse de ce magasin de literie de luxe, ou plutôt d'arnaqueurs, me considère d'un mauvais œil. Elle m'a déjà réservé un accueil plus que froid en avisant mon chemisier léopard, mon jean slim et mes baskets Nike, je pense que je viens définitivement de recevoir tout son mépris.

– Remplit-il toutes vos exigences ? demande-t-elle à June en me tournant le dos.

– À ce tarif-là, il faudrait que je m'endorme avant d'y poser ma tête, ironisé-je.

– Ils viennent de Paris, continue la voleuse.

Ça change quelque chose ?

June tâtonne la matière d'un air entendu. Elle a répondu après mon troisième appel, et j'ai dû batailler pour qu'elle accepte de me voir. Malgré son emploi du temps surchargé, j'ai réussi à la convaincre de me dire où elle était et me voilà à la suivre dans sa fièvre acheteuse dans les magasins de la Cinquième Avenue.

– June, on peut juste aller boire un verre, ce soir ? quémandé-je en me tordant les doigts.

Mon amie continue son shopping, ignorant ma supplique ostensiblement. Elle n'a jamais été aussi froide. Pour faire mon mea culpa, plus tôt, je lui ai même proposé de lui porter quelques sacs, qu'elle a éloignés de moi d'un geste brusque. Je crois qu'elle est vraiment en colère.

– Les coussins sont assez lourds pour rester en place, poursuit la vendeuse de rêve.

– Depuis quand les coussins se baladent ? ris-je, en levant les yeux au ciel.

– Pénélope ! s'exclame June, agacée.

Je l'attrape par les bras et la tourne dans ma direction. À la contraction que je sens sous mes doigts, je perçois bien qu'elle est tendue.

– J'aimerais que tu m'écoutes. On peut aller boire un verre à côté de chez moi, non ? la supplié-je. S'il te plaît, j'ai trente ans aujourd'hui, on doit fêter ça !

Elle secoue la tête de gauche à droite et marmonne :

– Non, mais je rêve.

Elle prend une grande inspiration, puis me regarde de haut, perchée sur ses talons de dix centimètres.

– Pénélope, je préfère qu'on arrête de se voir, dit-elle d'un air solennel.

– Pourquoi ?

Ses yeux s'arrondissent. Elle se dégage de ma prise. Son visage ne peut être plus déformé par la colère.

– Tu me demandes pourquoi ?! Tu es rentré chez moi par effraction, tu m'as volée et tu as défoncé la voiture de mon père.

Je frissonne de culpabilité. Une tension accapare ma nuque et mes épaules.

– Elle est réparée maintenant, non ?

Mon amie rit cyniquement.

– Ouais, c'est ça. Tu sais quoi, j'en ai ma claque de te soutenir dans tes déboires, achève-t-elle avec un sourire crispé.

– C'est normal, en tant qu'amie…

J'ai l'impression d'avoir dit une absurdité tant son air est ahuri. Elle fait un signe à la vendeuse de patienter, puis me saisit par le bras. Elle m'entraîne à l'extérieur du magasin puis, une fois sur le trottoir, elle envoie :

– Je ne suis pas ton amie, Pénélope. Je te supporte.

Je ressens comme un coup de poignard dans la poitrine. Ses mots me heurtent avec puissance, alors que quelques new-yorkais se retournent sur nous.

– Oui, justement, c'est ce que font les amies.

– Non ! Les amies prennent du plaisir à être ensemble.

Elle secoue la tête, comme si ces propres mots la blessaient.

– June, je suis désolée. Pour la voiture, c'était…

Une grimace de douleur déforme son visage. Elle balance ses sacs par terre d'un geste rageur, attirant l'œil curieux des passants. Libérées, ses mèches auburn, d'ordinaire bien coincées derrière ses oreilles, s'agitent contre ses joues.

– Réveille-toi, merde ! Tu m'as volée !

J'essaie de me rattraper en m'accroupissant et rassemblant tous ses achats éparpillés au sol.

– Je sais, mais j'étais sûre que tu ne m'accompagnerais pas et j'avais besoin…

Son talon aiguille tape le goudron, frôlant de près mes doigts sur le point d'attraper la hanse d'un des sacs. Je me redresse, la main contre la poitrine, tremblante.

– Tu ne te poses pas de questions ? assène-t-elle, le regard furibond. Es-tu idiote à ce point-là ? Je ne te prête jamais rien, parce que tu casses tout. Tu n'es qu'un boulet. Je ne sais même pas comment tu arrives à t'en sortir à chaque fois.

Je tente d'apaiser la situation.

– J'ai des regrets, crois-moi.

– Mais tu as toujours des regrets, c'est ton problème de fond. Je suis avocate et tu me prends pour ta psy en permanence.

Ma voix se craquelle sous le poids des émotions.

– S'il te plaît, June. J'ai toujours essayé de ne pas être un poids. Je ne t'ai jamais demandé le moindre service, me défends-je.

– Je n'ai jamais voulu t'en rendre ! D'ailleurs, je n'ai jamais voulu être ton amie, non plus. Est-ce que tu es aveugle ?! Tu t'accroches désespérément à moi et j'ai tellement pitié de toi que je t'ai laissé faire !

Je secoue la tête, comme si cela pouvait éloigner la souffrance que me cause notre conversation.

– Mais regarde-toi ! tonne-t-elle en me foudroyant des yeux. Même ta mère en a assez !

Mon cœur se déchire à ce moment-là. C'est trop pour moi.

– J'ai eu de la peine, poursuit-elle sans me laisser respirer. Mais ça suffit, et je ne te demande aucun remboursement pour les heures perdues à t'écouter ou même celles que moi, j'ai passées avec une vraie psy à décortiquer ton cas. Estime-toi chanceuse de t'en sortir à si bon compte.

Alors, elle aussi se débarrasse de moi ? Elle ne peut pas me faire cela. C'est trop brutal. Il y a bien un moyen d'arranger la situation.

– Attends, June. S'il te plaît.

Je la retiens, mais elle se dégage brusquement. Son regard glacial me déstabilise davantage, car j'ai réellement la sensation de n'être qu'une merde sous sa chaussure.

– Ne me touche pas. Et ne m'aide pas, t'en as assez fait.

Elle désigne la bougie de son coffret qui a roulé sur le bitume jusqu'au bout du trottoir.

– Regarde dans quel état tu me mets !

Mes bras retombent le long de mon corps. Terrifiée et impuissante, je l'observe rassembler ses achats.

Tout en s'affairant, sa main me balaie de haut en bas.

– Regarde-toi avec ta vie minable. Tu es là à croire que tout le monde t'aime et tu ne vois même pas qu'on fait tous la grimace dès que tu approches. Tu représentes à toi toute seule tout ce qu'il y a de plus tragique dans la condition humaine. Tu n'as même plus de lucidité au point que je me demande si tu es complètement stupide ou simplement dans un état dépressif grave.

Tout s'embrouille. Pourquoi cherche-t-elle à me blesser à ce point ? Je ne sais plus quoi faire pour rattraper les dernières minutes et notre amitié qui semble se désintégrer sous mes yeux.

– Je te demande pardon, la supplié-je.

Elle se redresse, raide comme un piquet et me toise :

– Tu me fais halluciner. Tu es tellement faible que tu n'as même pas la force d'être mal-aimée. Mais je te déteste. Jamais, je ne te pardonnerai. C'est la réalité que tu dois accepter.

Quelle réalité ? Celle dans laquelle ma seule amie, celle qui a toujours été mon soutien, avec qui j'ai partagé des heures à rire et se raconter des confidences, me dit que tout n'était qu'une illusion, que même elle ne me supporte pas. Comme ma mère. Comme Devin. Non. Je n'arrive pas à m'y faire.

– Tu as toujours été là pour moi, rappelé-je en retenant un sanglot.

Les traits de June se déforment un peu plus.

– Quand ? À quel moment ?!

– Toutes nos discussions…

– Elles n'allaient que dans un seul sens ! Réveille-toi !

Mes yeux restent accrochés à ceux de mon amie.

– C'est vrai, j'ai dû paraître égoïste…

Est-ce que je ne parle vraiment toujours que de moi ? Après tout, June me parlait de son travail et de… Enfin, c'est vrai que je ne demande jamais de détails, mais il y a le secret professionnel aussi ! Et puis, elle me parle de sa vie amoureuse. Est-ce que j'ai déjà posé des questions, approfondi les sujets qui la concernent ? J'aurais dû, c'est certain.

– C'est ton caractère, Pénélope ! Tu es égoïste, et pire, tu as une peur bleue de l'abandon, alors tu es incapable de vraiment t'attacher, d'accorder de l'attention ou de l'importance à ce qui compte vraiment. Toutes ces relations vouées à l'échec. Tous ces mecs. Tu répètes que c'est eux le problème, mais regarde autour de toi. Il n'y a personne !

Je frissonne. À quoi bon s'attacher, quand il est évident qu'on finira par être abandonnée ? Je ferme les yeux, essayant de chasser de mon esprit cette interrogation douloureuse.

– Je vais m'améliorer.

– Mais, je ne t'aime pas ! Tu captes ça ?! Quoi que tu fasses, ça ne changera rien.

Devant son air hostile, mon visage se décompose, une larme solitaire tombant sur ma joue. Ma bouche s'ouvre, j'ai dû mal à respirer.

– Alors, pourquoi être restée à mes côtés ?

– Je te l'ai dit, par pitié. Tu dois avoir l'habitude.

Chacun de ses mots me fait fléchir. À cet instant, je suis capable de me mettre à genoux et de la supplier.

– D'accord. Je ferai tout ce que tu veux. Je te laisserai de l'espace. Je…

– Tu vas t'accrocher malgré tout ce que je viens de te balancer ? Regarde, tu t'obstines à te voiler la face.

Je ne me voile pas la face, j'essaie juste de réparer les choses. J'ai besoin d'elle dans ma vie, parce qu'elle compte pour moi. Je l'aime.

– Tu es ma seule véritable amie et je ne veux pas te perdre, expliqué-je avec toute la sincérité dont je suis capable.

Elle recule d'un pas.

– Oh non, je ne me laisserai plus attendrir. J'ai cru que tu étais inoffensive, mais tu es capable de faire beaucoup de mal. Tu vois, Pénélope, si tu étais sincère, tu accepterais la vérité quand bien même elle ne tourne pas en ta faveur. Là, tu ne veux simplement pas que les choses changent. Voilà pourquoi tu t'écartes de toutes discussions honnêtes et franches ! Tu refuses de poser les *questions* pour ne pas avoir à supporter les *réponses*. C'est tellement pathétique…

Peut-être que je ne veux pas voir la réalité en face parce qu'elle me fait peur à un point qu'on ne peut imaginer. Je nie peut-être les évidences pour survivre, car je ne sais pas comment absorber le chagrin et la souffrance. C'est un droit de voir chez les autres que les bons côtés, non ?

– Je suis sincèrement désolée, dis-je, la gorge nouée.

Elle se met à rire froidement.

– Tu penses peut-être qu'on peut tout pardonner ? Tu penses que tu peux tout réparer ? Oh non, pardon, que d'autres vont payer à ta place pour réparer tes conneries ?! La voiture de mon père ne sera plus jamais la même.

La hargne qui déforme ses traits me fait reculer d'un pas.

– Tu sais, c'est la goutte d'eau qui fait déborder le vase, parce que tout ce que je ressentais a pris un sens. C'est un mal pour un bien. Je vais pouvoir me débarrasser de toi sans une once de culpabilité, parce que je réalise, moi aussi, à quel point ton égoïsme est destructeur. Je ne veux plus jamais te revoir. C'est clair ? Si tu persistes, et je sais que tu en es capable, je t'attaque pour harcèlement.

Je fais un pas en avant, tandis que mon visage s'inonde de larmes.

– Pardon ? Pour… harcèlement ?

Elle recule comme si elle craignait que mon contact la brûle.

– Tu as bien entendu.

Suis-je une si mauvaise personne ? *Pénélope, bien sûr, pourquoi ils te quitteraient tous les uns après les autres ?* Je ne peux plus empêcher mon visage de se creuser, mes lèvres de se tordre par les lourds sanglots qui s'échappent de ma gorge.

Une main chaude me saisit alors le bras et une voix grave s'interpose entre nous :

– Pénélope, ça va ?

Je baisse le menton sur l'ombre que produit la silhouette haute et large de Devin.

– Ah, voilà le prince charmant qui a payé pour les réparations, envoie June, baissant toutefois d'un ton. Vous êtes le Devin Ryan qu'elle a tant aimé, n'est-ce pas ? Celui pour qui elle sabote toutes ses histoires d'amour, car elle attend stupidement son retour depuis ses dix-huit ans.

Ne dis pas ça, June, je t'en prie…

– C'est bien moi.

Je tressaille. Je n'arrive plus à relever la tête. À affronter.

– Est-ce que vous pouvez essayer de lui dire, vous, pourquoi tous ceux qui s'approchent d'elle ressentent le besoin de s'éloigner ? Peut-être que si ça vient de vous, elle comprendra enfin quel genre de personne elle est.

Devin garde le silence. Je redoute tellement qu'il confirme l'avis de June et d'entendre qu'il n'y a absolument rien à garder dans ma personnalité.

– Je suis certaine que vous lui avez déjà dit un millier de fois, crache June. Simplement, elle n'écoute que ce qu'elle veut entendre.

La voix profonde de Devin s'élève comme une hache coupant l'air :

– Arrêtez.

Il ne nie toujours pas. J'ose un regard apeuré vers lui. Même si ses traits tendus par la haine disent tout autre chose, ils me dévoilent cette vérité qu'il ne m'a pas dite, par pitié, par pudeur, parce qu'il n'est pas aussi cruel et énervé que June à l'heure actuelle. En même temps, je n'ai pas embouti sa voiture à lui, peut-être que si j'avais été aussi loin, j'aurais le droit au même discours.

– Oh, j'arrête, je vous la laisse même. Bon courage.

Quand June nous tourne le dos, je pense que c'est fini. Je ne peux pas tomber plus bas, jusqu'à ce qu'elle se retourne pour en remettre une couche.

– Vous savez qu'elle a fugué pour partir à votre recherche ? Ils l'ont retrouvée à l'aéroport, prête à prendre un avion pour l'Angleterre. Pour l'Angleterre ! Vous imaginez ?! Impossible de lui faire entendre que vous étiez parti de votre plein gré. Franchement, je…

– June, crié-je. Je t'en supplie, arrête.

Devin, lui, occulte June et s'adresse de nouveau à moi, d'une voix pleine d'inquiétude :

– Pénélope, regarde-moi.

Impossible. Je ne peux que fixer mon amie qui grimace de plus belle. La charge émotionnelle devient trop lourde et pesante.

– Elle travaillait dans cet hôtel dans le but de vous remettre le grappin dessus, révèle June d'un ton acerbe. Pire qu'un cafard…

Je sens mes jambes se dérober sous mon poids. Ce n'est que la force de Devin qui retient mon bras, qui me maintient debout.

– C'est bon. Ça suffit ! tonne-t-il, glacial.

À présent, il observe mon ancienne amie avec un mépris comparable à celui qu'on réserverait à son pire ennemi.

– OK, très bien. Elle n'attire que des problèmes, mais ça, vous le savez déjà, conclut June avec un sourire sardonique.

Elle me lance un dernier regard de pur dégout, puis nous tourne le dos. Je sens toujours la main de Devin sur moi. Il tente d'attirer mon attention, mais je ne peux détacher mes yeux de la silhouette fine et élancée de mon ancienne meilleure amie. Je sais que c'est la dernière fois que je la vois.

Alors qu'un stress intense me submerge, je rigole de façon incontrôlée, puis me dégage brusquement de l'emprise de Devin.

– Qu'est-ce que tu fais encore ici ? craché-je, sans pouvoir le regarder dans les yeux. June a raison, non ? Ne vient-elle pas de dire tout ce que tu n'as pas réussi à m'avouer depuis ton retour ? J'ai compris. Et je suis fatiguée.

Je tourne les talons et marche sans regarder où je vais. Tout s'entrechoque dans ma tête et toutes mes relations passent devant mes yeux, comme un mauvais film qu'on rembobine. June, Devin, ma mère… Stop !

Rentre chez toi, Pénélope ! Juste, rentre chez toi.

J'ai l'impression de flotter. Est-ce que j'avance vraiment ?

– Eh ! Tu comptes traverser la route sans regarder ?! s'écrie Devin.

Il me tire en arrière et me projette contre son torse. Je tente de le repousser de toutes mes forces, mais je ne fais que suffoquer. Je panique alors que l'oxygène n'arrive pas dans mes poumons.

Devin continue de parler, mais le son est flou. J'ai juste l'impression de l'entendre derrière une cloison en verre dépoli. J'attrape son bras pour m'en soustraire, mais au lieu de cela, je m'y accroche au moment où mes jambes me lâchent définitivement.

Chapitre 32
FLIPPER

Pénélope

Je papillonne des cils difficilement.

La voiture roule le long de la côte, alors que le soleil décline et se couche sur l'océan. Je tourne la tête vers la gauche et avise la silhouette de Devin, encore concentré sur la route.

– Tu t'es assoupie, m'apprend-il. Je n'ai pas pu me résoudre à te laisser devant chez toi. Avec ta crise de panique, je me suis dit qu'il valait mieux que tu ne restes pas seule, donc j'ai conduit…

– Arrête la voiture.

Devin déglutit, alors que ses mains se resserrent autour du volant.

– Pénélope, tout va bien.

– Non, ça ne va pas bien. Arrête la voiture, putain !

Il ralentit et se gare sur le bas-côté. Sans refermer la portière derrière moi, je m'extirpe du véhicule. J'ai besoin d'air ! Oh non, la crise de panique revient… Je tape du poing contre ma poitrine pour tenter d'aider mes poumons à trouver l'oxygène qui me manque. La vision presque brouillée, je titube, puis j'enjambe la barrière de sécurité et descends sur les rochers comme je peux. Je trébuche, à deux doigts de m'exploser le crâne sur la pierre quand une poigne de fer m'immobilise.

– Qu'est-ce qui te prend ?! s'écrie Devin, la voix quasi couverte par les rouleaux de l'océan.

– Je veux m'éloigner de toi ! crié-je.

Il ne cède pas, m'oblige à reculer, puis me ramène sur un espace en sable entre les rochers. Inflexible, il me contraint à lui faire face.

– Et tu es prête à te tuer pour ça ? Tu as tellement peur de me regarder que tu préfères te jeter dans le vide, peut-être ?!

– Tu ne comprends pas.

Les mots de June résonnent encore dans ma tête. Elle ne me supporte plus et je ne me supporte plus moi-même.

– C'est trop douloureux, gémis-je.

J'ai paré les responsabilités toute ma vie. Seulement, sans June, sans ma mère, sans mes illusions, je n'ai nulle part où me cacher, comme si le monde pouvait voir mes plaies béantes. June a pris avec elle le dernier masque qui me restait. Comment abandonner cette identité façonnée par des années d'esquive ?

– Ressaisis-toi, m'intime Devin. Il va falloir que tu affrontes la réalité, Pénélope.

Et lui ? Que pense-t-il de moi ?

Oui, j'ai aimé Devin à en perdre la tête. Oui, quand il est parti, j'ai cru que ma vie s'effondrait. Seulement, pour rien au monde, je n'aurais voulu qu'il le sache.

Je ne peux pas continuer à mentir, ni à lui ni à moi-même. Chaque jour, j'ai espéré qu'il revienne. J'ai attendu désespérément dans cet hôtel avec l'espoir que rien ne change et qu'on revive cette parenthèse enchanteresse. Cependant, tout cela signifie ignorer le fait qu'il a disparu sans le moindre remords, sans manque de moi, de nous, de notre histoire.

Devin n'ajoute rien. Il me laisse prendre conscience de la réalité. Et cette réalité, je ne suis pas certaine d'avoir la force de l'affronter. Je ne veux pas ressentir ce déséquilibre émotionnel. Pourquoi suis-je paralysée, incapable de bouger ne serait-ce que le petit doigt ?

Je lève les yeux et durant quelques minutes, je me perds dans les vagues qui naissent et meurent devant moi. Mon cœur bat toujours violemment, mais ma respiration s'apaise de nouveau. Du moins, pour cette fois.

– Retourne à la voiture, m'incite Devin plus fermement. Je vais te ramener chez toi.

Il ôte alors sa longue veste et la place sur mes épaules. Son parfum et sa chaleur me rappellent douloureusement ce que je ne suis pas capable de retenir. Il me guide sur la pente abrupte et malgré moi, ma main doit s'accrocher à son avant-bras pour rester debout. Puis, ensemble nous enjambons la barrière pour rejoindre sa voiture qui nous attend, les deux portières largement ouvertes.

Tremblante comme une feuille, je réponds à l'invitation muette de Devin et m'installe sur le siège passager. Il attache ma ceinture de sécurité, ferme la porte, puis contourne le véhicule pour reprendre place derrière le volant.

Il est en chemise, alors j'esquisse un mouvement pour enlever sa veste, mais il m'arrête d'un signe de main.

– Tu trembles encore, explique-t-il. Garde-la sur toi. S'il te plaît.

Je porte seulement un chemisier en plein mois de février, tout simplement parce que June m'avait donnée dix minutes pour la rejoindre dans le magasin de literie et j'ai foncé sans même penser à mieux me vêtir. À présent, il fait presque nuit, et j'ai froid.

Le silence qui s'installe dans la voiture lorsqu'il démarre est chargé de tension. De doutes et de non-dits.

– J'ai roulé sans savoir où j'allais, m'avoue-t-il alors qu'on passe un panneau rappelant la dangerosité des falaises. Je vais devoir refaire le plein.

– D'accord.

Au bout d'une bonne demi-heure, Devin s'arrête à une vieille station-service au bord d'un précipice. La vue est époustouflante, surtout que les vagues s'éclatent maintenant violemment sur les rochers. L'air frais qui s'engouffre dans la voiture lorsque la porte s'ouvre montre que nous sommes encore bien en altitude. Combien de temps a-t-il roulé et jusqu'où aurait-il continué ?

Alors que Devin part vers la station, un petit bâtiment très modeste, afin de payer l'essence, je ressens comme des crampes au cœur. J'ai toujours su me relever avec un sourire, une plaisanterie. J'ai dû apprendre à relativiser, en me disant : « il y a plus grave dans la vie ». Ce qui est fait est fait, mais ce soir, les émotions me submergent. J'ai besoin de me rincer le visage pour me calmer. Il doit bien y avoir des toilettes là-bas, non ?

Bon, la route est peu fréquentée et autour de nous, il n'y a personne, mais je ne peux pas laisser un véhicule de prestige allumé sans surveillance. J'entends déjà Devin et June me rappeler mon inconséquence et je veux leur prouver que je sais être responsable !

Visiblement, il n'y a pas de clé. Je crois qu'il s'agit d'une voiture automatique, je fouille donc le tableau de bord à la recherche du bouton off.

– Comment elle s'éteint cette foutue voiture ? ruminé-je.

Pourquoi tout est toujours si compliqué ? pensé-je à deux doigts de craquer. Trois boutons plus tard, le moteur s'arrête enfin. Miracle !

Dès que je sors du véhicule, je serre les pans de la veste autour de ma chemise pour me protéger du froid. Lorsque j'approche de la station, Devin émerge de l'intérieur, tenant deux gobelets fumants dans ses mains. Immédiatement, nos regards se croisent et mon cœur s'emballe en une frénésie coupable.

Devin, l'air surpris, porte cependant des yeux horrifiés sur quelque chose au-dessus de ma tête. Intriguée, je me retourne et découvre ce qui sera ma dernière vision de la voiture : son capot qui plonge dans le précipice.

Et merde…

Chapitre 33
SOIXANTE-DIX-SEPT

Pénélope

Mur de la honte : en cours de construction.
Largeur : l'horizon.
Hauteur : le firmament.

Dans ce genre d'ascenseur émotionnel, c'est comme une chute du paradis, tête la première sur une pierre tombale. Si je fais le bilan de ma vie de merde, je crois que c'est la cerise sur le pancake. Autant dire que lorsque j'ai entendu Devin souffler au bord du ravin, « Bordel, c'est le cauchemar des voitures, cette femme », j'ai sérieusement envisagé de déposer une demande officielle pour me déclarer danger public.

Le gérant de la station-service nous a laissé dans l'arrière-boutique, un espace confiné dédié au stockage de bières et d'autres boissons où le chauffage d'appoint peine à déshumidifier la petite pièce. Installée dans un coin, à proximité d'un bureau encombré de documents administratifs et de factures, je suis tout sauf à mon aise.

Devin a abandonné son gobelet de café sur le bord de la petite fenêtre et depuis presque trois-quarts d'heure, il va et vient devant moi. Bon. Il m'a brisé le cœur. J'ai détruit sa voiture. On peut dire qu'on est quitte, non ? Ouais, je ne vais pas le dire à voix haute ! Surtout qu'avant de se plonger dans ses affaires, il a quand même pensé à m'acheter de l'eau et un sandwich.

Depuis, il n'a pas lâché son téléphone. Il est presque 20 heures, mais c'est déjà le quatrième appel qu'il passe pour le travail. Une part de moi, celle qui ne culpabilise pas affreusement, se demande s'il le fait exprès pour éviter la conversation. C'est vrai que la pièce est drôlement petite et je ne nous vois pas nous regarder dans le blanc des yeux.

Cette fois, lorsqu'il raccroche, il reste un instant à contempler son écran, puis il relève les yeux dans ma direction. Je retiens mon souffle.

– Ton café est froid, lance-t-il en le désignant. Tu en veux un autre ?

Je me tourne instinctivement vers le liquide stagnant sur le coin du bureau. Je secoue doucement la tête, car mes mots refusent de franchir la barrière de mes lèvres. Mon cœur bat trop vite. Mes mains deviennent moites. Pathétique.

Devin passe les doigts sur sa nuque pour masquer son impatience et voyant que je reste mutique, il s'installe à l'autre bout de la pièce. Après s'être assis contre le mur, il plie son genou et place son coude dessus. De l'autre main, il fait tourner son portable contre la cuisse de sa jambe étendue.

– J'ai appuyé sur le mauvais bouton, c'est ça ? bégayé-je d'une voix presque cassée.

Devin me regarde avec une expression qui veut dire : « tu demandes, mais tu connais la réponse ». Il est extrêmement calme pour un mec dont j'ai explosé la bagnole ! Je n'ose pas le questionner sur le prix de la voiture. Mon ardoise risque d'exploser, mais faisons-nous du mal, au point où nous en sommes. Je m'empare du téléphone dans ma pochette en cuir rose et tape sur la barre Google : « Lamborghini Urus prix ». Lorsque la somme s'affiche à l'écran, l'appareil me tombe des mains. Il est clair que le navire prend l'eau ! Je vais avoir de sérieux ennuis.

Devin observe silencieusement mon manège, alors que je récupère l'iPhone, qu'il m'a prêté, tombé entre mes pieds.

– Sérieusement, pourquoi les gens achètent des voitures au prix d'une maison ? marmonné-je, les mains tremblantes.

– Pardon ?

– Non, rien.

Il soupire, puis reprend :

– Mon avocat doit passer nous récupérer. Il devrait en avoir encore pour une demi-heure.

Je suis soulagée. S'il vous plaît, s'il existe une divinité magnanime, qu'on en finisse au plus vite !

– C'est un très bon avocat, reconnais-je, avec un sourire forcé.

Il m'ausculte de ses prunelles marines, tant et si bien que je dois baisser la tête.

– En réalité, c'est un ami, m'apprend-il.

Je pense à June et Devin le devine, car il poursuit :

– Cette personne, ton « amie », n'est pas quelqu'un de bien.

Le coin de ma lèvre se relève en un sourire incertain.

– Elle est très procédurière, c'est tout. Du genre à réclamer des dommages et intérêts si son dentifrice n'a pas parfaitement la couleur indiquée sur le tube.

À l'expression peu amène de Devin, je comprends sans peine qu'elle ne s'est pas gênée pour la voiture de son père. Je ne serais pas surprise d'apprendre que June a réclamé des sommes faramineuses.

– On se connaît depuis longtemps, expliqué-je en croisant les mains entre mes cuisses. Je ne critiquerai pas son amitié, je n'ai pas été une bonne fréquentation moi-même.

– Ne te dénigre pas.

– Je ne me dénigre pas. Je fais face à la réalité, c'est ce que tu voulais, non ?

Les yeux de Devin se plissent tandis que ses lèvres dévoilent :

– Tu ne devrais pas prendre au pied de la lettre tout ce qu'elle t'a dit. Elle ne sait pas de quoi elle parle.

J'ai l'impression que ma mâchoire se paralyse. Je déteste l'idée même qu'il ait été présent. Il sait maintenant à quel point il m'a marquée quand moi, je réalise lentement que notre histoire n'a existé que dans ma tête. Je cligne des paupières plusieurs fois, mais rien ne m'aide à reprendre contenance.

– Qu'est-ce qui était faux au juste ? attaqué-je, en le dévisageant. Hein ? Qu'est-ce que tu voudrais rectifier ?

Son regard se durcit.

– Je ne prétends pas tout savoir de toi, seulement…

– Il faudrait savoir : soit tu me connais, soit tu ne me connais pas.

Devin détourne les yeux, comme s'il cherchait ses mots.

– En effet, cette personne que tu es à cet instant, je ne la connais pas.

L'atmosphère s'alourdit. Je ricane avec amertume tandis que mes poings se serrent et mes ongles s'enfoncent dans mes paumes.

– Je suis désolé. Je ne veux pas te blesser.

Je sens ma bouche grimacer et les émotions me submerger. Je n'en peux plus d'entendre ça alors que je sais pertinemment que c'est faux. Il n'est pas désolé.

– Arrête, c'est exactement ce que tu es en train de faire : me blesser. Tu éludes les questions et tu me fais espérer.

Là-dessus, je crois que tu m'as très bien cernée, parce que j'y crois à chaque fois et je m'emballe comme toujours, pendant que toi, tu ériges des murs, tu…

– Je n'ai jamais essayé de te faire revenir dans notre réalité, peut-être ? Je n'ai jamais tenté d'aborder ce qui ne va vraiment pas entre nous depuis qu'on s'est retrouvés ? Les mêmes problèmes qui nous ont séparés ?!

Sa voix envahit la pièce, comme si son cri sortait vraiment du cœur. Je vois dans ses traits qu'il ronge son frein et à travers son regard tranchant, je sais qu'il m'intime de me souvenir.

– Je t'écoute, vas-y ! Une bonne fois pour toutes, balance ce que tu aurais dû me dire il y a des années au lieu de tourner autour du pot.

– Très bien, reprend-il, impitoyable. Si tu te crois enfin prête à entendre ce que j'ai à te dire, je ne vais pas m'en priver. Après tout, j'étais revenu te voir pour ça.

Ma respiration s'emballe. Ma gorge s'assèche complètement. Je sais ce que Devin va me dire : « je n'avais aucune raison de te quitter, car je n'avais déjà aucune raison de t'aimer ». C'est tout.

Un coup d'œil sur la gauche et je calcule les mètres qui me séparent de la sortie. Comment supporter cette conversation que j'ai fuie tant de fois ? J'aurais pu y faire face hier, je crois, mais à présent, comment ne pas lui montrer que ça m'atteint ? S'il me déballe la vérité, je suis sûre que je ne pourrai plus jamais sourire, ne le comprend-il pas ?

Devin prend une inspiration sans me lâcher du regard.

– C'est bon, finalement, tu n'es pas obligé de faire ça, l'arrêté-je.

Il ne m'écoute pas, se lève et avance vers moi. Je réagis au quart de tour. Abandonnant son manteau qui glisse de mes épaules, je quitte précipitamment le tabouret, puis le contourne. Mes jambes flageolent lorsque j'attrape la poignée ronde pour ouvrir la porte.

Dès que j'atteins la sortie du magasin et que mes pas foulent le bitume, l'air froid me fouette le visage. Merde, c'est la tempête dehors !

– Pénélope !

Devin me chope par le poignet. Je frappe son poing pour qu'il me libère.

– Lâche-moi !

Il serre davantage sa prise, m'obligeant à le regarder dans les yeux.

– Tu vas attraper froid. Qu'est-ce que tu fabriques ?!

N'arrivant à rien lui dire, je me contente de me libérer de sa poigne et de faire quelques pas de plus vers la route. Devin a raison, qu'est-ce que je fais ? Je fuis. Encore et toujours. C'est mon anniversaire, aujourd'hui, j'ai trente ans. Et pourtant, j'ai l'impression d'être toujours l'adolescente naïve qu'il a fait attendre sur le perron d'un hôtel. Pourquoi la peine est si vive encore aujourd'hui ? La peur de l'écouter encore si grande ?

Respire. Ne te laisse pas submerger.

Même si Devin ne dit rien, je sens toujours sa présence dans mon dos. Je me retourne doucement pour l'affronter, mais son expression incertaine, sous les lumières pâles de la station essence, me déstabilise complètement. J'ai rarement vu Devin faire preuve d'incertitude. J'essaie de remettre de l'ordre dans mon esprit et parle en conséquence comme si je le faisais pour me resituer moi-même :

– Durant tout ce temps, j'étais complètement dans l'ignorance de ce qui t'avait poussé à t'éloigner de moi ! J'y ai pensé sans cesse, des milliers de fois. À en devenir folle ! Et finalement, je me suis persuadée que si je ne savais pas, c'est parce que les raisons n'avaient rien à voir avec moi.

Seulement, aujourd'hui, en étant honnête avec moi-même, j'en trouve des centaines. Alors ne dis rien. Je t'en prie.

Devin n'a pas seulement été mon amant, il a été un pilier, un mentor, et je me suis entièrement reposée sur lui. C'est triste de se dire que j'avais besoin de quelqu'un pour me tirer vers le haut. Besoin de notre bulle pour m'épanouir. L'ai-je étouffé à ce point ? Comme June ? Même si je voudrais le nier, je n'ai jamais accepté son départ, alors qu'il me le rappelle aujourd'hui avec tellement d'évidence.

– Très bien. Je vais me taire. Si c'est ce que tu veux vraiment.

Ses yeux brillent de déception dans le noir, même s'il pince les lèvres pour garder une expression neutre. Je distingue parfaitement le sentiment de culpabilité, celui qui le pousse à sortir son portefeuille au moindre de mes faux pas.

J'aimerais qu'il soit la personne que je déteste le plus au monde. Mais je sais qu'il n'a jamais cherché à me faire du mal. Il a tenté d'être honnête, et j'ai voulu garder mes œillères. Égoïstement.

À l'instant où je sens qu'il fait un pas en arrière, qu'il renonce tout simplement, j'ai la sensation de perdre une partie de moi. Je sais que je dois faire preuve de bravoure. Je le dois à Devin, à moi-même et surtout, à nous. Il faut que je parvienne une bonne fois pour toutes à tourner la page et à me libérer de notre histoire.

– Très bien, Devin, allons-y. Je suis prête ! m'écrié-je.

Je fais un pas vers lui et sens une électricité entre nous. Bien que prudent, Devin avance d'un pas aussi, et mon cœur palpite férocement dans ma poitrine.

Je prends mon courage à deux mains et souffle :

– Pourquoi tu m'as quittée ?

C'est à ce moment-là qu'il se met à neiger.

Chapitre 34
BATEAU À RAMES

Devin

Ma main gauche glisse jusqu'à celle de Pénélope. Elle tremble. Je la sens confuse, fragile, et pourtant, elle déglutit péniblement puis relève sur moi un regard vaillant.

– Ne prends pas de gants, nous n'en sommes plus là. Tu as rompu avec moi, il y a des années déjà, tu peux parler franchement, aujourd'hui.

Je hais son ton accusateur. Elle semble tellement convaincue de sa propre version des choses. Quelque part, elle ne pourra jamais savoir ce que j'ai ressenti si je ne le lui dis pas. J'aurais simplement aimé qu'elle le réalise par elle-même. Pourra-t-elle seulement entendre la vérité ?

– Nous n'étions pas vraiment ensemble, commencé-je, pris de cours par mes propres émotions.

Abasourdie, elle me considère. Puis, elle s'humecte les lèvres et m'adresse un regard chargé de rancune, avant de fausser un rire.

– Très bien. Ça a le mérite d'être clair.

Non, ce n'est pas clair. Ça ne l'est plus depuis longtemps.

– Cette relation n'a existé que dans ma tête, tranche-t-elle.

– Je n'ai pas dit ça.

– Évidemment que si, tu viens de dire que nous n'avions pas eu d'histoire !

Mon regard coriace s'enfonce dans le sien. Je dois ignorer les larmes qui le couvrent. Il est évident que je la blesse, mais je ne m'arrêterai pas en si bon chemin.

– Non, j'ai soulevé le fait que nous n'étions pas un couple.

Elle s'étrangle.

– Je ne vois aucune différence.

– Il est peut-être là le problème, Pénélope !

Elle recule d'un pas, les yeux écarquillés.

J'ai du mal à retrouver une respiration normale. Elle me rend dingue à se voiler la face. Nous étions des fantômes de nous-mêmes à cette époque. Nous ne parlions jamais de nous, de notre passé, de notre présent. Nous n'envisagions aucun avenir. Alors non, je n'appelle pas ça « être ensemble ».

– Sois honnête, tu penses que notre relation avait du sens ? enchaîné-je, plus calme. Je vais t'aider parce qu'on va y passer des heures. Peux-tu me dire ce que tu attendais de moi à cette époque ?

Elle déglutit, manquant de répartie. J'envoie, frustré :

– Nous nous sommes trouvés à un moment sombre de notre existence. Quand le vase était à ras bord, et qu'il n'y avait plus personne pour entendre nos cris de douleur. On a couché ensemble, mais ensuite ? Nous est-il arrivé de parler de nos cicatrices, de ce qui nous tourmentait ? Qu'est-ce qu'on connaissait l'un de l'autre ?!

Elle secoue la tête, refusant d'admettre les faits. Néanmoins, maintenant que j'ai commencé, je ne parviens pas à arrêter ce flot de frustration qui bout en moi, celui qui manque d'exploser depuis que je l'ai revue et que j'ai réalisé qu'elle n'avait toujours pas fait le deuil de ce qu'on a été.

– As-tu une seule fois demandé d'où venaient mes bleus ? insisté-je. Ai-je voulu savoir ce que ta mère te faisait endurer ? C'était une relation en constant rétropédalage.

– Stop ! crie-t-elle.

Elle saisit son crâne entre ses mains. Le rouge lui est monté aux joues d'un coup.

– Arrête, se plaint-elle. Tu avais une dette de cœur envers moi ! Inconditionnel, ça te parle ?

– L'amour inconditionnel, ça n'existe pas.

Elle pâlit et la déception que je perçois dans son regard me fait presque regretter ma franchise. Mais même si ça nous fait un mal de chien, cette conversation ne peut laisser place à des scrupules ou des fantasmes.

– L'amour inconditionnel n'existe pas, point, appuyé-je, plus bas. Pas entre deux personnes qui s'aiment et se souhaitent le meilleur. Dans un couple sain, une relation équilibrée, il y a toujours des conditions, des compromis, une vraie communication.

Entre nous, les vrais sujets sont devenus tabous dès les premières secondes. Je voulais fuir sa fragilité. Je craignais la mienne. Nous étions deux pièces cassées, impossibles à assembler.

Elle pointe mon torse du doigt.

– Toi, tu vas m'apprendre ce qu'est l'amour ? Cinq mariages et autant de divorces, on peut dire que tu es devenu un expert.

Je ne l'ai pas volé.

– Dis celle qui se noie dans son déni affectif, répliqué-je, sur le qui-vive.

Pénélope balance un coup de pied rageur dans une barrière et grimace immédiatement de douleur. Néanmoins, elle m'adresse un regard noir quand je fais un pas pour l'aider.

– Peut-être que si tu avais eu le courage de me parler, il y a douze ans, au lieu de tourner autour du pot comme un putain de froussard, je n'en serais pas là ! « Je. te. quitte », « Je. ne. t'aime. pas », c'était facile, non ?!

– Non, ça ne l'était pas ! hurlé-je, presque. N'ai-je pas essayé de te le dire des dizaines de fois ?!

Elle me scanne de haut en bas et murmure d'une voix désabusée :

– Je vois que tu sais être cruellement sincère, alors qu'est-ce qui t'en a empêché cette fois-là ? La nuit où je t'ai attendu, seule, sur ces putains de marches d'hôtel.

– Toi, Pénélope. Tu m'en as empêché. Tu es la seule personne que je connaisse qui déteste la vérité. Alors comment j'aurais pu te forcer à l'accepter ?!

Elle regarde autour d'elle, et je constate à la buée saccadée qui s'échappe de sa bouche, qu'elle respire de plus en plus mal. Le froid, autour de nous, semble s'intensifier à chaque parole prononcée. Elle entoure son corps de ses bras et je ne sais pas si elle essaie de se protéger de mes mots ou de la température proche du un degré.

– Viens, allons à l'intérieur, lui soumets-je, en lui prenant le poignet.

Je tire sur son bras, mais elle reste ancrée au sol. Ses dents écrasent sa lèvre inférieure jusqu'à devenir toute violette. Pénélope remue la tête, refusant de bouger.

– As-tu pensé à ce que je vivais ? murmure-t-elle en relevant le regard.

– Bien sûr, fais-je en grimaçant.

– Je ne te crois pas !

Je me place bien devant elle.

– J'aurais dû te réconforter, c'est ça ? demandé-je, d'une voix déformée par l'amertume.

Elle fait « oui » de la tête. Puis « non ». Elle ne sait plus comment raisonner. Je crois qu'elle est en train de réaliser.

– Te prendre dans mes bras, je n'ai fait que ça !

C'était ma faiblesse : ne pas arriver à lui parler ni à la repousser. Pénélope était la fille qu'on chérit d'une manière unique qu'une seule fois dans sa vie. Un amour qui semble nous échapper à chaque instant. Elle voyait le bien partout, alors même si je souffrais, comment pouvais-je me résoudre à lui faire du mal ?

Ses cheveux balaient son visage, cachant son regard dévasté lorsqu'elle s'écrie :

– Tu n'as pas la moindre idée de ce que notre relation signifiait pour moi ! Tu aurais pu me dire tout ça bien avant, plutôt que de me laisser me perdre dans cette histoire. Moi, je t'aimais, putain !

Son visage se décompose et elle souffle, des trémolos dans la voix :

– Je t'aimais aveuglément.

Aveuglément. Inconditionnellement. Tout ça, c'est idéaliser l'autre, sans voir qui il est vraiment. Elle m'attendait chaque soir et je devais remplir tous les espaces vides de sa vie. Pénélope était tellement occupée à combler ses besoins qu'elle nous imaginait incassables. Et lorsque son cocon a disparu, elle s'est seulement retrouvée abandonnée et meurtrie.

Elle prend une profonde respiration et continue :

– C'était quoi le problème avec moi ? Je veux que tu m'expliques ce que tu n'appréciais pas suffisamment chez moi ou ce que j'ai fait de si mal pour que tu ne t'attaches pas au point de partir sans te retourner. Pour que tu choisisses de te marier avec une autre seulement un an après.

J'en frissonne. Après Pénélope, j'en étais venu à vouloir de la stabilité, de la normalité. J'avais viscéralement besoin de trouver quelqu'un de fiable et de sain, peut-être pour me convaincre que j'avais pris la bonne décision. Seulement, le constat est lourd : je ne suis jamais retombé amoureux.

Elle remonte le regard sur moi, plissant les sourcils, attendant une réponse.

– Parce que j'étais pauvre ? demande-t-elle sur le ton d'une supplique.

Je secoue la tête.

– Parce que je ne m'exprimais pas aussi bien que tes amis ?

Je reste incapable de bouger, de juste lui répondre. Je contemple simplement les perles humides sur ses cils.

– J'étais trop envahissante, quelque chose comme ça ? Pas assez maligne ? Pas assez intéressante ? J'ai fait de mon mieux alors pourquoi ce n'était pas assez ? Qu'est-ce qui était si insupportable ?

Elle tente d'empêcher ses pleurs, pourtant, les larmes tracent leur chemin sur ses joues. Je la fixe avec cette impression de perdre tout ce que j'ai.

– Je n'arrive pas à comprendre pourquoi je ne méritais pas que tu restes. Je ne supporte pas d'avoir été dans le faux ces trois années. Comment pouvaient-elles sembler aussi belles pour moi et insignifiantes à tes yeux ?

Ne comprend-elle toujours pas ? Ma respiration s'emballe. Je crains d'aller trop loin. De lui balancer froidement ce que j'avais sur le cœur et qui s'était installé en moi telle une gangrène. Au point de la quitter sans me retourner.

– C'est toi qui m'as approché, Devin, me reproche-t-elle. Toi, l'adolescent si intelligent et plein de bon sens, tu m'as embrassée. Je ne t'avais rien demandé !

– Et tu n'en as pas fait plus, après, répliqué-je, triste et hors de moi. Tu veux savoir ce que j'aimais ou ce que je n'aimais pas chez toi, mais t'es-tu posé la question de ce que toi tu aimais chez moi ? Je t'avais toujours ignoré, et à la seconde où je t'ai regardé, tu t'es ouverte à moi, sans même chercher à savoir qui j'étais ou ce que je valais. En vérité, tu ne cherchais pas l'amour. Tu cherchais l'image d'un père, Pénélope. Une famille. Tu t'accrochais à moi !

Choquée, elle ouvre grand les paupières.

– Quoi ? bégaie-t-elle.

Je ne devrais pas lui jeter la pierre, je m'accrochais à elle aussi. Elle m'aimait d'un amour aveugle, moi, d'un amour maladif. J'avais besoin de quelqu'un qui s'attache à moi. Ces années de maltraitance m'ont démoli à petit feu. Ce désamour m'a détruit chaque fois un peu plus et je me suis agrippé au seul point d'ancrage que j'ai trouvé, jusqu'à la dépendance. J'avais besoin d'être aimé et Pénélope m'adulait. Perdre cela m'a terrifié au point que je me suis demandé, à tort, si mes sentiments pour elle n'étaient pas biaisés.

– J'avais… souffle-t-elle, les yeux dans le vide. J'avais l'impression… de t'en demander déjà tellement. Comment est-ce que je pouvais poser des questions ? Je portais tes fringues, tu m'achetais des livres de cours. C'était plus qu'on n'en avait jamais fait pour moi. Comment est-ce que j'aurais osé réclamer quoi que ce soit de plus ?

– Ne te leurre pas, Pénélope, répliqué-je sans ciller. Tu n'attendais rien d'autre de moi. J'ai lâchement accepté que je ne serai jamais plus que le héros, le sauveur de ton histoire.

Elle incline légèrement la tête pour laisser le dos de sa main éponger ses larmes. La voir bouleversée me heurte. Je ferme les poings pour m'empêcher de bouger. Si je la prends dans mes bras trop tôt, j'ai peur qu'on retombe dans nos travers trop vite.

– Tu étais un repère, d'accord, renifle-t-elle. Tu étais surtout ma raison de vivre. C'était puissant, intense et profond. Tu m'as poussée à m'interroger sur ma propre valeur, à prendre la vie comme un défi…

Je bouillonne et réplique, le sourire mauvais :

– Je suis désolé. Désolé si, contrairement à toi, notre relation n'était pas une thérapie.

Elle écarquille les yeux, incrédule.

– Pas une thérapie ? relève-t-elle abasourdie.

Mes émotions bouillonnent. Je ne voulais pas être celui qui lui ouvrirait les yeux, pas seulement parce que je la blesserais, mais parce que tout n'est pas encore cicatrisé pour moi. Repenser à cette période me bouleverse et peut bien faire ressortir le pire de moi-même.

– Pour moi, c'était une addiction, avoué-je. Ça allait trop loin et ça m'éloignait de mes objectifs. Regarde, tu as fini par me poser un putain d'ultimatum ! Comme ça, sans réfléchir aux conséquences.

Elle me scanne d'un regard sévère, mais je ne la laisse pas m'interrompre.

– Vouloir rester avec quelqu'un vingt-quatre heures sur vingt-quatre, nier les évidences et s'oublier soi-même, ce n'est pas de l'amour, c'est toxique !

Ce mot semble l'achever. Sa respiration se coupe, elle recule encore d'un pas.

– Nous étions toxiques ?! s'étrangle-t-elle presque.

– Oui, cet amour était malsain pour moi, il m'emprisonnait !

Dans le silence. Dans la solitude.

Pénélope se retourne et je ne vois plus d'elle que sa longue chevelure brune qui s'agite au gré du vent.

– Est-ce que j'ai fait ça ? marmonne-t-elle. Je t'étouffais…

– Pas seulement toi, c'étaient mes sentiments pour toi. Cette passion pour toi prenait l'ascendant sur le reste et j'ai été aveugle de croire que tout se passerait bien.

Elle se retourne, et son regard suppliant m'intime au silence. Néanmoins, je sais que je dois aller au bout. Maintenant que nous avons ouvert les vannes, il est trop tard pour revenir en arrière.

– Qu'est-ce qui nous rattachait vraiment ? Le sexe ? On a tout fait, tout vécu de ce pan-là sans réellement analyser pourquoi on avait ce comportement sans même se dire « je t'aime » comme deux adolescents ordinaires. On a juste grillé les étapes de nos vies sans considérer les choses que l'on devait accomplir pour s'en sortir individuellement.

– Je n'avais besoin de rien d'autre que de toi ! crie-t-elle à bout de souffle. Je n'avais pas tout ce que je souhaitais dans la vie, mais je t'avais toi ! Ça me suffisait !

À la dernière lueur d'espoir que je vois dans ses yeux, je sais que je ne dois pas céder. Elle cherchera toujours à se rattacher à la dernière branche illusoire qui lui reste, après tout.

– Tu t'es contentée de t'appuyer sur moi toutes ces nuits, c'est vrai. Et quand je suis parti, qu'est-ce qui t'est resté ? Pour ma part, je me suis retrouvé sans rien, sans véritable expérience, sans véritable histoire. C'était malsain, car j'aurais pu tout te donner, sans condition. Oui, j'aurais pu te suivre, mais vivre comme des fugitifs, étrangers l'un pour l'autre, ce n'était pas ce que je voulais. On s'asphyxiait mutuellement. Alors quelque part, vivre séparément était le meilleur des choix à faire. Notre attachement ne suffisait pas, il manquait l'essentiel : la confiance, l'authenticité, l'amour peut-être.

Je suis saisi par la douleur qui couvre son doux regard. N'est-ce pas ce que je voulais éviter à tout prix ? Non, c'est ce que je mourrais d'envie de voir, justement ! Ce qu'elle me livre là, c'est exactement ce pour quoi je me bats devant cette station-service.

– Donc, tu ne m'as jamais véritablement aimée ? demande-t-elle.

Ne devrait-elle pas me demander plutôt à quel point je l'aime aujourd'hui ?

Chapitre 35
ENTRECROISÉ

Pénélope

Lorsqu'une BMW nous klaxonne, Devin recule instinctivement et se place devant moi. Moi, je l'observe grâce à la lumière des phares qui se rapproche. Je cherche simplement une once de regret, mais il reste impassible, passant une main dans la poche de son bas de smoking, la tête légèrement penchée.

Nous avions une vision différente de notre relation. Je le comprends, maintenant. Communication, confiance, indépendance, amour. Ces mots tournent dans ma tête sans que mon cœur n'y trouve un sens. Comment communiquer si on manque de confiance ? Comment ne pas être dépendant si on manque d'amour ? C'est un cercle vicieux.

C'était si douloureux de dépendre de lui, et c'est dévastateur de comprendre que c'est en partie ce qui ne nous a jamais permis de bien nous aimer. Moi, je me fichais de ce qui nous manquait, mais Devin, lui, avait besoin de plus. De ces choses que je ne sais pas donner…

La voiture s'immobilise devant lui et la vitre côté conducteur se baisse.

– Montez, il ne fait pas chaud, envoie joyeusement un trentenaire souriant.

Devin avance et m'ouvre la portière arrière, sans me regarder.

– Entre, me souffle-t-il. Je vais chercher mon manteau et prévenir le gérant.

Je ne proteste pas et me réfugie dans l'espace chauffé de la voiture. Alors que je frotte mes mains pour me réchauffer, Devin s'éloigne, me laissant avec un étrange sentiment de tristesse et de désespoir.

– Driss, se présente alors l'avocat en se tournant vers moi.

J'essuie précipitamment les larmes restées sous mes cils. Il a dû en croiser des dizaines de filles désespérées comme moi, mais ce n'est pas une raison pour s'étaler en lamentations.

– Pénélope.

Il sourit chaleureusement et serre la main que je lui tends.

– La voiture a vraiment dévalé la falaise ? s'exclame-t-il, ne cachant pas sa curiosité.

Je croise les bras autour de moi, mal à l'aise.

– C'est ma faute. J'ai appuyé sur le bouton du frein à main, alors que Devin était dans la station. La voiture a reculé toute seule.

– Vous auriez pu vous tuer.

Je frissonne. Je n'y avais même pas songé une seconde. L'impact de mes actions commence à s'enfoncer dans mon crâne. Je suis vraiment une calamité !

– J'ai toujours été inconsciente des risques et des conséquences, murmuré-je.

Devin monte dans la voiture à ce moment-là et s'installe sur le siège passager.

– Merci d'être venu, lance-t-il à son ami.

– Il n'y a pas de quoi !

– Prends mon manteau, dit Devin en me la tendant entre les deux sièges. Tu vas attraper froid.

– Non, ça va. Je n'aurais pas l'occasion de te le rendre, de toute manière.

Son regard aiguisé se fige dans le mien. Sans considérer le moins du monde mon objection, Devin le pose sur mes genoux et un combat de regards démarre entre nous, faisant battre mon cœur avec force.

– Enfile-le. Tu n'as pas besoin de me le rendre, balance-t-il d'un ton bourru.

« Baboum ! » fait mon cœur. Je devrais me sentir légère et prendre nos confessions du bon côté, pas ressentir une pointe acérée me transpercer l'âme toute entière après chacune de ses paroles.

– Je vais avoir une collection de vestes et de manteaux, ruminé-je tout bas. À quoi ça sert d'avoir une collection de vestes et de…

Il ouvre la bouche, mais Driss toussote. Ce dernier récupère un objet sur le tableau de bord de la berline et le tend à Devin, mettant fin à notre bataille visuelle.

– Tiens, j'ai récupéré tes lunettes à l'hôtel, comme tu me l'as demandé.

– Merci, répond-il tout en se repositionnant contre son siège.

Devin saisit la monture noire et la pose sur son nez. Le voir avec cet accessoire me fait un choc. Tellement que je n'arrive plus à détourner les yeux de son profil. Aujourd'hui, cela lui procure une allure distinguée, du sex-appeal. Le rendant encore plus inaccessible.

– Tu as fait des acrobaties ? rit Driss.

– J'ai perdu une lentille de contact au milieu des rochers, explique-t-il rapidement.

Je déglutis avec difficulté.

– Vous vous êtes bien amusés, on dirait, se moque l'avocat. Je disais justement à Pénélope qu'elle l'avait échappé belle. Elle aurait pu se trouver dans l'Urus quand elle a fait le grand plongeon dans le ravin.

Devin tourne le visage vers moi avec une expression indéchiffrable. Et, je ne peux m'empêcher de détourner les yeux, cette fois. Il va me manquer. Même son attitude froide et distante. Est-ce que si j'avais fait face à la réalité avant, nous aurions pu nous retrouver dans de meilleures dispositions ? Est-ce qu'on aurait eu une chance de…

– En effet, murmure-t-il, comme s'il voulait excuser son manque de discernement. Les choses auraient pu être pires.

Elles auraient pu être pires, oui, pensé-je, tristement. Au moins, nous ne nous quitterons pas fâchés.

La route défile sous mes yeux et les contours des montagnes disparaissent timidement dans la nuit pour laisser place à la ville. Driss discute des affaires en cours au cabinet et d'un gros contrat dont j'ignore évidemment les tenants et les aboutissants. Devin, quant à lui, reste évasif dans ses réponses.

Alors que nous dépassons le panneau de New York, l'avocat demande :

– Où je vous dépose ?

Sans hésiter, Devin donne mon adresse et l'évidence s'impose : notre discussion est résolument close. Je ne dois pas me laisser envahir par la mélancolie ni le chagrin. Nous nous sommes tout dit, il m'a donné les réponses que j'attendais, et je dois maintenant les digérer.

Bientôt, la voiture se gare devant chez moi. Le moteur tourne. La tête renversée contre l'appuie-tête, je fixe la porte de mon immeuble. Un puissant vague à l'âme m'envahit soudain. Pourquoi c'est si dur ?

Quitte cette foutue voiture, Pénélope !

– C'est mon anniversaire aujourd'hui, soufflé-je doucement, sans réfléchir.

Je dis n'importe quoi.

– C'est vrai ? intervient jovialement Driss. Quel âge avez-vous ?

– Trente ans, fais-je en forçant un sourire.

– Trente ans, c'est l'âge parfait ! Devin, tu te souviens de la cuite mémora…

– C'est bon, le coupe son ami.

Sous le regard intimidant de Devin, Driss ne pipe plus aucun mot. L'atmosphère devient pesante. J'ai compris le message.

– Merci, soufflé-je. Je vous rembourserai l'essence.

Pourquoi tu sors des phrases aussi aberrantes ?! Jette-toi d'un pont, Pénélope !

– Au revoir, balbutié-je.

Accompagnée d'un frisson de nervosité, je glisse rapidement hors du véhicule. Le bruit sourd de la portière qui claque me fait trembler.

Cet adieu expéditif me laisse un goût d'inachevé dans la bouche. J'ai tellement envie de pleurer ! Je déteste ces gouttes qui brouillent mes yeux.

Laissant mes jambes me guider, je marche d'un pas mécanique jusqu'à l'entrée du bâtiment. J'entends la voiture quitter le bord du trottoir et mon cœur se comprime définitivement. Pourquoi c'est toujours aussi douloureux ? Je me mords la lèvre. Passons, je ne veux pas faire de mon histoire un mélodrame. Ce n'est pas le genre de la maison !

Je pousse la lourde porte et avant qu'elle ne se rabatte dans mon dos, une main la repousse, alors qu'une autre s'accroche à mon avant-bras.

– Tu ne m'invites pas chez toi ?

La voix rauque de Devin résonne dans le hall silencieux et fait vibrer tout mon être. Pourquoi est-il là ? Son expression audacieuse me prend au dépourvu alors qu'il referme la porte derrière nous.

– Pourquoi tu m'as suivi ? demandé-je, piteusement.

– On n'a pas fini notre conversation.

Je croyais que si, j'en démarrais même le deuil. J'allais pleurer toute la nuit, manger n'importe quoi jusqu'au petit matin et me réveiller avec la sensation d'être passée sous un bus. Voilà mon programme !

– On s'est tout dit, non ?

Sa bouche se tord comme s'il retenait ses réactions.

– Il nous reste un millier de choses à nous dire.

Un millier de choses ? Je me dégage doucement tout en secouant la tête.

– Je crois que j'en ai assez entendu.

Je préfère lui tourner le dos et je commence à avancer vers la cage d'escalier quand il me retient de nouveau.

– Ne te défile pas, Pénélope. On commençait à avancer, non ?

J'hésite, mais finalement, quand je remonte mon regard jusqu'au sien, des frissons m'envahissent. Hésitant, Devin tend la main gauche vers mon visage, puis la pose sur ma joue. Sa proximité me trouble. Elle me rend fébrile, désarmée. Il n'a pas le droit de me déstabiliser une fois de plus. De me laisser espérer…

– Tu ne meurs pas d'envie de savoir où cela nous mène ? insiste-t-il.

– Nous ?

– Oui, nous. Parler de ce qui s'est passé a été libérateur pour moi. Pas pour toi ?

– Si, enfin…

J'ai le moral dans les chaussettes.

– Tu as dit que notre histoire ne valait pas un clou. C'est ce que tu as dit, n'est-ce pas ?

Il acquiesce tout en saisissant mes doigts de sa main libre. J'expire difficilement. Lui aussi.

– Je veux faire table rase du passé une bonne fois pour toutes et construire quelque chose de réel.

Un long frisson parcourt ma colonne vertébrale. Je n'arrive pas à y croire. C'est la première fois qu'il laisse apparaître une fissure dans sa carapace.

– Tu peux tout oublier, toi ?

– Je ne te demande pas de tout oublier. Mais ce soir, tu m'as permis d'espérer ce que je n'attendais plus. C'est la première fois que tu t'es ouverte. Je t'ai vue telle que tu es.

Telle que je suis…

Perplexe et déboussolée, je reste muette. Mon cœur s'emballe tant ses paroles me prennent de court.

– Pourquoi ce revirement si soudain ? insisté-je, même si je suis déjà en train d'enrouler mes doigts aux siens, de peur de le voir partir à présent.

Il soupire.

– Parce que je ne supporte plus cette distance entre nous. Parce que je ne peux pas nier plus longtemps ce que je ressens ni l'importance que tu as dans ma vie. Et surtout, parce que je ne veux pas passer à côté d'une seconde chance.

Je respire difficilement, comme si l'air devenait trop dense. Les mots se dérobent, incapables de s'échapper de ma bouche. Devin se rapproche de moi et passe sa main derrière ma nuque dans une caresse ferme, mais apaisante.

– Je suis prêt à te laisser entrer dans ma vie, Pénélope. Je crois que je n'attendais que ça… Seulement, il faut que tu me laisses entrer dans la tienne. Pour que ça marche, on doit faire les choses différemment. Parce qu'on a changé. Tu es en train de changer, je le vois et je ne veux pas manquer ça.

Devin a vraiment fait du chemin. J'en suis d'autant plus impressionnée que je suis à dix lieux d'être aussi confiante que lui. D'ailleurs, je ne sais même pas où il puise tant d'aplomb.

Je sais que je devrais lui dire que je n'en suis pas là, et qu'il me faut du temps pour réfléchir à tout ce qu'il m'a avoué. Il a eu des années pour accepter notre passé, il ne m'a laissé qu'à peine une heure… Seulement, il soutient mon regard sans faillir, et je me rends compte que ma réponse sera cruciale pour lui.

L'idée qu'une relation puisse émerger entre nous après tout ce qu'on s'est dit ce soir me semble presque impossible, et pourtant, un sourire crédule danse maintenant sur mes lèvres.

– Je veux arrêter les non-dits, poursuit-il en faisant glisser sa main sur mon cou, sous mes cheveux. Je veux que tu me montres ton vrai visage, celui qui rit, mais aussi celui qui pleure. Je veux voir ton corps réagir n'importe comment et t'entendre dire tous ces trucs absurdes et loufoques, mais aussi, je veux découvrir celle capable de prendre les choses au sérieux.

Son ton est chargé de vulnérabilité. J'essaie d'avoir les mêmes paroles sincères, mais je ne sais pas quoi lui donner. Je suis terrorisée à cette idée.

– Et puis, c'est ton anniversaire, non ? Je ne te laisserai pas seule un jour comme celui-là.

J'en reste sans voix. J'aime Devin. J'aime la personne qu'il est devenu. Mon amour éclate dans ma poitrine et je sais qu'au fond, je suis terrifiée de ne pas être à la hauteur de ses attentes. Quand je l'ai rencontré, il me plaisait vraiment. J'ai tout gâché, car je ne peux pas comprendre qu'il m'aime pour celle que je suis au fond. Mais c'est ce qu'il me demande, non ? D'être moi-même.

Il baisse les yeux, puis lâche ma nuque comme s'il venait de réaliser la pression qu'il exerçait. Sa paume vient encadrer mon visage. Il s'approche encore un peu plus, nos respirations se mêlant presque.

– Je suis véritablement épuisé, avoue-t-il, laissant échapper un petit rire qui me fait papillonner des paupières.

Je remarque les cernes sous ses yeux, plus accentués qu'hier. Il est vrai qu'il n'a pas eu une minute à lui pour reprendre ses esprits. Et j'en suis la principale responsable.

– Je suis désolée, avoué-je.

– Pour avoir été la raison qui a fait que je n'ai pas dormi la nuit dernière ?

Son visage s'illumine d'une lueur amusée alors qu'il me sourit tendrement.

– Je vais prendre de quoi manger et je reviens ? me suggère-t-il. On reprendra cette conversation plus tard, tu veux ?

Je n'ai pas très faim. Le sandwich à la station-service est resté coincé dans mon estomac. Notre conversation continue de me remuer et mon esprit tourbillonne. Il me faut tout remettre dans l'ordre.

– Oui, accepté-je toutefois. Manger et…

Il arque un sourcil. J'ai besoin de comprendre ses intentions, est-ce que ça repart vraiment entre nous ?

– Se reposer, complète-t-il d'un air formel.

Ah OK.

– Ça me semble bien.

Il hoche la tête puis m'enlace subitement. Je me retrouve coincée dans son étreinte ferme, ma bouche écrasée contre les boutons de sa chemise. Mon pouls grimpe, puis tombe en chute libre lorsqu'il s'écarte, comme s'il jouait au yo-yo avec mon cœur.

– Monte, prends une douche bien chaude souffle-t-il. Je reviens vite.

Ses lèvres se posent délicatement sur mon crâne, puis il me lance un dernier regard avant de descendre les trois marches et de se diriger vers la porte de sortie.

Chapitre 36
CUILLÈRE

Pénélope

Chapitres écrits : 23 – Récupérés prestement de la corbeille !

Je sors de la douche, les cheveux enroulés dans une serviette, laissant une odeur de vanille flotter dans l'appartement. Mon regard vogue jusqu'à la pendule au-dessus du plan de travail.

23 h 31 : Devin n'est pas réapparu.

Nom de dieu, qu'est-ce qu'il s'est passé aujourd'hui ? J'ai essayé d'y réfléchir dans la douche, mais j'ai senti le début d'une nouvelle crise de panique arriver. Alors, je me suis contentée de me remémorer les derniers instants : Devin qui me dit qu'il veut être avec moi, Devin qui m'enlace, Devin qui me regarde comme s'il tenait réellement à moi et puis… Devin qui n'est toujours pas là. Aurait-il changé d'avis au dernier moment ?

Je fouille dans mon tiroir de commode à la recherche d'un t-shirt, d'un pull ample et d'un short en coton simple. Une fois trouvés et enfilés, je récupère ma tablette et vais m'affaler sur le canapé-lit. Mes doigts glissent sur l'écran tactile et écrivent ces lignes :

Prudence cherchait dans les yeux de son partenaire une étincelle lui faisant espérer ce qu'elle n'attendait plus.

– Je suis prêt à te laisser entrer dans ma vie, mais pour que ça fonctionne entre nous, on doit faire les choses différemment.

Elle essayait d'analyser les mots de l'élu de son cœur qui semblaient si simples en apparence.

Je lève le nez de l'écran et réfléchis tout haut :

– Qu'est-ce qu'il entend par « différemment » ?

...

Vide mental sidéral.

J'ai l'impression d'être devant ma copie de philo de fin d'études. Je médite quelques secondes encore, ou plutôt, je fais mine de méditer tout en imaginant mon héroïne se gratter la tête, l'air perplexe. Décortiquer tout ça est décidément aussi complexe que l'assemblage d'un meuble suédois.

23 h 39 : Devin n'est toujours pas réapparu.

Je m'efforce de me concentrer sur l'écriture pour chasser l'inquiétude qui s'installe.

Notre belle s'était investie dans la quête de l'amour des autres, avait-elle négligé de s'aimer en retour ? Pourquoi avait-elle tant besoin de l'approbation d'autrui pour se sentir bien ? Mais surtout, avait-elle négligé son premier amour ? Cela lui semblait si grotesque. Elle l'avait aimé plus que de raison.

Tout ça, c'est ridicule ! Et pour couronner le tout, ce roman ne va nulle part. Est-ce que l'héroïne est vraiment supposée tout recommencer depuis le début ? Je ne vais certainement pas jeter tous mes chapitres à la poubelle.

Je me lève, traverse l'appartement, et décide de jeter un coup d'œil à travers la fenêtre. La rue est plongée dans la semi-obscurité où survivent les quelques réverbères et les enseignes ouvertes vingt-quatre heures sur vingt-quatre. Un frisson me parcourt l'échine. Ai-je dit quelque chose qu'il ne fallait pas à Devin tout à l'heure ? Je n'ai pas dit grand-chose à vrai dire. C'était sûrement plus prudent !

J'ouvre au siamois obèse de la voisine, ce détrousseur de chips qui gratte à la porte comme s'il avait élu domicile chez moi, puis retourne sur le canapé. Le chat s'installe confortablement à mes côtés, indifférent à mon marmonnement angoissé.

Soudain, on frappe à la porte. Deux coups francs contre le battant. Je reste un instant tétanisée. Mon Dieu, le revoilà !

Reste calme, Pénélope. Tu ne dois pas t'emballer.

Je dois peut-être aller ouvrir, non ?

– J'arrive !

Je me lève, planque les factures et les lettres d'huissiers dans le compotier du guéridon. Là, au moins, personne ne les trouvera. Puis, je souffle un bon coup et ouvre la porte.

Devin, les cheveux ébouriffés et la chemise complètement sortie du pantalon, attend appuyé contre le mur du couloir, carrément à l'aise. Mon regard se baisse alors sur ce que l'homme de mes rêves tient dans les mains : une pâtisserie toute ronde couverte d'un tapis de sucre glace avec une seule petite bougie, dont la flamme vacille déjà.

– Joyeux anniversaire, Pénélope, murmure-t-il.

Mon rythme cardiaque s'emballe sous son regard de braise posé sur moi, si bien que je ne sais pas quoi dire d'autre qu'un stupide :

– C'est un gâteau ?

La voix aussi était stupide, mais on s'en fiche.

– Désolé, j'ai été un peu long. Il vient de la pâtisserie nipponne à quelques pâtés de maisons.

Je le dévisage béatement. Il est tout excusé ! À quand remonte la dernière fois qu'on m'a proposé de souffler des bougies ? J'en suis d'autant plus émue que Devin a l'air épuisé. Sans voiture et vu les températures extérieures, j'imagine que sa recherche n'a pas été facilitée.

– Tu souffles ? me rappelle-t-il.

Est-ce que je vais y arriver alors que je n'arrive même pas à m'arrêter de sourire ? Fébrile, je m'avance et baisse la tête vers la bougie. La flamme s'éteint dès que je respire, sans même que je n'aie le temps de faire un vœu. De toute manière, que pourrais-je souhaiter de plus que ce que je viens de recevoir ?

Je me redresse, et Devin dépose un baiser sur ma joue. Je crois que je me liquéfie alors qu'il entre dans l'appartement pour déposer le gâteau sur ma petite table.

– Tu as un couteau ?

Reprends-toi, Pénélope ! Fais preuve de charisme.

– Oui ! crié-je, presque.

Il tourne la tête vers moi, surpris par mon ton peu conventionnel à la Rambo, mais il sourit et le monde des licornes et des cœurs revient en *background.*

Je fais trois pas, j'ouvre le tiroir de la kitchenette et lui en trouve un avec deux assiettes. Intrigués, nous nous penchons ensemble au-dessus du gâteau pour l'examiner.

– C'est bluffant, je ne sens pas de consistance sous le tapis de sucre glace, s'étonne-t-il en sondant le centre avec la pointe du couteau.

– Le diabète y a sûrement établi ses droits ? plaisanté-je.

Il éclate de rire.

– Incontestablement.

Il coupe deux parts, puis pose le couteau sur la table et me tend l'assiette.

– Tiens, cette portion a l'air un peu plus compacte.

Devin fait la moue, visiblement déçu de sa trouvaille.

– Je voulais marquer le coup, poursuit-il. Tu n'es pas obligé de le manger.

– Ne t'inquiète pas. Je vais l'adorer.

Je croque dans le moelleux, cependant, en prenant une inspiration, une grande quantité de sucre glace entre dans mon nez. J'éternue pour évacuer la poudre blanche qui se répand partout, de mon visage à la chemise de mon invité. Une tache sur Devin ? Un exploit.

– Désolée, toussoté-je, tout en tentant de mâchouiller une partie, ma foi, très caoutchouteuse.

– Laisse ça.

Il retire l'assiette de mes mains avant de m'observer tendrement. Avoir toute son attention me fait avaler tout rond. Je tombe littéralement pour lui.

– On dirait une junky, rigole-t-il tout bas en m'essuyant affectueusement le bout du nez.

– Une junky en manque de cocaïne ? soufflé-je, mes yeux fixant sa belle bouche.

– Une jolie junky, tout simplement.

Ce qui paraissait, au début, comme un examen anodin, se transforme en quelque chose de plus appuyé. Il passe sa langue sur ses lèvres, et un brasier s'allume dans mes veines.

Ça va partir en quenouille !

Prétendre être détachée. Voilà, c'est la solution pour que je le laisse rentrer chez lui sans débordement et que je permette enfin à mon cœur de se remettre de ses émotions.

– Un café cuillère ? proposé-je.

Il fronce les sourcils.

– Pardon ?

Berceuse, moulin à vent, Andromaque… Pourquoi est-ce que je récite dans ma tête les positions les plus chaudes du Kamasutra ? Oh, je suis une obsédée !

M'enfin, il faut quand même m'excuser. L'homme de mes rêves est chez moi, beau comme un dieu, et il faut bien que je célèbre mon anniversaire, non ?

Je suis une cause perdue.

– Pour ton café, couiné-je, affligée.

– Tu veux m'offrir un café ?

Un sourire intrigué effleure ses belles lèvres. Je crois qu'il a compris que je n'étais que le succube de moi-même.

– Nous sommes tous les deux fatigués, je crois, admets-je. Laisse tomber.

– Non, moi aussi, j'en crève d'envie, Pénélope.

Pourquoi il prononce mon prénom comme ça ?

– D'un café ? murmuré-je.

– De lâcher prise.

Ses mains s'emparent de mon visage et ses lèvres s'écrasent sur les miennes. Interloquée, je n'arrive pas à réagir. Sa bouche tremble, comme ses doigts contre mes joues. Son visage change de côté et son baiser s'amplifie. Je laisse entrer sa langue dans ma bouche, et la chaleur de son corps m'envahit. Il prend possession de mes moyens, ma raison. La moindre cellule de mon être. J'aimerais ne pas adorer l'ardeur qu'il déploie dans chacun de ses gestes, sa façon de bouger et l'intensité que nous atteignons naturellement. Devin m'a toujours embrassée comme si c'était la dernière fois et je retrouve, une fois de plus, les sensations intenses qu'il me procurait.

Je devrais…

Oui, je devrais comprendre ce qu'il lui arrive et où Devin veut aller, mais je me trouve acculée par son corps qui avance et devient plus dominant, impérieux. Je dois m'accrocher à ses biceps lorsque mon dos percute la porte d'entrée, un meuble, puis le mur. Je ne devrais pas me laisser engloutir par cette passion dévorante. Autrefois, le fait qu'il m'embrasse ou m'accorde la plus faible des attentions suffisait à me combler. Aujourd'hui, je crains de tomber dans le piège des sentiments.

Si je ne l'arrête pas, nous sommes d'accord que ça fait de moi la fille typique des romans à l'eau de rose, aveuglée par le héros torturé. Une nana complètement abrutie par le plaisir que le diable, qui a sa langue profondément enfouie dans ma bouche, peut lui donner.

– Je dois me calmer, murmure-t-il, yeux fermés, frottant son front contre le mien.

Je pose les mains sur ses abdominaux et l'écarte à contrecœur.

– Oui, c'est mal. On ne peut pas faire ça. Pas après tout ce qu'on s'est dit.

J'avoue, ce n'est pas la meilleure de mes répliques. D'autant plus que je n'en crois pas un mot !

Sans la moindre hésitation, il ouvre les paupières et balance :

– J'assume ce que je t'ai dit, Pénélope. Je n'hésiterai plus à dire ce que je pense ou à prendre ce que je désire.

Oh oui, prends tout ce que tu désires…

– De toute façon, on ne peut pas faire l'amour, je n'ai pas de capotes, m'entends-je souffler, les yeux perdus dans les siens.

Je continue tout bas :

– Peut-on avaler sa langue ? Scientifiquement, je ne sais pas si c'est possible.

J'entends Devin rire avant qu'il m'attrape par le bras et m'entraîne dans la pièce. Il me plaque contre le mur à droite du canapé-lit, se penche, humidifie ses lèvres encore une fois et je me sens soudainement assoiffée.

Il hausse un sourcil, me défiant du regard.

– Qui t'a parlé de faire l'amour ?

– Bah, toi.

Ou mon corps, je ne sais plus. Maudit soit-il, il brûlera en enfer !

Devin sourit, indulgent.

– Je veux qu'on y aille doucement. Tu es d'accord avec ça ?

Je le connais endurant, méchant, indifférent, mais pas impatient… malheureusement.

– Oui, c'est plus sage.

Je ne suis vraiment pas sûre de ce que je dis.

– Soit patiente, s'il te plaît, me prie-t-il.

Son intonation est plus veloutée que du miel.

– Je sais l'être, lui assuré-je, gonflant la poitrine.

Son regard s'illumine de gratitude.

– Merci.

Il se penche, m'embrasse délicatement la joue, puis s'écarte de quelques centimètres.

– Je suis froid, lunatique, insensible et certes indécis, m'énonce-t-il, telle une liste de courses peu avenante.

Je crois qu'il a oublié « maniaque ». Dois-je le préciser ?

Il retire sa chemise, qu'il lance sur une chaise et faisant face à son torse sculptural et viril, je déglutis. Qué-qui-fait ?

– Te voilà prévenue. Réfléchis à tout ça. En attendant, je suis exténué.

Il opère un demi-tour, puis dégrafe son pantalon et c'est ainsi que des fesses musclées, moulées dans un caleçon Dior, s'offrent à mon regard médusé.

– Belzébuth, bafouillé-je.

J'agite la tête, débordante d'idées suggestives.

Je le vois tirer la table basse, puis y déposer ses lunettes. Ensuite, il déplie le canapé-lit, retire la housse et va chercher ma couette dans l'armoire. Perturbée par son aisance à évoluer dans mon studio, je le questionne :

– On dirait que tu es déjà venu ici.

Devin se retourne, et plisse les yeux.

– Ah, le verre retourné sur levier, me rappelé-je.

– Oui, c'est ça, le verre retourné sur l'évier, fait-il comme s'il me réprimandait.

Oh, gronde-moi encore ! J'adore !

Et plus encore lorsque, mécontent, il m'attrape par le bras, s'allonge sur le matelas et me fait tomber sur lui. Il a croisé les bras autour de ma taille, coinçant mon bassin contre le sien, m'empêchant toute retraite. Il parvient à positionner nos corps bien face à face. Sous mon ventre, je sens la tension de ses abdominaux. Vraiment très… toniques. Demain, je m'inscris à la méthode Pilate !

– Arrête de bouger.

Son regard plonge dans le mien. C'est la première fois qu'il me laisse vraiment le regarder au fond des yeux à la lumière vive. Ses iris sont magnifiques.

– Ne t'inquiète pas. Je te l'ai dit, je ne te toucherai pas, ce soir, murmure-t-il.

Son sexe paraît à demi d'accord et je ne m'inquiète pas du tout !

Devin ferme les paupières, enfouit son nez dans mon cou, puis murmure :

– Reste comme ça. Tu me fais du bien.

Boum ! Boum ! Boum ! Ça, c'est encore mon cœur. Devin est en train de casser gaiement toutes les palissades autour de lui.

Il ramène la couette au-dessus de nous et progressivement, sa respiration se calme et devient régulière.

Quelques secondes plus tard, son étreinte se fait moins résistante. Il s'est endormi. Il était vraiment épuisé.

Je dégage mes bras et, m'appuyant sur mes coudes de part et d'autre de son visage, je l'observe dormir.

– J'ai tellement peur de mal faire. Tellement peur de te perdre à nouveau.

Nous devrions avoir une véritable conversation.

Alors que je le croyais endormi, il me bascule sur le dos, puis m'écrase de tout son poids. La chaleur de son corps me prend d'assaut.

– Devin, attends…

Après une bataille inégale, il saisit mes poignets qu'il bloque au-dessus de mon crâne. En quelques secondes, son érection devient une barre impressionnante contre mon short en coton. Il jure, l'expression tiraillée :

– Pourquoi tu me perdrais ?

– J'ai peur, avoué-je, le cœur mis à nu sous son scrupuleux et inquiet examen. Ce que tu m'as dit tout à l'heure…

Il se soutient avec un coude et utilise son pouce pour caresser doucement ma pommette. Ses iris détaillent les contours de mon visage. Je n'ai jamais vécu de tels moments avec lui, des instants si vrais, authentiques. Je prends conscience que nos peaux se touchent. Nos jambes nues sont entrelacées. Le carré de peau dévoilé par mon t-shirt légèrement relevé. Son sexe appuyé contre le mien… Je deviens fébrile.

– Moi aussi, je pense que c'est compliqué, dit-il. Mais nous avons du temps pour réfléchir et surtout besoin d'en apprendre plus l'un sur l'autre.

– T'en connais déjà beaucoup.

Il fait « non » de la tête.

– Quoi ? Ce n'est pas vrai ?

– Tu ne comprends rien, toi. Tu m'as vraiment écouté ?

– Oui, bien entendu ! Enfin, je n'ai pas tout retenu. Juste des phrases genre : « Je suis prêt à te laisser entrer dans ma vie. » ou « Je veux voir ton corps nu réagir et t'entendre gémir tous ces trucs absurdes… »

Devin rougit. J'hallucine ! Il secoue la tête, un sourire au coin des lèvres.

– Tout ce que ça me donne envie, c'est de te remplir la bouche pour la faire taire.

– Très classe. Il y a des enfants qui nous regardent.

Devin pouffe de rire dans mon cou. Ça me chatouille et m'électrise jusqu'aux orteils. Et pire encore lorsqu'il effleure ma poitrine avec sa bouche, de gauche à droite, de droite à gauche, puis il pose sa joue contre elle. Son soupir de contentement me fait sourire.

– Tu parles du chat ? me demande-t-il.

Je redresse la tête et distingue le siamois sur la petite table, qui a une vue plongeante sur nos ébats. Pourquoi il ne me lâche plus, cet agent du démon ?!

– Ah non. C'est celui de la voisine. Il me colle depuis quelque temps.

Quand j'y pense, ce gros matou squatte chez moi depuis que Devin est revenu dans ma vie.

– Je l'ai fait rentrer la dernière fois, ajoute ce dernier.

– Oh, plus de doute, ce siamois qui louche est le serviteur du mal !

Devin flanque sa tête entre mes seins pour étouffer un nouveau rire.

– Mon Devin à moi ne riait pas ainsi. Où a-t-il appris ça ? murmuré-je ébahie.

– C'est toi qui me l'as appris. J'ai des lacunes dans les relations humaines, tu le sais. J'aimerais que tu m'aides un peu, tu veux ? En contrepartie…

– Prends-moi fort contre le mur, le coupé-je.

Celui de la voisine !

– On n'a rien pour nous protéger et je ne suis pas monté chez toi pour ça.

– Mais, c'est mon anniversaire, boudé-je.

J'ai l'impression qu'il me supplie du regard.

– Alors, tu n'étais pas mon *gros* cadeau d'anniversaire ?

Il esquisse un sourire en coin tout en expirant par le nez.

– D'accord. Je t'accorde ce plaisir.

Je me mets à trembler de partout, lorsque retenant mes poignets dans une seule main, l'autre voyage plus bas. Son index se coince sous l'élastique de mon short qu'il baisse de quelques centimètres, juste assez pour dévoiler mon intimité. Devin se décale pour ramener son sexe à la verticale dans son caleçon, entre mes chairs qui l'accueillent en étau. Je sens son gland tirer sur l'élastique. Comme une torche, je prends feu.

– Devin, je…

Son corps ondule lentement.

– Tu quoi ? Dis-moi.

Son regard intense me saisit. C'est comme un coup que l'on me porte à la poitrine et qui me prévient : « Attention, tu vas battre plus fort, petit cœur. Tu vas peut-être souffrir ensuite ».

Obéissant pour une fois, il m'observe avec tant d'ardeur qu'il m'est difficile même de respirer. Cet homme me réduit au silence.

– Rien.

Il replonge son visage dans mon cou. Je pousse un petit cri de surprise lorsqu'il mord ma peau avant d'y déposer un long baiser. Je me tords sous les caresses sensuelles de sa bouche et de ses souffles chauds. Je deviens brûlante et fiévreuse. À chaque mouvement, chaque friction de son pénis sur mon clitoris, des décharges de plaisir se déversent à l'intérieur, là où j'ai envie qu'il soit. Ses mains s'emparent de mon visage et ses plaintes sourdes deviennent une mélodie à mon oreille. Il va et vient de plus en plus vite, attisant le feu dans mes veines déjà insupportable.

Son coude prend appui sur le matelas au-dessus de ma tête, ses épaules se carrent. Il murmure :

– Est-ce que je te fais du bien ?

Tellement. Peut-il douter de ça ? Me donner du plaisir à l'air si aisé pour lui. Demain, il peut me jeter avec autant de tranquillité. Il arrête de bouger et ses sourcils se froncent un bref instant.

– Réponds-moi, fait-il.

J'avale ma salive pour ralentir mon souffle erratique.

– Infiniment.

Un sourire effleure le coin de sa bouche. Sans me lâcher du regard, sa main droite empoigne doucement l'un de mes seins, puis son index dessine mon aréole avant de titiller mon téton. Je vais mourir s'il ne me pénètre pas ! Pourquoi ne bouge-t-il plus ? J'ondule sous son bassin même si son poids m'empêche de le faire librement.

Sa respiration s'alourdit peu à peu à mesure que la mienne se saccade. Rugissant de frustration, il conduit son gland entre mes cuisses pour venir l'appuyer fort contre ma fente, avant de remonter. Il grogne :

– Si tu savais comme j'ai envie de te prendre sans capote.

Damn ! Sa bouche revient et s'écrase sur la mienne. Il introduit alors sa langue durement entre mes dents, puis son bassin reprend ses va-et-vient pour ma plus grande joie. Nos mouvements se décalent, deviennent décadents sous mes gémissements complètement incontrôlés.

Un orgasme me prend au dépourvu alors que Devin libère sa semence qui se répand sur mon ventre deux secondes après. J'en reste pantoise et choquée. Heureuse et… bizarre.

Devin retire son caleçon, m'essuie avec sans un mot, couche son visage sur ma poitrine et quelques secondes plus tard, il s'endort.

Le regard flou, je tourne la tête vers le réveil : 00 h 01.

Chapitre 37
TENDRE AMANT

Pénélope
Chapitres écrits : 36 – Il y avait de quoi être inspirée !

Ce matin, je me suis levée sans faire de bruit et j'ai pris une longue douche. J'ai enduit ma peau d'huile de coco, puis je me suis vêtue d'un débardeur et d'une culotte en satin. Enfin, je me suis étendue à côté de Devin pour le regarder dormir.

C'est la toute première fois que nous passons une nuit ensemble sans qu'il ne se sauve au petit matin.

J'ai remarqué trois microcicatrices sur son visage : une sur son nez, une autre sur sa pommette et une particulièrement jolie sous son sourcil droit. Malgré ça, qui pourrait croire qu'il est aussi juvénilement beau quand il dort ? Ses cheveux noirs jurent sur sa peau blanche. Ses lèvres un peu rouges ont l'air si douces. Je croquerais bien sa pomme d'Adam.

Je n'ai pas pu dormir de la nuit. Inspirée, j'ai écrit dans le lit, même si Devin n'a fait que se coller à moi. J'ai même dû le pousser vers l'extérieur du matelas, tellement il me tenait chaud, mais sa jambe lourde et son bras sont revenus aussitôt tenailler mon corps. Il devait être mon doudou, pas l'inverse, non ?

Pour tout dire, je suis terrifiée en pensant à notre avenir. Je crains vraiment d'en baver. Je me redresse, tends la main vers ma tablette sur la table basse et lis les dernières lignes écrites dans la nuit :

Ai-je retrouvé l'homme que j'ai toujours aimé ? Croyez-vous qu'il puisse m'aimer en retour ?

– Qu'est-ce que tu écris ? dit-il en se frottant les yeux.

Le beau diable émerge de son sommeil et le paradis tombe en lambeaux. Je délaisse précipitamment ma tablette sur le côté.

– Absolument rien, dis-je, un brin intimidée par son aura matinale.

Je ne vais pas lui dire que je continue d'écrire sur nous deux et que j'ai passé la nuit à retranscrire nos ébats d'hier soir !

Devin s'assied en s'appuyant sur ses bras, puis fronce les sourcils. La couette couvre la partie inférieure de son corps, mais je ne manque pas une miette du reste. Les rayons du soleil colorent ses cheveux noirs en bataille et sa peau d'albâtre.

– Pourquoi tu l'écris, ce roman ? m'interroge-t-il.

Il me prend par surprise. Comment a-t-il deviné que j'étais sur mon bouquin ?

– L'éditrice avec qui je travaille sur les chroniques me l'a demandé. Comme le journal ne veut plus de l'ancien format, il faut que je trouve un moyen de me diversifier si je veux continuer à travailler avec eux.

– Tu l'écris à contrecœur ?

– Un peu, avoué-je malgré moi.

– Tu te forces souvent pour faire plaisir aux gens ?

Son air scrutateur me prend de court.

– Pardon ?

– Je te demande si tu t'obliges juste pour contenter les autres.

On parle toujours du roman ?

– Non, fais-je, dans un couinement de souris.

– Alors pourquoi tu fais ça ?

Pour manger, principalement ! Je lui ai quand même expliqué qu'ils comptaient me payer pour ça. Le chèque, c'est surtout à moi qu'il fera plaisir… Ou à lui, si on considère ma dette astronomique. Faudrait peut-être qu'on en reparle, d'ailleurs, non ?

En outre, je ne peux pas lui avouer que, finalement, écrire sur nous agit sur moi comme une rétrospection désagréable, mais utile. À coup sûr, il le prendrait mal.

– J'aime écrire, alors ce texte est juste un mauvais moment à passer.

– Un mauvais moment ?

Je crois que je m'enfonce.

– Je n'ai pas beaucoup d'inspiration, me rattrapé-je.

Quelle menteuse !

Je ne vais quand même pas lui avouer que je suis incapable d'en avoir s'il ne me fait pas vivre tous ces instants. Je devrais écrire sur d'autres personnages, mais c'est la page blanche assurée lorsque Devin disparaît.

– J'écrirais sur autre chose de plus pertinent une fois celui-ci publié, complété-je.

Devin m'analyse une longue minute, puis souffle :

– OK.

OK… Il jauge sa montre, puis tend le bras pour reprendre ses lunettes. Une fois, la monture juchée sur son nez, Devin me lance un regard étrange.

Je souris timidement, avant de tendre le visage. Bisouuu. Que dalle ! Il détourne la tête, dégage le drap de ses jambes, s'assoit, enfile son bas de costume, se saisit de sa chemise et se dirige vers la salle de bains. Au bout de quelques secondes, j'entends couler l'eau du lavabo.

Magnifique. Je ne me sens absolument pas transparente.

Enfin, il sort de la pièce d'eau tout en reboutonnant sa chemise. Je déteste être accrochée à ses gestes, suspendue à ses lèvres, attendant le plus subtil mot tendre pour me rassurer sur la situation.

– Tu fais quoi, cet après-midi ? me lancé-je.

– On ne pourra pas se voir aujourd'hui, m'informe-t-il, impassible au possible, le visage baissé, terminant sa tâche.

Souffler le chaud et le froid est d'usage chez lui. N'empêche, j'ai de nouveau l'impression d'avoir dix-sept ans et cette fois, cette sensation n'a rien d'agréable. Maintenant que j'ai une vision plus claire sur ce que nous avons été, mes souvenirs prennent une tout autre couleur.

Mes doigts se contractent autour des draps alors que je serre les dents. J'ai pris une douche et rangé l'appartement. Est-ce trop demander d'apprécier l'effort ? Je sors du lit, m'empare du chandail tue-l'amour qui pend à la patère de la porte d'entrée et me rends devant la kitchenette. Comment suis-je censée écrire un best-seller avec un mec pareil ?!

J'entends que Devin s'élance à ma poursuite. Il m'attrape le bras et me retourne. La mine furibonde, je lui fais face.

– Puis-je savoir ce qui se passe ? s'enquiert-il.

– Tu vas faire comme si rien ne s'était passé, c'est ça ? balancé-je, hors de moi.

Et il ose me renvoyer un regard de tueur ?!

– Ai-je dit ou fait une telle chose ?

– Ta façon d'agir est explicite.

– Je ne suis pas démonstratif.

Je me dégage.

– Parfait ! Le mec idéal, quoi, me moqué-je.

Pourquoi est-il gentil, attentionné, et l'instant d'après, j'ai l'impression que pour l'atteindre, il me faudrait une échelle ? Il n'a pas changé, mais moi, je ne suis plus une adolescente obnubilée sans caractère. Quoi qu'il en dise, j'ai mûri et, surtout, je suis capable de voir quand je fais fausse route ou qu'un mec me balade.

De mauvais poil, je commence à préparer le petit déjeuner, et qu'il n'y ait pas grand-chose dans le placard n'arrange rien. Je m'empare du sachet de café et lance la cafetière.

– Je vais acheter des toasts, envoyé-je, renfrognée.

Lorsque mes yeux regagnent sa silhouette, je constate qu'il n'a pas bougé d'un pouce. Il a l'air paumé.

Calme-toi, Péné. Respire un grand coup. Souris !

Je vais faire comme si nous étions en période de rodage. On doit se réapprivoiser. Je m'accroche à la porte de l'armoire et demande :

– Bon, qu'est-ce que tu préfères le matin, le salé ou le sucré ? Je me souviens que tu étais plutôt salé.

– Je te l'ai dit. Je ne peux pas rester chez toi.

Comment briser mes efforts…

– Pas de souci, fais-je, peinant toutefois à chasser la déception. On se voit ce soir, alors ?

Il pourrait passer par le supermarché ou la pharmacie, puis on se prendrait un repas à l'indien qui se trouve au coin de ma rue. Nous pourrions parler vraiment de tout ce qu'il attend, de ce qu'il m'a dit hier et des conséquences que ça aura sur nous. Être un véritable couple, quoi !

– Je suis occupé cette semaine, m'avise-t-il.

– Toute la semaine ? Tu dois quitter la ville ?

– Non.

L'expression trouble, il me fixe.

– Alors, pourquoi…

Il ne compte pas m'ignorer toute la semaine, quand même ?! Je suis perdue.

– Je te demande quelques jours de patience. Bientôt, j'y verrai plus clair.

– Plus… plus clair ? balbutié-je.

Suis-je censée l'attendre comme un animal de compagnie alors qu'on a à peine échangé sur ce qui s'est passé cette nuit ? Peut-on revenir au présent une minute ? Je veux savoir où je vais !

Pénélope, expire et inspire. Tout va bien se passer. Conserve ton flegme. Tu dois t'affirmer. Tu es une guerrière !

– Je veux bien faire des concessions, mais sache que j'ai aussi des attentes, Devin. Pour commencer, pourquoi est-ce que je me plierais à tes volontés ?

– Je te le demande gentiment.

Incrédule, je le dévisage. Il blague, là ?

– Je crois qu'on va oublier. Encore si tu m'avais câlinée en bonne et due forme.

– Câlinée ?

Il penche le visage sur le côté, comme si je parlais une langue étrangère.

– Oui, si tu m'avais ne serait-ce qu'embrassée ce matin, bien que ce ne soit pas dans tes habitudes, peut-être, et je dis bien *peut-être*, que j'aurais fourni un effort de patience, le défié-je, sûre qu'il ne me cédera pas. Mince ! N'as-tu pas parlé de concession dans un couple ?

Un tic nerveux se produit sur son visage.

– Laisse tomber, lancé-je en voyant qu'il reste pétrifié. Je surréagis encore, c'est ça ?

À mon grand étonnement, Devin s'avance, me surplombe un instant, puis obéit en posant ses lèvres sur ma joue.

Je sens au soulèvement de son torse que ce n'est pas un acte consenti.

– Pas la peine de te forcer, dis-je, mâchoires serrées, avant de détourner la tête.

Je soupire et à peine me suis-je retournée, que son corps se plaque contre mon dos, me forçant à faire un pas en avant. Mon bassin entre en collision avec le plan de travail, ce qui me coupe le souffle.

– Personne ne me contraint à quoi que ce soit, souffle-t-il dans mon cou. Tu devrais le savoir.

Devin empoigne mon menton et m'oblige à tourner le visage vers lui. Alors qu'il plonge son autre main dans mes cheveux, il se penche et m'embrasse profondément et longtemps, comme si sa vie en dépendait. Mes doigts s'accrochent au meuble pour ne pas perdre l'équilibre.

Que cherche-t-il à prouver ? Je n'arrive pas à le cerner. Apprécie-t-il vraiment ce qu'il fait ? Sonnée par cette pensée, je le repousse avec mon coude et lui fais face. Il m'analyse et je lis, pour la première fois, de la peur dans ses yeux océan.

Qu'est-ce qui ne va pas chez toi, Devin ?

– Ça suffit ? gémit-il. Je peux continuer.

Il se penche à nouveau, mais je l'arrête en déployant mes doigts sur son torse pour le garder à distance. Devin me sonde encore quelques secondes d'un air tourmenté, avant de se redresser.

– Je te l'ai dit, je dois apprendre ces choses-là. Demande ce que tu veux, m'offre-t-il.

Un million de dollars, *boy* ! Je suis sûre qu'il me les donnerait, simplement pour s'assurer que je cède à son indifférence. N'est-ce pas ce qu'il a tenté de faire dans ses cinq relations précédentes ?

Je ne dis mot, complètement réduite au silence. Une tristesse s'abat sur moi, et j'ai l'impression qu'il essaie d'analyser chaque carré d'expression de mon visage.

Pendant ce temps, le chat de la voisine miaule devant la porte d'entrée, probablement en train de demander quand vais-je avoir l'amabilité de lui ouvrir la porte.

– On m'attend, souffle Devin. Tout va bien ?

Ai-je le choix ? D'aller bien ?

Le chat miaule encore et m'empêche de réfléchir.

– Oui. Tout va bien.

Non, dis-lui que non ! Que tu as besoin qu'il te rassure. Que c'est difficile pour toi, que tu te sens submergée de sensations désagréables et qu'il doit modifier les mauvais scénarios qui se construisent insidieusement dans ta tête.

Mais hypocrite, je souris, hoche le menton et regarde l'homme que j'aime me tourner le dos.

Le chat miaule de nouveau, sauf que cette fois, à l'arrivée de Devin à l'entrée, il se projette sur le guéridon. La coupole, dans laquelle j'ai vraiment très mal planqué ma misère pécuniaire, tangue plusieurs fois avant d'exploser au sol. En plus des morceaux de verre, la montagne de paperasse se déverse sur le parquet aux pieds de Devin qui était en train de mettre ses chaussures. Son bras entame alors un mouvement pour ramasser les documents.

À partir de là, tout se passe au ralenti : mon cri de terreur « Ne fais pas çaaa ! », mes chaussons qui glissent sur le parquet, mes bras qui font un moulinet et, pour finir, ma glissade ventre au sol en rassemblant ce que je peux.

– Pénélope, m'interpelle Devin d'un ton beaucoup trop calme pour le grotesque de cette situation. Tu vas te blesser.

Il m'oblige à me mettre sur pied. Les bras déjà chargés, impuissante, je le regarde ramasser le reste. Tous ces efforts, pour qu'évidemment, son œil soit attiré par les grosses écritures en rouge vif. Comme si on pouvait ignorer le total à payer !

– Tu es en retard sur ton loyer ? s'enquiert Devin.

Je lui arrache des doigts le papier, mais il analyse déjà une autre lettre dans sa main droite.

– C'est… ton découvert ?

– Donne. Ils se trompent souvent avec la virgule. T'y connais rien !

Les bras pleins de traites et de factures, j'essaie d'éloigner ma pile de documents de ses yeux de lynx en me plaçant derrière la petite table de manière stratégique.

– On peut en parler, dit-il, l'air perturbé.

– Ton frère m'a invitée à un dîner, lancé-je tout de go, pour détourner la conversation.

Il s'immobilise, la main tenant toujours le papier de la banque. Ses yeux rencontrent les miens, et je peux y déceler l'incompréhension, mais aussi une pointe de méfiance. Le silence s'installe, seulement troublé par le ronronnement du chat contre mes jambes.

Dégage, toi ! Tu vois pas que je suis dans la merde ?!

– Pourquoi tu évoques mon frère soudainement ?

– Je te dis juste qu'il m'a invitée.

La mâchoire de Devin se contracte, tandis que ses prunelles se tapissent d'obscurité.

– Et tu vas répondre à son invitation ? Je croyais que tu ne ressentais rien pour lui. Tu ne nous prends toujours pas au sérieux ?

Voilà, une jolie petite recette maison de saison : relancer l'intrigue amoureuse avec une pointe de sauce piquante, saupoudrée de problèmes à venir !

Je remarque que la poitrine de Devin monte et descend plus rapidement. L'heure est grave.

– Mes sentiments n'ont rien à voir là-dedans, me défends-je. En fait, il m'a invitée au dîner le week-end prochain.

Un creux apparaît entre ses sourcils. Devin se déleste de mon relevé bancaire sur le guéridon comme si c'était devenu le cadet de ses soucis.

– Quel dîner ?

– Tu sais, celui à l'hôtel, avec ses parents.

Les tiens aussi, par affiliation… Une douleur indomptable s'inscrit immédiatement sur les traits de son visage.

– Tu peux répéter ?

Ce que je fais, vaillamment, mais je n'en mène pas large :

– Tu sais, le dîner familial au *Ryan & Resorts.*

– Je ne veux pas te voir avec lui, assène-t-il, froidement. Ni que tu l'accompagnes où que ce soit jusqu'à nouvel ordre, tu as compris ?

Je grimace. Et puis quoi encore ? Je ne fais plus partie de son personnel, et Léo est un ami. Dois-je obéir à ses ordres sans rien dire ? Si je cède, que restera-t-il de moi ? Je refuse de le laisser guider mes sentiments une fois de plus.

– Tu ne désires pas prendre tes distances avec lui, n'est-ce pas ? m'accuse-t-il, glacial.

Blessée par ses insinuations, je le dévisage. Il affiche une souffrance que je ne comprends pas. Son indifférence est ce que je redoute plus que tout.

Devin baisse la tête, puis entrouvre les lèvres dans un rictus peu rassurant.

– Tu ne veux pas avoir à choisir entre son invitation et moi ? devine-t-il.

– Pourquoi le devrais-je ? ris-je nerveusement.

Je sens qu'il hésite entre les différences facettes de sa personnalité. Être heurtant ? Conciliant ?

Arrête de sourire, Pénélope ! Ce n'est pas ce que tu veux lui montrer.

– Je dois y aller, j'ai rendez-vous, annonce-t-il, finalement indifférent.

Avec qui ? Qui est plus important que ce qu'il se passe ici ? Je le vois opérer un demi-tour et, face à ce nouveau rejet, je suis prise d'une douleur incommensurable.

– Tu te fous de moi, en fait ?! C'est ça ? envoyé-je.

J'espère qu'il n'entend pas ces maudites larmes dans ma voix. Devant la porte, il se retourne et le tourment sur son visage me déstabilise.

– J'ai besoin que tu m'accordes juste une semaine, fait-il, torturé. C'est trop espérer ? Me faire confiance, c'est tout ce que je te demande.

Cela fait douze ans que je t'attends, mais comment faire confiance à quelqu'un qui ne t'a jamais dit : « je t'aime » ?

– Je dois te faire confiance ? Sur quelle base ?

Son expression se décompose. Ai-je touché un point sensible ? Je ne comprends pas la tension palpable qui émane de lui.

– Je t'appelle, finit-il dans un souffle.

Il effectue un quart de tour et quitte mon appartement, me laissant seule et paumée.

Chapitre 38

MISSIONNAIRE

Pénélope

Chapitres écrits : 37 – Proche de l'épilogue… À moi les royalties !

Une semaine plus tard.

Mille fois, je me suis demandé ce que Devin faisait et avec qui il était. Est-ce que je lui manque ? Est-ce qu'il va m'appeler ? Je n'ai eu aucune nouvelle. Chaque jour, son silence devient comme une blessure qui s'agrandit. Je me demande ce qu'il est bon de faire. Dois-je le brusquer ? M'imposer ? Oublier ?

Salut Léo, je suis toujours
la bienvenue au repas de ce soir ?

La réponse arrive immédiatement.

Salut Pénélope. Tu es partante ? Vraiment !

Je ne peux plus revenir en arrière.

Oui, je le suis.

Ma réponse est timide, incertaine, comme moi.

C'est une super nouvelle !
Tu peux être prête à 19 h ?

Léo a le don de me donner tout le courage du monde.

Oui, ce n'est pas malin de faire exactement ce qu'il m'a demandé de ne pas faire, mais soyons objective. Nous sommes samedi soir. Il ne reste à Devin que quelques heures pour donner signe de vie et comme je suis une petite polissonne, j'ai décidé que c'était moi qui irai chercher mon mec et qui le ramènerai chez moi.

Donc ça devient très sérieux. On va parler de la plus grande question de tous les temps. Celle qu'absolument *toutes* les femmes se posent. Cette interrogation dont l'acronyme est CJMH : « Comment Je M'Habille ? »

Mes doigts tremblent sur le clavier du téléphone.

Par contre, je ne sais absolument pas
quoi porter pour l'occasion ???

La dernière tenue hors sujet m'a valu une honte intergalactique, après tout, et ce n'est pas si ancien que ça.

Ouf, il me répond immédiatement :

Sois toi-même, Pénélope. Tu es parfaite !

Il est trop chou ! Je poursuis néanmoins la conversation avec des pincettes :

Je ne veux pas pourrir l'ambiance...

Ne t'inquiète pas. Elle ne peut pas être pire
que ce qu'elle est déjà. Ma famille
n'est pas marrante.

Je souris. Léo est vraiment adorable. J'espère malgré tout que Devin sera content de me voir. Je veux lui prouver que je suis prête à tout pour nous deux.

Si je peux te conseiller sur le style vestimentaire de ce soir, porte une robe de cocktail.

Je soupire, soulagée. Ça, c'est dans mes cordes !

Merci :)

De rien. Tu peux toujours compter sur moi.

Je relis les textos et mon cœur commence à battre de façon irraisonnée. Je crois que je panique tout à coup. Si bien, que je dois m'asseoir sur mon canapé. Et si je commettais une erreur en me rendant à cette soirée ? Les yeux dans le vague, je me mets à réfléchir et quand je réfléchis… Eh bien, mon cerveau n'y arrive pas très longtemps. Qui vivra verra ! Il est bien plus urgent de partir en quête de la tenue adéquate.

Après tout, c'est une belle journée d'hiver, il fait bon et j'ai tellement hâte de revoir Devin ! Voilà pourquoi, désormais dans les rues de Meatpacking District, j'ai le sourire aux lèvres. Inutile de se tracasser sur sa réaction, ce soir sera juste l'occasion d'avoir une vraie conversation avec lui. Est-ce que je suis un coup comme ça ou se projette-t-il vraiment avec moi ? J'imagine qu'il a conscience des enjeux si on se laisse une chance.

J'entre dans une boutique. Les vendeuses, super sympas, me proposent mille tenues. Mon choix se porte sur une robe fuseau vert menthe. Elles sont deux pour remonter la fermeture éclair dans le dos, mais le rendu me fait un corps de rêve. Je décide de la garder sur moi et la propriétaire me propose d'aller au salon de beauté afro de sa sœur, juste à côté. Et c'est tout simplement génial ! Je leur raconte mon aventure avec mon charismatique premier amour plein aux as, et nous rigolons comme des folles. Pendant que l'on papote, je me fais pouponner et maquiller. Durant la manucure, la coiffeuse me fait un lissage de cheveux comme je n'en ai jamais eu. Ma chevelure tombe jusqu'en bas de mes reins. Le résultat est incroyable. Je suis transformée !

Je dois être resplendissante, car dans la rue, j'ai vraiment la cote. Tout le long du chemin pour rentrer chez moi, on me siffle. Je remercie tout le monde, sans exception, pour tout le courage, la bienveillance et les bonnes *vibes* qu'ils m'apportent. Apparemment, je suis chaude et super bonne ! J'en ai la larme à l'œil.

Seulement, une fois plantée devant les marches de l'hôtel avec ma pochette contre le ventre, je fais moins la maligne, même au bras de Léo. L'ambiance calfeutrée, me donne la tremblote. Je gravis l'escalier et rencontre Gaston, le jeune portier qui me reconnaît.

– L'hôtel est privatisé, Pénélope, m'informe-t-il, désolé à l'idée de me blacklister.

– Je l'ai invitée, assure mon cavalier. Léo Ryan.

– Monsieur Ryan ! Évidemment.

Gaston baisse les yeux sur son carton et souffle discrètement en désignant une ligne sur la feuille :

– Alors, cette Pénélope Carouze là, c'était vraiment toi ?

– Eh oui, confirmé-je, en affichant un grand sourire.

– Félicitations ! fait-il en nous ouvrant le chemin galamment. Tu es… ravissante.

Je rougis de plaisir.

– Merci.

Nous traversons le hall, suivant le brouhaha derrière la double-porte proche du comptoir de l'accueil et mon Dieu, mon cœur tachycarde. Lorsque nous pénétrons la grande salle de réception, absolument tous les regards convergent vers moi. Wouah, que c'est intimidant ! Léo ramène sa main droite au-dessus de la mienne qui s'accroche solidement à son bras.

– Ne panique pas, tu es sublime, me souffle-t-il à l'oreille.

Nos regards se croisent, mais ma bouche produit toujours une grimace stressée.

– Su-bli-me, souligne-t-il, d'une voix suave.

Pour parfaire son compliment, Léo se mord la lèvre inférieure de manière très coquine en levant un sourcil rieur.

– Merci, dis-je, rassurée.

Je me force à relever le menton et à marcher droit parmi les invités. Les Ryan et leurs amis sont très nombreux, plus d'une cinquantaine de personnes !

Je suis chaude et bonne, me répété-je, tel un mantra.

Je cherche Devin des yeux. Les invités s'écartent sur notre passage et enfin, je le découvre. Debout près du buffet, il échange avec quelqu'un. S'étant délesté de son veston, son gilet de complet bleu nuit épouse son torse musculeux à la perfection. Il n'a plus ses lunettes, mais a conservé sa barbe de trois jours. Il est beau à pleurer !

Lorsque nos regards se croisent, un instant, j'ai l'impression qu'il ne me reconnaît pas, puis sa coupe de champagne lui échappe des mains avant qu'il ne la rattrape in extremis.

– Je te laisse là, me glisse Léo, en s'échappant, son bras glissant des miens.

Immédiatement, je colle les poings sous ma poitrine, me sentant démunie et perdue. Puis, je me rappelle que je suis là pour Devin, et il était déjà clair dans mon esprit que Léo m'accompagnerait seulement jusqu'à cet instant bien précis.

Je relève les yeux sur l'homme que j'aime, intimidée par son regard d'acier fixe et impénétrable. Fébrile, je me dirige vers lui pour découvrir Natacha à sa droite. Je stoppe mes pas, l'estomac soudain noué. Si je me croyais jolie, je dois dire que je fais pâle figure face à elle et sa longue robe en soie écrue. C'est injuste, il n'y a que les mannequins qui peuvent porter ce genre de choses !

Mon enthousiasme et mon assurance flanchent. Mes doigts commencent à trembler. Un malaise m'étreint. Pourquoi Devin l'a invitée et pas moi ? Ne suis-je pas, à bien des titres, une proche de Devin ? Son amour d'adolescent…

Le cœur décomposé, je reprends la marche et arrive devant eux. Que faire ? Lui prendre le bras ? La main ? L'embrasser ? Et voilà que je fais ce qu'il y a de plus stupide ! Je me hisse sur la pointe des pieds dans le but de lui voler un baiser, mais ma bouche s'arrête à sa mâchoire. Il n'a pas daigné tourner la tête.

C'est ce qu'on appelle communément : se prendre un vent dans les règles de l'art.

Chapitre 39
PRISE

Pénélope

Je voyais la soirée tout autrement. Je pensais que Devin serait surpris, certes, mais finalement heureux de me voir et qu'il m'accueillerait et me présenterait au monde dans lequel il évolue. Bien sûr, il aurait pu dissimuler notre relation encore récente, tout en ne manquant pas d'être chaleureux. Au lieu de cela, nous allons et venons à travers la grande salle. J'ai l'impression d'être un boulet à son pied, un peu comme son cousin qui nous suit partout, un dénommé Ortansio. Qui sait d'où vient ce prénom ? Pauvre gosse…

Alors que peu me considèrent, Natacha et Devin attirent, c'est indéniable. Les conversations tournent autour d'eux et de leur lien indéfectible, même si Devin change adroitement de sujet. La jalousie perfide et la sensation d'être malvenue me font ingurgiter vingt-cinq petits fours et trois verres cul sec de champagne très coûteux. Pas une fois, nous n'avons été seuls tous les deux. Il n'a pas essayé d'en trouver l'occasion.

Actuellement, nous écoutons un jeune investisseur :

– Pourquoi je vis dans un studio de 30 m^2, sans canapé ni télé ? L'argent nous fait devenir esclaves. Le luxe, les grands hôtels, les plages paradisiaques… Vos revenus augmentent, vos dépenses suivent la même tendance. Je préfère me satisfaire de peu. Adopter ce mode de vie minimaliste m'oblige à rester ancré dans la réalité et me rappelle avec force et audace d'où je viens.

– Sinon, ça baise ? pensé-je, en me marrant intérieurement.

Les visages se rabattent sur moi. Est-ce que j'ai dit ça à voix haute ?!

– Pardon ? m'interpelle le jeune loup.

Devin me fixe ostensiblement et je m'étrangle.

– Je disais : ça paye. Les efforts payent !

– Oui, c'est ça, approuve l'investisseur, le regard brillant.

Je pousse un long soupir. *Bien joué, Pénélope ! Tu l'as échappé belle.* Pris par l'adrénaline, mon cerveau argumente tout haut, sans mon autorisation :

– En revanche, vous commettez une erreur sémantique. Je pense plutôt que vous avez atteint un niveau de non-frustration.

Tel un seul, les visages reviennent vers moi.

– C'est-à-dire ? Expliquez-vous.

Tais-toi, idiote !

– Ça veut dire que vous êtes blasé de toutes les choses que vous pouvez facilement atteindre et posséder quand une personne aux revenus modestes ne ferait que les rêver. Je ne parlerais donc pas de mode de pensée révolutionnaire, mais plutôt de pensée d'un homme émoussé. Votre discours me fait penser, au contraire, que vous avez absolument oublié d'où vous venez. L'être humain a faim, qu'on se le dise.

Personnellement, je n'attends rien pour profiter de la vie, j'ai la vie pour profiter de tout.

Je souris, mais ce n'est pas le cas de tous. Seul, le cousin de Devin paraît convaincu par ma tirade. Il applaudit, cet imbécile, alors que je n'ai qu'une envie, c'est de mettre ma tête dans le bol de sangria.

– Je vais prendre l'air, nous informe calmement Devin. Veuillez m'excuser.

Soudainement, il quitte le groupe. Sans moi. Je me retrouve à poursuivre les conversations et parfois, à ma grande surprise, on me demande mon avis. Cependant, le moment n'a plus aucune saveur et je m'ennuie rapidement. J'en viens à me dire que j'ai aussi besoin d'air frais.

Le cousin de Devin m'accoste, juste devant les baies qui mènent à la cour intérieure.

– Vous êtes étonnante. Et votre robe ! Vous vous en sortez plutôt bien dans ce monde de requins.

– Non, je ne suis pas dans mon élément, avoué-je en souriant.

– Avez-vous des origines latines ?

D'un regard sur la gauche à travers les baies, je constate que Devin est bien à l'extérieur, adossé au mur, main dans une poche de son costume, en train de fumer. Il fume ?!

– C'est une question que tout le monde se pose, insiste Organsin.

Ou Ortansien ? Je ne me souviens plus de son prénom.

– Qu'il fume ?

– Euh, non, si vous avez des origines latines.

Qu'est-ce qu'il raconte ?

– Je suis texane, réponds-je, distraitement.

S'il pouvait me lâcher la grappe.

– Ah, fait-il, appréciateur en me reluquant.

Je grimace, écœurée. Qu'est-ce qu'il me veut celui-là ?

– Excusez-moi, je dois rejoindre Devin.

Je pousse une des portes vitrées et descends l'unique marche qui mène aux dalles grises de la cour. L'air est bien plus frais que dans la salle. Ma peau se couvre de chair de poule, mais peut-être que c'est parce que plus j'approche de Devin, plus je redoute notre confrontation.

Une fois devant le maître des lieux, ma main droite crispée autour de la pochette que je serre contre ma cuisse, je m'aperçois que son ex-femme est avec lui. Je ne l'ai pas vue tout de suite, cachée par l'ombre du bâtiment. Elle le colle comme une sangsue celle-là !

D'ailleurs, elle cesse de parler à mon arrivée.

– Tu as disparu, entamé-je d'une voix douce à l'attention de Devin.

Yeux baissés, il tire une taffe qu'il recrache doucement. Natacha nous observe l'un et l'autre, puis a l'intelligence de prendre congé d'elle-même.

– Je vous laisse, indique-t-elle en me souriant gentiment.

Je hoche la tête. Je déteste les gentilles. Qu'elles crèvent toutes !

Je prends une rasade d'air frais pour me calmer. Où j'en étais ? Ah oui, à Devin et sa tête de cochon. Me voilà seule avec lui et je me sens toute petite, même perchée sur mes hauts talons.

– As-tu une cigarette pour moi ? lui demandé-je, le sourire maladroit.

Il me tend la sienne sans me regarder. Je la ramène devant ma bouche et inspire une très longue bouffée pour m'insuffler le courage de poursuivre :

– Nous n'avons pas eu l'honneur de croiser tes parents. Sont-ils seulement présents ?

– L'honneur, répète-t-il, tout bas.

Un long frisson me traverse et je ne sais pas si c'est à cause de la température extérieure. Je repousse la salive dans ma trachée.

– Tu vas bien ? m'enquiers-je, inquiète.

– Tu as répondu à l'invitation de Léo.

Ce n'est pas une question, mais une affirmation. Mon sang se glace lorsque ses yeux se braquent sur moi. Je fais un pas sur le côté pour écraser mon mégot dans le cendrier extérieur et m'explique, avec un rire gêné :

– Oui, il m'a invitée, je te l'ai dit. Tu sais, c'est lui qui m'a aidée à m'habiller. J'avais besoin de son avis pour…

– Alors que le mien ne compte pas ? me reproche-t-il, glacial.

– C'était pour la robe, me justifié-je. Je ne voulais pas te faire honte.

Il me scanne de haut en bas, puis me dédie un sourire débordant de suffisance et de mépris.

– Parce qu'elle était supposée changer quelque chose ?

Mes paupières papillonnent, et je perds toute assurance. Mon cœur déjà endommagé se met à battre si fort que j'ai l'impression qu'il va sortir de sa cage thoracique. Est-il obligé de m'insulter ? Je peux comprendre qu'il soit désappointé, mais ne pouvons-nous pas nous expliquer comme deux adultes ?

– Tu es en colère.

– Ne me fais pas passer pour le méchant.

– Parce que j'ai répondu à l'invitation de ton frère ?

– Parce que je t'avais défendu de le faire. C'est suffisant.

– Tu es jaloux de Léo ?! toussé-je.

Son visage méprisant me scotche. Je n'arrive pas à y croire. Ça ne peut pas être la seule raison pour laquelle il agit ainsi.

– Léo ne m'intéresse pas le moins du monde, embrayé-je. Ça a toujours été toi et tu le sais. Pourquoi tu…

– C'est mon frère qui t'a invitée, pas moi. Si tu n'es pas venu pour lui, qu'est-ce que tu fous là ?

Mon visage grimace.

– Pour te voir. Tu m'as dit une semaine et…

– C'est exactement ce que je t'ai demandé ! Tu as toujours agi ainsi, tu n'en fais qu'à ta tête sans prendre en considération ce que je peux ressentir.

Son regard féroce et implacable me fait frissonner.

– Ce que tu peux ressentir ? Et moi, je suis censée rester de marbre quand je te vois fricoter avec une femme sous mes yeux ? Quand tu me laisses poireauter des jours, sans nouvelle ? Je suis incapable de comprendre ce que tu veux et encore moins ce que tu ressens. Comme suis-je supposée savoir si tu ne me dis rien ?!

– Tu connais maintenant mon sentiment.

Quoi ?! Il se décolle du mur et passe devant moi pour s'éloigner. Est-il en train de me quitter une fois encore ? Pourquoi ne pas me dire clairement que c'est fini si c'est vraiment ce qu'il désire ?

– Attends !

Il s'immobilise, les épaules raides, puis m'envoie un regard létal par-dessus son épaule. J'ai envie de le frapper. J'ai envie de hurler.

Je suis là, car il me manquait atrocement, mais de toute évidence, ce n'était pas réciproque. Il m'a ignorée tout ce début de soirée. J'ai eu comme l'impression de faire partie de ce stupide fan-club Ortansiano !

– Je fais encore ce que je veux et ce n'est sûrement pas toi qui vas me dicter ma conduite, ou me dire avec qui je suis supposé parler. Je ne suis plus la fille que tu as connue !

– C'est ce que tu es venue prouver ?

– Oui !

– Très bien, fais ce que tu veux, lance-t-il pour se débarrasser de moi et de cette conversation.

J'en perds mon latin.

– Je suis une femme indépendante, honnête, qui sait ce qu'elle doit faire !

Il me fait face et complaisant, se met à rire.

– Arrête, tu recommences. Tout est faux chez toi. Ta situation financière que tu me caches. Ton sourire que tu feins même quand les mots te blessent. Tes manières hautaines pour te fondre dans la masse. Tu n'es pas comme ces gens alors pourquoi tu agis comme eux ?

Je le foudroie du regard. Nouveau coup, nouvelle blessure.

– Je ne fais pas partie de ton précieux cercle, d'accord, mais alors pourquoi tu couches avec moi ?

Il ne répond rien et ça fait mal.

– J'en ai assez d'essayer de te comprendre, continué-je face à son silence. Même sans ton approbation, je compte bien profiter de cette soirée.

– Ne te prive pas.

Je prends un coup de chaud. La soupape explose.

– Putain, Devin, mais qu'est-ce que je t'ai fait à la fin ?! Il n'y a rien entre Léo et moi, tu le sais pertinemment. Tout ce qu'il veut, c'est ton bonheur, alors tu devrais peut-être arrêter de le voir comme une menace et accepter sa main tendue.

Il roule des yeux tout en secouant légèrement la tête. Il prend une profonde inspiration avant de répondre :

– Je n'ai pas besoin de ton aide pour comprendre mon frère.

Léo n'est pas la véritable source du problème, vraisemblablement.

– D'accord, parlons plutôt de toi et de Natacha, enchainé-je, amère. Vous couchez ensemble ?

Il m'observe avec dédain, puis un petit sourire sardonique apparaît sur son visage. Ça me retourne le cœur.

– Si c'est le cas, tu vas pleurer ?

Je m'étrangle. Je suis tellement insignifiante qu'il se permet d'être détestable sans sourciller ? Je ne le reconnais pas. Ou si, que trop bien. En face de moi, j'ai le Devin de seize ans, devant les escaliers de service, le Devin qui se mure derrière une apparence pour se protéger. Seulement, je n'accepterai plus d'être son défouloir, même s'il a l'air détruit. Même si je reste folle amoureuse de lui…

Le vase est à ras bord ! Il a raison sur un point : depuis trente ans, je surmonte mes peines avec des faux-semblants et des sourires de façades, j'oublie qu'on me blesse et je pardonne. Et j'ai assez pardonné. Je refuse de laisser aux sentiments que je lui voue plus de place qu'ils ne le méritent. Je dois reprendre ma vie en main.

Je fouille dans ma pochette et en sors son portable que je lui tends. Il ne bouge pas tout en continuant de me fusiller d'un regard noir. Je fais un pas et fourre son smartphone dans la poche de son pantalon. À peine Devin le reprend en main, qu'il l'envoie valser dans la poubelle à deux mètres de notre position.

Ébahie, je ne pipe mot. Léo avait raison, son frère n'a besoin de personne pour tout gâcher. À présent, il n'y a absolument rien qu'il puisse dire qui pourra rattraper ces dernières secondes. De toute façon, même s'il a dépassé les bornes, je crois que ça ne lui fait ni chaud ni froid.

Je l'aime et je n'avais pas peur de le lui prouver, voilà pourquoi je me suis pointée à cette satanée réception. J'avais envie de le retrouver et de lui parler, car ce qu'il m'a donné jusqu'ici avait un goût de trop peu. Et finalement, j'ai ouvert les yeux.

– En fait, je n'ai pas besoin de toi, envoyé-je. Fais-moi une faveur, ne m'approche plus jamais.

Je le dépasse d'un pas rapide et j'espère avoir pu dissimuler les larmes au bord de mes yeux.

Chapitre 40
ÉPOUX INDIENS

Pénélope

Lorsque j'entre dans le bâtiment, la salle de réception est vide. Seul Léo m'attend les mains dans les poches, adossé au mur, près des portes de la salle adjacente destinée au banquet.

Il se redresse et dès qu'il me voit, s'écrie :

– Pénélope !

Je secoue énergiquement la tête et pars dans la direction opposée, vers la sortie. Oh non, non, je ne le rejoindrai pas. C'en est assez pour moi.

Il me rattrape, se place devant moi et me retient par les épaules, l'expression alarmée.

– Qu'est-ce qui s'est passé ? Tu es toute pâle et tremblante.

– J'ai oublié que j'avais un autre rendez-vous, dis-je pour faire bonne figure.

– Tu n'es pas obligée de faire semblant. Pas avec moi.

Je jette un regard dans mon dos, puis ris tristement. La sollicitation de Léo me met un peu de baume au cœur, alors j'avoue :

– Ton frère me dénigre avec tellement d'aisance que ça en devient embarrassant pour nous deux. J'arrête les frais. Je dois y aller.

– Non, reste, insiste Léo.

– Je ne suis pas la bienvenue.

Il doit ouvrir les yeux, lui aussi. On s'est trompés tous les deux.

– Bien sûr que si, je t'ai invitée.

– C'était un très mauvais choix.

Me couvant d'un regard compatissant, ses mains glissent jusqu'aux miennes, m'apportant un peu de chaleur.

– Je vous ai observés, ce soir, et comme je l'imaginais, il a joué au con. Seulement, j'ai l'intuition que ça n'a pas tout à voir avec toi. Peut-être que ça ne suffira pas à réparer les choses, mais si tu pars maintenant, tu ne comprendras pas ce qui l'a poussé à agir comme ça.

– Est-ce vraiment nécessaire de le comprendre ?

– Je crois que tu en as besoin, non ?

Je soupire. Évidemment que la petite voix, celle qui est toujours très amoureuse, en a besoin pour juste excuser naïvement Devin pour ses mots. Et connaître encore de bons moments…

Quoi ?! Non, Pénélope, rien ne l'excusera de t'avoir traité ainsi !

– Léo, vivre un conte de fées, ce n'est pas pour moi, l'arrêté-je, les larmes aux yeux. Je ne suis pas la femme qui convient à Devin, et il n'est pas celui qui me rendra heureuse.

– Ne dis pas ça.

Ma gorge se couvre de sanglot.

– Regarde-moi ! Je suis juste douée pour me planter en beauté.

– Ce n'est pas ce que je pense. J'ai vu mon frère se battre pour toi, comme il ne l'a jamais fait pour personne. Même si à la fin, il a baissé les bras, je ne l'ai jamais vu aussi déterminé à faire fonctionner une relation. Avant d'imaginer qu'elle est vouée à l'échec, tu dois te battre, toi aussi. Ne l'abandonne pas comme ça.

Je digère ses paroles. Léo parvient si aisément à lire en moi, en nous, que j'ai envie d'y croire, malgré le chaos dans ma tête.

– Reste, insiste Léo. Au moins pour moi, s'il te plaît.

Il me propose son bras avec un sourire plein de chaleur qui me convainc de le suivre. Après tout, je tiens à cette amitié avec Léo, quoi qu'en dise Devin. Et si c'est la dernière relation que j'ai la chance de faire fonctionner ce soir, je ne vais pas reculer.

Le repas est donné dans la pièce voisine où six tables rondes, dressées avec de la vaisselle en porcelaine fine et des couverts en argent, sont déjà occupées par les convives. Et dire que deux semaines auparavant, j'époussetais les grands rideaux vert bouteille, lustrais le parquet interminable, nettoyais au chiffon chaque cristal des lustres au plafond.

Des frissons m'accompagnent jusqu'à la table principale, et je m'y assieds tel un automate, sans me départir d'un sentiment d'intrusion. Lorsque Devin nous rejoint, il s'installe auprès de Natacha à notre droite. Cette dernière l'observe, le regard inquiet. Je devine qu'elle pose sa main délicate sur sa cuisse et elle en profite pour lui glisser un mot dans l'oreille.

Mon cœur se fendille littéralement en deux.

– C'est un enfer, murmuré-je.

Devin lève le regard et je détourne le mien. J'ai l'impression de me disloquer intérieurement.

– Notre chef est excellent, on va se régaler, lance Léo pour ouvrir la conversation qui prend vie autour de la table entre les dix personnes présentes.

Léo poursuit en aparté :

– En face de nous se trouvent les deux sœurs de ma mère, m'explique-t-il en désignant deux femmes, presque jumelles, toutes deux parées d'imposants bijoux. La seule partie de ma famille avec qui mes parents ont encore des liens cordiaux, d'ailleurs. Ortansio, qui se trouve à ta droite, est le fils de Tante Helen, celle qui a la robe violette. Les autres invités sont des associés de notre famille : banquiers, investisseurs, conseillers. Ceux qui sont installés à cette table sont les principaux actionnaires de la société.

– Des amis ? demandé-je.

– Pas vraiment. Les Ryan ne conservent jamais longtemps ce genre de lien.

Je scanne, l'un après l'autre, les hommes en costume cravate. L'un se préoccupe plus du repas que de ce que lui raconte sa voisine de table et un autre parle à son compère comme s'il complotait contre le monde entier. Mon regard s'arrête sur Devin, raide comme un piquet sur sa chaise. Son bras est allongé sur la table, poing serré, et ses yeux se perdent dans le vide comme s'il était hermétique à ce qui l'entoure.

– Les liens amoureux aussi semble-t-il, soufflé-je, malgré moi.

– Pénélope ?

– Ah pardon, m'excusé-je auprès de Léo, qui me regarde, amusé. J'ai parlé à voix haute ?

Il acquiesce en riant, mais je n'ose plus relever la tête de peur de tomber sur le regard de Devin. Trahie par mes propres pensées !

– J'aurais dû quitter l'hôtel bien plus tôt, murmuré-je. Ça m'aurait évité…

Alors qu'il pique, avec sa fourchette, une langouste décortiquée dans le plat devant nous, Léo se penche vers moi.

– De retomber amoureuse de lui ?

– C'est mon premier amour, soufflé-je.

– Je sais. Tu penses que tu l'idéalises ?

Mon regard gagne l'aîné qui m'observe ouvertement à présent. J'aurais voulu que mes sentiments me désertent, mais ils sont toujours là, acceptant même l'inacceptable. Comment ne pas idéaliser le seul homme qui m'a rendue heureuse, même s'il y avait beaucoup de non-dits et de complications ?

Un couple, un brin exubérant, arrive alors à notre table et me coupe dans mes pensées. Ils s'installent sur les deux dernières chaises vides, à gauche de Léo. Ils me disent vaguement quelque chose… L'homme, proche des quatre-vingts ans, porte un chapeau de cow-boy. La femme est beaucoup plus jeune. Je dirais la cinquantaine à tout casser.

– Mangeons rapidement. Notre avion décolle dans trois heures, commence l'homme qui, à peine assis, tend la main vers l'assiette de crustacés devant lui.

Malgré une allure quelque peu ridicule, il en impose beaucoup.

– Papa, maman, je vous présente Pénélope, intervient Léo.

Papa et maman ?! Les regards du couple se dirigent vers moi et tous deux me dévisagent avec le même mépris. Mais oui, les propriétaires de l'hôtel ! Quand j'étais petite, leur différence d'âge m'avait toujours fascinée.

– Tu l'as trouvée dans la rue ? s'indigne la mère.

Quoi ?! Est-ce qu'elle parle de moi, là ?!

– Bien joué, mon fils, le félicite son père. On est sûrs que Devin ne te la volera pas celle-là !

Léo reste abasourdi. Ses doigts légèrement tremblants se posent sur mon épaule. Quant à moi, prostrée, je n'arrive pas à réagir.

– Pourriez-vous montrer un peu plus de considération pour…

– Tout cela à peu d'intérêt, le coupe froidement son père. Comment vont nos affaires ?

Les chiens ne font pas des chats. Je jette un coup d'œil à Devin. Ses traits sont aussi tendus que sa main crispée sur la table.

– Est-ce le bon moment pour en discuter ? s'étonne Léo, les dents serrées.

Mme Ryan lève les yeux au ciel.

– Où étiez-vous passé, toi et ton frère, cette semaine ? C'est inacceptable que l'on n'ait toujours pas eu le compte-rendu annuel !

Léo cache un rire amer sous sa serviette, mais finalement, il obtempère. La conversation s'oriente autour d'investissements, de lobbying et de rentabilité. Léo s'appuie sur des chiffres précis et montre qu'il connaît l'entreprise familiale sur le bout des doigts. Devin, quant à lui, reste muet, le regard rivé sur son assiette. Il ne touche d'ailleurs même pas une miette du festin, comme si être présent était une épreuve.

– Et toi, Devin ? le cible alors son père. Tu n'as rien à ajouter ?

Le regard de l'aîné se relève. Il jauge ses parents quelques secondes.

– Le bilan a été envoyé à vos avocats. Ils vous en feront l'étude.

Waouh ! Moi qui me plaignais de mes relations familiales délétères…

– Comme d'habitude, tu es bien médiocre quand il s'agit de parler à tes parents, conclut M. Ryan en laissant tomber sa serviette à côté de son assiette. Sache que les actionnaires attendent beaucoup de toi.

– Ils ne sont pas à plaindre.

Le regard bleu perçant de son père me fait froid dans le dos.

– Malgré ton chiffre d'affaires, tu génères trop peu de bénéfices.

– Seulement, de votre point de vue.

– Comme toujours, le vilain petit canard fait des siennes, commente Mme Ryan.

– Maman ! s'offusque Léo.

Doivent-ils laver leur linge sale en public ? Les invités autour de la table suivent l'échange comme un duel de ping-pong, quant à Natacha, décomposée, elle dévisage Devin.

Cet échange est gênant pour tout le monde.

– Les enfants des Davidson se montrent beaucoup moins ingrats que vous, s'emporte le patriarche.

– Les Davidson ne sont pas nos parents, continue Devin avec un calme olympien.

M. Ryan s'agace alors que Devin me reste parfaitement maître de lui-même.

– Sans moi, aurais-tu hérité de cet empire ?

Devin se renfonce dans son siège et porte sur ses parents un regard des plus méprisants. J'avais déjà connu sa froideur, mais je réalise que je n'en avais vu qu'une infime partie.

– Parlons-nous vraiment d'un « héritage » ? Pour cela, il faudrait que vous ne soyez plus de ce monde. Non, cet empire que vous chérissez tant, je vous l'ai arraché des mains, n'est-ce pas ?

Il adresse à son père un sourire sardonique, empreint d'une fierté presque sadique qui me fait froid dans le dos. M. Ryan pâlit légèrement, mais refuse de courber l'échine.

– Tu as peut-être réussi à usurper certains de mes pouvoirs, Devin, parce qu'en voulant te former à ma succession, je t'ai laissé beaucoup trop de liberté, mais tu ferais bien de ne pas oublier qui a le contrôle de cette entreprise. Je suis le fondateur de *Ryan & Resorts* et je…

Devin fait claquer la langue sur son palet, et aux yeux écarquillés de sa mère, je devine qu'il n'a jamais eu une attitude aussi défiante envers ses parents. Même Natacha, à côté de lui, tend la main vers son épaule pour tenter de l'apaiser. En vain.

– Votre âge vous aurait-il fait oublier le moment où le conseil vous a relevé de vos fonctions ? Entendons-nous bien, je n'ai plus aucun devoir de vous faire un rapport sur l'état de la compagnie, et vous faites erreur si vous pensez que…

– L'erreur est de t'avoir donné naissance !

Wow ! La main, outrageusement baguée de Mme Ryan se pose sur l'avant-bras de son mari, mais c'est sa supplication à peine murmurée qui met fin à l'échange infernal. M. Ryan parcourt du regard les convives autour de la table et grommelle dans sa barbe. De toute évidence, il ne veut pas poursuivre cet échange en public.

– Quand prévoyez-vous votre mariage ? enchaîne alors Mme Ryan en s'adressant directement à Natacha. Il semblerait que vous êtes la seule qu'il supporte encore à son bras.

Alors que mon cœur manque un battement, Natacha tourne un regard timide vers Léo. Elle lui envoie comme un signal de détresse, mais ce dernier baisse les yeux. Cependant, il serre les poings sous la table et je peux sentir la peine qui émane de lui.

Oh bordel ! Natacha aime Léo, pas Devin ! Et, Léo l'aime toujours aussi. Comment suis-je passée à côté de ça ?

– Nous n'avons pas prévu… commence-t-elle.

– Fournissez un effort ! réplique Mme Ryan. Devin a sérieusement besoin de distraction, ma chère. Au moins, vous nous ferez moins d'affront que cette vulgaire prostituée ramenée par son cadet !

Un verre vole à travers la table et se brise quelques mètres plus loin, faisant taire l'ensemble des invités.

– Es-tu devenu fou ?! éructe M. Ryan, son poing s'abattant sur la table.

Devin se tient debout, la main encore tremblante. Son projectile a effleuré la joue de sa mère, mais il semble en avoir cure. Pire, il se pourrait qu'il cherche autre chose à lui balancer. J'ai l'impression de suffoquer alors que tous les visages se tournent vers moi. Des murmures s'élèvent tandis que mon regard embué rejoint M. Ryan qui me scrute assidûment.

– Qu'est-ce qui te prend ? demande la mère à son fils d'une voix paniquée.

– Je vois très bien ce qui lui prend, ricane le père. C'est à cause d'elle, n'est-ce pas ?

Je secoue la tête et commence à me relever. Cette fois, je crois qu'il est vraiment temps pour moi de quitter les lieux !

La salle est devenue silencieuse, et c'est désormais presque une centaine de paires d'yeux qui nous observe : Devin, Léo, ses parents et moi. Pitié, qu'on m'achève !

– Quelle étrange association, murmure Mme Ryan, perdue.

Le rire gras du patriarche retentit autour de nous, avant qu'il ne me pointe du doigt.

– Je me souviens de cette fille. C'est la pouilleuse qui traînait dans les couloirs de notre hôtel.

– La pouilleuse ? répété-je, l'estomac au bord des lèvres.

– Elle s'appelle Pénélope, intervient Devin, d'une voix mauvaise, alors qu'il serre ses poings le long de ses cuisses.

– Ne me dis pas que tu as continué à la fréquenter ?! s'insurge sa mère d'une voix haut perchée, le visage déformé par le dégoût. Tu nous avais juré que cette fille de bonniche ne valait rien à tes yeux.

– Mesurez vos propos, gronde son fils.

Ne suis-je qu'un vulgaire paillasson pour cette famille ? Mon nez me picote et je sens des larmes noyer ma gorge. Cependant, la main de Léo se serre autour de la mienne. Il bombe le torse. J'ai l'impression que cette fois, mon ami est déterminé à affronter courageusement ses parents et à leur tenir tête. Mais moi, je ne suis pas prête à subir tout ça.

– Nous ne sommes pas ensemble, murmuré-je, d'une voix définitivement broyée par l'émotion.

– Elle a fini par t'offrir ses services ? ricane son père. Finalement, cette voie lui était toute tracée.

– Nous ne sommes pas ensemble ! m'époumoné-je.

Je tourne le regard vers Devin qui m'observe, l'expression déchirée.

– Évidemment que vous n'êtes pas ensemble ! embraye le patriarche. Il se sert de vous pour nous contrarier. Devin, rassieds-toi et parlons de choses plus sérieuses. Donne un billet à cette fille, qu'on s'en débarrasse une bonne fois pour toutes. C'est ce qu'elle réclamait déjà, n'est-ce pas ? Du *confort* pour une partie de jambes en l'air.

Devin pousse un cri de rage et se dirige droit vers son géniteur. Sous les cris de l'assemblée, il l'empoigne par le col et le projette contre un des murs de la salle. Le *boum* étouffé a fait lever tout le monde de sa chaise.

– Encore un mot, siffle Devin entre ses dents.

– Tout ce spectacle pour une fille qui ne vaut rien ? ricane M. Ryan, pas le moins du monde impressionné.

Je fais un pas en arrière tout en secouant la tête. Je tente un regard autour de moi, voulant m'échapper. Natacha se tient derrière la chaise, broyant le dossier de ses doigts, quant à Léo, il ne fait que murmurer : « Je suis désolé ». Les hommes de la table se rapprochent prudemment, certains sur le point d'intervenir.

– Tu es tombé bien bas, mon fils. J'ai pitié de toi.

De profil, je vois la mâchoire de Devin qui se contracte, sa bouche zigzague et une longue larme glisse sur sa joue. Jamais Devin ne s'est laissé déborder par ses émotions. Jamais. Ou une seule fois, j'ai vu ses larmes couler dans les murs de ce même hôtel.

Au fond, derrière la colère, il ne pourra jamais avouer à son père à quel point il l'a blessé.

Chapitre 41

DAUPHIN

Pénélope

Voyant les amis de son père sur le point d'intervenir, Léo me lâche subitement, court jusqu'à son frère et l'attrape. Il lui enserre la taille pour le faire reculer. Devin finit par céder, libère le patriarche, puis titube en arrière. Ses épaules montent et descendent au rythme effréné de ses respirations.

– Je ne suis plus ton fils, crache-t-il d'une voix glaciale.

Tous les invités s'avancent vers eux, suspendus à ses lèvres alors qu'il retrouve un calme de façade. Moi-même, je m'oblige à faire quelque pas.

– Tu reviendras manger dans ma main, comme toujours, rétorque M. Ryan avec assurance.

Il lisse sa veste pour la remettre en place, puis frotte sa chemise comme s'il voulait simplement y retirer des miettes. Son sourire provocant m'indigne.

Devin suffoque à présent, mais il se libère des bras de son frère. Léo reste à ses côtés et en mettant une main sur son épaule, je crois qu'il cherche à témoigner son soutien à son frère. C'est bien la première fois que je les vois aussi unis, surtout face à leurs parents.

L'ainé s'avance, se redresse et s'exprime d'une voix claire et audible :

– Tu ne possèdes plus rien de l'entreprise. Depuis cinq ans, j'ai pris une à une tes fonctions, jusqu'à ce que les actionnaires te contraignent à me céder tes parts. Le seul engagement que j'avais envers toi, c'est le contrat qui m'obligeait à te reverser, en tant que fondateur de l'entreprise, une partie des bénéfices. Malheureusement pour toi, tu ne pourras pas toucher les dividendes d'une société qui n'existe plus.

Je retiens mon souffle alors que M. Ryan semble sur le point de s'étrangler. Où est-ce que Devin veut en venir ?

– Le contrat t'avantageait, tant que j'acceptais de gérer la société, mais si ce n'est plus moi qui possède le groupe, tu ne touches plus rien, père. Laisse-moi donc t'annoncer ce soir que j'ai vendu l'intégralité de mes parts à un conglomérat étranger.

– Impossible ! envoie l'intéressé, dont la confiance s'effrite malgré tout.

– Le moindre centime sera reversé à une association pour enfants maltraités. C'est de bonne guerre, non ?

M. Ryan pâlit, puis vacille, et c'est sa femme qui doit accourir pour le soutenir. Cependant, elle non plus n'en mène pas large.

– J'aurais dû te tuer de mes propres mains…

Un sourire condescendant illumine le visage de Devin.

– Nous ne sommes plus liés, désormais, alors sachez, tous les deux, que c'est la dernière fois que je vous adresse la parole.

– Ordure, lâche son père.

L'obscurité de son regard me donne la chair de poule.

– Les vannes sont désormais coupées. Dites-moi, dans quelles mains allez-vous venir manger ?

– Ce ne sera pas non plus dans les miennes, en tout cas, renchérit Léo.

Mme Ryan semble abasourdie. Elle se met à trembler comme une enfant.

– Devin, Léo, gémit-elle. Mes fils, vous n'allez pas nous faire ça.

Sans un regard pour sa génitrice, les yeux de Devin gravitent jusqu'à Léo, avant qu'il ne poursuive sans aucune forme d'émotion :

– La transaction et le changement de propriété seront rendus officiels demain.

Son frère semble être le seul qui mérite considération. En tout cas, ce qui y ressemble. Le cadet hoche la tête, marquant son accord, d'un air entendu.

– Je suis avec toi, lui certifie Léo, en se positionnant près de lui, le soutenant par sa présence.

L'aîné baisse le menton puis, soudain, le rire de Léo éclate dans la salle, libérant une tension. Il semblerait que lui aussi se décharge d'un poids.

– Putain, tu as réussi à faire ça, termine-t-il tout bas, impressionné.

– Comment pouvez-vous… geint leur mère qui les regarde tour à tour.

Qu'elle le veuille ou non, l'empire des Ryan va s'effondrer. C'était son plan en revenant à New York, voilà ce que Devin préparait depuis toutes ces années. Sa seule obsession. J'imagine qu'il désirait blesser ses parents, comme ils l'ont blessé depuis son enfance. Seulement, malgré le succès de l'opération et la réconciliation évidente entre les frères, je me demande qui a le plus souffert ce soir.

Devin lance un dernier regard à Léo, mais aucun au reste de l'assemblée, tous ces gens qui le jugent et se demandent sûrement ce qui ne tourne pas rond dans cette famille. Puis il tourne les talons et se dirige vers la sortie.

– Tu vas me le payer, rugit le patriarche en le pointant du doigt. Je ne te laisserai pas faire.

Devin l'ignore, mais je crois que j'entends un rire désabusé émaner de lui avant qu'il ne passe les grandes portes qui l'amène vers le hall.

– Edward, gémit Mme Ryan. Qu'allons-nous faire ? Qu'allons-nous devenir ? Tu dois parler à Léo. Lui, au moins, tu as peut-être une chance de le convaincre de…

Elle s'arrête de parler en voyant Léo quitter les lieux à son tour avec Natacha, à qui il murmure quelque chose à l'oreille. Je me retrouve seule, pétrifiée, au milieu de ces requins. Je sens ma poitrine se gorger de tristesse et de ressentiment à mesure que les gens s'agitent dans la salle de réception.

Heureusement, avant de passer les doubles portes, Léo se retourne vers moi.

– Bah, tu viens ? dit-il en faisant un signe de le rejoindre. Tu vaux mille fois plus que ces gens-là.

Le cœur battant, je cherche ma pochette que je trouve sous la table, puis me précipite sur les pas du couple. Dans le hall, aucune trace de Léo et Natacha, mais la silhouette de Devin se dessine près des escaliers, appuyée contre la rambarde. Il semble essayer de reprendre son souffle.

Une sensation douloureuse me broie le ventre alors que mes pas me rapprochent de lui. Je me dois cette dernière conversation. Je n'espère plus que ça s'arrange et qu'on finisse ensemble. En fait, je n'espère plus rien depuis longtemps. Seulement, il doit m'aider à tirer un trait sur lui de manière définitive.

Alors que j'arrive à sa hauteur, ma bouche, complètement asséchée, tente de libérer les mots qui ne viennent pas. Je suis furieuse contre moi, contre Devin, contre ce qu'il s'inflige et qui me touche tel un dommage collatéral. Ne méritais-je pas des excuses et surtout, une rupture saine, définitive, sans quiproquo plutôt qu'être traitée comme un objet si malléable ?

– Alors quoi ? dis-je soudain.

Il se redresse et tourne son buste vers moi, la main toujours appuyée contre le poteau de la rampe d'escalier. Le Devin d'aujourd'hui ne me regarde pas réellement, comme derrière un voile opaque. Il donne l'impression que son monde s'est effondré et qu'il n'a plus aucune volonté ni jugement. Plus aucune branche à laquelle s'accrocher. Dans ses yeux, je constate la fin d'un cheminement dont le dénouement n'est pas à la hauteur de ses espérances. Sa vengeance porte un goût amer. J'imagine qu'il aurait voulu tirer sa révérence plus proprement.

Bien fait pour toi ! pensé-je un instant, le cœur rempli d'amertume et de chagrin.

– Tu peux t'en aller, Pénélope. Le spectacle est terminé.

– Tu crois que tu peux me traîner dans la boue, comme tu viens de le faire, et te débarrasser de moi ensuite ? craché-je. Tu penses que je vais gentiment t'obéir et partir sans un bruit ?

Il m'a menti et dit des horreurs dans la cour intérieure. Même si ce n'est pas clair dans ma tête et que les derniers évènements m'embrouillent, je ne peux pas faire non plus comme si je n'avais pas entendu les paroles de son père.

Devin rit effrontément.

– Regarde-toi. Tu es encore perdue dans le fantasme qu'on est fait l'un pour l'autre alors qu'on ne se connaît même pas. Il n'est pas toujours question que de toi…

– Je ramène tout à moi ? fais-je, abasourdie. C'est ce que tu insinues ? Très bien, parlons de toi. Tu vas vendre l'hôtel de ton enfance sans broncher et faire tes bagages sans te retourner ?

Il abandonne l'escalier, se grandit et me fixe avec défi. Je n'ai pas rêvé sa main tremblante qu'il planque dans sa poche.

– C'est ce que je vais faire, oui.

Me briser le cœur une seule fois ne lui a pas suffi.

– Tu aurais dû me dire que tu avais l'intention de quitter New York au lieu de me faire attendre une semaine. Mais, tu sais quoi ? Tant mieux, j'ai réalisé que je valais mieux qu'un mec terrifié à l'idée d'aimer !

Il incline la tête sur le côté et m'observe avec suffisance. J'aimerais bien être plus forte, mais je sais que je ne suis pas capable de masquer ma peine. Mes épaules se secouent et je me mets à sangloter. Devant lui. Je me sens tellement pitoyable.

– Tu souffres, là ? Vraiment ?

Je grimace sous la torture qu'il m'inflige, une fois de plus.

– Oui, Devin, avoué-je, le cœur amoché. Quand je réalise que je n'ai été qu'un jouet pour toi, qu'une distraction ou que sais-je encore, je souffre. Voilà les larmes que tu refusais de voir autrefois, hein ? Tu ne voulais pas me quitter en face pour t'éviter ça.

Devin fait un pas vers moi, mais je recule tant son aura sombre me prend à la gorge.

– Tu vas m'écouter une bonne fois pour toutes, siffle-t-il, comme si toutes les émotions de la soirée débordaient soudain du vase. Je me fous royalement du passé. S'il était à refaire, je ne referais rien. Parce qu'il n'y a rien à garder.

Arrête de pleurer, Pénélope. Il s'en fout. Devin est froid et méchant. Voilà tout ce qu'il sait faire avec brio.

– Assume au moins ce que tu penses vraiment. Ces mots que ton père a dits publiquement, ne sois pas lâche et dis-les-moi toi-même. Dis que je ne vaux rien à tes yeux !

Il rit encore avec cynisme, puis gratte sa barbe de trois jours avant d'envoyer :

– Qu'est-ce que tu fais encore là ? Allez, tire-toi.

Il opère un demi-tour vers les portes de l'ascenseur.

– Dis-le-moi, Devin ! Je dois l'entendre de ta bouche.

Comme l'a fait June. Comme l'ont fait mon père et mon frère.

– Ça t'aiderait à mieux vivre, c'est ça ? envoie-t-il, l'expression déformée. À faire une croix sur moi ? Pourquoi ferais-je cela ? Qui te dit que j'ai envie que tu vives bien ce qui est en train de se passer ?

– Es-tu à ce point mesquin ?

Son rictus mauvais me donne envie de le gifler, d'autant plus que nous ne sommes pas seuls. Il y a peu de clients qui circulent, mais tout de même, Gaston, le portier est toujours là et d'une œillade sur le côté, je remarque que le nouveau réceptionniste nous observe, l'air intrigué. Devin n'a pas besoin de mots finalement, son attitude parle pour lui. Toute la colère qu'il a crachée sur ses parents est reportée sur moi, mais elle est plus froide et insidieuse parce qu'il sait comment je fonctionne et ce qui me blesse.

– Qu'est-ce que je t'ai fait de si mal pour mériter cela ? gémis-je. Il y a quelques jours, tu me faisais espérer que quelque chose était possible entre nous, et aujourd'hui…

– Rien n'est possible quand on est incapable de se faire confiance, me coupe-t-il.

Sa voix tranchante m'éteint le souffle. Est-ce qu'il sous-entend que tout est ma faute ? Est-ce qu'il essaie réellement de me faire culpabiliser, alors que je viens tout juste de provoquer mon humiliation publique ?

– Se faire confiance ? La confiance se gagne et tu ne m'as donné aucune raison de te la donner.

Son regard change une fraction de seconde et je crois découvrir une faille. Il reste mutique, baisse la tête et lorsque ses yeux remontent sur moi, je comprends qu'il a fait tomber les barricades de méchanceté et que je le retrouve, tel qu'il est vraiment. À vif.

– Aucune raison de me la donner ? fait-il en me dévisageant, à présent. Juste parce que j'avais besoin de cette confiance pour faire le tri dans ma vie ? Parce que je refusais que tu assistes à cette mascarade ? Crois-tu vraiment que je voulais que tu entendes ces horreurs alors que j'ai du mal à les encaisser moi-même ?!

– Entendre quoi ? Que tu m'as dénigrée toutes ces années ?

Il doit l'admettre ou se défendre mieux que ça.

– Tu n'as jamais eu le moindre amour ni respect pour moi, n'est-ce pas ? Autrefois, tu te servais vulgairement de moi pour atteindre tes parents. Quand cesseras-tu de jouer avec mes sentiments ?

– J'ai joué avec tes sentiments ? s'étrangle-t-il.

Son air tourmenté me déroute, mais il enchaîne immédiatement, dans un éclat de voix qui se répercute sur les murs de la grande salle :

– Tu penses m'aimer, mais ce n'est jamais de la bonne manière. Je t'ai demandé d'attendre une semaine !

– Sais-tu depuis combien de temps, je t'attends ?!

Mon cri fait se retourner les personnes présentes autour de nous. Difficilement, j'avale ma salive et je tente de reprendre le contrôle de mes émotions, malgré mes mains qui s'agitent. Mes yeux bien ancrés dans ceux de Devin, je continue :

– Tu as toujours eu honte de moi, alors m'inviter à un dîner de famille…

– Un dîner de famille ? rit-il avec haine et insolence. Tu appelles cette mascarade un « dîner de famille » ?

– Tu m'as rabaissée toute la soirée ! Tu n'assumes pas d'être avec moi. Rien ne change.

– Rien ne change, c'est certain.

Devant son air implacable, j'en perds le souffle.

– C'est toi qui voulais partir sur de bonnes bases, non ? le provoqué-je.

Il se prend la tête à deux mains, tourne sur lui-même, puis se plante brusquement devant moi. Je crois qu'il me fait peur.

– De bonnes bases, réplique-t-il, son regard incendiant chaque parcelle de ma peau.

– Oui, c'est ce que tu m'as dit ! J'ai cru que tu me rendrais heureuse et me donnerais enfin ce que je mérite.

– Ma vie ne tourne pas autour de toi ! D'accord ? C'est assez clair ?

J'en reste sans voix. Je regarde les alentours, consciente des regards qui se posent sur nous. Le feu me monte aux joues.

– J'existe ! poursuit-il. Et cette partie de moi, celle qui prend mon père par la gorge, c'est la dernière chose que je voulais faire. Ce n'est pas celui que je suis !

Tout son visage se transforme pour ne laisser qu'un homme vulnérable. Le voyant ainsi, les poils se dressent sur ma peau. En aucune circonstance, je n'aurais souhaité être témoin de cela, effectivement. N'ai-je pas évité le conflit toute ma vie ?

– J'aurais préféré que l'on me tue plutôt que de me laisser aller à cette violence, mais tu as forcé les choses. Tu as tout simplement ignoré ma demande.

– Je ne force rien ! réponds-je. Tu m'as invitée dans ta vie, mais je reste la personne dont tu rejettes la présence.

– Tu ne comprends toujours pas, murmure-t-il presque pour lui-même.

– Alors, explique-moi, lancé-je avec impatience.

Il pointe la salle de réception du doigt.

– Ces gens-là sont mes ennemis, et tu leur as donné des pierres pour m'atteindre. J'aurais pu tuer mon père pour ce qu'il t'a dit. Est-ce ça que tu voulais pour nous deux ?

Devin tremble de tout son être.

– J'ignorais que ça se passerait ainsi, soufflé-je.

Menteuse. Au fond, tu savais que ce ne serait pas une partie de plaisir pour lui. Tu as été spectatrice de la manière dont Devin fuyait le regard de son père toutes ces années, non ? De ton coin, tu les as vu sortir de l'hôtel, Devin toujours derrière, le dos courbé.

– Tu l'ignorais ? envoie-t-il d'une voix blanche.

Il se met à rire presque avec démence. Mon cœur bat à se rompre, propulsant l'adrénaline dans mes veines.

– C'est vrai ! reprend-il avec amertume. Combien de fois as-tu ignoré les hématomes sur mon visage, les stigmates, les entailles…

Je secoue la tête, l'estomac en vrac. Que répondre ? Il est en train de détourner la conversation, non ?

– Tu ne sais jamais, mais tu agis sans penser aux conséquences. Je dois tout t'expliquer, tout t'apprendre. Je suis fatigué.

Il marque une pause pendant que l'atmosphère se charge en tension, en chagrin et en lourd ressentiment.

– Et je veux que ça s'arrête.

J'ai l'impression qu'une part de moi vole en éclat et que je me retrouve seule, à nu, sans barrière de protection.

– Ce n'est pas ce que je veux ! lâché-je, ne trouvant que ça à dire.

Parce que mon âme ne veut pas le voir partir.

Devin ne me lâche pas des yeux lorsqu'il murmure d'une voix lasse :

– Je sais. Tu veux être dans ma vie, mais tu n'en comprends pas les enjeux. Tu me désires, mais tu prends ce qui t'arrange. Chaque geste, chaque parole entraînent des répercussions que tu n'arrives pas à saisir. Et à chaque fois, je suis là à devoir gérer les dégâts que tu laisses derrière toi. Les ombres qui planent sur ma vie et que j'essaie de chasser de toutes mes forces, tu les ramènes au-dessus de ma tête sans même te soucier de l'impact que ça aura sur moi. Regarde-toi, je viens d'affronter la pire épreuve de ma vie, de me confronter à mon père après des années d'abus, et tout ce que tu trouves à faire, c'est ramener tout l'enjeu de cette soirée à toi. Toi, toi, toujours toi. Au point que je devrais m'oublier ? Non, je ne peux pas continuer ainsi. Arrêtons-nous là.

Mon cœur se brise et un gémissement m'accapare la gorge. Quant à Devin, il me dévisage, l'expression dure, sans faillir. Ma respiration s'accélère soudain, je suis sur le point de suffoquer. C'est vrai, ces dernières semaines ont été un véritable désastre et ce soir, ça se confirme, mais je me tiens là, effrayée à l'idée qu'il m'abandonne encore. Je ne veux pas ressentir ce sentiment, je ne le supporte pas. Et je préfère me cacher derrière mes barricades que de lui dire que j'ai eu tort et que je suis désolée.

– Tu l'as finalement dite, gémis-je, les dents serrées, cette phrase que j'aurais dû entendre il y a des années.

Il m'observe, la mâchoire plus contractée que jamais. Il se balance d'un pied à l'autre et me regarde, une lueur hostile dans le regard.

– En fait, je crois que te haïr est la meilleure façon de t'aimer, Devin.

Je tourne les talons et rejoins le perron de l'hôtel à grandes foulées. Le poids dans ma poitrine me ralentit, telle une ancre me tirant vers le fond. Je commence à suffoquer, car je sens bien que parmi toutes les erreurs commises dans ma vie, celle-ci restera la pire. Les larmes menacent de rouler le long de mes joues, mais je m'efforce de les retenir. Soudain, alors que j'allais passer les grandes portes, la voix de Devin, chargée d'émotion, s'élève derrière moi :

– Hais-moi ! C'est mieux que rien, non ?!

Je m'immobilise et l'univers semble sur le point de s'effondrer. Le cœur battant à se rompre, j'ose à peine respirer. Un long frisson parcourt ma colonne vertébrale alors que ses paroles retentissent de nouveau :

– Si ça peut t'aider à vivre sans une seule fois me demander ce que je ressens, continue-t-il. Sans imaginer ce que ça m'a fait de partir. À quel point j'ai été blessé par ton attitude.

Je me retourne lentement et rencontre son regard dévasté. Son visage porte une douleur et une détresse que j'ai négligées jusqu'à présent. Mon cœur semble s'arrêter alors que la culpabilité s'infiltre dans chaque pore de ma peau.

– Tu ne fais que m'accabler de reproches, mais t'es-tu déjà posé la question de ce que je ressentais, moi ? insiste-t-il, son regard luttant pour rester ancré dans le mien. De ce que je ressens maintenant ? Non, tu ne t'en es jamais souciée, n'est-ce pas ?

Je le dévisage. Il y a tant de choses qui me terrifient. Ce que Devin ressent en fait partie. Je n'arrive plus à étouffer les remords qui enserrent ma poitrine.

– Tu m'as ignoré et tu continues de le faire. Tu dis m'avoir attendu une dizaine d'années ? Ça fait depuis mes seize ans que je n'arrive pas à avancer ? J'en ai trente et un aujourd'hui et je me sens juste pathétique.

Il rit sans joie, tout en baissant la tête. Les regrets et la tristesse s'entremêlent dans mon esprit. Je ne peux nier avoir ignoré ses sentiments. Avoir été égoïste. J'ai laissé cet homme seul supporter son mal être, car je le pensais assez fort pour absorber le mien.

– Regarde-toi, ironise-t-il. Tu écris ce livre sur nous. Que des lignes sans profondeur.

Les éclats de rire, mon insouciance permanente, toutes ces fois à éviter les sujets sérieux. Les moments où j'aurais pu être attentive défilent dans ma tête. Je continue de nous saboter. Oui, je le sais pertinemment.

Il souligne :

– Ce soir, en m'habillant pour la réception, je n'avais qu'une seule envie, c'est qu'elle se finisse au plus vite pour être enfin libre et surtout, débarrassé des attentes familiales qui me consument depuis tout petit. Je voulais tourner la page de ce putain de passé et vivre pleinement ma vie avec toi. Je n'avais jamais entrevu de ligne d'horizon, avant que tu ne reviennes dans ma vie et soudain, il y a une semaine, tu es devenue mon nouvel objectif.

Cette information me foudroie en plein cœur. Devin me livre ce que je ne peux lui donner. Cet abandon total qui a obscurci notre relation.

– Je pensais que tu m'attendais, m'avoue-t-il. Et que ce temps te donnerait l'occasion, après tout ce qu'on s'est dit, de considérer notre relation sous un autre angle. Cette simple idée me donnait la force d'aller jusqu'au bout sans déception, cri et casse. Je croyais que le meilleur était à venir et je n'avais qu'une hâte, c'était nous découvrir autrement.

J'entrevois, l'espace d'une seconde, ce qu'aurait été cette soirée si j'étais restée tranquillement à mon appartement, si j'avais patienté comme il l'espérait. Devin serait à présent en train de frapper à ma porte, il m'aurait embrassée.

Cela aurait-il suffi ? Aurait-il réellement partagé les raisons de son silence pendant cette semaine ? Aurait-il dévoilé ce qu'il avait vécu et répondu à toutes mes interrogations ?

– Mais rien de tout ça n'est possible, achève-t-il. Parce que tu reproduis ton putain de mécanisme de défense sur moi ! Tu me rejettes la faute, car tu es incapable de te remettre en question. J'étais dans l'erreur une fois de plus parce que tu m'obliges à être quelqu'un que je ne veux pas être. Je ne veux plus essayer de te faire ouvrir les yeux. J'ai déjà donné et j'y ai perdu des plumes. Alors oui, être détestable, c'est tout ce que je te donnerai pour que tu disparaisses de ma vie. Donc, déteste-moi autant que tu veux, pour ma part, je vais t'oublier.

J'en reste sans voix. Nous restons à nous regarder, et entre nous, ce vide s'agrandit et s'éternise avec mon silence.

Ma bouche s'ouvre, mais je suis désarmée. Comment retirer une armure que l'on a portée toute sa vie ? Devin a vaincu la sienne, car il est brillant, fort et assez brave pour ça, mais je n'ai pas ses armes. Même avec l'homme que j'aime à mes côtés.

Aujourd'hui, même si je réalise à quel point la confiance est importante, je ne suis pas prête à la lui céder. J'ai négligé ses sentiments depuis trop longtemps pour avoir la force et la volonté de tout reconsidérer. Je me sens juste honteuse et désolée.

– Je n'ai plus rien à te dire, dis-je d'une voix si basse qu'elle m'arrache les cordes vocales.

Il baisse la tête et un sourire faux se découpe sur ses traits vaincus, avant qu'il ne déclare avec autant de fermeté que de résolution :

– Tu vois, ce que je ressens pour toi est beaucoup plus profond que les caprices excentriques qui te font faire tout et n'importe quoi. Voilà pourquoi, toi et moi, ça n'arrivera plus jamais.

Ses mots restent suspendus entre nous. Je comprends trop tard ce que j'ai gâché et cette fois, je ne peux plus accuser le karma. L'expression sur son visage se durcit et je n'arrive pas à croire que c'est la dernière chose que je verrais de lui. Puis, il me dépasse et je le laisse, lâchement, quitter cet hôtel de malheur.

Chapitre 42
UNION DE L'INDRA

Pénélope
Roman écrit : 1

Pénélope,

Les mots ont été durs, hier soir. Je sais que tu as fait de ton mieux pour nous alors ne t'accable pas de reproches, je ne suis pas revenu dans ta vie pour ça. Dorénavant, j'espère que tu te battras pour toi et la personne que tu aimes vraiment. Aime le bonheur simplement et pas parce qu'il faut être aimé à n'importe quel prix. Je souhaite que tu trouves cet amour sans ombre. Sans mon ombre. Parce que tu mérites d'être heureuse et moi aussi.

Devin.

Voilà le mot que je trouve dans ma boîte aux lettres, aujourd'hui.

Quatre jours sont passés depuis la soirée du désastre. Les rues de la ville sont baignées des rayons pâles et tristes du soleil matinal. Bien que je sois cernée par le bruit des voitures et des passants, tout me paraît lointain. Et devant le trottoir, lettre en main, je fonds en larmes.

De toute façon, je n'ai pas cessé de pleurer depuis la rupture inévitable. Demander à mon cœur et mon corps de garder contenance devant Devin m'a tellement fatiguée que toutes mes barrières ont cédé dès que je suis rentrée chez moi. Mon cœur est en lambeaux.

Devin me manque, bien sûr, mais c'est un nouveau manque, différent de tout ce que j'ai connu. Rien à voir avec le désespoir que j'ai ressenti douze ans auparavant, en l'attendant sur les marches de l'hôtel. Désormais, la douleur est tapissée d'amour et de regrets. Mes barricades se fissurent à mesure que le temps passe, et moi je me sens comme une marionnette brisée. Après tout, il ne me reste plus qu'à ramasser les bouts de ma vie à la petite cuillère.

Voilà l'occasion que j'attendais, le moment pour moi d'être seule et de faire une rétrospective des années écoulées. C'est la fin d'un chapitre, d'une histoire et le moment de trouver la morale. Les mots de Devin résonnent enfin dans mon esprit, ceux que je ne voulais pas écouter, tant j'avais besoin d'entendre les réponses à mes questions. À présent, j'ai tout le loisir de les comprendre.

Bon, malheureusement, je ne peux m'attarder sur ses nouvelles larmes pour réfléchir au dernier geste bienveillant de cet amour perdu. Mon éditrice m'a sommé de la rejoindre à son bureau pour faire un point sur le manuscrit que je lui ai envoyé le lendemain de la soirée, à peine relu, à peine terminé… Je ne parvenais plus à écrire la moindre ligne de toute façon.

J'arrive en retard d'une dizaine de minutes. Alors que je m'assieds sur la chaise face à elle, j'ai la boule au ventre. Je me cache derrière l'écran de son PC. Dans son dos, une bibliothèque blanche a été montée. Elle est remplie d'une douzaine d'ouvrages de la nouvelle collection *Heartbeat Romance*. Je remarque la mise en avant du best-seller de la fin de saison. Je n'ose pas rêver d'être tout en haut de l'étagère en coffret collector, ma couverture en poster, ni même parmi les titres en plusieurs exemplaires. Son carnet de notes argenté est bien noir d'écritures et je crois voir mon nom d'auteure soulignée à plusieurs reprises de traits profonds. Sa tasse à café presque vide en cette fin d'après-midi m'amène à croire qu'elle sera bien plus en forme que moi. Inutile de dire que je préférerais être cette plante verte au pied de son bureau.

Nerveusement, je lève le regard sur son visage sur lequel je vois clairement transparaître sa détermination inébranlable qui s'est focalisée sur mes points faibles. Son expression chargée d'impatience me fait craindre le pire et, effectivement, elle ne tarde pas à exploser de frustration :

– Ça ne peut pas finir comme ça ! s'exclame-t-elle. Je t'ai demandé une romance, pas un drame pseudo-psychologique.

Je déglutis difficilement. Je sens que si j'essaie de me justifier, les larmes vont resurgir. Est-ce que je peux la supplier ? Après tout, le roman est peut-être mauvais, mais j'ai vraiment besoin de signer ce contrat. J'ai besoin de me raccrocher à quelque chose de concret.

Sévère, Helena ne me laisse pas le temps d'en placer une. Elle enchaîne et démonte méthodiquement chaque élément de mon roman. Ses critiques sont cinglantes, car elles passent sur chaque aspect du récit en long, en large et en travers, exposant sous mes yeux malheureux ses défauts incontestables.

– C'est bâclé, conclut Helena, sans ménagement. Et puis, les sentiments du héros tombent comme ça, comme un cheveu sur la soupe. Tu dois y faire référence au début de l'intrigue pour que l'on comprenne leur affection dès le départ. Pourquoi les garder pour la fin ?

Son regard scrutateur semble sonder chaque faille de ma propre histoire.

– Le fil conducteur en lui-même tient la route, mais on ne comprend pas ce que Devin trouve à ton héroïne. Qu'est-ce qui les rattache réellement, mis à part une relation qui n'allait vraisemblablement que dans un seul sens ? Qu'est-ce qu'ils ont en commun ? Pourquoi ils s'aiment ? Tu dois tout réécrire, mais surtout, ajouter des émotions aux personnages. Fais-nous sentir leurs sentiments, ils doivent sûrement éprouver quelque chose.

Je la dévisage, impuissante. Ces derniers mots tournent en boucle dans ma tête. Ma plume manque de profondeur émotionnelle ? Bien sûr, j'en ai manqué moi-même, incontestablement.

Ignorant mon expression de douleur, Helena poursuit :

– Et puis, rends le tempérament de cette fille moins décalé, elle perd en sympathie. On ne peut pas être aussi déphasée de la réalité. Comment peut-on se voiler la face à ce point ? Non, Pénélope, je suis navrée, mais ce n'est pas crédible !

Si, on peut, j'en suis la preuve vivante. Cependant, Helena touche la corde sensible. Je me suis tellement éloigné de la réalité que j'ai fini par la perdre de vue et par perdre l'homme que j'aime. Alors, oui, on peut, mais gare au retour de bâton.

Les commentaires pointus de mon éditrice, bien que difficiles à encaisser, sonnent comme des vérités. Je dois retravailler mon récit, approfondir les motivations des personnages et sculpter une romance digne de ce nom. Il ne me reste plus qu'à fouiller au plus profond de mon âme, sortir mes tripes et plonger tête première dans les abysses de mes émotions.

En fait, pour satisfaire les attentes d'Helena, je vais devoir revenir sur chaque étape de cette histoire, et modifier les évènements pour donner vie à une romance idéale, celle qui aurait dû être la nôtre, si j'avais pu ouvrir les yeux…

***

Je me dirige péniblement vers le bâtiment en briques rouges situé dans Morrisania, près de Harlem River. Ce quartier, entouré par deux autoroutes et traversé par deux lignes de métro aérien, fut autrefois considéré comme le pire taudis de New York en raison de la violence qui y régnait et des conditions d'hygiène déplorables. Oui, je fais référence à ces appartements que les propriétaires négligeaient délibérément, espérant toucher l'assurance en cas d'incendie, ou qui n'étaient habités que par les plus démunis. Ma mère nous a fait emménager ici après le départ de mon père et mon frère.

Aujourd'hui, deux décennies plus tard, le quartier est devenu prisé par les promoteurs immobiliers et les touristes. Ma mère est désormais entourée de gens honnêtes avec beaucoup plus de moyens financiers. Les choses changent, évoluent avec le temps, je m'en rends compte en observant la façade du bâtiment qui se dresse devant moi. Autrefois décrépite, elle semble aujourd'hui avoir subi une métamorphose, prête à m'avaler tout entière dans ses nouvelles couleurs chatoyantes.

Je rassemble mon courage à deux mains, entre dans l'immeuble, revis quelques souvenirs d'enfance en longeant le couloir sombre et froid, puis frappe à la porte de l'appartement.

Lorsque le battant s'écarte, ma mère se tient devant moi, les traits de son visage toujours aussi austères et peu amicaux. Est-ce qu'elle va accepter de me parler ? Elle scrute mon visage comme un professeur de mathématique prêt à distribuer les copies du contrôle, puis hurle sans détour :

– Qu'est-ce que tu as foutu avec ton téléphone ?!

Si j'avais besoin de me réveiller d'un songe, elle n'aurait pas pu mieux s'y prendre.

– Bonjour, Maman.

– Tu es injoignable ! Tu penses que ça m'amuse de tomber sur ta messagerie ?

Soulagée, je laisse échapper un soupir en entrouvrant la bouche pour reprendre ma respiration. À tort, je voyais ses questions récurrentes et incessantes comme quelque chose d'insignifiant : « Où es-tu ? », « Pourquoi tu ne réponds pas ? », « Qu'as-tu foutu hier soir ? » L'inquiétude maternelle. Un autre aspect que j'avais choisi d'ignorer.

Mes yeux errent partout à la recherche de quelque chose sur lequel m'appuyer, car je sens mon corps devenir aussi souple que du coton. Je m'efforce de rester debout, mais mes jambes cèdent, et c'est à genoux devant elle que je fonds en larmes.

– Maman, je suis désolée, parviens-je à articuler entre deux sanglots.

Son expression se transforme de l'indignation à la stupéfaction, mais elle ne bouge pas. Le silence règne comme une pause avant la tempête. J'attends, vulnérable, qu'elle me rejette ou m'inonde de reproches. Mais je suis prête à accepter toutes les critiques.

Je n'en peux plus de vivre ainsi, et s'il y a bien une personne qui m'a toujours vue telle que je suis, en essayant à sa manière de me faire grandir, c'est bien elle.

Lentement, ma mère s'agenouille devant moi. Je la sens grimacer, signe que son dos lui fait mal, mais elle ne se plaint pas. Au contraire, brisant l'armure de froideur qui l'entoure, elle m'attire dans ses bras.

Décontenancée, je ne m'y sens ni bien ni mal, juste à ma place. Son geste anéantit les dernières barricades qui résistent.

– Pourquoi tu… Qu'est-ce qu'il s'est passé, Pénélope ?

Sa voix paraît désemparée. La mienne tremble.

– J'arrête tout, maman. Je vais t'écouter et suivre tes conseils. S'il te plaît, maman, dis-moi quoi faire. Dis-moi comment réparer…

J'ai l'impression d'avoir perdu mon identité. Je ne sais même pas ce que j'attends d'elle. Une bouée de sauvetage ?

– Hors de question que tu baisses les bras ! s'indigne-t-elle. Tu vas te relever !

Sa réponse est ferme, néanmoins son étreinte est douce.

– Tu ne vas pas me demander de te bercer jusqu'à la fin de tes jours, mon enfant. Je croyais que tu étais prête à vivre ta vie, alors il n'est plus temps de reculer.

– Je ne sais plus où j'en suis. Je ne sais pas.

Ma mère se redresse, me regarde sérieusement, puis d'un coup de pouce, essuie mes larmes.

– Très bien, alors il va falloir y réfléchir. Ne restons pas sur le palier, tu as vu ta tête ? Tu vas faire peur aux voisins.

Ma mère et son tact légendaire… Pourtant, seule sa confiance résonne. Jamais je n'aurais cru l'entendre dire ses mots ou m'encourager à trouver ma voie. Qui est cette femme, toujours austère, mais qui semble voir en moi plus qu'une cause perdue ?

Elle m'incite à me redresser et me conduit dans son petit salon qui s'avère beaucoup plus accueillant que dans mes souvenirs, bien que les décorations et les tableaux accrochés aux murs soient restés les mêmes. Mes sanglots se calment doucement alors que je prends place dans le canapé en cuir, un peu vieillot aujourd'hui, mais toujours propre.

– Bon, tu as besoin de quelque chose de fort pour te remonter le moral ! J'ai conservé une petite bouteille au cas où.

Pendant que je l'observe s'activer à travers l'ouverture sur la cuisine, je ressens comme un coup dans la poitrine. Je la découvre sous un nouvel angle. Libre, fière et heureuse.

– Tu peux dormir dans ma chambre, si tu veux, propose-t-elle.

Son appartement n'étant qu'un deux-pièces, nous partagions le même lit. Ses ronflements me rendaient dingue.

– Je ne vais pas dormir chez toi, m'insurgé-je. Ne t'inquiète pas pour moi.

– C'est vrai, tu n'aimais déjà pas ça quand tu étais petite fille.

– Ce n'est pas ça, maman.

J'ai l'impression de l'avoir blessée. Est-ce qu'elle aussi, je l'ai inconsciemment repoussée ? Face à sa mine contrariée, il semble que oui.

– Je peux dormir ici cette nuit, juste le temps de reprendre pied.

Son sourire illumine un instant son visage. Elle s'approche et dispose un service à café neuf sur la table en merisier à droite de la télévision.

– J'ai bien gardé ton épargne, m'avoue-t-elle en me servant.

Je redresse la tête, surprise.

– Pardon ?

– Les sommes que tu voulais que je garde. Je me demandais quand tu allais me les réclamer, je ne suis pas une banque.

Elle aurait gardé l'argent que je lui versais chaque mois depuis mes vingt ans ?

– Tu pourrais t'en servir pour payer toutes tes dettes, à croire que tu en fais collection.

Ce cadeau a plus de signification qu'elle ne l'imagine. Il ne me permettra pas seulement de repartir à zéro financièrement, il m'offre la chance de prendre un véritable tournant dans ma vie. Je possède maintenant toutes les cartes nécessaires pour prendre un nouveau départ. Je sais aujourd'hui la personne que je ne veux plus être et celle que je souhaite devenir : une femme consciente de ce qu'elle pourrait perdre, mais surtout de ce qu'elle pourrait gagner en restant fidèle à elle-même.

Entre deux gorgées du liquide infâme, je me surprends à rire.

– Tu n'aimes pas ? s'inquiète maman.

Je pose doucement la main sur son avant-bras, le presse une demi-seconde et lui adresse un sourire plein de joie et gratitude. La chaleur inédite qui passe dans nos regards, ce lien intangible mère-fille que je croyais inexistant, j'ai attendu trente ans pour le vivre.

– Les saveurs sont… inattendues.

– C'est dégueulasse, tonne-t-elle.

– Euh, oui. Un peu.

– Il va m'entendre, ce vendeur ambulant !

Son honnêteté me touche. Je réalise aussi que ma mère est la personne la plus résiliente que je connaisse, mais surtout, que j'ai méjugé son caractère jusqu'à aujourd'hui. Je regarde autour de moi, et des bibelots sur l'étagère achetés ensemble au marché aux puces à mon diplôme encadré à l'entrée, tout semble prendre une nouvelle signification. Je me demande comment j'ai pu passer à côté de tant de détails qui faisaient autrefois partie intégrante de notre quotidien. J'ai été aveugle pendant tant d'années.

C'est juste à ce moment-là que je réalise qu'elle tient à moi.

– Merci, maman, c'est l'intention qui compte, dis-je, touchée.

Elle émet un petit rire empreint de malaise, mais paraît soulagée. Ses yeux noirs expriment une gratitude silencieuse.

Nous continuons à siroter le breuvage au goût douteux en silence. Ma mère a l'habitude d'être plongée dans ses pensées et je comprends qu'elle devait constamment réfléchir au lendemain, aux tâches qu'elle devait accomplir de toute urgence, estimer nos économies pour les futures traites à payer. Elle devait être bien seule à penser à tout ça. Et je la regardais, sachant pertinemment que ça irait mieux. Elle avait la force et la volonté pour nous sortir des plus mauvaises passes.

Je réalise qu'après avoir vu ma vie se casser la figure et mes boucliers être frappés et réduits en poussière, la personne que je suis au plus profond de moi-même, celle dénuée de mécanisme de défense qui fausse les paramètres, peut relever la tête.

– Je regrette de ne pas avoir apprécié ces moments simples plus tôt, avoué-je.

Maman prend une profonde respiration, comme si elle avait retenu son souffle, puis elle me contemple, mais ne me dit rien. Elle n'est pas du genre à s'épancher ou reconnaître les torts partagés et ça me convient très bien.

Chapitre 43
SOIXANTE-NEUF

Pénélope
Livre publié : 1

Neuf mois plus tard.

J'ai retravaillé mon manuscrit, mais il n'a pas eu le succès escompté. Je crois que j'avais du mal à parler de cet amour. Néanmoins, l'écriture m'a aidé à guérir, à prendre du recul et à comprendre ce qui m'a mené à cette impasse avec Devin. J'en ressors grandie et surtout, j'ai enfin pu tourner la page.

Motivée par ma mère, je ne me suis pas arrêtée en si bon chemin ! J'ai laissé derrière moi ma carrière de femme de ménage et j'ai eu le courage de postuler comme serveuse dans un café-bibliothèque, un lieu unique où les passionnés de lecture peuvent savourer une boisson chaude tout en ayant accès à une vaste collection de livres à lire sur place ou à emprunter.

D'ailleurs, il est 17 heures à présent et l'effervescence règne dans le café. Je termine de nettoyer une table, puis je prends un livre que quelqu'un a laissé dessus et le dépose soigneusement sur son étagère. Retournant au comptoir, j'aide ma patronne, Anita, à servir les derniers clients. Jonglant avec les transactions, les sourires et les remerciements, je ne vois pas le temps passer. C'est ma nouvelle vie et je l'adore ainsi.

Alors que le café se vide, la clochette résonne et annonce un concert de voix enjouées.

– Bienvenue à Dr Bee & Coffee, salué-je chaleureusement le groupe de trentenaires en costume. Vous arrivez à temps pour commander, nous fermons dans quelques minutes !

– Pénélope ? s'exclame une voix familière qui brise mon élan professionnel.

Une sensation douloureuse se glisse dans ma poitrine alors que mon regard cherche Devin des yeux. L'un de ses amis se décale pour se tourner vers lui, et le voilà. Il se tient devant moi, visiblement tout aussi étonné.

– Je…

Le souffle court, mes poumons peinent à capturer les molécules d'oxygène. Voilà seulement neuf mois que je n'ai pas revu son visage, mais cette fois-ci, c'est différent. Il s'agit de l'homme que j'ai tant aimé, celui qui m'a aidé à guérir de mes troubles les plus ancrés. Je me sentirai à jamais reconnaissante.

Ses doigts jouent distraitement avec les bords de son porte-cartes, une touche de nonchalance à son air tendu. Ses cheveux noirs sont plus courts, mais toujours aussi rebelles sur ce regard plus clair, moins ombré. Il avance jusqu'au comptoir, et j'ai l'impression que le ticket du précédent client me brûle les doigts.

– Salut, intervient-il, esquissant un subtil sourire.

Je reste statufiée, fixant chaque carré de sa peau, ses trois petites cicatrices, puis enfin sa bouche que je vois grimacer. Ce n'est pas une grimace d'agacement, mais plutôt d'inquiétude. Ses yeux bleu sombre brillent d'une manière que je n'ai jamais vue auparavant.

Un instant suspendu s'installe entre nous, le brouhaha du café s'est considérablement atténué. Une voix à sa gauche interrompt notre échange silencieux.

– Alors, tu commandes, Devin ? l'interpelle un de ses amis avec entrain. Le café est en train de fermer.

Il lui tape dans l'épaule et désigne Anita qui retourne le petit panneau sur la porte d'entrée, avant de me détailler en fronçant les sourcils.

– Oui, bien sûr. Trois cafés longs et un viennois, se reprend Devin.

Je mentirais si je disais que je ne sais pas ce qu'il est devenu. Bien évidemment, il m'arrive parfois de taper son nom dans la barre de recherche, bien que ça me picote toujours le cœur. Je sais donc qu'il a complètement changé de trajectoire, comme il l'avait annoncé. Il a été au bout de son plan jusqu'à tourner le dos au monde de l'hôtellerie, mais il reste un homme d'affaires avant tout. Il dirige donc désormais un conglomérat prospère dans le domaine du numérique. Est-ce que ces hommes sont ses nouveaux partenaires d'affaires ? Ils semblent assez décontractés ensemble et échangent même des plaisanteries animées pendant que je commence à préparer les boissons chaudes.

– N'oublie pas de me prendre un éclair au chocolat, lui rappelle le rouquin qui a de petites pattes d'oies aux coins des yeux.

Un grincement de dents échappe à Devin.

– Je ne suis pas ton majordome, fais-le toi-même.

– C'est toi qui tenais à commander pour tout le monde.

– Plus un éclair, s'il te plaît, Pénélope, fait Devin en soupirant.

– Tu la connais ? s'étonne son ami, les sourcils hauts.

– Oui, évidemment.

Sa réponse est enveloppante, et me laisse un peu rêveuse. *Évidemment…*

– Ah, vous êtes proches ? insiste-t-il.

– On l'était, répond Devin, avant de se reprendre. Tu as fini avec tes questions ?

L'homme me sourit de toutes ses dents blanches. Il est jeune, mais a le visage tanné, comme s'il avait passé sa vie sous les cocotiers.

– Et puis, attendez-moi dehors, envoie Devin d'une voix sans appel. On n'a pas besoin d'être quinze, là.

Il exagère et ça me fait sourire. Il a toujours un caractère volcanique. Une fois qu'ils ont quitté la salle, je dépose la note sur le pique à tickets et m'efforce de paraître calme et détendue :

– Ce sont tes amis ?

Devin incline la tête.

– Ils sont parfois un peu insistants, mais pas méchants.

C'est toi le plus méchant, pensé-je tout en continuant de sourire. Je remarque que malgré tout, je suis plus sereine. La violence de nos derniers échanges ne me blesse plus, peut-être parce que j'ai compris leur pertinence et le désespoir qu'il avait à vouloir me montrer cette réalité que je refusais de voir.

– Je pensais que tu ne remettrais plus les pieds à New York, poursuis-je, sentant la chaleur me monter aux joues.

– Moi non plus, souffle-t-il. Je vis sur la côte Ouest, aujourd'hui. Ce soir, je suis invité à l'inauguration du centre commercial qui remplace le *Ryan & Resorts*.

Il ne pouvait pas s'éloigner plus en restant sur le même continent. Le trouble doit se lire dans mes yeux, car il plisse le nez, penchant légèrement la tête sur le côté. Je devrais dissimuler ce que je ressens derrière un sourire, mais je ne le ferai plus jamais.

Je passe presque tous les jours devant l'hôtel car il est sur le trajet entre mon appartement et le travail. J'ai pu assister aux travaux, et malgré les deux grues et les centaines d'ouvriers qui se sont activés ces derniers mois, la façade et les grandes marches en pierre à l'extérieur sont restées presque intactes. Néanmoins, l'intérieur a l'air d'avoir subi de grandes transformations.

– Je repars demain, dit-il comme pour me rassurer.

Ça ne me rassure pas, au contraire, ça me mine un peu plus, car il souligne la distance qui séparera toujours nos vies. Je lutte pour respirer, tandis que Devin laisse son regard errer autour de lui, avisant ma tenue puis le café modeste. Même si je le trouve toujours aussi séduisant, je sais à quel point il dénote ici. Les souvenirs de notre dernière rencontre affluent et je m'efforce de les chasser, de les reléguer au second plan pour conserver une attitude professionnelle.

Je réajuste le bandeau dans mes cheveux et demande :

– Un viennois, en plus des cafés, c'est bien ça ?

Je lui tourne le dos et m'affaire à récupérer les deux premiers gobelets vides que je remplis à la machine.

– Ça fait longtemps, l'entends-je murmurer derrière moi.

Je déglutis. Je crains qu'il se force à entretenir la conversation.

– Oui, le temps a filé. C'est étrange de te voir là, avoué-je cherchant les mots adéquats. Au café, je veux dire.

– C'est une sacrée coïncidence, effectivement. Le monde est petit.

Je hoche la tête, puis, alors que nos regards se croisent, mon cœur manque un battement, comme le gobelet en carton manque de m'échapper des doigts. Je le rattrape in extremis, mais quelques gouttes de café brûlant giclent sur ma main. Il faut absolument que je me reprenne !

– Ça va ? s'inquiète-t-il, immédiatement.

– Oui. Désolée, fais-je, plus perturbée que jamais.

Je n'ai pas été aussi maladroite depuis… Eh bien, depuis que j'ai laissé une certaine voiture dévaler une falaise !

– Non, ne le sois pas.

Je lui adresse une moue d'excuse, puis reprends ma tâche.

– Ton livre a bien marché ? demande-t-il. Il est dans la devanture, je crois.

– En fait, c'est ma responsable qui insiste pour le laisser là.

La couverture aguicheuse attire l'œil, même si les quelques critiques que j'entends restent sévères. Les autres librairies, elles, l'ont très vite sorti des rayons.

– Tu t'entends bien avec elle ? continue Devin.

– Anita ? Oui, très bien. On est devenues amies.

– Je vois. Tu en as écrit d'autres ?

Mes mains restent suspendues dans l'air, un instant.

– J'écris de temps en temps, mais j'ai beaucoup de travail avec le café, je sors avec mes amis et j'aime aller au cinéma, alors… Je priorise.

Pourquoi je lui raconte tout ça ?

– Oui, je comprends.

Je dispose les quatre boissons chaudes dans un sac en papier kraft, prends les lanières et lui tends le tout. Mes doigts tremblent un peu quand ils rencontrent les siens.

Devin demande :

– Je te dois combien ?

– Laisse, je vais payer pour toi.

Je lui dois bien ça. Il n'est jamais revenu vers moi malgré l'immense dette que notre dernière rencontre a laissée derrière moi. Si j'ai bien conscience que je ne pourrais jamais le rembourser, j'essaie d'apprendre de mes erreurs passées et d'être moins inconséquente aujourd'hui.

– Ça m'embête…

– J'insiste, fais-je en relevant les yeux. Ça me fait plaisir.

– D'accord.

Il range doucement son porte-cartes dans son pantalon.

Nous nous regardons, et je crois que nous ne savons plus quoi nous dire. Je baisse le menton, car ça me rend triste. Même si je ne pense à lui plus que quelques fois, je suis loin de l'obsession d'autrefois. Je dois simplement me sentir reconnaissante de l'avoir revu.

– Allez, tes amis t'attendent, dis-je d'une voix à peine audible.

Il acquiesce.

– OK, merci. J'y vais.

Il semble hésiter un instant. Une étrange atmosphère flotte entre nous, alors je balbutie :

– Si tu veux passer un soir, je suis ouverte.

Ouverte ?

– Enfin, la boutique est ouverte, m'empressé-je de corriger, sentant le rouge me monter aux joues. Sans arrière-pensée. Tu peux même passer les mots à tes amis.

Idiote !

– Je te l'ai dit, je repars demain matin, répond-il calmement.

Oui, il l'a dit.

– Ah, je comprends. Pardon, oublie ça.

Je me maudis intérieurement pour cette maladresse.

S'il avait quelque chose à ajouter, il se ravise. Il sourit bizarrement, puis fait demi-tour.

– Merci encore, dit-il, la main sur la poignée de la porte.

Au moment où il quitte ma boutique, je sens les émotions me submerger. Mon regard se perd dans la vitrine du magasin devant laquelle je le vois passer. Devin était autrefois une partie essentielle de ma vie, mais aujourd'hui, le hasard joue juste avec mes sentiments. Sans crier gare, la tristesse m'envahit comme une tempête. J'ai l'impression d'avoir retenu ma respiration, mon cœur, et même une part de mon honnêteté.

Je baisse la tête et malgré moi, mon visage se chiffonne et je sanglote sans pouvoir m'en empêcher. Anita me rejoint immédiatement derrière le comptoir.

– Pénélope ? Ça ne va pas ?

Est-ce le choc de le retrouver ou celui de le voir disparaître de nouveau ? Je sais que j'ai évolué, que je suis aujourd'hui plus forte que jamais. Néanmoins, constater où ce travail nous a menés me laisse un goût amer.

– Nous n'avons plus rien à nous dire, admets-je la gorge serrée.

Et ça me rend tellement triste. Devin avait raison jusqu'au bout. Une fois sortis de mon fantasme, qu'est-ce que lui et moi avons en commun ?

Anita me frotte les épaules pour me réconforter.

Je ne devrais pas en pleurer. J'ai bien tourné la page et je suis heureuse dans ma vie. Je ne suis pas encore retombée amoureuse, mais je rencontre énormément de gens. Je suis confiante concernant mon avenir. Pourquoi craquer maintenant ?

– Assieds-toi deux minutes, me propose mon amie d'une voix douce.

J'acquiesce en sanglotant, puis alors que je relève le menton, je me fige. Derrière la vitrine, je le distingue parfaitement entre les flocons de neige qu'Anita a collés pour célébrer la période de Noël. Immobile, Devin est là, les sourcils froncés.

J'ouvre la bouche, mais reste muette. Il pousse alors la porte du café, et seul le son de la clochette résonne dans la pièce. Mes yeux rencontrent les siens, et je prends conscience du tableau que je lui offre.

– Nous sommes fermés, monsieur, l'arrête Anita alors que j'essuie rapidement mes larmes du revers de la main.

J'ai tellement honte, mais malgré tout, je la supplie des yeux. Une part de moi veut parler avec lui, même si je dois en souffrir davantage.

– Je peux fermer ce soir ? murmuré-je à Anita avec une moue suppliante.

Intriguée, elle regarde Devin, puis moi et lève un sourcil. J'acquiesce pour lui signifier que oui, je le connais, alors elle hoche simplement la tête.

– Pas de souci. On se voit demain.

Elle prend ses affaires, puis quitte le café non sans un coup d'œil de mise en garde pour Devin.

Nous voilà seuls. J'essuie mes dernières larmes avec un chiffon, puis je me tourne complètement vers lui. Il n'a pas bougé, il me fixe avec cette inquiétude que je déteste lui faire éprouver.

– Tout va bien, lui assuré-je. Tu n'aurais pas dû revenir.

– J'ai oublié l'éclair.

– Ah.

Confuse, je me maudis d'être aussi tête en l'air. Je suis devenue une employée modèle, merde ! Il a fallu que ça tombe sur lui !

– Je m'en occupe.

– Laisse tomber l'éclair.

– Ton ami n'en veut plus ?

Qu'est-ce que je raconte ? Devin est revenu pour ça, non ?

– Je ne vais pas ignorer ce que je viens de voir, affirme-t-il, alors en avançant vers le comptoir. Prenons un moment, tu veux bien ?

Ma poitrine joue du tambour, pendant que je réfléchis inutilement quelques secondes. Suis-je en mesure de lui dire « non » alors que je meurs d'envie d'accepter ?

Je détache lentement mon tablier, tout en acquiesçant. Devin attend que je prenne place devant une des petites tables près de la fenêtre, puis il s'assoit en face de moi. Un silence pesant s'enracine entre nous, comme tous les remords qui s'incrustent dans mon cœur.

Je détourne les yeux, incapable de soutenir son regard. Sa présence me fait autant de bien que de mal.

– Je ne voulais pas t'inquiéter, dis-je finalement, d'une voix éteinte malgré tout.

Je tente un sourire rassurant, mais il sait mieux que quiconque que quelque chose ne va pas. Il ne me lâche pas du regard et attend simplement que je rompe vraiment le silence.

– C'est juste… C'est compliqué, avoué-je enfin.

Il hoche la tête, signe qu'il est prêt à écouter.

– Tu es heureuse ?

– Oui.

– C'est le plus important, non ?

Ne ris pas nerveusement, Pénélope ! Tu n'as absolument pas envie de rire.

– Je ne m'attendais pas à te voir, dis-je, tremblante.

– Moi non plus.

– J'ai réfléchi un millier de fois au moment où je tomberais sur toi, comme par hasard, et là, je ne sais même pas par où commencer.

– Prends ton temps.

Il paraît affecté et je réalise seulement que je suis capable de discerner chacune de ses émotions. Il ne porte pas de masque, ne se cache pas, mais au contraire, semble justement chercher à s'ouvrir complètement. Peut-être pour m'inciter à faire de même ?

– Je sais que tu détestes notre passé, expliqué-je, mais il secoue immédiatement la tête. Enfin, ce que je veux dire, c'est… Tu as vécu des choses tellement difficiles. Ton père… C'est compréhensible que tu veuilles oublier tout ce qu'il t'a fait traverser.

Devin acquiesce. Ma bouche se tord dans une expression de douleur et des larmes coulent de nouveau sur ma chemise.

– Tu m'as fait comprendre que j'étais la seule personne à qui tu aurais pu en parler et je regrette de ne pas avoir saisi l'opportunité de t'écouter. Désolée d'évoquer cela maintenant, c'est derrière toi tout ça.

– Pas autant que tu le crois.

Je relève les yeux.

– Les souvenirs sont difficiles à chasser ? demandé-je.

– Presque impossible, non ?

Je fronce les sourcils, perdue. Comment le saurais-je ? Jamais, je ne pourrais être à sa place. C'est peut-être parce que je n'ai jamais essayé de le comprendre que nous en sommes arrivés là, mais je sais aussi que je ne pourrais jamais absorber toute sa douleur, quand bien même je le voudrais de toutes mes forces.

– Toi aussi, tu souffrais, précise-t-il.

– Non, j'avais un refuge. Tu étais mon refuge.

Tu aurais dû être bien plus que ça. J'aurais dû t'avouer que je t'aimais comme je n'ai jamais aimé personne pour tellement de raisons que ça me faisait tourner la tête.

– Je sais.

Et tu représentes aujourd'hui encore bien plus pour moi…

– Je suis désolée, Devin, craqué-je, sentant le poids du regret m'écraser. Je suis désolée de ne pas t'avoir donné suffisamment pour que tu y croies.

Le regard de Devin demeure sur moi, pénétrant, alors je baisse les yeux sur mes doigts entrecroisés. Je sais que mes aveux arrivent trop tard, mais mon cœur me pousse à croire qu'ils sont nécessaires, même à ce stade. Il a besoin de les entendre, autant que moi de les dire, non ?

– Tu souffrais tellement que ça m'effrayait, admets-je.

– Est-ce que je te dégoûtais ?

Je relève subitement la tête, effarée qu'il pense ça.

– Non ! réponds-je vivement. Je craignais d'être inutile. Je craignais d'être impuissante. Et finalement, je craignais que tu comprennes que je ne t'apportais rien.

– Pourquoi ? Je t'en prie, explique-toi, dit-il d'une voix empreinte de chagrin.

J'ai conscience de la nécessité de me livrer complètement, même si cela s'avère difficile. Je perçois cette attente chez lui qui se manifeste à chaque mot que je prononce. Devin a longtemps attendu que j'accepte notre histoire. Peut-être qu'il ne l'espérait plus, mais je suis déterminée à le délivrer de ce poids, de cette responsabilité qu'il a assumée trop longtemps pour nous deux.

– Je n'avais pas confiance en nous, voilà pourquoi. J'ai été aveugle à tes sentiments, à tes besoins. Je nous sous-estimais. Ce n'est que récemment que j'ai appris, de manière assez rude, il faut l'avouer, que les sentiments ne peuvent pas être tenus pour acquis, ils sont tout le contraire du mot « inconditionnel ». J'ai réalisé trop tard la valeur de ce que nous avions et j'ai continué à prendre les choses à la légère, à te faire payer mes propres insécurités. Mon indifférence t'a blessé, et je le regrette sincèrement.

Épuisée par ces mots, je respire péniblement, tandis qu'il m'observe avec intensité. Puis, il hoche la tête.

– Merci, souffle-t-il.

– Merci ?

Devin tend la main pour caresser mon visage, effleurant mes larmes du bout de ses doigts. C'est doux, réconfortant, comme il le faisait adolescent.

– Merci de t'ouvrir, même si c'est douloureux. Merci de me laisser la chance de voir qui tu es vraiment.

Je déglutis. La charge de la culpabilité ne fait que s'accentuer, pesante comme une chaîne autour de mon cou.

– Devin, j'ai peur d'entendre que tu ne pourras jamais me pardonner, parviens-je à articuler.

Il soutient mon regard et je décèle toutes ses blessures.

– Tu es depuis longtemps pardonnée, affirme-t-il, sans la moindre hésitation. Et crois-moi, je suis désolé pour ce que je t'ai fait endurer. Je sais que tu souffres de l'abandon et j'ai utilisé cette arme pour t'atteindre.

Il marque un temps d'arrêt.

– Crois-moi, je n'ai jamais voulu t'abandonner.

Un léger sourire se dessine sur ses lèvres. Mon cœur est en miettes, mais il semble vouloir battre à tout rompre.

– Je suis fier de t'avoir aimée.

J'ai l'impression de ne pas pouvoir contrôler la cascade d'émotion que cette phrase provoque en moi.

– Je dois y aller, murmure Devin, d'une voix presque étouffée. On m'attend.

Il se lève et marque ainsi la fin de cette conversation. Je n'arrive pas à détourner les yeux de son beau visage. Il se tient là, figé, à me regarder comme s'il voulait me graver dans sa mémoire.

– Nous avons tous deux commis des erreurs, déclare-t-il. Ce qui importe maintenant, c'est ce que nous faisons à partir de là, n'est-ce pas ?

J'acquiesce, un peu perdue par ses dernières paroles énigmatiques, mais il ne compte pas m'éclairer. Non, sur ces mots, il se retourne et quitte la café.

Son départ laisse un vide palpable dans la pièce et dans mon cœur, c'est l'hécatombe.

Chapitre 44

PHÉNIX

Pénélope

Je déambule dans la rue baignée de l'éclat chaleureux de Noël qui illumine les façades des boutiques aux décorations féeriques. L'odeur des marrons chauds flotte dans l'air et apaise mon cœur. J'aimerais ne jamais oublier cette soirée. Je me sens à la fois complètement chamboulée, mais aussi plus légère et libérée du poids de la culpabilité. J'espère que Devin aussi. Je le souhaite sincèrement, en tout cas.

Pour réchauffer mes mains engourdies par le froid, je les porte à ma bouche et souffle doucement dessus. Je devrais m'acheter des gants, même si j'habite toujours à deux pâtés de maisons.

Ce soir, malgré la magie de la saison, une mélancolie douce m'envahit alors que je réalise que dans quelques instants, je passerai devant l'ancien *Ryan & Resorts*. Je parcours ce chemin chaque jour, néanmoins, sachant Devin à l'intérieur, ce que je vais ressentir sera forcément différent.

– Tout va bien ! me rassuré-je, nerveusement, attirant l'attention d'un promeneur de chien et d'une vieille dame qui me dévisagent comme si je sortais de l'asile.

Décidément, je fais toujours cet effet-là sur les inconnus !

Ma raison m'encourage à avancer, chaque battement de mon cœur me pousse à m'arrêter en plein milieu de la rue, au point que j'hésite à traverser l'avenue une fois devant le bâtiment, toujours aussi majestueux. L'inauguration se termine-t-elle bientôt ? N'aimerais-je pas savoir ce qu'ils ont fait de cet hôtel qui m'a vue grandir ?

Non, Pénélope, tu ne vas pas te mettre à suivre Devin, ce n'est pas sain !

Je lève le regard sur la gauche, captivée par la nouvelle enseigne qui brille. Adieu *Ryan & Resorts*, bonjour *Belgrave Mall*. Les lettres manuscrites blanches ont laissé place à une écriture droite et dorée, soulignée par quelques entrelacs. On a toujours l'impression d'arriver dans un lieu hors du temps, inatteignable, sauf si on a le compte en banque de Bill Gates, mais tout est indéniablement différent.

Soudain, mon regard descend et se pose sur une silhouette que je reconnais au premier coup d'œil. De l'autre côté de l'avenue, Devin se tient en haut des marches. Il semble attendre quelque chose, parce qu'il jette de temps en temps un coup d'œil à sa montre. Une légère brise joue avec ses cheveux sombres et avec les pans de son long manteau gris foncé. Un soupir m'échappe tandis que je le contemple de loin, déchirée entre le désir de respecter sa vie privée et l'incapacité de détacher mes yeux de sa silhouette solitaire.

Est-il sur le point de partir ? Il n'est pourtant pas si tard. Les rues sont encore animées, et à travers les fenêtres du grand bâtiment derrière lui, je constate que l'inauguration n'est pas encore terminée. Attend-il quelqu'un ? Il a fallu que je passe à ce moment précis…

J'hésite, mais finalement, mue par la curiosité, je traverse la route. Nos regards se croisent, et dans cet échange muet, Devin et moi sommes pris dans un instant étrange où le temps se suspend.

Le vent frais fait virevolter quelques mèches devant mes yeux, ce qui me ramène à la réalité. J'espère qu'il n'interprétera pas ma présence ici comme une intrusion. Je replace délicatement mes cheveux derrière mon oreille et fourre mes mains dans mes poches, puis après lui avoir adressé un sourire timide, je décide de m'éloigner.

– Pénélope ! m'interpelle-t-il.

Je m'arrête, mon pouls battant des records. Lorsque je me tourne de nouveau vers Devin, il me fait signe de le rejoindre. Un frisson coule dans mon dos et je me retrouve à hésiter. Je suis en pantalon noir, baskets et bomber, de quoi faire tache à côté de sa nouvelle compagne, si c'est elle qu'il attend.

D'un nouveau geste, il réitère son invitation, mais bien que je m'approche, une fois en bas des escaliers, je n'ose pas les gravir. Je me justifie maladroitement en désignant le coin de la rue :

– J'habite à côté.

– Je sais, lance-t-il avec un sourire chaleureux qui dissipe en partie mes inquiétudes. J'espérais que ce serait toujours le cas et que tu passerais par là pour rentrer chez toi.

– C'est vrai ? crié-je pour qu'il m'entende malgré le bruit de la circulation derrière moi.

– Absolument. Ça te dirait qu'on visite le centre commercial ensemble ?

C'est vraiment moi qu'il attendait ? Ça me touche tellement. Cependant, je baisse le menton sur ma tenue.

– Je ne suis pas habillée en circonstance. Je vais te faire honte.

– Tu ne m'as jamais fait honte.

Sans attendre, Devin dévale les marches tout en retirant l'un de ses gants en cuir noir. Une fois devant moi, il tend la main pour capturer la mienne enfouie dans mon blouson. Son regard intense et profond m'enveloppe, alors qu'il me sourit tendrement.

– Eh, tes doigts sont complètement gelés ! s'exclame-t-il.

Je le dévisage, bercée par son expression inquiète, alors qu'il serre plus fort ma main dans la sienne. Il ne peut se douter du sentiment de réconfort qu'il m'insuffle par ce simple geste.

Nous entrons ensemble dans le bâtiment qui a abrité tous nos souvenirs d'enfance. Comme toujours, je suis fascinée par la détermination et l'assurance que montre Devin en toutes circonstances. Pourtant, j'ai la sensation que cette entrée, main dans la main, est aussi symbolique pour lui que pour moi. Nous n'avons plus aucune raison d'avoir peur de franchir ce seuil côte à côte, car cette fois, nous sommes complètement égaux devant ce lieu.

Le hall a gardé ses moulures et ses décorations pittoresques, ce qui me ramène à mes souvenirs. Cependant, le rapprochement s'arrête là : il n'y a plus de canapés en velours ou de bureau d'accueil, mais désormais, des panneaux indiquent les différents magasins. Le rez-de-chaussée est dédié aux restaurants, puis les étages se concentrent sur diverses boutiques, des vêtements aux bijoux en passant par la décoration.

Nous ignorons la fête qui a lieu dans le hall et nous commençons à déambuler dans les allées. Je ne sais pas à quel moment nous nous lâchons la main, mais je crois que les souvenirs que nous partageons, cette fois à cœur ouvert, prennent le dessus sur ce simple contact.

Alors que nous passons devant la porte qui menait aux cuisines, je lance :

– Tu te souviens quand tu es tombé malade à cause du plat de fruits de mer ?

Devin confirme d'un simple hochement de tête.

– Tu ne voulais pas vomir ni rentrer dans tes appartements, continué-je en riant. Tu étais tout vert. J'ai cru que tu allais mourir.

Continuant de marcher, mains dans les poches, il baisse le menton et observe ses chaussures.

– Je voulais absolument rester avec toi, souffle-t-il.

– Ah bon ? Je me disais que tu étais quelqu'un de très obstiné. Un peu têtu aussi.

Il esquisse un sourire en retour alors que ses yeux pétillent.

– Seulement, un garçon très amoureux.

Son aveu me prend par surprise.

Non, Pénélope ! Calme les battements de ton cœur… Tu vas te ratatiner !

Finalement, après plusieurs heures de discussions à parcourir les nouvelles allées en long, en large et en travers, nous sommes les derniers sur les lieux, alors que la soirée est déjà bien avancée. Je crois qu'on a contraint le vigile à faire des heures supplémentaires…

Debout en haut des escaliers, nous observons les grilles massives se fermer, emprisonnant définitivement notre passé. Les lumières féeriques du centre commercial s'éteignent progressivement, cédant la place aux lampadaires et aux phares des voitures qui passent.

– Les lieux sont à peine reconnaissables, soufflé-je, un brin de nostalgie dans la voix.

Devin acquiesce, son regard perdu dans l'activité nocturne de la ville. Je ne suis pas certaine qu'il partage ma mélancolie, mais je le remercie silencieusement pour ce dernier voyage. Ainsi, la boucle est bouclée.

– Ils ont réservé les étages supérieurs pour des appartements de haut standing, ajoute-t-il me tirant doucement de mes pensées.

– C'est une bonne idée.

– Je le pense aussi.

Je le sens m'observer du coin de l'œil. J'ai les mains moites, même s'il fait très froid.

– Alors, c'est fait, c'est définitif. Tu l'as vendu.

– Oui. J'ai tout vendu.

– Ça t'a fait quelque chose ? Je veux dire, une fois que ça s'est concrétisé ?

– Ça m'a fait quelque chose. J'ai beaucoup pensé à ce que j'avais vécu ici. Je n'ai aucun regret.

J'ignore sa remarque qui me fait mal au cœur. Devin ne pourra jamais différencier notre relation de la douleur qu'il ressentait au même moment. Je le comprends maintenant.

– Ma mère m'a dit que tu lui avais trouvé du travail. C'est très gentil de ta part, enchainé-je, tout aussi vite.

– Garder tout le personnel était une des conditions de la vente.

– En tout cas, elle aime ce qu'elle fait aujourd'hui.

Ma mère s'est vu offrir une place de cheffe de l'équipe de nettoyage. Non seulement ces années de labeur ont fini par payer, mais ça lui permet également de préserver désormais sa santé.

– Je l'ai fait pour toi. Pas pour elle.

Je grimace.

– Je ne cherchais pas à te blesser en disant cela, ajoute-t-il plus bas.

– Ne t'inquiète pas. Il n'y a aucune raison qui justifierait ton empathie envers elle.

Ma mère savait pour Devin et moi, j'en suis convaincue. Elle prenait le temps de laver méticuleusement des pulls deux fois trop grands pour sa fille. Pourtant, le « bonjour » qu'elle lui adressait était toujours glacial, délibérément impersonnel, presque excessif dans son professionnalisme. Au fond, même si elle désapprouvait notre relation, elle était bien consciente que Devin compensait notre manque d'argent. Je crois qu'il aurait voulu qu'elle nous soutienne.

Un silence s'étire entre nous. Je ne sais pas si c'est lui ou moi qui retient l'autre de partir, mais je suis terrifiée. D'un côté, j'ai peur de le quitter et de ne plus jamais le revoir, de l'autre, j'ai peur qu'il voie chez moi de mauvaises intentions. J'aimerais que ce soit simple, mais entre deux êtres qui se sont mal aimés, c'est plus compliqué.

L'idée qu'il vienne à penser que j'attends quoi que ce soit de lui m'inquiète encore davantage. Je m'en sors très bien aujourd'hui et je veux qu'il sache que je suis devenue plus indépendante. Pas parfaite, loin de là, mais c'est mieux déjà.

Alors que je suis perdue dans mes tergiversations, Devin demande :

– Tu dois rentrer ?

Je me mords la lèvre, mais avoue :

– Pas vraiment. Je n'ai pas d'impératif.

Il est presque minuit et la température vient probablement de passer en négatif, mais rien ne presse !

– Tu vis seule ? Je veux dire, tu n'as rencontré personne ?

Pourquoi me pose-t-il ce genre de question ?

– Pour l'instant, non, en tout cas, personne qui n'ait voulu m'épouser. Aurais-tu un conseil à me donner ? plaisanté-je.

Il rit aussitôt et penche la tête sur le côté, vaincu.

– Il est clair que je te donnerai aucun conseil.

– Tu m'as dit que tu partais tôt demain, enchaîné-je. Tu devrais y aller, non ?

– J'ai un vol de prévu, oui, mais on pourrait s'asseoir quelques minutes. Qu'en penses-tu ?

Curieuse, je hoche la tête, et nous nous installons au milieu des marches sur le tapis rouge qui dévale l'escalier. Alors que nous regardons les automobilistes et les passants, une douce tension flotte entre nous. Nos épaules se frôlent et j'ai du mal à me concentrer sur ce qu'il se passe sous mes yeux. Un vent hivernal caresse nos visages et je frissonne un peu.

Devin se tourne vers moi et des picotements affluent partout dans mes veines.

– Tu t'es toujours cru en été.

Il retire son écharpe en laine et l'enroule autour de mon cou. Ses doigts s'attardent sur le col de mon blouson. J'en frissonne jusqu'aux orteils. J'aimerais garder avec moi ce qu'il m'offre, même si c'est un simple bout d'étoffe. Oh oui ! Néanmoins, je sais que s'il me laisse un peu de lui et de son odeur, je pourrais fantasmer encore et encore chaque nuit. Je ne veux plus faire ça.

Je déroule l'écharpe de mon cou, et la glisse entre ses mains.

– Ne t'inquiète pas. Je n'en ai pas besoin, je suis bien comme ça. Mais, merci beaucoup.

Il la laisse sur ses genoux, silencieux.

– Ils ont annoncé de la neige, enchainé-je.

Il sourit, mais cette fois, de manière énigmatique.

– Je ne veux pas qu'il neige, dit-il dans un murmure, le regard regagnant la rue. Je veux que ce soit différent.

Boum ! Boum ! Boum ! Revoilà mon cœur qui bat comme un fou. Mes yeux scrutent le visage de Devin. À quoi pense-t-il ?

– Si différent signifie meilleur, je prierai pour que l'hiver se transforme en été maintenant, repartis-je, pleine d'enthousiasme.

– C'est déjà très différent.

Ce n'est pas ce qu'il dit qui provoque les frissons sur ma peau, mais la façon dont il le fait, d'une manière chaude et douce sans me lâcher des yeux. Ses lèvres, légèrement rosies par le froid, s'étirent en un sourire mystérieux, tandis qu'il dégage une mèche de mes cheveux qui s'était coincée au coin de ma bouche.

J'inspire profondément, mais les tremblements de ma gorge trahissent le tourment qui m'envahit.

– Pénélope ?

Mon pouls accélère, martelant mes tempes, mon corps et mon cœur. Le regard déterminé de Devin me saisit.

– Oui ?

Je reste suspendue à ses lèvres.

– J'ai envie de t'embrasser.

Ma poitrine explose alors que, sans une once d'hésitation, je m'entends répondre :

– Fais-le.

Les doigts de sa main gauche capturent délicatement mon menton, puis le relèvent un peu. Devin se penche, et un frisson me parcourt l'échine alors que ses lèvres se rapprochent lentement des miennes.

Enfin, il m'embrasse, doucement mais en déclenchant un tsunami émotionnel. Mon cœur vibre au rythme de ce baiser. Tendre, réconfortant. Je ressens des papillons dans le ventre et une douce chaleur qui se propage dans mes veines. Je tremble de tout mon être.

Un picotement léger chatouille mes joues. Mes yeux s'ouvrent lentement, louchent sur une particule blanche, qui chute sur mon nez, puis mon regard se tourne mécaniquement sur la droite. Mon émerveillement est interrompu par mon cri de stupeur :

– Oh, mais non !

Devin s'écarte, déstabilisé, puis lève les yeux à son tour vers le ciel.

– Il neige ! m'exclamé-je, renfrognée.

Les flocons descendent sur nous, complètement inconscients de gâcher le moment le plus romantique de toute ma vie ! L'univers est avec ou contre nous ? Il faut se mettre d'accord !

– Arrêtez, tout de suite ! Fichez-nous la paix !

Devin se met à rire. Je capture le col de sa chemise pour qu'il ne me quitte pas des yeux.

– C'est différent ! asséné-je pour le convaincre.

– Oui, complètement.

Avec un sourire en coin, il baisse de nouveau la tête vers moi, puis m'enlace comme jamais auparavant

– Je le pense aussi, ajoute-t-il en me serrant fort contre lui.

N'écoutant que mon instinct de survie, j'enfouis mon nez dans son cou et murmure contre son oreille :

– C'est différent, car je ne te laisserai plus partir.

Il recule légèrement pour me dévisager. Je me mords les lèvres, puis laissant définitivement la timidité de côté, j'ajoute :

– Le passé est révolu. Seul l'instant présent compte, alors ferme les yeux, retiens ton souffle et embrasse-moi comme jamais.

Sa main glisse sur ma nuque, me ramenant vers lui comme si lui aussi se foutait que les cristaux blancs continuent délibérément de tomber. Je dois avouer que je me laisse légèrement emporter par son souffle chaud. Par l'odeur de sa peau. Par son regard plein de désir contenu.

Des automobilistes nous klaxonnent, et j'ai l'impression de me trouver dans le chapitre d'une romance, mais cette fois dans la meilleure partie, selon moi : celle que l'on ne veut plus quitter.

En fin de compte, malgré la neige qui tombe avec une obstination moqueuse, Devin est revenu dans ma vie. Mon karma n'est donc pas si mauvais, n'est-ce pas ?

ÉPILOGUE

Devin

Trois ans plus tard.

Je me gare sur le ponton avec vue sur la mer et me dirige d'un pas pressé vers la villa baignée de rayons de soleil de fin de journée. J'avais hâte que cette journée se termine.

Cependant, je sens que je ne suis pas au bout de mes peines. À peine ai-je posé ma mallette qu'une odeur de brûlé parvient à mes narines. J'entre alors dans la cuisine et je constate rapidement que la pièce est sens dessus dessous. Pénélope a encore dû faire une expérience culinaire.

– On est la veille de Noël ? me moqué-je ouvertement.

Pénélope se retourne, radieuse avec des petites traces de farine sur le visage. J'ai envie de… hum… surtout lorsqu'elle se mord la lèvre comme ça.

– J'ai juste fait une omelette, avoue-t-elle, déçue.

J'analyse autour de moi : épluchures de pomme de terre, d'oignons, de carottes débordent du pot de compost. Un couteau de boucher et une bobine de fil pour filet mignon semblent avoir livré une guerre. Je ne comprends pas. Elle a dû sauter une page dans sa recette. Je penche la tête sur le côté et répète :

– Une omelette ?

– Oui.

Je me mets à rire. Pénélope prend la mouche.

– Arrête ! Ton frère, Natacha et ma mère sont là dans une demi-heure et j'ai fait un malaise.

OK, ce n'est plus drôle. Mon organe vital tambourine méchamment.

– Tu m'expliques ?

– Tout à fait ! La viande a brûlé et, prise de panique, je me suis évanouie. Je me suis réveillée il y a un quart d'heure seulement. J'ai dû improviser par la suite.

Je dois me calmer. Elle n'a pas l'air blessée, tout va bien.

Demain, j'installe des caméras de surveillance partout dans la baraque. Personne ne peut m'en vouloir : cette femme est un désastre ambulant. D'accord, elle a fait des progrès, mais je ne peux pas me permettre de laisser ses mauvaises habitudes revenir au risque de la perdre. Trop dangereux !

– Ne touche plus à rien, lui ordonné-je.

Elle me dévisage, attendant que sorte de ma bouche une solution miracle pour le dîner de ce soir. Je ne vais pas la décevoir ! Je retire ma veste, mes boutons de manchettes et roule les manches de ma chemise sur mes avant-bras.

– Qu'est-ce que tu vas faire ?

Je sors mon smartphone de la poche de mon bas de smoking.

– C'est simple. J'appelle le traiteur.

Elle éclate de rire. Mon Iphone contre l'oreille, je l'attire contre moi. Elle se laisse faire tout en gémissant de plaisir. J'en profite pour lui toucher le front. Pas de fièvre. Je vais appeler un médecin quand même.

Plus tard, la famille est là avec tous les tracas qui l'accompagnent.

– Qu'ai-je appris à cette fille incapable de cuisiner ? s'exclame la mère de Pénélope. Appeler un traiteur pour un simple dîner. Quelle idée !

– C'est ce que font les personnes qui ont les moyens, lui rappelé-je, d'un ton rustre. Ça tombe bien, nous sommes blindés.

– Une franchise à toute épreuve, plaisante mon frère.

– Ce n'est pas de la franchise, mais de la bêtise, insiste la méchante belle-mère. Quelle dépense inutile…

– Cette discussion l'est tout autant, asséné-je, agacé.

La mère de Pénélope et moi pourrions nous envoyer des piques toute la journée. Pas besoin de préciser que l'on s'entend comme chien et chat. Elle est insupportable.

– Quand apprendrez-vous l'humilité, M. Ryan ?

J'essuie sa remarque désobligeante par un sourire forcé à peine dissimulé, puis ramène mon bras autour des épaules de ma femme. Je me penche vers elle pour lui souffler à l'oreille :

– Rappelle-moi pourquoi je l'accepte à ma table.

– Eh bien, accessoirement, c'est ma mère.

Je hoche la tête, peu convaincu.

– Hum.

Je continue de dévisager cette marâtre d'un air mauvais, alors qu'elle entretient la conversation avec Léo et Natacha. Je n'ai pas encore compris ce lien que Pénélope tient tant à entretenir. Un jour, elle m'a expliqué que sa mère était comme ça avec tout le monde, pas seulement avec elle. Selon Pénélope, on ne peut pas changer les caractères. Sa mère est inflexible, et son petit-ami, donc moi, est buté et despotique. J'ai toujours quelques objections concernant ce dernier qualificatif : tout le monde m'obéit au doigt et à l'œil, car je suis un leader né, tout simplement.

Alors oui, nous avons des bons et des mauvais côtés, il y a des bons et des mauvais jours, mais nous les surmontons ensemble. C'est notre point d'équilibre. J'efface ses insécurités et elle apaise mes démons.

En fin de soirée, allongé tranquillement sur une chaise longue de la terrasse, juste devant la piscine à débordement, j'admire le soleil couchant. Entre mes jambes, Pénélope s'est endormie. À l'horizon, l'océan nous offre une vue apaisante et magnifique. Son agaçante mère est partie et depuis, je peux affirmer que je suis l'homme le plus heureux du monde.

Léo et Natacha se sont installés sur les fauteuils à ma droite. Ils discutent tranquillement, un verre de vin rouge à la main. Les deux ne se sont pas encore avoué qu'ils étaient fous l'un de l'autre. Natacha a peur, et mon frère est un idiot. N'empêche, le temps commence à devenir long, là.

– L'homme le plus désirable de la planète, susurre Pénélope dans son sommeil. Comme un sortilège, ou la mer face aux étoiles… La mayonnaise…

Ça ne veut rien dire. Je me mets à rire. Je sens le regard interrogateur de mon frère sur mon visage.

– Je crois qu'elle rêve de moi, lui confié-je, amusé. Enfin, j'espère.

Pénélope poursuit :

– Un gode ceinture pour le prendre en lev…

Elle est malade ?! Je la bouscule, assez brusquement pour qu'elle tombe. Pénélope se réveille en maugréant. Léo me dévisage, ahuri.

– Qu'est-ce qui s'est passé ?! bredouille-t-elle, tout en se frottant le fessier.

Dégoûté, je remue sur mon siège. Putain, il y avait un beau coucher de soleil, elle a tout gâché.

– Oublie ça, tout de suite ! envoyé-je, en grimaçant.

– Quoi ? fait-elle, d'un air angélique. De quoi tu parles ?

– Ouais, joue l'innocente.

Pénélope sourit, et je rends l'âme. Elle remonte lascivement sur le transat jusqu'à ce que ses lèvres survolent les miennes. J'ai une vue plongeante sur sa poitrine voluptueuse, ce qui me fait oublier les dix dernières secondes.

– Un jour, tu me supplieras, me provoque-t-elle d'un air espiègle.

Nous avons expérimenté un tas de choses, que ce soit quinze ans auparavant ou les trois dernières années passées ensemble. Néanmoins, même si la confiance est mutuelle, je suis persuadé que certains fantasmes doivent rester tels quels.

– Tais-toi, lui conseillé-je.

Je caresse la joue de ma compagne et rapproche ma bouche de la sienne pour un baiser. J'ai envie de la punir d'être aussi belle. Mes mains se baladent et attrapent la chair de ses fesses.

– Il y a des chambres ! s'offusque mon frère en riant.

– Prends exemple, lui balancé-je.

Mes yeux regagnent ceux de Pénélope.

– Et toi, déshabille-toi.

– Pervers, souffle-t-elle avec un sourire coquin.

– On a compris, on s'en va, s'esclaffe Natacha.

Cette dernière et Léo quittent la terrasse. Qu'ils restent ou qu'ils partent n'a aucune importance, seule Pénélope m'intéresse.

– Conditionnellement, murmure-t-elle d'une voix enchanteresse.

Touché, je lui souris. Oui, il y aura toujours des conditions : la communication, le respect, l'empathie, la confiance. L'amour.

Et je passerai ma vie à l'aimer et resterai avec elle aussi longtemps qu'elle le désire, à *condition* qu'elle soit heureuse à mes côtés.

REMERCIEMENTS

Je ne remercierais jamais assez mon mari pour sa patience et son soutien durant ces longs mois d'écriture intensive.

Une profonde gratitude pour mes lectrices fidèles qui m'encouragent et me suivent depuis bientôt dix ans. Quel bonheur de vous avoir toujours auprès de moi.

Sarah, mon alpha, mon double, qui m'a soutenue dans ce projet et dans bien d'autres.

Un sincère remerciement à Jena Rose pour sa lecture alpha et ses « patins-couffins », « quoi ou qu'est-ce », ou encore : « Ton histoire est une pépite, mais tu es trop fainéante, sache qu'il te reste 90 % à écrire ! » Tu avais tellement raison !

Mes chers biscuits, je pense toujours à vous quoi qu'il arrive.

Andrée qui a soutenu cette histoire dès ses débuts sur Fyctia.

Un immense merci à toutes les personnes exceptionnelles qui viennent m'encourager en salons, sur les plateformes d'écriture ou les réseaux, vos mots sincères me touchent et me poussent à continuer.

À toute l'équipe Fyctia, qui effectue un travail formidable.

Et enfin, je tiens à exprimer ma profonde gratitude envers mon éditrice, Karen. Quelle patience ! Je me souviendrai toute ma vie du retour éditorial qui m'a donné l'impression qu'une mare de sang avait remplacé mes belles écritures noires d'artiste incomprise. Un moment mémorable, n'est-ce pas ? On notera que tu as nourri mon inspiration de l'éditrice exigeante, mais grâce à toi, il est bien plus beau ce manuscrit. Je me sens chanceuse et reconnaissante d'avoir travaillé avec toi. Encore merci d'avoir cru en Pénélope, en Devin et en moi.

Composition et mise en pages
Nord Compo à Villeneuve-d'Ascq